他迅速抬起手，
熟练地比出了一句手语，
那是那个夏夜的雨里，
和他比过的那一句，
一模一样，分毫不差，
这句手语的意思是——
"我喜欢你。"

有爱的青春陪伴者

江苏凤凰文艺出版社
JIANGSU PHOENIX LITERATURE AND
ART PUBLISHING

图书在版编目（CIP）数据

怪夏天 / 木甜著. -- 南京 : 江苏凤凰文艺出版社, 2025. 11. -- ISBN 978-7-5594-9888-5

Ⅰ. I247.5

中国国家版本馆CIP数据核字第2025CH4817号

怪夏天

木甜 著

责任编辑	王昕宁
责任印制	杨　丹
特约编辑	娄　薇
出版发行	江苏凤凰文艺出版社
	南京市中央路165号，邮编：210009
网　　址	http://www.jswenyi.com
印　　刷	天津睿和印艺科技有限公司
开　　本	880mm×1230mm　1/32
印　　张	10.5
字　　数	399千字
版　　次	2025年11月第1版
印　　次	2025年11月第1次印刷
书　　号	ISBN 978-7-5594-9888-5
定　　价	42.80元

目录

CONTENTS

目 录

C O N T E N T S

第一章 - 穿堂风惊起世界回音

我以摇摇晃晃的姿态和人生，和这个世界和谐共振。

——余秀华《摇摇晃晃的人间》

八月末。

虽已经过了伏天，但海城依旧炎热未退，连续几日都是35℃以上的高温天气。

地理书上说，这里地处亚热带季风气候，雨热同期，夏季湿度高，哪怕不下雨，空气里也充斥着闷热潮湿感，像是个已经上汽的蒸笼，叫人皮肤发黏，好像永远裹着湿漉漉的汗，浑身上下都不舒服。

钟听的房间里开了一整夜空调，清早，母亲白珠秀过来，让她关了空调，开窗通通风。

"……整天吹空调对身体不好，还浪费电。还好你马上就开学了，要不然这样每天待在家里一动不动，总有一天要生病的嘞。"

女人的声音又脆又响，难免显出些许强势感来。

钟听推开窗，兀自感受着扑面而来的热气，听白珠秀絮叨完才回过头，好脾气地朝她笑了笑。

白珠秀抬头看了一眼时间，匆匆忙忙地拎起包，语速加快，大声嘱咐道："我要去上班了。你知道去学校的路吧？第一次走，要是不熟悉的话就早点出发。千万不能骑车啊！知道了吗？"

钟听没作声，只是重重地点了点头。

白珠秀终于满意地笑了，折回身，摸了摸女儿光滑细腻的脸颊："听听最乖了。路上注意安全，和新同学好好相处。"

钟听还是点头。

白珠秀消失在门外，脚步声从下头的楼梯传来。

很快，钟听从窗户看到了她的身影，纤细又瘦弱，但走得四平八稳，顺着弄堂一路往外，直至彻底不见。

钟听无声地叹了口气。

钟听和白珠秀母女俩搬来锦西路这里已经有两个月了。

无论是弄堂坑坑洼洼的地面、饭点此起彼伏的锅碗瓢盆碰撞动静，抑或老旧楼梯轻轻一碰便“吱呀吱呀”的哀鸣声，好似都已经逐渐变得习以为常起来。

白珠秀在一家化工企业做财务工作,距离市区极远,又没有地铁可以直达,她必须每天赶单位定时定点的班车去上班，故而早上六点四十分就要出门，晚上七点左右才能到家，披星戴月，风雨无阻。

钟听暑假不能睡懒觉，也已经习惯了每天站在这里看着母亲出入，日日为生活奔波。

她不是不感激的。

身处当下，才能体会个中的辛酸苦辣。

可她现在什么都做不了，只能听白珠秀的话，努力学习，做些力所能及的事，为家中分担压力。

又在原地顿了一会儿，钟听拉上窗帘，转身去换衣服。

今天是海城实验中学学生返校的日子，交暑假作业、领书、打扫教室和各班包干区，算来一上午时间十分紧张，故而学校要求学生们早上八点半就要到校。

钟听正式进入了高二。

她念书一向努力，高一两次期末考都发挥得不错，校内排名比中考那会儿上升了很多，高二重新分班，虽没能进最好的冲刺班，倒也顺利吊车尾去了 A 班。

等于说，今天返校，要进新班级、重新认识新同学了。

从小到大，钟听早已在各种场合面对过各种情况，因而心内少了些惴惴不安，提前做好了接受异样眼光的准备。

天气闷热，她换上轻薄的短袖校服。下楼洗漱过后，她拿上白珠秀提前准备好的鸡蛋饼当早饭，就着冰牛奶慢吞吞地咽了，再顺手麻利地将碗碟都刷净擦干，放进吊柜中。

锦西路这一片都是二十世纪八十年代的老房子，因年代久远，中间又经历各种波折，早就没有物业负责，人口混乱，外来租户多，环境也有些脏乱差。

在海城这种一线城市，这里属于鱼龙混杂的城中村区域。

暑假前，白珠秀决定带着钟听搬到这里，一是为了钟听上学近一些，步行到海城实验中学高中部大约二十分钟；二是搬家的主要原因，白珠秀想着给钟听攒大学学费，打算业余做点手工制品去网上售卖。

白珠秀一贯手巧，年轻的时候，衣服裙子都能自己裁布做，几十年过去，她的手艺一点没有生疏，缝娃娃、制棉拖鞋这类丝毫不在话下。

原先她们住的那套房租金贵，面积比这里小了不少，没有任何可以放杂物的地方。如今这间虽然是老式上下层，一楼的厨房和厕所都狭窄逼仄，转身困难，但好歹三楼有个小阁楼，可以放白珠秀的缝纫机，还有那些绒布和棉花。

要是实在堆不下了，一楼这条漆黑的小走廊也能再挤一挤。

对此，钟听没有提出任何异议。

哪怕夏天步行二十分钟实在不算短，而白珠秀从不肯松口让她学骑自行车，这些都没有关系。

她是所有人口中懂事的孩子，自小就很能体谅母亲的不容易。

七点四十五分，外面的日头已经肉眼可见地升高，远远看着就有种火辣辣的灼烧感。

钟听将所有东西整理好，拿好钥匙，背上书包，运动裤口袋里揣了一支记号笔，抱着 A4 速写本，顶着阳光出门。

从她家门口一直到锦西路，都是弯弯绕绕的巷弄，时不时两边就会有人开门出来，迎着朝阳，踩上地面起伏不平的青砖，外出上班上学。

因弄堂过于陈旧，整片区域的外墙墙皮几乎全部脱落了，露出了里面红色的墙砖。

故而这一片也被称为红墙弄堂。

等钟听走到红墙弄堂的最外面那一排时，恰好右手边的一扇院门“吱呀”一声被人从里推开。

先走出来一个俊朗的男生，身形清瘦，五官精致，就算身高明显超过一米八，也平白生出一种雌雄莫辨、明眸皓齿般的美感。那双微微上扬的丹凤眼稍稍眯起，便足以显得气质凌厉。

男生冷淡地看了钟听一眼，径直越过她，面无表情地走了。

倒是后面送他出门的阿婆冲着钟听笑了一下，客气地问道：“听听也去学校啊？让阿燃骑车送你好了，反正你们是一道的。”

男生名叫相燃，也是海城实验中学的学生，还是冲刺班里的学霸精英，名字一直高挂在年级排名榜前十。

只是他性子很冷，很不好接近的模样，似乎一直都是独来独往。

钟听在排名大表上见过他的名字，在升旗仪式上见过他演讲，别的就没什么交集了。

她不是什么呼朋唤友八面玲珑的性子，在学校交际范围很小，说得上话的朋友寥寥无几，自然也不太关注其他人。

搬过来之后，钟听才知道相燃也住在红墙弄堂，还和她成了巷里巷外一条道的近邻。

之前白珠秀听人说过相燃家的事，有次趁着吃饭还私下同钟听讲过。

“……这家人，夫妻俩都是赌鬼，把家里的钱全部输完，还想卖这里的房子。卖了一阵没卖出去，两人居然就丢下老的小的跑了。

“啧，和钟浩一个鬼样。”

钟浩是钟听的亲生父亲。

闻言，钟听放下筷子，给白珠秀剥了一只白灼虾，蘸了酱油，放到她碗中，顿了顿，又冲着她满怀歉意地笑了一下，带了点安抚意味。

白珠秀没注意到钟听的表情，自顾自地继续说着："现在那家人里就剩夫妻俩的儿子和一个老外婆相依为命，住在天井搭出来的棚屋里，后面的房子都租给了别人赚生活开销……还蛮可怜的。

"他家那个小男孩好像跟你是一个学校的吧？说是叫相燃吧？他们说他成绩老好了，你们学校还给他学费全免。听听，你认识他吗？"

钟听摇摇头。

白珠秀不以为意，"哦"了一声："那下次可以认识一下。住得这么近，你学习上有什么不懂的，也好多请教请教别人。"

此后没过多久，钟听就见到了相燃的外婆。

对方是个头发花白的老人，生得矮小，皮肤黝黑，看得出沧桑，不过面相倒是慈祥。

阿婆也听说了巷子里搬来新住户的事，得知钟听和相燃同年级又同校，主动同钟听说话，还给她拿了一瓶酸奶。

钟听推辞不了，只好帮阿婆提菜篮，一路送回她家。

邻里间这么一来二去的，就也算是认识了。不过只算是点头之交，见面笑笑，寒暄几句，客气一下。

这会儿，听到阿婆说话，钟听脚步一顿，连忙摆摆手，翻开速写本，飞快地用记号笔在上面写了一行字，再把那张纸转给阿婆看。

——谢谢阿婆，不用麻烦。

为了照顾阿婆的视力，她每一个笔画都工工整整，字也写得很大，满满当当，几乎占满了一整张 A4 纸。

见状，阿婆眼中露出一丝怜悯。

她没有强求，只是轻叹一声，拍了拍钟听的手背，温声道："那听听路上要注意安全。阿婆不耽误你的时间了。"

钟听笑了笑，收起纸笔，冲阿婆摆摆手作别，继续往前走去。

细碎斑驳的日光将她的身影一点一点拉长。

少女单薄的背脊显出某种脆弱的弧度，略长于耳垂的头发落下几缕，若有似无地触着她光滑白皙的脸侧，勾勒出一道瘦弱平滑的弧线。

哪怕看不清正脸，也能叫人生出一种"这一定是个漂亮姑娘"的感觉。

只是当事人似乎未曾察觉。

钟听花了好一会儿工夫才将阿婆最后的眼神从脑海中驱散。

说好的不在意，事到临头，难免还是心有介怀。

十七岁未满，或许她暂且还不能算个勇敢的人，还需要继续努力。

上午八点十分。

钟听按照通知，独自走进新教室。

离规定的返校时间尚早，A 班还没什么人。

放眼望去，只有教室后面的窗户边稀稀拉拉地站了几个女生，熟稔地说笑闲聊着，并未注意旁人。

钟听不认识她们，不好贸然上去搭话。

她不知道 A 班的座位是否在高一已经固定，思忖数秒后，拣了个角落的空座位，贴着墙边，轻手轻脚地先坐下。

如果有人来了，再让出来吧。

这么想着，钟听将书包放下，又将速写本翻到新的一页，“唰唰唰”飞快写好了一行话，倒扣在桌面上，做好一切准备。

五六分钟后，门口陆陆续续有人进来。

许是因为新学年的班级调整，A 班来了不少新学生。见大家都显出几分拘谨与陌生，钟听逐渐放下心来。

等到八点半打铃，教室里几乎坐满，也没有人来要她让位置。

钟听松了口气，默默地将速写本的那一页翻过去。

不多时，一个大约四十出头的中年男人从教室前门走上讲台。

他戴黑框眼镜，穿了一身的确良深褐色短袖衬衣，搭一条半旧的黑色西装裤，看着有些不伦不类，气场却不弱。不过抬手轻轻敲了两下讲台，便将教室中的嘈杂瞬间叫停。

男人这才温和地开了口：“各位同学，我姓朱，全名朱义彪，担任高二 A 班的班主任，教学科目是数学。在场一半以上的同学应该都认识我，先恭喜你们在自己的努力下成功留在 A 班继续学习。剩下新来的同学，一会儿我们点个名，大家互相认识一下，以后互相帮助。”

闻言，钟听暗暗蜷缩起手指。

她的综合排名在 A 班吊车尾，自然朱义彪一直到最后才会喊到她。

“钟听？”

钟听站起身，又举了举手做示意。

朱义彪应当已经知道了她的情况，表情未变，只是“嗯”了一声，在名册上做了标记，如同对待其他同学一样：“认识了，坐下吧。”

钟听朝他笑了笑。

等点完名，朱义彪就开始调整座位。

他的换座逻辑很简单，成绩好的先选，成绩差的只能挑剩的。

“以后我们班所有的事都会按照这个准则来，成绩好的优先，以每次月考排名作为判定。我是一个很简单粗暴的老师，大家不要觉得有什么不公平，在目前这个阶段，距离高考也就几百天的事了，成绩就是衡量学生的最重要标准。高二了，没时间浪费了，希望大家能时时刻刻记得努力学习，一切个人情绪都要给分数让道。”

朱义彪三言两语，已经把自己的原则表达得十分明白，因而钟听没有试图去争取，同他表明自己的听力不是很好，希望能坐在靠前一点的位置。

她只是站在最外圈，等前面的同学被叫到名字，一个一个进去选了座位。

很快，剩下的空位只有最后一排，而且其中几个位置已经有人坐了。

钟听听到自己的名字后，拎着书包、抱着速写本，随意选了个靠近后门的位置，拉开椅子坐下。

A 班一贯是独立座位，一人一座，不拼桌子，没有同桌，不过纵然隔了一条走道，但左右的距离还是蛮近的。

钟听左边坐了个娃娃脸的女生。

见到钟听，她扭过头，小幅度地摇摇手："嗨。"

钟听翻开本子，写字。

——Hi！

娃娃脸女生愣了一下，压低了声音问："你嗓子怎么了吗？"

钟听继续写。

——没有，我不会说话。

确认那个女生看清之后，她摊了摊手，表情坦然。

谁承想，娃娃脸女生只是稍作停顿了半秒，立马瞪大了眼睛，小声惊呼："这么酷？"

钟听愣了愣。

十七岁，大概确实是会为一些与众不同而惊讶的年龄。

前头，朱义彪已经开始指派男生下楼搬书，又简单划分了清理教室的任务。

趁着没人注意到后排，娃娃脸女生将椅子往钟听这里拉了拉，继续同她说话："那你会打手语吗？"

钟听点头。

"可以比画一下我的名字吗？"

说着，娃娃脸女生将钟听的速写本拿过来，写下了自己的名字。

——董西。

钟听好脾气地答应了这个要求，沉吟片刻，手腕翻转，比画了几个动作。

董西心满意足："你的动作好好看啊。我记得彪哥刚刚叫你钟听吧？钟听，名字也好好听哦！"

钟听有些不好意思，只好继续冲她笑。

董西继续说道："你别介意，我就是喜欢漂亮的人，没有奇怪的想法……以后我们一起吧？"

她说她一直是 A 班的垫底生，高一和她一起去食堂、去厕所、上体育课、吐槽老师的朋友，目前已经掉出 A 班，她这会儿正愁没搭子呢。

钟听心领了她的善意，点点头。

两人相视一笑。

返校后，海城实验中学正式开始新学期。

钟听在A班并没有掀起什么风波，在高考迫近的重压下，似乎没有人对她不能说话这件事表现出过多的诧异。

加上她一贯低调，除了董西，不怎么与人接触，也算是怡然自得。

钟听右边的座位一直没有人来坐。

直到大约两周后的一天，早自习时，教室后门闯进来一个男生，径直朝钟听这里走来。

钟听听力不算好，但教室后头突然出现的喧哗声还不至于听不到。

她循着动静仰起头。

猝不及防间，与一道散漫的目光对上。

钟听愣了一下。

男生的视线并未在她身上停留。

他抽开钟听右边的椅子，发出“刺啦”一声响后，漫不经心地坐了下去。

前面不知道哪个男生喊了一句：“哦吼！述哥终于回来了！想你！”

而后，当即被朱义彪喝止：“好好早自习！”

钟听垂下眼，咬了咬唇，不由自主地攥紧了手中的水笔。

他好像没认出她来。

钟听动作顿住，笔尖悬在课本上方，余光始终注意着旁边的男生。

良久，久到教室渐渐安静下来，恢复早自习该有的样子之后，她终于确定对方完全完全没有多看她一眼的意思。

哪怕在他出现的那一刻，钟听心里已经掀起了惊涛骇浪。

突然，一张字条扔到她眼前，打断了她的思绪。

钟听收回目光，手忙脚乱地将笔盖合上，又将鬓角落下来的发丝重新挂回耳后，这才沉下眸光去看那张字条。

是隔壁桌的董西丢来的。

上面龙飞凤舞地写了好几句话。

——沈珈述居然还能留在A班！他上学期期末考压根没来考！我还以为他要被劝退了……听听你认得他吗？

钟听没急着回答，只是盯着开头“沈珈述”三个字看了好一会儿。

述哥……

沈珈述。

原来他叫这个名字。

董西字写得飘，“沈”字最后一个钩往外拉了一大截，几乎要和“珈”字黏到一起。

这么一个笔画上翘的小尾巴，骤然将钟听拉回两个月前的傍晚。

六月底，海城仍处于黄梅季。

雨淅淅沥沥下个没完，但闷热没有消除半分。

雨水滴滴答答，如同奏响了夏季的前序。

好不容易有一天放晴，天气预报又说晚上还会继续下雨。

白珠秀连忙请了半天假，带着钟听一起搬家。

行李在一周前就已经陆陆续续在收拾，到这会儿早已经打包完成。

一切准备就绪。

白珠秀下了个货拉拉订单，又私下给司机师傅塞了五十块钱，让他帮着一起搬箱子。

两人东西不算多，加上近些年一直在租房，也没什么大件，很快就顺利搬完。

母女俩跟着司机一同坐上小货车，前往锦西路新家。

老房子比想象中更加破旧，卸下行李后，钟听帮白珠秀里里外外清理收拾了很久，才开始把自己的东西往屋子里归置。

不知不觉，天色渐渐暗下来。

白珠秀看了眼时间，直起身吩咐钟听："听听，我这边脱不开手，你先去买点油盐酱醋吧，再晚可能要下雨了。晚上咱们拌点面吃？"

钟听乖巧地点点头，换鞋出门。

白珠秀不忘扬声喊一句："路上注意安全！就在刚刚我们进来那个巷口的超市买就行，别走远了啊！"

钟听第一次来红墙弄堂，对各处都不熟悉，只能循着依稀的记忆往外找。

这个点，正是住户们下班的时间，巷子里来来往往人不少。她不方便问路，但也还算顺利地找到了一家小超市。

只是等她从超市出来时，外头已经下起了雨。

短短半分钟内，雨丝肉眼可地见变得细密，将昏黄的路灯光线一点一点遮挡，直至变得朦胧黯淡。

水滴敲击着屋檐砖瓦，雨幕成了一道帘。

钟听站在狭窄的檐下，思忖片刻，决定就这样跑回去。

反正是夏天嘛，这么热，淋几滴雨也不会感冒，回家洗个头就好。

接着，她便将手中的塑料袋打了个结，抱在怀里，大步冲进了夜雨中。

原本就不太熟悉的巷弄，因着天黑又下雨，变成了纵横交错的迷宫，钟听循着记忆闷头跑了十多分钟，还没有看到熟悉的岔口，心中陡然一惊，不由自主地停下了脚步。

环顾四周。

目光所及，一个人也没有。

她有些紧张，咬了咬唇，从口袋里摸出手机，开始导航。

只不过还没等她将新家的地址从和白珠秀的聊天记录里找出来，身后突然传来了脚步声。

继而钟听的手臂被人从后面钳住，一把拽了过去。

“啪嗒”一声。

手机没拿稳，掉到地上。

钟听愕然瞪大了眼睛，想要挣扎，但后头那人力气比她大，身形也明显比她高大，几乎在察觉到她意图的刹那，就又握住了她另一边的肩膀。

这下，她整个人再也动弹不得，只能眼睁睁地看着自己被往后带去。

左侧十步远处就有一个拐角，拐角后面的墙根下，几个高中生模样的男生正蹲在那里。

他们大多打扮得有些流里流气，穿着破洞的短袖和牛仔裤，脖子上“丁零当啷”挂了一大串金属链子，头发上喷了半斤发胶，淋雨很久也不见塌。

钟听不适地蹙了蹙眉。

身后挟着她那人朝那几个男生喊了句：“我把妹妹带来了哈——”

话音落下，几个男生齐齐扭头看向钟听。

钟听一惊。

他们中为首的是个锡纸烫黄毛，第一个站起身，朝钟听走来。

见状，钟听脸色发白，挣扎得越发厉害。

黄毛一把攥住了她尖尖的下巴，表情不善：“跑什么？妹妹，哥几个就想找你聊聊天，至于这么害怕吗？”

钟听无力地张了张嘴，发不出声音，又低头想去咬他的手指。

那黄毛眼疾手快，立马收了手，接着又抓住了她的头发，用力往下一拽，迫得她整个脑袋高高扬起，不得不与他对上视线。

这下，距离拉近，黄毛彻底看清了钟听的脸。

他愣了一下，收起狠厉，调笑道：“这么漂亮的妹妹，怎么这么凶呢？应该放暑假了吧？晚上又不用上课，要不要一起去玩？”

钟听还是不说话，只是瞪着他，浑身紧绷，一副伺机而动的模样。

剩下那几个男生也围了上来。

“哪儿来的姑娘哦！这么漂亮！”

“咱们学校里没见过吧？”

“既然不是我们学校的，应该是海城实验中学的吧？啧，看着这么乖，玩起来应该很有意思。”

几人你一句我一句，完全没把钟听放在眼里，一副天不怕地不怕的样子，也不知道究竟想做什么。

雨滴混合着汗水落到眼睫上，钟听又张了张口，想要呼救，但依旧无功而返，终于忍不住绝望。

很快，那黄毛注意到了她的神情，十分无赖地笑了一下，很突兀地问道：“妹妹，要不要跟着我们混？海城实验中学的女生，哥也是认识几个的。”

钟听没有一点反应。

黄毛：“嗯？怎么不说话？哑巴了？”

钟听被他抓着头发，一摇头就被扯得头皮生疼。纵然如此，她还是拼命摇着头，直至眼圈泛红。

黄毛收了笑，冷哼一声："不识抬举……对了，你家住这附近吧？红墙弄堂里的？是不是很想走？"

钟听噙着泪花，赶忙点头。

"既然如此，借哥哥们一点买烟钱就放你走。"

钟听对这个夏夜的记忆，因着趋利避害的本能，已经开始逐渐模糊，剩下的部分，大抵就定格在沈珈述出现的那一刻。

长身玉立的男生从阴影中出现，悄无声息地站在那几个男生半步之外。

他生了一副祸害的样貌，似白玉莹润白皙的脸，桃花眼，鸦羽一样的睫毛，鼻梁高挺，嘴唇单薄，是天生就能引人注目的精致五官，挑不出一丝错。

他刘海应该是被雨淋过，耷拉到额骨上，越发衬得眉眼深邃，有种桀骜不驯的痞帅感。

沈珈述一出手，就牢牢控住了钟听面前那个黄毛的手肘。

黄毛回过头，正欲破口大骂，瞧见了来人的模样，声音陡然打了个飘："述、述哥……"

沈珈述的语气懒洋洋的，很有些散漫意味："你们干吗呢？"

黄毛与另外几个男生对视了一眼，讪讪笑了笑，答道："没干吗，正好瞧见这个漂亮妹妹，想和她聊聊天，认识一下……认识一下而已。"

沈珈述抓了下头发："人家明显不乐意，你们几个大男人怎么好意思为难一姑娘？"

"这……"

几人面面相觑。

他们几个是隔壁职高的学生，仗着自己未满十八岁，在这一片管理混乱的城中村里颇有点为所欲为的意思。

做坏事也不是一次两次了。

今晚，他们恰好遇上了落单的钟听，见她瘦弱又生得清秀漂亮，忍不住动了点邪念。

只是往常横行霸道的少年人，在沈珈述面前，连他的一只手都挣不开，于是彻底转变了立场，好像变成了另一个"弱不禁风"的女生。

沈珈述懒得与他们废话，一把将人甩开，往前一步，精准地抓住了钟听的手臂。

他的动作看起来轻轻松松，轻而易举就将小姑娘从那几个混混中拎了出来，而后只是轻描淡写地一抬眼，黄毛立马表情肃然，二话不说，带着手下们转身跑开了。

眨眼间，这个阴暗的拐角处就只剩下了沈珈述和钟听。

雨声不绝，钟听红着眼睛，仰起头，冲沈珈述比比画画。

她知道对方应当看不懂手语，但手头没有纸笔，手机也落在了外面，没有办法表达自己的谢意。

只能碰碰运气。

沈珈述比她高了将近一个脑袋，低头看她时，眼神显得颇有些淡漠。

他并未搭理钟听的动作，似乎也不在意她是不是不会说话，只是随口提醒道："下次没事别来这边。"

说完，少年抓了把头发，转身扬长而去。

修长的背影渐行渐远，最后消失在雨幕中。

钟听追出去几步，回过神来之后，又停下脚步，一脸怔怔地目送他离开。

钟听没有将这件事告诉白珠秀，只是说自己走岔了路，找了一会儿，所以耽误了时间。

过后，她在这一片住得久了些，才知道当时自己是迷路到了红墙弄堂的另一个端。

那边比锦西路这个入口更乱更旧，租金更低，里头开了不少网吧、游戏厅、台球厅之类的，专门做附近职高学生和一些混混的生意。

加之还住了些社会边缘人士，因而晚上也总是吵闹不休。

钟听不知道那个突然出现的男生是什么人，下雨天为什么还会在那里。为此，她有想过再去一趟，想法子打听一下。

如果运气好的话，或许还会再遇见一次。

但想到他的告诫，还是作罢。

这件事深埋在她心底。

现在，钟听终于知道了对方的名字。

他叫沈珈述，也是海城实验中学的学生。

好巧不巧，还成了她的新同学。

下雨夜的秘密，掀开了不为人知的第一个角。

钟听重新从笔袋里捡了支笔，低下头，强掩着笑意，在董西的字迹下面写上回答。

——不认识。所以他是谁？

沈珈述趴在座位上睡了一上午。

上午有四节课，却没有一个老师试图叫醒他。

在 A 班这种班级，这一切看起来实在反常。

许是察觉到了钟听的疑惑，课间休息时，董西拉着她去打水，顺便给她"科普"了一下沈珈述之前的"丰功伟绩"。

"沈珈述在我们学校很有名的，你之前在学校里都没有见过他吗？也是，他好像确实不按照正常的时间出现，也不怎么参加校内活动。

"他家很有钱，听说给我们学校捐了一大批实验器材，所以他能一直待在 A 班，不会被发配到后面的班级去。

"老师们都已经不管他了。你看今天早上彪哥那表情，完全把人当空气。

“其实高一开学那会儿，彪哥应该是有想过把沈珈述掰回来的，但是联系了几次家长都没有联系上，沈珈述自己又完全不搭理他，气得他在办公室大骂了一顿，然后就对他放任自流了。

“我还听说……他一直和校外的一帮混混玩在一起，压根没有人敢惹他的……”

董西很有分享欲，可能也是怕钟听初来乍到，搞不清楚这个同班同学的状况，前前后后地说了一路。

钟听一贯是个很好的倾听者，她表情很淡，不过并不会让人觉得敷衍，她时不时还会点头表示自己还有在听。

最后，话题不可避免地转到了一些“桃色绯闻”上。

董西凑到钟听耳边，轻声补充：“咱们学校里有好多女生喜欢他呢，听说他有过很多女朋友，总是有女生跑来我们班级看他。啧，过几天你应该就能瞧见那个盛况了。”

闻言，钟听脚步微微一顿，眸光黯了黯。

她把水杯盖拧紧，夹在手肘下，又举起胳膊，像是想对董西打手语。

董西按住了她的小臂，笑道：“亲爱的，请原谅我暂时对手语还没什么造诣。回教室写字说吧？我虽然成绩不是非常好，但字写得还不错呢。”

钟听感受到了董西的善意和体贴，感激地朝她笑了笑，点头应下。

两人回到 A 班教室。

上课铃还没打响，后门边最后一个座位上，沈珈述还是趴在那儿，只留出一个毛茸茸的后脑勺供人观赏。

钟听从他身后走过时，忍不住瞥了他一眼。

这会儿没有雨丝，少年的头发依旧柔软地盖在脑袋上，很柔顺的样子，倒是与传说中的他的个性不甚相符。

董西没有注意到钟听的小动作，拉着她来到自己桌前。

教室里不方便玩手机，这些日子，为了能方便与钟听交流，董西也在课桌上备了一本小册子，大小合适，能随时让钟听写字，还方便撕下来。

董西给钟听手上塞了一支笔，语速飞快：“快快快，你想问什么？快写，别一会儿上课了。”

钟听笑了一下，沉吟半秒，弯下腰，动笔。

——学校里还允许早恋吗？

董西一撇嘴，觑了觑沈珈述所在的方向，确认他没有动静，才压低声音答道：“当然不允许，所以都是听说而已。”

钟听了然地点点头，放下笔，表示自己没什么好奇的事情了。

从董西口中，她已经得到了很多关于沈珈述的消息。

这些就已经够了。

足够支撑她勾勒出一个幻想中的形象。

飞扬跋扈、玉树临风的少年，老师、家长、同学眼中不够听话的孩子，但在曾经的某个瞬间，是她的救世主。

钟听压根不愿回忆那个下雨的傍晚。

无助、恼怒、绝望……

要不是沈珈述的出现，她甚至不敢想象自己最后究竟会发生什么事。

现在她好不容易再次遇见他，应该要找机会同他道谢吧？

哪怕他好像已经不记得这件事了。

钟听咬了咬唇，回到座位上，垂下眸，兀自陷入沉思。

午休过后，钟听和董西回到教室，后排已经被几个陌生面孔的男生女生围了起来。

包围圈中央是沈珈述。

他应该是刚刚睡醒没多久，眼皮耷拉着，一只手撑着脑袋，另一只手转着笔把玩，一副懒洋洋的散漫样，好像对周围人的关注一点都不在意，对他们的话题也完全不感兴趣。

直到一个女生的手掌抚到他肩上，他才终于抬起头，眼中出现了一丝神采。

那女生容貌昳丽，脸上化了很淡很淡的妆，显得气色极好，身材在同龄人中算得上出类拔萃，哪怕穿着海城实验中学的短袖校服，依旧十分吸睛。

钟听默不作声地从一行人后面穿过去，虽然表情不显，但注意力一直停留在那圈人那里。

她看到那个女生屈身凑到沈珈述的耳边说悄悄话，半个身子都快要靠到他身上了。

而沈珈述并没有推开这个女生。

他们十分熟稔地在聊着什么。

偏偏钟听的听力不好，纵然只隔着一条过道，加上周围嘈杂、两人还有点压低了声音，她就什么都听不清了。

陡然，钟听心中生出些许苦涩和气恼来。

她扭过头去，把课本翻出来，逼迫自己将注意力调回作业上，不再刻意关注隔壁桌。

然而，很快，沈珈述旁边那几个人爆发出激烈笑声。

“……哈！述哥太给力了，还是令姐面子大啊！”

与此同时，董西的字条也准时扔到钟听手上。

——沈旁边那个女生，你知道是谁吗？

钟听抿着唇，想了想，一笔一画地写。

——不知道啊。

——渠令！

——哪个渠令？

——听，你高一到底干什么去了，真是两耳不闻窗外事啊？就是那个拿

了好几次处分的学姐！

董西这么一说，钟听对这个名字生出了一点模模糊糊的印象来。

按照海城实验中学的惯例，每周一的升旗仪式，以及每学期的开学仪式，都会表彰一些成绩优秀的学生，再派代表发言，算是给其他学生起表率作用。

相燃就上去发过言。

这个叫渠令的学姐似乎也上去过。

高一时，班上和钟听关系最好的女生叫周艺笑，也是个比较沉默寡言的女孩子。她说自己最向往成为渠令学姐这样的人，就算是在海城这种极度在意成绩的学校里，也可以随心所欲地说笑玩闹，做些离经叛道又惊世骇俗的事，还能不耽误成绩，让老师家长无话可说。

原来就是她啊。

钟听本来对周艺笑的话不置可否，这回竟然也忍不住生出了一点点艳羡之心。

到午自习开始，沈珈述身边那群人才散去。

沈珈述看了眼时间，对已经站到讲台上的任课老师完全熟视无睹，旁若无人地拎起书包，在众目睽睽之下径直从后门离开。

这一次，钟听没有抬头。

她只是在想，沈珈述如果每天到班里来都只是睡一觉就走的话，她应该什么时候、找什么机会和他道谢呢？

贸然上去搭话，会不会有点奇怪？

这个问题，钟听没纠结太久。

翌日，沈珈述没来学校。

第三天也没来。

直到周五早上，钟听踏进教室，第一眼就注意到了后门边最后一排的人。

时至九月中下旬，海城酷暑已过，但秋老虎威力尚存。

白日依旧还是燥热，但早晚有风，相比之下就没那么热，钟听不想迎着太阳走出一身汗，趁着温度还没升高，干脆就和白珠秀一起出门去学校，还免了撑伞的麻烦。

海城实验中学基础设施配备齐全，每个教室都有空调，钟听往往是第一个到，先把空调打开，然后安安静静地独自预习一会儿。

朱义彪一开学就通知过，等高二第一次月考结束，国庆小长假放完回来，他们就要交选科意向表了。

去年，海城摒弃了过去“3+1”的高考模式，正式开始实行“3+3”的新高考，除去必考的语、数、英大三门之外，剩下小三门都要学生自己做出选择。

这件事，钟听和白珠秀已经商量过。

白珠秀虽然对钟听管得严，要求也高，但这种细节方面还是会让钟听自己做决定。

“听听，妈妈希望你成绩好，但也不想你太辛苦。小三门就选你比较擅长的，学起来轻松一点。或者，你以后想做什么工作，按照那个方向选也可以。”

想做什么工作？

钟听完全想不出来。

甚至压根没有考虑过这件事。

她从小就是个哑巴，发不出声，听力也有损伤，受过的歧视何止二三。连自己的亲生父亲钟浩都怕她未来是个拖累，早早地就丢下了她们母女。

在这种情形下，还有什么理想可言呢？

钟听只是按照白珠秀的要求，按部就班地走着。

到现在要考虑未来的时候了，她才骤然意识到自己就像是湖面上漂浮着的绿藻一样，漫无目的，随波逐流，没有目标，也没有终点。

思及此，钟听也免不了叹气。

只能走一步看一步吧。

但她再迷茫，也不会懈怠下来，依旧日日早点来预习复习背单词。

谁承想，今日居然有人比她到得更早。

那个人还是神出鬼没的沈珈述。

完全意料之外。

钟听脚步停顿片刻，见沈珈述一直趴着没有动静，这才蹑手蹑脚地继续往前。

走到座位前，她小心翼翼地拉开椅子。

确认隔壁的人没有被吵醒，钟听暗自长舒了一口气，慢慢坐下，把书包里的笔记本摸出来，翻开。

拿笔时，她的余光却不小心瞥到地上散落的红色纸张。

钟听愣了一下。

踟蹰半晌，她又看了看一动不动的男生，终于弯下腰，伸手把地上那三四张百元大钞捡了起来，轻轻放到沈珈述的桌角。

忽然，沈珈述的声音传来，带了一点点沉闷：“谢了。”

钟听诧异地转过头去，猝不及防对上了少年似笑非笑的目光。

沈珈述已经从桌上支起身。

他的头发比前两次凌乱一些，眼下还有两抹淡淡的青灰，像是没休息好。

但这都无损他出众的容貌。

这人好像就是为了祸害女孩子而生的。

钟听只是与他对视一眼，胸口就开始不受控制地“怦怦”跳起来。

她无措地摆摆手，比了个手势，又手忙脚乱地去找速写本，埋头写字。

——不用谢。

——是我该谢谢你。

怕错过了这个机会，钟听顾不上仔细解释，写完这两行，立刻把速写本

举起来给沈珈述看。

沈珈述瞟了一眼，漫不经心地颔首："以后别往那边走。"

这下，钟听是结结实实地愣住了，眼睛跟着不由自主地瞪大。

原来他还记得她?

只是没等她再写什么，沈珈述已经重新趴了下去，合上眼。

"没事别烦我。"

钟听有些失落地点点头。

纵然没人能看到。

她折回身，将速写本收进课桌里。

想了想，她又从书包深处找出一本日常随记本，打开，翻到最新的一页。

前面一页写了沈珈述的名字。

只有端端正正的"沈珈述"三个字。

新一页，钟听犹豫了一会儿，开始动笔。

——沈珈述还是不在意我会不会说话，没有嘲笑，没有鄙夷，也没有好奇惊讶。

——他不在意我，当然不会在意我是不是哑巴。

——但没关系。

——今天他和我说话了……

后面几天，沈珈述倒是每天都来学校上学。

钟听悄悄观察他，发现他大部分时候都在睡觉，或是在课上明目张胆地玩手机、看一些闲书，极其偶尔也会抬头看向黑板，微睁着眼，像是在神游天外。

这样挺好，至少不会注意到她的偷偷打量。

很快，九月进入尾声。

海城实验中学开始进行这学期的第一次月考。

这也是钟听进入A班之后的第一次考试。

她本就是吊车尾考上来的，又加上月考后面就要选小三门科目了，总归免不了心里发慌，一连好几晚都睡得不是很好，自然而然脸色也跟着惨白了些，显得有几分孱弱。

暑假过后，白珠秀的副业逐渐走上正轨，闲下来就要去阁楼踩缝纫机，当下也没有及时注意到钟听的状态。

月考第一天，钟听早上起床就觉得有一些不舒服，头重脚轻的。

她强撑着吃过早饭，等白珠秀先走之后，偷偷找了点感冒药吞了，出门去学校考试。

海城实验中学的月考一般都在各自的教室考，由班主任安排座位。

A班是按学号依次坐，而他们的学号就是用成绩排名的。

钟听坐在靠窗的倒数第二个座位，后面就是沈珈述。

她坐下之后没多久，沈珈述就进来了。

许是因为考试，沈珈述难得没有直接埋头睡觉，而是懒懒散散地靠在椅背上，双手压着桌面，右手虎口上架一支水笔，有一下没一下地打转。

“哒……”

“哒……”

沈珈述应该很会转笔，这么一段时间里，笔只有两次碰到桌面，发出轻微的碰撞声。

钟听原本在翻书，渐渐地，注意力就被身后那人勾走。

她倏地想起来，沈珈述的手很漂亮，手指细长、骨节分明，有种白玉般的质感。

中午休息时间，钟听不止一次见过他一只手斜斜撑着脸，另一只手把玩打火机的样子。

那枚打火机是银色的，但好像并不如它的主人那样引人注目，能将旁人的视线牢牢黏住。

……所以，他抽烟吗？

想到这儿，钟听的鼻尖不自觉地微微翕动了一下，并没有闻到后面有烟味传过来。

但董西说过，沈珈述和外面的混混走得很近。

上回在红墙弄堂那边，那几个男生也是一眼就叫出了他的名字。

他们应该是认识的。

至少也是见过。

钟听从小到大一直是老师和家长眼中的乖乖女，四平八稳地长大，除了不会说话，好像没什么特别大的缺点，她也不曾做过什么叛逆的举动。

她不知道董西口中的“混混”具体是指什么人，想象里，应当就是那天将她围住的黄毛之流。

当时，他们就聚在墙根底下抽烟。

沈珈述也会这么做吗？

钟听不由自主地蹙了蹙眉。

他应当不是这样的人才对，要不然也不会向陌生人伸出援手了。

还没等她理出个所以然来，下一秒，一道清澈散漫的声音突然在耳边响起——

“喂。”

钟听浑身一僵，条件反射般飞快转过身去。

沈珈述似乎被她这么大幅度的肢体动作惊到，停顿了一瞬，一贯懒散的桃花眼也上扬起来。

偏偏只这么一眼，钟听的耳根就开始发烫。

她大脑空白，手忙脚乱地打手语，又意识到对方根本看不懂，只能讪讪收了手。

她不好意思同他对视，就定定地盯着他的脖子，等他说话。

沈珈述似乎极轻地笑了一下，慢条斯理地开口：“你要去医务室吗？”

钟听不明所以地眨了眨眼。

沈珈述指了一下她的脸：“生病可以申请缓考。”

他话音落下，钟听立刻摸向自己的脸。

她以为是自己脸上烧得发烫，被沈珈述看了出来，谁承想，手指一触及脸颊的皮肤就明显感觉到了不太对劲。

不仅仅是脸颊，脖子、手心的热度都有些不同寻常。

不是因为害羞。

她好像是真的发烧了。

大概是因为在A班月考有点紧张，她刚刚才一直都毫无察觉。

钟听有些不知所措地咬住嘴唇。

她这副呆愣愣的模样，换来沈珈述又沉沉笑了一声。

他站起身，如同上次在小巷里一样，握住了钟听的手臂，将她从座位上拉起来：“走。”

今天，钟听穿着海城实验中学的夏季短袖校服，沈珈述这一抓，等于直接碰到了她的皮肤。

他手心温热，但碰到她的时候，却好像带着丝丝凉意。

骤然间，钟听回过神来。

她连忙仰头看向沈珈述，摇摇头，又摆摆手，挣开他，去桌上找纸笔。

速写本没带，考语文也无须草稿纸，她一时之间找不到合适的东西写字。

钟听没有犹豫，用水笔飞快地在自己手心写了一行字：不用不用，我能考的。谢谢你！

她张开手心，示意沈珈述看。

沈珈述瞥了一眼，不置可否：“随你。”

他也只是因为看到她后脖颈的皮肤红得不正常，这才随口提醒她一下而已，既然人家自己觉得没关系，他当然更无所谓。

沈珈述坐了回去。

钟听收了手，赶忙又朝他笑了笑。

事实上，因为环境的关系，钟听不笑的时候，气质是颇有些忧郁的。再加上她的平刘海和厚重的妹妹头发型，显得整个人单薄瘦弱，又因为皮肤过于白皙，平时垂着头不说话，还会有种阴郁感。

只不过她的眉目生得很好，清清淡淡，十分秀气，稍稍一笑就有点精灵似的轻盈感觉，像个不谙世事的青涩小女孩。

平和无害不说，偶尔还能勾出旁人的怜爱之情。

沈珈述看她笑，动作再次停顿了一下。

眼见时间已经不早，距离打铃发考卷约莫只剩十来分钟，钟听顾不上再同沈珈述说话，打算快点去厕所洗个手。

手心有一排字，要是被监考老师看到，就有点解释不清了。

只是，她刚转过身，面前就横过一条长腿，彻底拦住了她的去路。

始作俑者还是那副玩世不恭的随意表情，似笑非笑地看着她，声音有种戛玉敲冰的好听意味：“还没来得及问……

“新同学，你叫什么名字？写了再去洗手。”

闻言，钟听愣了愣，从沈珈述手中接过水笔，很快又在手心写了两个字。

沈珈述瞄一眼：“钟听？有点意思，我记住了。”

一瞬间，钟听几乎动弹不得。

名字是最短的咒语。

在沈珈述念出这两个字的刹那，她就像是被把住了命脉一样，魂飞魄散，不知所措。

之前，钟听尚不能确定自己对沈珈述过度的在意是因为什么。

如果说只是为了感激……

可她已经当面道过谢，并且对方明显表达了不在意，也不想再提及的意思，所以应当不单单是这个原因。

这种朦胧难辨的感觉，像是一根细线牵动着心脏，随意拨弄一下，就会扯得心跳随血液一同沉甸甸地下坠，至心潮起伏，坐立难安。

思绪被完全带跑，好像全宇宙唯有沈珈述值得被关注。

直到这一刻，她终于有些迟钝地醒悟过来。

她的人生，从未满十七岁的那个夏夜开始，有了不能告人的秘密。

钟听向来是个很有毅力的女孩子，可以预见，这个秘密将持续很久很久。

从此刻开始。

勉强撑过三天月考，钟听还是支撑不住倒下，发烧到 38.7℃，有些浑浑噩噩地睡了很久，清醒的时候只觉头疼不已。

幸好没怎么耽误考试。

月考之后就是七天国庆小长假，在家里养养病，三五天大概就能好起来。

白珠秀见女儿生病，也没心思缝玩偶做拖鞋，忙前忙后地给钟听熬粥擦脸，晚上睡觉都睡不安稳，时不时就要摸黑到钟听的房间来看看。

见她烧得小脸通红、半张着嘴、呼吸急促，白珠秀声音有些哽咽了：“听听？听听？起床，我们去看病吧。”

钟听打小不喜欢去医院。

因为有一阵子，白珠秀不死心，带钟听跑遍了海城的各大三甲医院的耳鼻喉科，想要再努力一下。

不能说话是打娘胎带出来的毛病，但听力说不定还能治。

事实上，钟听是个小哑巴这件事，也是因为一场意外。

起因是白珠秀在怀孕的时候得了急性流感，她不是海城本地人，嫁到钟家，与钟浩和他父母住在一起。

钟浩的母亲性格强势，白珠秀寄人篱下，怕这事儿声张出来之后被婆婆责怪，就自己偷偷到小诊所挂了强效药，这才影响了胎儿，导致孩子生下来就不能说话，听力也受到影响。

为此，白珠秀和钟浩的婚姻走到尽头，她带走了不受钟家人喜欢的钟听，一个人将女儿带大。

对这个女儿，白珠秀心中是有自责和亏欠的。

医生虽然已经下了判断，说钟听声带的损伤是不可逆的，但白珠秀想着，可能耳朵还会有希望。

故而等钟听年纪稍大一点，自己手头上又攒了点钱之后，白珠秀就带着她到处求医。

钟听那会儿每周都奔波在家和医院之间。

白珠秀不舍得打车，要挤公交车，如果是距离远的医院，还得倒车，来回颠簸，相当折磨人。

钟听就这样被白珠秀抱着排队、接受各种检查，再一次次失望而归，直接导致她对医院产生了心理阴影，后来再怎么都不肯去了。

过后就算是发烧感冒，她也只自己在家买点药熬过去，绝对不愿去医院。

这回是有点严重了，吃药短暂压下去的体温到了晚上又开始升高，白珠秀才担心得想让她去医院。

钟听迷迷糊糊中听到白珠秀的声音，勉强睁开眼，笑了一下，还是摇头。

她连在手机上打字的力气都没了。

白珠秀：“这样下去烧成肺炎怎么办？”

钟听拉过白珠秀冰冰凉凉的手，在她手心里一笔一画地写下：不会的。

“怎么不会呢？你又不是医生……”

钟听继续写：明天再不好的话，就去医院。

“真的？”

钟听点头。

白珠秀这才作罢，扶着她的脖子，喂她喝了点水：“说好了，睡吧。”

钟听笑眯眯地打手语。

——妈妈晚安。

白珠秀看得懂，摸了摸她的手臂：“晚安。”

说完，她站起身，带上门离开。

次日。

钟听睁开眼，明显感觉比前几日神清气爽许多。

白珠秀进来给她量了体温，确定她退烧之后，又给她端了一碗小馄饨过来，坐在床头，一边看着她吃，一边说道："吃完继续睡觉，还要看看下午会不会再烧起来。"

钟听点头。

白珠秀又说："后天就是你的生日了，你想吃点什么？出去玩肯定不行，别的要求妈妈可以答应你。"

闻言，钟听动作一顿。

她看了眼手机上的时间，恍然意识到，后天就是10月6日了。

不仅仅是小长假即将结束，她的十七岁也就要到来。

钟听放下碗，点开便笺APP，打字：我想吃个蛋糕，可以吗？

白珠秀："当然可以。"

钟听继续打字：明天如果没有再烧的话，妈妈带我一起去买蛋糕吧。躺了几天，想出门走走。

白珠秀理了理钟听汗湿的刘海，笑着应下："那就看你今天能不能好了。"

幸好，下午没有再复发。

一场高烧结束，钟听再爬起来的时候，觉得浑身酸软，关节都变得软绵绵的，好像不受控制了一样。

她在房间里转了两圈，待恢复一点力气后，下楼洗漱。

10月5日，海城是个好天气。

云层很厚，没有太阳，秋高气爽，适合郊游。

风中已经带上了一点点凉意。

下午，钟听同白珠秀一起出门。

锦西路附近没有蛋糕店，两人搭车去两站路外的商场买。

钟听不怎么喜欢吃奶油，也不太爱吃蛋糕芯，不过一年只有一次的生日，还是应当有些仪式感。她挑了个巧克力慕斯蛋糕，六寸大，够她们母女俩吃两天。

回到红墙弄堂，已至暮色四合时分。

下车的车站和去时不是同一个，也不在锦西路上，而是在红墙弄堂的另一边，相对来说更加热闹些。

白珠秀看到路边有个7-11便利店，停下脚步，同钟听说："听听，我们去买点饭团吧，当明天的早饭。再买点冷饮？你想不想吃？"

钟听点了下头，拎着蛋糕跟在白珠秀身后，走进了那家7-11。

便利店里有供顾客吃饭休息的桌椅，桌子前是一整面玻璃，正对着路边。

白珠秀买东西一向十分仔细，价格、日期都要细细核对，钟听干脆就坐到桌边去等。

她摸出手机，先回复了董西的消息，之后又随便刷了几个APP。没什么新信息，她只好无所事事地撑着脸，望向玻璃外面。

许是因为放假，路上比往日更加热闹，不少学生模样的人来来往往。

前一阵钟听才知道附近有个职高，里面一些学生隔三岔五会出来晃荡，三五成群，不知道要去做些什么。

好巧不巧，这会儿就有。

一行年轻人穿过马路，朝 7–11 这个方向走来。

为首的又是个黄毛。

钟听浑身冰凉，仔细确认了好几遍，不是之前那个黄毛，这才放下心来。

黄毛走过去之后，后面还跟了个熟悉的面孔。

只一眼，钟听便愕然地站起身。

那是……沈珈述！

不仅仅是沈珈述，还有之前在 A 班教室见过的渠令学姐。

渠令今天穿了一身红色波点裙，娃娃领，中间收起细细的腰线，越发显得她前凸后翘，身材极好。

这会儿，沈珈述的手臂就搭在渠令的纤腰上，半揽着她往前走。

他们都没有发现便利店里灼灼的视线。

最后经过钟听面前时，两人旁若无人地交头接耳了几句。

虽只是说话，但看起来亲昵，还引起了后面几个人的起哄。

即使隔着玻璃，钟听仿佛也能听到那些调侃笑闹的声音。

她的听力，为什么没能在这个时候失灵呢？

大约二十分钟后，白珠秀终于结完账，拿着袋子来找钟听。

“听听？”

察觉到钟听愣神，白珠秀轻轻拍了一下她的后背：“怎么在这里发呆呢？不是和你说过，在外面要小心，自己的东西都要看好……”

眼见着白珠秀就要开始念叨，钟听连忙抹了下脸，开始给她打手语。

——我知道啦，刚刚在想选科的事情。

白珠秀得知她在想学习的事才罢休。

“那也不能在外面走神啊。下次注意，知道吗？”

钟听还是点头。

白珠秀：“回家了。”说完率先往外走去。

钟听站在后面，忍不住又伸手抹了一下脸。

幸好……

幸好白珠秀没有看穿她拙劣的演技，要不然她还真不知道该怎么解释呢。

钟听先是庆幸，但想到刚刚看到的那一幕，心情还是不可抑制地低落下去。

此刻，她就像是站在一个密闭的玻璃瓶内，无论瓶外的蝴蝶和森林发生了什么，她都无权插手，也无法插手。

玻璃瓶被打破，或许她就会死掉。

只有旁观者，才是适合她的位置。

收假第一天的早自习，朱义彪直接走进教室，下发月考成绩单。

因着出分速度实在太快，让人不免疑惑各科老师是不是连假期都在加班批改试卷。

要是这样的话，实在尽职到令人生不出怨怼之情。

钟听拿到那张写着各科分数和排名的小字条，眯起眼，一时间都不敢立刻仔细看。

同学成绩超出自己一大截的新班级。

考试的时候还发着烧。

就算整个暑假都一直在学习，也很难这么快就突飞猛进，并在考试成绩上表现出来。

她预先做了个深呼吸，这才缓缓睁开眼。

——钟听，高二A班，语文122分，数学99分，英语104分，物理97分……班级排名42，年级排名77，平均分……

因为这届高二还没有选完小三门，除去语、数、外之外，剩下的政、史、地、物、化生全部要考，都按照150分算总分。

这样排名，对偏科的同学不太友好。

但钟听所有科目成绩都还算均衡，除了数学和英语相对拖后腿，别的都马马虎虎。

因而她以吊车尾的分数进了A班，这回排名居然还往前蹦了三四名。

十分出乎意料。

海城实验中学算是私立名校，月考考卷是自己学校出的，比统考卷难度要高一些，能有这个分数，钟听已经足够满意。

往后再继续努力吧。

她暗暗长舒一口气，放松身体，靠到椅背上。

讲台上，朱义彪还在说话："相信大家都已经看清自己的分数和排名了。虽然只是一次小小的月考，但是马上就要选择小三门，这个成绩也是要作为参考的。希望你们自己能拎拎清楚，不要整天觉得什么都无所谓。明年就高三了，时间不等人……"

底下都是窸窸窣窣的私语声，好像没人在听。

朱义彪知道同学们急于讨论分数，干脆收了说教，将自己手上的数学考卷让课代表发下去，转头离开教室，将早自习剩下的几分钟时间留给他们。

等老师一走，董西立马倾身，凑到钟听旁边，问："你考得怎么样？"

钟听笑了笑，将分数条递给她看。

董西扫过那一行数字，忍不住"啊"了一声，仰天长啸，哀号出声："你理化这么好呀！我完蛋了，我爸妈还想让我选理地生呢，这回全崩了……惨了惨了，回家要挨批了……"

董西原本在A班就是后几名，要不然也不会坐到钟听旁边。

不过，好歹是没有滑出过 A 班。

在海城实验中学，除了冲刺班那群神人，还有不需要参加国内高考的国际班，剩下最好的就是 A 班了，不至于拿不出手。

和钟听相比，董西偏科严重。

她生物和地理好得出色，数学和物理则是奇差无比，在及格线边缘摇摇欲坠。

这样一算，她比刚转进来的钟听的总分还要低上四五分。

见董西表情丧气，钟听轻轻拍了拍她的肩膀，想要安慰，偏又说不出什么，只好一笔一画地写下来。

——没关系的，只是月考而已，下次再加油。

董西尚未来得及说话，突然，一只修长的手陡然出现在两人眼前，食指和中指夹住了钟听的分数条，轻飘飘地拿了起来。

钟听扭头看过去。

猝不及防，对上了沈珈述的脸。

她整个人不受控制地开始变得僵硬，好像四肢都不是自己的了，继而连背脊都变得硬邦邦的。

她笔挺笔挺地立着，任由人审视。

沈珈述应该是刚刚才进教室，连书包都还没放下，单肩背着，一只手插在口袋里，另一只手则捏着钟听的分数条，仔细“观摩”着，一派懒懒散散的悠闲模样。

他的呼吸仿佛就在头顶不远处盘旋，每个若有似无的起伏间，都会令钟听回想到几天前的那个场面。

惊涛骇浪也只是内心独角戏，算不得什么，亦不足一提，只不过她还没想好该如何面对他。

本来以为他今天不会来学校的，谁知道……

这一刻，钟听觉得时间好像已经过了一万年那么长。

但事实上，不过半分钟，沈珈述就把字条重新放回她桌面，玩味地点评了一句：“带病上阵，居然考得还不错。”

钟听眨眨眼，耳根有点发烫。

但沈珈述压根没注意到这些细枝末节，已经自顾自地坐回座位上，肆无忌惮地玩起手机来。

钟听被他这一连串随心所欲的举动打得措手不及，大脑空白了片刻。

心潮浮动间，又免不了生起微弱的、难以言说的埋怨。

他是觉得很好玩吗？

为什么要突然和她搭话？

为什么记得她生病？

为什么要夸她考得好？

他难道不知道自己随便的一举一动都有可能掀起旁人心底的海啸吗?

明明都是有女朋友的人了……

钟听默默抿起唇。

倒是董西，听到了沈珈述的话，忍不住小声问了一句："听听，你之前生病了啊？严重吗？"

钟听回过神来，嘴角轻轻牵起。

她在纸上写下"还好"。

董西目光偏移了一点，又很快挪回来，声音压得越发低了："你已经和沈珈述很熟悉了吗？他怎么知道你生病的？你都没告诉我。"

最后一句里有显而易见的情绪。

钟听拍拍她的手背，写字速度立马加快。

——考试他坐我后面，应该是看到我脸上很红。

董西若有所思地点头："原来是这样啊……"

钟听也跟着点头，表情十分坦然，不见任何端倪。

幸好董西没有再继续纠结这个话题。

两人转而聊起旁的事。

虽说是"聊"，实际上主要还是董西在说，钟听大部分时间都在侧耳倾听。

秋日阳光从窗外洒进来，穿过大半个教室，悄悄抚上她白皙光滑的脸颊。

沈珈述从臂弯中抬起头的一瞬，眸光恰好落在钟听脸上。

他眯了眯眼。

这会儿，钟听正低垂着头，半长的头发落下来，遮住了大片侧脸，只露出一截鼻子和半段尖尖的下巴，有种半遮半掩的清纯稚气感。

从这个角度看过去，光线停驻在她的黑发上，像黑白钢琴键上跳动的音符，似乎能叫人心脏瞬间停顿。

沈珈述屏息观赏数秒，指腹在桌面轻轻敲了几下，接着又饶有兴致地低笑了一声："呵。"

有点意思。

花费一个周末，钟听填好了选科初步意向表。

生、化、地。

三门都是学起来相对不那么费劲的科目。

她英语不好，平时要花费特别多时间在英语上，当中还要分一部分给数学，要是再选历史或政治这种需要背的科目，后面时间可能会不够用。

物理则不仅计算量大，卷面难易程度还有可能让成绩大幅度波动，干脆直接放弃。

如此挑挑拣拣之后，生化地就是最优解。

白珠秀没有异议，在意向表上签了字，顺便还不忘交代几句："听听，选完科之后也不能松懈，你们高二后面是不是还有会考？别觉得高考不用考，

就不管其他几门课了，抓紧时间，知道吗？”

钟听笑了笑，收起意向表，乖乖点头。

按照学校安排，选科意向表提交之后，班主任还会和家长们联络交流，等一切确定下来，期中考试结束，高二就开始实行走班制。

然而，在此之前，还有一件更令同学们关心的事——

学农实践。

学军、学农、学工，这是海城高中生的传统，也是教育局明确规定的社会实践活动，每个学校都必须参加。

他们这届高一时已经组织过一回，去了东方绿洲，据说这回是要去市郊的学农基地，和之前一样，要在那边待五天四晚。

毫无疑问，这对于每天都被困在作业中挣扎的高中生来说，就是一次放风活动，实在很难不令人期待。

传言就像野火燎原。

见班上人心躁动不已，很快，朱义彪干脆将这件事公布出来。

“……我知道你们兴奋，但是还有半个月才去，这期间不能影响上课。要不然，我让你们五天里每天都得写作业。”

“啊——不要啊——”

“彪哥手下留情！”

朱义彪满意地笑了一下，接着说：“秋游回来之后很快就是期中考，你们还是皮绷紧一点。”

事实上，虽说期中考分数和后面高三的各种推优保送项目挂钩，但有冲刺班那些学霸在前面挡着，朱义彪再怎么耳提面命，也很难达到效果。

果不其然，一下课，董西立马把椅子拉到钟听旁边，兴致勃勃地说：“去一周哎！好期待！听听，之前去东方绿洲，你在高一的班级里玩得怎么样？”

钟听写下一行字：很好啊，很开心的。

事实上，因为她行事低调，又不会说话，加上玩得好的周艺笑也不爱出风头，沉默寡言的，全程两人基本就是当壁花，什么集体活动都没参与，自然没有什么特别值得回忆的。

不过钟听不喜欢打击别人的兴致，也怕董西失望，便没有写出真实想法。

她这么一说，果然，董西更加期待：“这次我们睡隔壁，好不好？”

钟听回了一个“好”字。

得到满意的答案，董西的娃娃脸笑成圆圆的一团，凑到钟听耳边说：“我最近没事刷了几个小视频，学了几句很简单的手语。听听，下次如果是简单的答案，你可以试试用手语回答我。”

闻言，钟听愣了一下。

董西笑意加深，摆摆手：“应该的应该的，不用太感动，我们是好朋友嘛，应该要互相走近的，你说对吧？”

学生时代的时间总是过得时快时慢。

不喜欢的课，四十五分钟都觉得难熬，但心中有盼望的事，几周几月不过也就是一眨眼的工夫。

转眼间已是十月底。

高二各班学生坐上了去学农的大巴车。

私立学校学费高，各种基础服务到位，像这种接送用的大巴车，都选择了最舒适豪华的款。

空间大，走道宽敞，一辆车还能坐下两个班的学生。

A 班和冲刺班分在同一辆车。

许是为了照顾钟听，朱义彪让她和董西先放了行李箱，上车去选座位。

两人便最先来到车上，坐进倒数第三排。

董西趴在玻璃上，目光炯炯地望着车下排队的两个班学生。

钟听盯着她看了会儿，从口袋里拿出记号笔，翻开速写本写字。

——西西，你在看什么？

写完，她拉了拉董西的衣袖。

董西转过头来，脸颊难得一见地有些泛红。

她踟蹰片刻才同钟听咬耳朵："我告诉你，但你不能告诉别人。"

钟听立马点头。

董西："冲刺班有个男生，叫相燃，不知道你认不认识……"

钟听怔了怔。

"他……我其实……"

话音未落，已经有人踏上大巴车，董西收了声，眼珠一转，说："你看你看你看，上来的第三个就是。"

钟听抬头，再次见到了那个阴沉的丹凤眼美少年。

两人虽然住在一个弄堂，但上下学时间不一样，除了返校报到那天，这两个月以来，竟然一次也没有碰见过。

钟听瞄了他几眼，看到他独自在前排坐下，一个眼风也没有朝车厢后面滑。

董西不见丧气，满足地喟叹了一声："真是赏心悦目的脸……听听，你别这眼神看我好吗？在咱们学校里，相燃的人气可不比你同桌低多少。"

只是相燃一贯独来独往，性格又冷，不怎么笑，对人总是爱搭不理的，所以没人敢上去自讨没趣。

和散漫随意的沈珈述相比，自然显得人气低了些。

钟听笑了一下，没说什么。

她当然还是觉得沈珈述更好看些。

想曹操曹操到，两三分钟之后，沈珈述就出现在排队上大巴车的队伍中。

这会儿，车上已经坐了快一半人，他站在车厢最前面，目光随意一扫，径直朝钟听和董西这个方向走来。

钟听还没来得及反应，沈珈述就已经走到她附近，在她后面那排空位上坐下。

和沈珈述一起的是班上的体育委员，一个十分高壮的男生，名叫陈天皓，江湖人称一声“皓哥”。

只不过，皓哥在沈珈述面前，倒还是一副小弟做派。

钟听听到陈天皓问沈珈述：“述哥，怎么坐这么后面啊？你改变主意打算和他们一起打牌了吗？”

按照惯例，大巴最后一排的五人连坐是打牌位。

沈珈述选的这个位置，回个身，刚好能加入连坐打牌的队伍中。

面对陈天皓的提问，沈珈述毫不留情地拒绝：“不玩。”

至于原因，他却没有解释。

因为沈珈述在，钟听不自觉地有些坐立难安起来，总觉得心里不太安稳，也叫她忍不住一直注意着后面的动静，难以专注。

大巴行驶出去一段路，后面俩男生就开始说话。

陈天皓的声音听起来有点鬼鬼祟祟：“述哥，你昨儿和渠令学姐分了啊？不是我去打听的哈，是看到学姐的朋友圈了。”

沈珈述没应声。

钟听头皮一紧。

陈天皓啧啧叹息：“哥们，你是不是没一任女朋友能超过两个月啊？学姐这么漂亮都不行吗？”

闻言，沈珈述沉沉地笑起来，一副浪荡不羁的态度：“你要觉得漂亮，你去追不就好了？我无所谓。”

说话时，沈珈述的手掌还半撑在钟听的椅背上，很随意的样子。

陈天皓笑着拍他一下：“少来，我没那种想法哈，你把我当什么人了？”

沈珈述浑不在意，依旧还是那副样子：“有也无所谓。”

这个话题没有继续，点到为止。

陈天皓想了想，又问了句：“有下一个目标了？”

他压根不问两人分手的原因。

沈珈述顿了一下，眸光跟着微微一闪，视线像是转到前方某处，又像是懒洋洋地看向虚空中的某个点：“这是违反校规的，你可别害我。”

听他这么说，陈天皓只当他是默认，立马凑过去，饶有兴致地追问：“谁啊？前两天来我们班上的那个妹妹？还是隔壁职高那个校花？”

沈珈述伸手，将陈天皓的脸推开：“一边去。”

“你……”

下一瞬，大巴车司机在红灯前踩了一下急刹。

整车人随着惯性往前冲，车辆停下来后，又跟着重重后仰。

就是这一刻，钟听的脑袋触碰到了沈珈述仍旧留在她椅背上的那只手。

或许不该仅仅用“碰”来描述。

准确来说，是一截发丝，以及脖后上方的一小块皮肤，擦过了沈珈述的指尖。

他明明一动没动，却像是在她身后撩起了一阵轻风。

刹那间，钟听觉得连自己的头发丝都已经不是自己的了。

它成了那阵风的奴隶。

在主人不知道的时候，曾对沈珈述顶礼膜拜过。

如果不是听到陈天皓说沈珈述已经和渠令分手，这种想法简直称得上是罪大恶极、不可饶恕。

但偏偏想象力是最不可控的东西。

钟听心底懊恼，屈起指节，轻轻敲了下自己的太阳穴，强行将脑海中的胡思乱想摒除掉。

她逼迫自己不再刻意关注身后的人，而是转过身，将注意力集中在董西身上，专心致志地听董西说一些过去发生过的有趣的事。

那些都是钟听从来没有经历过的事。

未尝不能比沈珈述更吸引她。

大约一个小时后，大巴抵达郊外的学农教育基地。

董西迫不及待地拉着钟听冲下车。

沈珈述则是不紧不慢地跟在人群的最后面。

下车之后，他眉头一直微微皱着，像是被阳光晒得睁不开眼，快要昏昏欲睡过去。

余光掠过他，钟听不由自主地仰起头，望了望天空。

郊外的阳光似乎确实更炙热一点。

海城原本已经有了秋意的时节，但到这里，周边空旷，没有高楼大厦，就好似又抓住了夏天的尾巴，叫人硬生生生出些许燥热感来。

说不清原因，钟听攥紧了怀中抱着的速写本，暗自偷笑了一下。

等 A 班所有人全部下车后，朱义彪喊同学们带上各自的行李箱到旁边集合，紧接着就是介绍教官、安排后续集合时间、去宿舍放东西。

学农基地条件不如之前去的东方绿洲，住二十四人一间的大间，里面放了十二张上下床，撑得房间满满当当，刚好能安置一整个班的女生。

再加上一间宿舍只有一扇窗户，光线不够明亮，乍一眼，就跟监狱似的。

站在董西旁边的王媛媛忍不住吐槽一句：“这违反日内瓦公约了吧？”

日内瓦公约规定，战俘宿舍每间不能超过八人。

此言一出，成功引起附近女生们发出一连串爆笑。

王媛媛是 A 班的历史课代表，平时讲话喜欢引经据典，有点灰色幽默。

只可惜，带教教官似乎没懂这个梗，挥了挥手，严厉地下命令：“各自收拾内务，半小时后在宿舍楼外的空地上集合，听懂了吗？”

宿舍里的女生异口同声："听懂了——"

教官："以后，回答我的话一律用'收到'！明白了吗？"

"收到！"

说是学农实践，但依旧逃不掉队列训练。

按照教官的意思，他们这五天的活动项目，大概可以总结为早上站军姿、下午下地翻土、晚上特色活动。

特色活动也是老样子，什么集体电影、体验土灶做饭、文艺会演之类的。

钟听一个都参与不了。

队列训练，她报不了数，只能勉强混在队尾凑人头。

文艺会演，更是基本与她无缘。

不过，董西倒是有些想法。

第一天午休时间，她就开始积极动员大家。

"我们班可以一起出个舞台剧，大家觉得怎么样？我的想法是，这个舞台剧里可以加入一些舞蹈和唱歌的元素，融入剧情里，这样让大家的歌舞都有展现的机会，也比较容易通过老师的审核。"

像这类文艺会演，虽然说是自行报名，但最后还是会有老师来筛选一下，若是有些歌舞节目和其他班重复率太高，相对又不够有亮点的话，考虑到时间有限，就会被精简掉。

但舞台剧这种参与人数多的节目，大半会被保留下来。

董西这个提议一出，自是全票通过。

"至于剧目嘛，大家有什么想法？"

王媛媛举手："战俘营生存故事。"

董西拍她的手："这个梗玩一次就够了！"

王媛媛耸肩。

倒是钟听再次被成功逗笑。

因为哑，她极少有机会参与到这种集体讨论活动中去。

要不是董西拉着她坐在一起，她早就躲到一旁看书去了。

故而就算是这么一点点玩笑话，于钟听而言，也是新奇的体验。

如此众说纷纭了好一会儿，眼见午休就要结束，下午的活动就快开始，依旧没商量出个具体章程来。

只是暂定了可以演个莎士比亚新编，但要怎么编、怎么改、怎么加角色加表演，把时间控制在十五分钟内，都还得再想想。

董西和班长康芝聊了几句，将这个工作替钟听揽了下来。

"听听，你文笔好，作文一直拿高分，能不能帮我们想想怎么改？不用很详细的，只要简单的思路就可以，晚上我们一起来改。"

钟听诧异地指了指自己，又比画了一句手语。

——我吗？

董西看得懂，立马点头："当然了，班长不是说了嘛，肯定要所有人都参与进来啊，到时候还要去找我们班的男生呢。你还想偷懒？"

但是我从来没有……

这句话的手语有点复杂，钟听怕董西看不懂，连忙翻开速写本，飞快地写了下来。

——但是我从来没有了解过舞台剧，怕做不好，反而影响你们的思路。

董西大大咧咧地一摆手："哎呀，什么呀，难道我就是专业的吗？我也没改过剧本啊！听听，你要相信自己的实力！再说了，难不成在你看来，我们就是这么没有好坏鉴赏能力的人吗？"

钟听笑了一下，摇头又点头，终于应下。

好，那就试试。

得到肯定答复，董西抱住了钟听的手臂，圆圆的脸贴在她肩头，撒娇一般说道："还是听听最好了！为了表达我的感谢，下午拔草的工作，我替你做一半！看我们听听宝贝这细胳膊细腿的，我实在舍不得你受苦哦……"

下午三点。

过了太阳直射的正午，基地的农地没有那么晒了，各班教官就带着学生们下地，教他们如何除草。

说是除草，实则也是摆摆样子。

海城实验中学是私立高中，能上这所学校的学生，不是海城本地人，就是有些家底的人家。

海城又不是农耕城市，市区里连块能种葱的田地都不见得能找到。

无论怎么样，将来他们这群人应该也不会去种地。

学生们玩了一会儿就有些兴致缺缺，三三两两地聚在一起闲聊起来。

朱义彪和其他班主任都在树荫里躲懒。

几个教官没法子，只能派任务下去，让各班搞竞速，谁先除完自己班级分配的地，就能获得提前一个小时休息，可以回去准备表演节目的特权。

这下，大家的干劲立马提了起来。

钟听和董西蹲在一起，听到她长叹一口气，口中碎碎念着："又想我们班早点休息，又想让相燃早点休息……怎么办？好难抉择哦……"

真是好少女心的想法。

钟听轻轻牵了下唇。

不过，落到自己身上，矛盾好像尽数变成了淡淡的苦涩。

至少董西还敢说出来，而她连把秘密告诉最好的朋友都觉得无法开口。

钟听抿了抿唇，垂下眼，随手从地里拔出一根草。

董西瞥见这一幕，立马制止她："这不是杂草！宝贝，还是我来吧，你去帮我拿瓶冰水过来好不好？"

为了防止学生中暑，学校在活动地点放了好几箱冰水，一直用冰块冰着，

每个班定量自取。

闻言，钟听点点头，“唰”一下站起身，转头往旁边跑去。

堆水的地方就在班主任们站的树旁边。

朱义彪看到钟听小跑过来，倏地喊住她：“钟听！”

钟听停下脚步。

朱义彪：“你来拿水？忙完了吗？”

钟听有些不知所措，顿了顿。

朱义彪也没有要得到她的答案，大手一挥，直接把任务派发下去：“正好，把这两箱水拿去给班上同学分一分吧，一人一瓶。”

这回，钟听很快点头。

钟听虽然看起来过于单薄，弱不禁风的样子，但从小做家务，分发两箱矿泉水不在话下。

她卷起衣袖，弯下腰，干脆利落地把箱子拖到农地旁边，而后抱了五瓶在怀中，由近及远，依次拿给班上的同学。

最后才轮到沈珈述他们几个男生，因为他们站得最远。

钟听走过去时，陈天皓正在说球赛的事。

她步伐轻，一时之间竟然没人注意到她。

因此，陈天皓说到兴头上，随心所欲地往后退了几步，恰好撞到她身上。

男生人高马大，又是毫无防备的状态，力气大得不得了，钟听为了保持身体平衡，怀中的冰水悉数脱手，砸到地上，又骨碌碌滚走。

“……啊！谁在后面偷袭？”

陈天皓喊了一声，等看清是钟听之后才露出歉意的神色：“抱歉抱歉，没注意到后面有人。”

说着，他蹲下身，将那几瓶水全捡起来。

“是给我们的吗？”

钟听点头。

“谢了！”

说着，陈天皓顺手就把冰水丢给了附近那几个男生，动作像投篮似的。

钟听眼睁睁地看着沈珈述熟练地接住了其中一瓶。

他的动作十分流畅，握着瓶身，眯起眼，朝着钟听一扬手，语调温暾：“谢了，豆芽菜。”

豆芽菜？

是在叫她吗？

钟听滞了滞，眼睛微微睁大，一副不敢置信的表情。

沈珈述却低笑了一声，没再多说什么，径直往前走去。

他与钟听擦肩而过的刹那间，钟听闻到了他身上传来的、很浅很浅的血腥味，混在衣物柔顺剂的清香中，几不可闻。

钟听手足无措地停在原地，没有走开，但也不敢回头去看沈珈述的背影。

那应该是血腥味吧？

她耳朵不好，但鼻子还是蛮灵的。

可是沈珈述身上怎么会有血腥味？

刚刚他受伤了吗？

要去问问他吗？

好像不合适吧？

他们俩似乎也没有那么熟悉，贸然上前追问别人的隐私，实在有些不合时宜。

偏偏这种事又真的很难不令人揪心。

钟听很难控制住自己的胡思乱想，甚至因为这一点轻微的味道，连沈珈述突然叫她“豆芽菜”这件事都被彻底抛诸脑后了。

最终，还是陈天皓打断了她。

“……钟听？钟听？你怎么了？”陈天皓伸出手，在钟听眼前晃了晃，“还有什么事吗？”

钟听如梦初醒般仰起头。

忽然，她只觉得像是被人看穿了心思，脸颊开始不由自主地发烫。

她连忙摆摆手，头也不回地跑远，回到了董西身边。

她这一举动令陈天皓十分摸不着头脑，挠了挠脸，喃喃自语道：“我有这么恐怖吗？”

下午活动结束前，钟听没有再见到沈珈述。

晚上集合吃饭。

但男女生分桌，两人中间隔了七八桌，她就算视力再强、鼻子再灵，也没法越过重重人墙窥见或闻见沈珈述身上的端倪。

钟听犹豫许久，考虑到现实情况，不得不作罢。

第一天晚上没有安排什么任务，晚饭结束后，教官说礼堂在放电影，想去的同学可以去看，不想去的就自由活动，但不能离开基地。

“记得，八点钟宿舍楼下集合点名就行。解散！”

眨眼间，一群人一哄而散。

混乱中，康芝喊了几个男生，先同他们说了舞台剧的事情，接着又试探性地问了一句：“沈珈述会愿意参加吗？”

大抵是因为沈珈述人压根没在这里，她才敢有这么一问。

陈天皓笑了起来：“班长，别想太多，你看述哥像是会参加文艺会演的人吗？”

康芝讪讪道：“我也就是随口一问，他不是在年级里受欢迎嘛……行了，那先这样，我们回去改剧本，晚点发班级群里，到时候大家都看看，行吧？”

“行。”

钟听承担部分改稿重任，自然不得悠闲，随着董西她们一同回了宿舍。

她虽然被沈珈述牵住了部分心神，但并没有完全忘记舞台剧这件事，趁着闲暇理出了部分构想。

因为没法说话，钟听把自己的想法写到一张白纸上，看着零零碎碎的，但前后逻辑还算完整。

董西负责把纸上的字念给大家听。

“把《罗密欧与朱丽叶》《仲夏夜之梦》《威尼斯商人》《冬天的故事》串联到一起，设置为同一主角，将世界观融合。

“可以考虑改编一些现代段子或是脱口秀梗，加入剧情中，增加笑点，以免剧情太枯燥，不符合文艺会演的欢乐气氛。

“流行歌和舞蹈可以加在舞会剧情里，《冬天的故事》和《罗密欧与朱丽叶》背景下都可以设置这个情节。

“台词只保留文中经典句子，缩短时间。

“以下是各个剧目中的经典剧情……”

读完，董西开始用力地鼓掌，说：“我们听听果然还是有实力的，自信一点嘛！”

钟听十分不好意思，摆摆手，继续写：只是简单的想法，不知道可不可行。

康芝思索了一会儿，点头：“我觉得可行，同一主角这个想法挺特别的。节目时间不够，要表演好几个小故事确实麻烦，这样简单一点。”

她四下问了一圈，所有人都没有异议。

本就是玩闹性质的表演，就是为了在枯燥的学习生活中难得热闹一下，谁也不想费劲背一大段台词，能简单就玩开心当然最好。

董西问：“那我们先把剧本搜出来，拿着改改试试？”

康芝：“好呀！”

说干就干，A 班女生宿舍再次热闹起来，你一句我一句地出主意，一时之间竟然没被隔壁宿舍练舞的音乐声压住。

钟听无法加入这场头脑风暴，功成身退，和董西比了个手势，表示自己想先去澡堂洗澡。

董西点点头：“行……对了，你路过小卖部的时候，能不能帮忙买点零食上来啊？食堂的饭菜好难吃，我没吃饱。”

钟听笑了笑，爽快地点头。

她蹑手蹑脚地换了拖鞋，拿上洗漱用品，离开宿舍，独自朝澡堂方向走去。

许是因为自由活动，这个点，基地澡堂已经聚集了不少人。

排了约莫十分钟的队，总算轮到钟听。

白天在太阳底下出了一身汗，她舒舒服服地洗了个澡，还把头发也一起洗了。

澡堂没有准备吹风机，宿舍也不让用，但她头发短，回去的路上晚风稍微吹一吹，差不多就能干了。

钟听心情不错，收拾妥当，慢吞吞地踏进小卖部。

基地小卖部里也有不少同学。

泡面和烤肠尤为畅销。

食堂确实不怎么好吃，量还少，难以满足生长发育期高中生的进食需求，男生尤甚。

许是因为知道这一点，小卖部外头还放置了几张桌椅，准备了热水，留给大家吃泡面加餐用。

钟听闻到泡面香味，骤然间只感觉饥肠辘辘。

她倒不是挑食，就是吃晚饭的时候一直在想沈珈述的事，注意力不集中，自然也没能吃上几口。

踟蹰片刻，钟听把一堆零食放到柜台上，又飞快折回去拿了碗泡面，一起结账。

外面的桌椅几乎坐满了，钟听一个人都不认识，不好意思上去拼桌，端着倒了开水的泡面绕了两圈，决定还是不再折腾，去角落找个台阶扒拉几口好了。

谁承想，不远的角落阴影处，也已经被人占据。

十米之外。

钟听停下脚步。

路灯光照不到这一片，显得四下有些昏暗，但因着台阶旁边的树上挂了一盏小灯，又不是完全不可见，所以钟听一眼就认出了坐在最上面那级的人，正是她担忧了一晚上的当事人。

很快，对方也看到了她。

沈珈述朝她招招手："豆芽菜，过来。"

钟听心中一悸，小步小步地挪上前去，将泡面和零食放到一边，掏出手机打字。

——我叫钟听。

沈珈述笑起来："我知道。"

钟听继续打字。

——我不矮。

她身高一米六四，超过海城女生平均身高水平线一大截，就算在 A 班女生里，也能排到中间位置，怎么都称不上一声"豆芽菜"。

当然，要是和一米八八的沈珈述比，肯定不够看了些。

钟听抿了抿唇，脑袋压得更低三分。

沈珈述看完她屏幕上的字，依旧还是笑，声音低低的，低音提琴一样悦耳。

他慢条斯理地解释："豆芽菜，其实主要是形容瘦。"

钟听一愣。

幸好，沈珈述无意在这个问题上纠结，不等她打字，继续说道："坐这里吃吧，我马上让你。"

说完，他站起身。

原本钟听就站在比他低几级的台阶下，现在他一起身，她就算费力仰起头，都没法看清他在逆光中的表情了。

总觉得像是某种征兆，好像在这种细枝末节中，两人之间有着遥不可及的距离，是两条难以相交的平行线。

因为不能说话，在过去很长一段时间里，钟听一直有点敏感。

无论是对旁人的目光也好，还是对白珠秀的强势也罢，她总觉得难以排解，只能沉甸甸地压在她幼小的心里。

但随着年纪增长，这种情绪已经改善许多。

她好像是学会了自洽。

毕竟生活还是要过下去。

哪怕是哑巴。

总不能为了这点挫折就去死吧？

偏偏在被沈珈述救下来，又在班上见到他之后这短短一段时间里，这种敏感脆弱的心绪又一次旧病重发，卷土重来，且更加不可消弭。

她还没理出丝毫头绪，转眼间，沈珈述迈开步子，再次与她擦肩而过。

泡面应该快好了吧？

她是不是该说一声谢谢？

钟听在原地停顿了一会儿，蓦地，注意力被地上的银色闪光吸引。

是沈珈述的那只打火机落在了台阶上。

她回头望了台阶最下面一眼，张了张口，意识到自己发不出任何声音，便三两步跑上去，捡起了打火机，往下追过去。

沈珈述接了个电话，没听到她的脚步声，也没回头，还在自顾自大步往前走。

钟听赶紧跑上去，踮起脚，轻轻拍了一下他的后背。

下一秒……

尚未等钟听反应过来，沈珈述浑身一颤，猛地回过头，厉声喝道："别碰我！"

钟听结结实实地愣在原地，不知所措。

再抬眸时，沈珈述已然大步离开，只留下她孤零零一个人站在昏暗的小道上。

泡面的香味盘旋，青草、树木、泥土的气息都尽数被掩盖，却再也勾不起什么食欲来。

不知道愣了多久，钟听才握着那只打火机，一步一步地折回台阶上方。

挂在树干上的小灯比刚刚更暗了几分。

光线下，飘扬的灰尘变得如砂石一样硕大，小飞虫在其中来来往往，减缓了空气流动的速度，仿佛让目光变得黏稠。

这是陈旧而微弱的夏夜倒影。

无论怎么想，都令人难受。

钟听抿着唇，先把打火机放回口袋，这才屈起腿，将泡面端起来，放在膝盖上，掀开纸盖。

第一口面迟迟未下肚，一滴眼泪已经悄然落进了碗中。

光影明灭，流转不停，就如同某种谏言。

夜深。

高二 A 班的男生宿舍门被人从外面推开。

沈珈述带着一身湿漉漉的水汽，回到自己的床边。

基地有熄灯时间要求，楼下还会有教官和老师时不时巡逻。他不想找麻烦，没有开灯，借着窗外的月光摸黑躺上床。

后背碰到床铺时，沈珈述极轻地“嘶”了一声。

没多久，上铺探出一颗脑袋。

陈天皓声音里有浓重的睡意，强撑着精神问他：“述哥，干吗去了？”

沈珈述拧了拧眉，语气有些不耐烦：“洗脸。”

陈天皓“哦”一声：“你刚哪儿去了？半天没找着你。”

沈珈述耐心告罄：“睡觉！”

只不过，一转身的工夫，他又改变了主意：“等等，陈天皓，你有我们班班级群吗？”

陈天皓重新探出头。

“肯定有啊，不加班级群，问谁抄作业啊？”

作为整个班唯一一个没有加班级群的人，沈珈述冲他一勾手，说：“手机拿来。”

陈天皓不解：“干吗？”

沈珈述心情不好，语气自然差：“让你拿来就拿来。”

“……行吧。”

陈天皓手一扬，随手把手机解锁丢他床上。

沈珈述干脆利落地捞起来，点开 A 班班级群的群成员列表，指腹往下滑，目光焦点也跟着一路下移。

直到列表最底下，他看到了那个名字。

钟听。

班级群每个人都要备注真名，因为“钟”的拼音首字母是“Z”，排到最后，和几个姓张的混在一起。

沈珈述顿了顿，眉头不自觉蹙得更紧。

上方，陈天皓开始催促：“好了没啊？述哥你不会是在翻我聊天记录吧？我重申一次，我真对学姐没想法！”

“谁跟你说这个了。”

沈珈述把陈天皓顶回去之后，点开了钟听的信息扫了一眼，飞快将她的那串 QQ 号数字记了下来，接着才把手机还给陈天皓，摸出自己的手机，点开了 QQ。

沈珈述平时不怎么用 QQ，好友列表里都没几个人，头像还是冰冰凉凉的一张黑底图，十分不好接近的样子。

他迟疑几秒，打开“添加好友”，输入了刚才记下来的那串数字。

钟听的名片立马在手机屏幕上跳出来。

ID 名叫“Listening”。

头像是张天空照片，上面有两朵锦鲤形状的云。

个性签名简单粗暴：好好学习。

无论从什么角度来分析，钟听应该都有种很热爱生活的气质。

但她刚刚看着好像快哭了。

沈珈述盯着那两片锦鲤云看了会儿，无奈地叹口气，点击“加为好友”，又在备注里打上“沈珈述”三个字。

第二天清晨。

基地的起床铃还没响，钟听已经第一个睁开眼。

或许是因为昨晚的事，又或是认床，她一晚上辗转反侧，将近凌晨才迷迷糊糊睡着。

好像也没睡多久。

她揉了揉眼睛，坐起身，四下环顾一圈。

宿舍里其他人都没有醒。

因此，钟听不好下床，怕拖鞋声吵醒旁人，只得摸出手机，准备刷一会儿新闻，再抓紧时间背几个单词。

按照白珠秀的说法，她本来英语就不好，更应该抓紧每一分每一秒，养成抽空就背单词的习惯。

钟听乖乖照做。

只是这一次，还没等她打开背单词 APP，先被 QQ 的新消息吸引住了目光。

那条新好友的信息就躺在列表最上面。

备注框里的三个大字足以令人心潮起伏不定。

钟听疑惑地眨眨眼，有些难以置信，反复确认了好几遍。

……所以，沈珈述怎么会突然加她好友？

此刻，银色打火机悄悄躺在钟听的书包深处。

她握着手机，回想起昨晚略有些难堪的场景，一时半会儿，手指就落不下去点那个通过键。

对方明明是最想加的好友。

但……要是她这么毫无芥蒂地立马加上，会不会不小心暴露出内心呢？

钟听第一次意识到，自己原来是个那么纠结的人。

因为太在意，所以才会过于小心翼翼地对待。

她手指蜷缩了一下，无声地叹了口气。

"……听听？你这么早就醒了啊？"

倏地，董西清脆的声音在耳边响起，打破了钟听的愣神。

钟听滞了滞，呆呆地抬起头，看向隔壁床位半坐起身的董西。

目光再投远些，房间里也有其他女生醒过来，或是窝着玩手机醒神，或是悄悄换起衣服。

窗外传来楼下老师和教官的脚步声，来来往往，混杂着鸟鸣声，落到钟听不太灵敏的耳朵里，自带一些若有似无的轻柔舒缓效果。

原来已经快要到规定起床时间了。

她发了这么久呆，浪费了背单词的时间，但自己居然一点都没察觉到。

果然，胡思乱想就是误人子弟。

钟听放下手机，冲着董西打了句手语。

——早上好。

董西揉了揉头发，声音还有点含含混混："早上好，姐妹们都早上好。"

话音落下，宿舍里响起此起彼伏的问好声，还有床板太硬、没有空调、晚上上厕所好黑之类嘟嘟囔囔的抱怨，亲切又熟稔。

无形之中，女孩子们的关系就被这些琐碎日常拉近。

钟听安安静静听着，牵了牵唇，眼睛里漾出一抹笑意。

后面两三天，钟听都没有再和沈珈述有什么接触。

日常训练都是整个班一起，休息时间则是男生女生分开行动。

哪怕班长组织大家排练那个舞台剧，沈珈述拒绝出演，自是事不关己，他甚至都没来围观过一次。

钟听那条新好友通知，就此被搁置下来。

很快就到了周四的午后。

按照日程表，周四下午安排的活动是土灶生火体验。

说得简单一点，就是各班同学一起做大锅饭，然后当作各班的晚饭，自己班做的自己班吃。

米和菜，还有各种调味品，都由基地提前准备好，大约可以做十几种菜出来，很有发挥空间。

晚上六点半就要开始文艺会演，前面备菜加生火做饭，再算上吃饭时间，紧赶慢赶，总得需要两个小时。

为了防止大家来不及吃饭，下午两点出头，教官就把一群人领到了活动场地。

偌大一块空地上，已经架好了数十口铁锅，铁锅底下就是未点燃的柴火，锅旁边的木架上放了米肉蛋菜。

每锅配满满两架子食物，足够一个班四十多个人分了。

等解散的指令响起，班长康芝主动开始调度："我们班男生不会做饭的帮忙生火，会做饭的说一下自己能做的菜。女生主要负责洗菜切菜煮饭，能做菜的也列一下单子，一起合计一下……哎！稍微会一点就来帮忙哈！人手可能不够，大家都别谦虚！"

海城有独有的地域风俗特色，家庭中大多由男人掌勺，故而百分之八十的本地男人都会做菜，班上有些男生也是从小就耳濡目染，被培养出了这个技能。

康芝说完，很快就有七八个男生站出来，表示要大展身手一下。

事实上，钟听也很会做饭。

不过她倒不是为了将来怎么样特意去学的，而是在目前的生长环境中，这是一项必备的生存技能。

白珠秀从事的企业财务不是什么高薪工作，却一直很忙，再加上公司的上下班班车定时定点，回到家就已经很晚了，早上又要去得很早，她根本来不及给钟听准备早中晚饭。

在日复一日啃面包、吃饼干的日子里，小小的钟听终于长得比家里的煤气灶高了，就开始自己做菜做饭，水平便这样一点点练了出来。

到初中的时候，她已经能将家常菜做得有模有样了。

不过，她无意出挑，只是默默站在康芝身后，等待安排。

康芝最后给钟听分配去烧汤。

钟听没异议，看了眼基地准备的菜，心中盘算几秒，打算弄一个冬笋百叶汤。

简单好喝，原材料也都有。

想了想，她用手机打字，告诉康芝需要准备哪些东西。

"剁馅？行，我找两个男生来剁肉泥吧。"

没一会儿，场地内的气氛已经变得热火朝天。

柴火已经点了起来，但锅里的水还没有煮沸，沈珈述散漫地坐在灶边，面无表情地盯着跳动的火苗，神游天外。

他手中捏了根木柴，竖直压在地面上，像是一把刀鞘，配着他这玩世不恭的模样，却也硬生生显出了点寒光凛冽的架势。

这几日，因为各种活动，沈珈述后背的伤反复开裂，导致这么久了都没有愈合的迹象。

没有人知道这件事。

虽然围着他一起玩的兄弟不少，却没有人看得出他受了伤。

沈珈述嗤笑一声，目光悄无声息地拐了个弯，转到了不远处的女生身上。

不会说话的瘦弱小姑娘像根细细长长的豆芽菜，一脸严肃，费劲地同高大健壮的男生比画着。

许是因为对方没看懂她的意思，她摸出手机，微微皱着眉，开始打字。

沈珈述盯着她看了几眼，突然扔了“刀鞘”，站起身，朝那个方向走去。

不过五六步，他就站在了钟听面前。

“陈天皓。”沈珈述扭过头，喊男生的名字，“我切。”

闻言，陈天皓却是一愣，难以置信地看向沈珈述：“述哥？你怎么突然要活干了？被人夺舍了？”

沈珈述笑了笑，插科打诨：“怎么了？就不能是怕皓哥累着啊？”

陈天皓浑身抖了抖：“……好吓人。”

话虽如此，但他还是从善如流地把刀交给了沈珈述，又和前面的钟听说：“钟听，这个任务我就先交给你邻座了哈。你有什么要求就跟他说，千万别因为他长得帅就和他客气。”

钟听低下头。

事实上，钟听只是想让陈天皓剁肉的时候，顺便把香菇和荠菜碎一起剁进去，混合一下。

这里没有绞肉机，干什么都得亲自动手。

她手上力气是大，但这肉和菜的分量也实在太大，要是切完再由她来搅拌的话，不见得能拌匀。

只是，钟听没想到沈珈述会突然过来。

她打字的手指顿了顿，一时之间变得有些不知所措起来。

沈珈述倒是很淡定，也没看她的手机屏幕，直接问：“是不是要把这些弄在一起？”

钟听一愣。

“点头，或者摇头。”

钟听点点头。

沈珈述挑了挑眉：“行。”

说着，他拿起刀剁了起来。

钟听目的达到，也不好再站在他旁边，只好侧了侧身，去另一边处理百叶。

大约五六分钟，这一块区域里，一直没人说话，因而和旁边的热火朝天形成了剧烈反差。

直到依照钟听的要求，成功把一大坨肉和菜剁成泥之后，沈珈述才慢吞吞开口问道：“这几天没上 QQ？”

钟听讶然回头。

四目相对。

沈珈述没有移开视线，继续问：“怎么没通过好友？”

钟听放下手上的东西，想比一句手语，意识到他肯定看不懂，便只得讪

讪作罢。

不过，沈珈述似乎也不是很在意她的答案，自顾自地说：“……那天晚上，抱歉，不是故意凶你的。”

闻言，钟听的眉头一点一点松开。

好像只是这么简单的一句话，就能磨平这几日的辗转和委屈。

她就是这么好哄。

因为是沈珈述。

沈珈述看她没有说话，轻“啧”一声，不满道：“豆芽菜，给点反应啊，要不然老子多尴尬。”

钟听连忙摆摆手，表示自己已经不在意了，继而又点开手机，飞快地通过了那条被她搁置数日的好友申请。

想了想，她还给黑色头像的新好友发了信息。

Listening：没关系。

误会解除。

月上柳梢时分。

城郊外，风轻云淡。

海城实验中学本届高二的学农周文艺会演正式开始。

为了烘托气氛，基地还在露天舞台旁燃起了一圈篝火，硬生生将文艺会演搞成了篝火晚会。

高二 A 班的节目排在第七个上场。

钟听不参演，不过她参与了大量的剧本修改，心里也有点息息相关的在意。

到第五个节目了，班上同学被通知去候场。

钟听独自留在原地，干脆一路往前挪，挪到了最前面，保证能看清台上每个人的表演。

很快轮到他们。

董西出场，饰演了一只小精灵，语调高昂：“……罗密欧，你居然借了高利贷？”

“罗密欧”：“我是为了邀请朱丽叶参加女王的舞会！倒是朱丽叶！噢！亲爱的朱丽叶，你最近怎么了？脾气为何变得这么差？”

“朱丽叶”：“脾气差怎么了？这世上哪有不带刺的玫瑰？”

钟听能听到前后左右传来笑声。

看来他们这个剧目应当是成功了。

她不自觉松了口气。

到剧目的最后一幕时，钟听摸出手机，看到了一条新信息，来自沈珈述。

她握着手机四下张望了一圈，没看到沈珈述人在哪里，这才点开了信息。

S：这个剧本是你写的吗？

钟听顿了一下，迟疑地回复。

Listening：不算，只是参加了一部分。

S：挺厉害。

骤然间，钟听周身生出一种过电般的感觉。

只因为沈珈述这短短三个字。

她嘴角上扬，手指又往上滑了几下。

聊天记录上面，除了她第一句发的“没关系”，还有一小段话是下午做完菜之后，沈珈述夸她的汤煮得很好喝。

上下两段，钟听都反复看了无数遍。

她悄悄捂住脸。

今天好像是有点热。

入夜后，户外竟然也没一丝风。

或许，这就是今年最后一个热气蒸腾的日子。

钟听沉寂了数日的心情没有受到气温的影响，突然变得越发明朗起来。

原本就不该迁怒这个夏天的。

它明明给她带来了沈珈述。

第二章
旧雨难歇

雨下了那么多日，它没有弄湿我，是我心底在雨季，我自己弄湿了自己。

——三毛《雨季不再来》

周五下午，海城实验中学本届高二学生从学农基地返回。

后面接着两天周末，又难得没有书面作业，各个活跃分子从返程大巴上就开始蠢蠢欲动，想要在班上拐人出去玩。

高中生的集体性娱乐活动匮乏，说来说去，能放到台面上说的也就那几样——唱K、打球、桌游、看电影。

结束之后时间还早的话，还能再约个饭，一群人一起吃个火锅之类的，就算圆满收场。

董西自是第一个积极响应。

“去哪里？玩什么？”

“不确定啊，多半就是桌游咯。三国杀？狼人杀？还是剧本杀？”

“还是唱歌吧，这样不会玩的人也能参加。而且KTV里也能打桌游啊，到时候买副UNO牌进去咯。”

“也行。”

大家七嘴八舌地商量了一会儿，很快敲定下来，等会儿回到学校就去附近商圈的KTV开个大包，唱三个小时，再一起去吃饭。

A班约莫有一半人响应。

有几个男生说要去打桌球，不去KTV，晚点直接去饭店和他们会合。

钟听静静听了一会儿，等董西满脸笑意地坐回座位上，才把自己写好的字拿给她看。

——等会儿我就直接回家了。西西，周一见。

董西愣了一下，大失所望：“啊……听听你不和我们一起去吗？”

钟听摇摇头，对着她指了指自己的喉咙，笑容自始至终都很温柔。

无论是唱歌、桌游，还是吃饭、聊八卦，因为说不了话，她都无法参与进去。

见状，董西挠了挠脸，语气里有点歉意：“抱歉啊，听听，我不是故意的，我只是想带你和大家一起出去玩。”

这次学农实践，钟听和班上其他女生熟悉了很多。

现在已经会有人主动和她说话，耐心地等她写字表达自己的意思，再一句一句地回应。

董西是想借此机会趁热打铁，让班上同学更深地接纳她，也能让她更多地体验学业之余的生活。

之前，董西听钟听说从来没有和同学一起出去玩过，心里总替她觉得可惜。

心是好心，只是没有考虑到客观条件。

钟听笑意不变，摇头又点头。

她停顿一下，再拍拍董西的手背，打手语。

——没关系，我知道的。

董西想了想，又试探性地提议："要不我们跟他们一起去打桌球吧？我虽然打得不好，但是还算会呢，可以教你。"

钟听还是摇头。

董西便不再强求，只是叹了口气，说："那好吧，晚点我们QQ上再联系。"

大巴车在海城实验中学门口停下。

各个班都在校门口放学，也算省了学生们拿着行李箱去教室的波折。

钟听同董西还有另外几个女生挥手道别，转过身，踏上每天上下学要经过的那条路。

临走前，她已经偷偷瞄过一眼，沈珈述似乎也没有参加这次的班级活动，下车之后很快就不见了踪影。

这样更好，免得她在回家路上生出些许不切实际的后悔来，懊恼没能听到他唱歌，或是没看到他打台球的样子。

这么想着，钟听一边走，又忍不住一边摸出手机，打开社交软件，点开和沈珈述的聊天框。

两人的对话依旧停留在昨天晚上。

面对夸奖，她说了句"谢谢"，然后沈珈述就没有了下文。

但这个结束也不算突兀，没什么好叫人觉得可惜的。

这一段，再加上前面，拢共不足十句的内容，从昨天到现在，钟听已经反复看了几十遍，称得上斟字酌句，连空格和标点符号都要放在心里细细揣摩。

就算是中考前，她为了考上海城实验中学，每天咬着牙背枯燥无味的古文和数学公式时，都没有这么认真过。

从这个角度来评价的话，钟听或许骨子里并不是一个世俗意义上合格的"好学生"。她只是习惯了压抑自己，去接受、去听从白珠秀的话，去做个不让白珠秀操心、不给白珠秀增加麻烦的乖孩子。

因为白珠秀付出了很多。

她应该要体谅。

如果让白珠秀知道了沈珈述的存在……

一想到那个场面，钟听立马倒抽了一口凉气，用力摇了摇脑袋，赶紧逼迫自己结束胡思乱想。

她无声地叹了口气，按灭手机，放回口袋，注意力重新回到回家路上。

这条路钟听已经走了两个多月，前面天热的时候，觉得二十分钟好漫长，到这会儿，秋风萧瑟，距离好像缩短了许多，不再磨人。

只是，她没想到，今天还会碰到相燃。

相燃难得没骑车，背了个黑色的大号书包，走在她斜前方大约二十步之外。

钟听一眼就认出了他。

这还得拜董西所赐。

自从董西悄悄告诉钟听，她对相燃有点“欣赏”之后，就好像彻底放飞了自己，什么都不再遮遮掩掩。

学农基地里，但凡两个班离得近些，董西都会去寻找相燃的身影。

不仅如此，她还要把人指给钟听看，顺便拉着钟听一起欣赏。

钟听迫于无奈，硬生生将相燃这瘦高冷酷的身形记得清清楚楚。

因而，这会儿只是一个沉默寡言的背影，再加小半张侧脸，她就把人认了出来。

趁着这个角度，钟听再次认真地观察了相燃一会儿。

事实上，不管董西怎么夸奖相燃的长相，她依旧认为沈珈述更符合她的审美。

两人五官都足够俊美，但相燃看起来太过冷淡，非常生人勿近，没有沈珈述那种热烈的痞气。

好像全世界都尽在他的掌握一样。

没有人会讨厌他。

没有人会讨厌阳光。

沈珈述的出现，于钟听而言，是阴雨天里的一道光。

他不仅喝退了那些将她堵在潮湿雨季的混混，在一定程度上也驱散了她生命里的阴霾，让她重新找到了在意的事。

她从前是个连目标和梦想都没有的人。

现在，钟听的第一个梦想陡然变成了沈珈述。

相燃个子高，步伐又迈得大，没一会儿就从钟听的视野中消失了。

白珠秀下班晚，钟听不急着回家做饭，依旧走得不紧不慢。

然而，等钟听转到锦西路，踏进红墙弄堂没几步，又一次看到了相燃。

她脚步一顿。

前面不仅有相燃，还有几个提着油漆的陌生男人。

相燃和他们面对面站着，看这架势，应该是在对峙。

两边的人都没有动。

钟听听力不好，听了三五分钟，也只能模模糊糊地听到几个字词和短句。

例如“欠钱不还”“父债子偿”“小心挨揍”之类的。

顷刻，钟听想到了之前关于相燃一家的传言，心里一紧。

相燃不会要挨打吧？

对面有五个人高马大的男人，就算相燃很会打架，应该也不是对方的对手吧？

万一人家是有备而来呢？

钟听不过犹豫了数秒，其中一个没有提油漆桶的男人突然出手，重重一拳挥向相燃。

“嘭！”

相燃用手臂接下了这一击。

剩下的那几个男人已经放下油漆桶，各自掏出一把大刷子，蘸了油漆，开始往相燃家门口的墙壁上涂涂抹抹。

相燃：“不许画！”

那个挥拳的男人不知道说了句什么，相燃厉喝一声：“外婆！别出来！”

钟听眼睁睁看着这一幕，不再犹豫，立刻拿出手机，拨通报警电话。

两人就算没说过话，好歹也是一个学校的同学，她不能看着相燃在这里挨一顿揍。

更何况，阿婆还在屋子里呢。

只是电话那端接通，接线员一连“喂”了好几声，钟听又犯了难。

她张了张口，只觉得颓然。

该怎么办？

她是个哑巴，别说出去呼救，就连打电话报警都做不到。

那头的接线员也察觉到了这一点，问：“你现在不方便说话吗？”

钟听垂着眼，屈起指节，轻轻叩了叩手机，表示应答。

“那我问你答，可以吗？”

沉默。

“发短信可以吗？”

钟听又“咚咚”敲了两下。

数秒后，接线员给她发了条短信，她立马点击回复，在对话框里写清楚地点和情况，回过去。

钟听再抬头时，前面的人已经发展到互殴。

相燃看着冷冷淡淡，下手却是个狠角色，拳拳到肉，把那男人嘴角打出了血。但到底双拳难敌四手，没一会儿，他就被几个人合力控制，压倒在地。

“……小畜生，你再打？再瞪？再瞪？”

“呵，跟你爸妈一个德行，没出息的东西。”

钟听深吸一口气，用最快的速度在包里翻出速写本，“唰唰”写下几个字，

继而大步跑进弄堂里。

那几个男人被突然出现的脚步声吸引了注意力。

钟听举起本子，好让他们看清楚上面的字。

——住手！我已经报警了！

几人面面相觑。

他们是暴力催收，没事干来吓唬吓唬老弱病小，因为不合法，要是进了局子，还真有点麻烦。

“走！”

“小畜生，你等着，要是不还钱，你爷爷下次去你们学校找你。”

“还有这个小姑娘，我记住你了。”

民警到达红墙弄堂时，那几个男人早已不见踪影，只留下满墙满地的狼藉。

相燃看起来伤得不轻，得先去医院。

钟听是报警人，则要跟着回派出所做笔录。

锦西路所属辖区的派出所不大，里面也没有配备会手语的警员，所以还要从其他所调人过来帮忙做笔录。

钟听自己写笔录是不符合办案流程的，只能先坐在空闲的候问室里等待。

她无所事事，拿出手机，漫无目的地在各个 App 上浏览消息。

切换到 QQ 空间时，刚好，董西的新说说跳了出来。

她发了一张在 KTV 包厢里的合照，配字是几个开心的表情包。

许是因为环境光线不甚明亮，照片里，所有人的面目都有点模糊，像是加上了一层颗粒感滤镜，反倒显得大家的笑容复古又清澈，有种别样的氛围感。

并且拍摄者很会抓角度，也很会调整光影，将所有人都拍得很好看，没有扭曲变形，应该技术不错。

但这些都不是重点。

重点是，图上最角落的位置那里，有个男生的侧影。

高挺的鼻梁、象征着无情的单薄嘴唇，一路连到下颌，组成一道无比精致俊美的轮廓。

毫无疑问，这就是沈珈述。

沈珈述似乎没有意识到有人在拍照，没有看向镜头这边，而是散漫地斜靠在沙发上，看样子像是在听旁边的人说话。

他旁边坐了个面生的女孩子，娇娇俏俏的模样。

纵然是在这么模糊的照片上，都能感觉到女孩子生得很漂亮，应当是一点都不比渠令学姐逊色的。

上传时间显示在十二分钟前。

钟听指尖停顿在照片上，无意识地放大缩小，眼神一动不动，平白显得有点可怜。

所以，其实沈珈述去唱歌了吗？

再想想也是正常的。

他在老师眼里固然是胡作非为的捣乱分子，但在同学中人缘相当好，班上男生都爱围着他转，也很听他的话。

从每天下课，只要沈珈述没有在睡觉，周围就会被围得水泄不通的情景，可见一斑。

思及此，钟听在心里叹了口气。

只是，到底是无法作平常心。

她思索良久，点开了和董西的对话框。

Listening：西西，你发的照片里，后面那个很漂亮的女生是谁呀？

这话问得有点生硬。

也有点突然。

但钟听好像顾不得了。

喜欢和咳嗽、贫穷一样，是永远藏不住的。

没过多久，在钟听还未等到玩嗨的董西回复的时候，一道高大的身影悄无声息地出现在她面前。

钟听仰头看过去。

是相燃先到了。

惨白的灯光从房间顶端照射下来，洋洋洒洒，落到相燃雌雄莫辨的莹白脸颊上，将他的伤放大得更为触目惊心，连带伤口上涂的深色药水都变得可怖起来。

钟听吓了一跳，条件反射地站了起来。

她第一反应是比画着手势，想要询问他的伤势。

做了几个动作，她才回过神来，身体微微一僵，有些挫败地停了手，表情变得有些尴尬。

这时，相燃却开了口："今天多谢你。"

钟听连忙去拿自己的速写本。

因为要过来做笔录，行李箱和书包都搁在了相燃家，没有带过来。

以防万一，唯有纸笔不能离身。

在相燃的注视下，钟听写字速度急剧加快。

——不客气。你没事吧？

相燃："没……"

他话音未落，钟听的下一句已经跃然纸上。

——抱歉，我报警的速度太慢了，害得你受伤更严重了。

不可谓不自责。

在刚刚意外发生的几分钟里，钟听不止一次为自己的缺陷而感到无力和恼恨。

如果今天相燃真的受了重伤，她一定会自责愧疚到死。

下一瞬，相燃伸出手，按住了钟听微颤的手腕，阻止她继续写字。

等她抬起头来看向自己，他才重新开口：“我没事，只是擦破皮的轻伤。今天，谢谢你的勇敢。”

闻言，钟听弯了弯唇，朝他笑了一下。

很可惜，相燃像是瞎了一样，依旧是那张死人脸。

他只是平静地继续说着：“我知道你，A 班的钟听。下次如果遇上这种事，你马上跑，别管任何人。”

钟听一怔。

相燃：“他们会盯上你的。安全第一。”

相燃到派出所没多久，手语老师也及时到场。

两人分别去做笔录。

不过，因为打人的那几个男人跑了，红墙弄堂里又没有监控，只能调取锦西路旁的监控确认对方身份。今天注定出不了什么结果，民警只能吩咐两人最近小心些，就让他们先回家了。

但钟听和相燃都是未成年人，派出所民警得通知他们俩的监护人过来接人。

两人不得不继续待在所里等待。

钟听再次摸出手机。

这次，她先打开了白珠秀的消息。

果然，白珠秀接到电话后，已经给她发了十几条消息，还有几通未接来电。

钟听飞快地组织了一下语言，将今天的事整理出来，编辑成言简意赅的一段话，发给白珠秀，让她过来的路上能安心，别急急忙忙出什么意外。

做完这些，钟听才去看 QQ 消息。

董西依旧没有回复。

空间也没有新的内容。

她抿了抿唇，有些失落。

正欲退出，身边的相燃倏地开口：“加个联系方式吧。”

钟听惊讶地抬眼。

相燃面无表情，拿出自己的手机，继续说道：“加个联系方式。以防万一，这一阵我们先一起上下学。”

相燃的外婆离得近，大约十五分钟后就到达派出所。

刚刚，她实际上一直就在屋子里，只是学校今天放学早，还在她的午睡时间，加上老年人又有点耳背，并没有听到外面闹腾，也不知道外面发生了什么。

这下，见到相燃的脸，阿婆骤然老泪纵横，抹着眼泪喃喃：“阿燃，阿燃，没事就好，没事就好……你那对丧门星爹妈，真是害人不浅啊！”

相燃拍拍她的背，安抚了几句，又扭头去看钟听。

钟听早已经写好了字。

——你先带阿婆回家吧，我妈妈一会儿就来了。你们不走，她说不定还会迁怒你们，很麻烦的，回头我自己跟她解释就好。

相燃踟蹰一瞬，觑了觑外婆哭哭啼啼的样子，点头应下。

顿了顿，他又问："你家门牌号多少？"

他想干吗？

钟听不解地歪头。

相燃："晚点我把你的行李送过去。"

钟听没有推辞。

等他们离开后，钟听又等了半个多小时，白珠秀也出现在了大门边。

白珠秀已经从钟听的信息里知道了前因后果，也知道钟听算是见义勇为，不过她依旧狠狠训斥了钟听一顿。

"……你不知道自己是什么情况吗？就敢出这种头？还好今天没出什么事，要是下回人家把你一起打了，或者把你带走卖到山里去，你甚至都没办法呼救，我看你怎么办！"

刹那间，钟听的眼圈不可抑制地红了起来。

可是她有什么办法呢？

明明是所有人都能轻而易举做到的事情，唯独她就是做不到啊。

见到钟听这副表情，白珠秀也跟着泄了气，拍了下她的背："行了，说你两句长长记性，哭什么？回家了。"

母女俩走出派出所，踏上回家的路。

钟听全程像个小尾巴一样坠在白珠秀身后，脚步飘飘荡荡，像游魂一样，几乎听不到脚步声。

直到走进红墙弄堂……

她悄无声息地顿了顿。

相燃家的外墙上，那些乱七八糟的油漆印已经被擦得七七八八，只留下很浅很浅的痕迹擦不干净，静待着风吹雨打过后由岁月来剥落。

几乎可以想象出不久前的画面。

大抵是一老一小各自拿了打湿水的抹布，一点一点用力擦拭着这老墙，试图将为他们遮风挡雨的家变回原样。

秋风迎面扑到脸上，或许也曾偷偷将祖孙俩脸上的汗水拭去。

这一刻，钟听确定了自己的想法。

她一向是听话的孩子，但如果有下一次，她依旧会这么做，依旧会想办法帮忙。

转眼，海城已是暮色四合时分。

白珠秀今天下午请了三个小时假，事情解决，也没必要再回单位，干脆

去买了点菜，早早开始做晚饭。

钟听则是回家简单洗漱了一番。

走出卫生间，她听到外面有人敲门。

应该是相燃过来送行李。

钟听擦了擦还没吹的头发，掉过头去给他开门。

恰好放在一楼走廊置物架上的手机屏幕亮了一下，她顺手拿起手机。

董西的消息姗姗来迟。

董西：你说沈珈述旁边那个？哦，是沈珈述带来的，我们也不认识，应该是他的新朋友吧？

董西：不过两人坐了一会儿就走了，也没仔细问。

董西：别管了，沈珈述的“好妹妹们”能组个排球队，反正过两天就会换人的，又不是我们学校的，没有认识的必要。

钟听不由自主地停下脚步，盯着屏幕上那几行字看了好久。

敲门声已经响了很久，但她好像失去了往前走的力气，陡然之间，只觉得身心俱疲，丧气不已。

可以确定的是，让一个笨拙的人变得敏感，就是上天的诅咒。

新一周的周一。

清晨，外头天色就阴沉沉的，像是要刮风下雨的前兆。

钟听目送白珠秀去上班时，意外发现弄堂远处一棵树的树叶已经悄然开始发黄，在枝头晃晃荡荡的，好像随时就会坠落下来，埋入尘土中。

秋季的萧瑟，似乎只在一夜之间便显露出了真容。

钟听抿了抿唇，关上小窗户，从衣柜里翻出了海城实验中学的长袖运动校服套到身上。

现在到了换季的时候，国庆那会儿刚生过病，她不能再着凉了。

关键是马上就要期中考试了，而且后面也没有那么长的假期可以供她生病请假休息。

按照朱义彪的话来说，作为即将升入高三的准高考生，他们是连生病的权利都没有的，务必要自己照顾好自己。

体弱多病的考生只会倒在长跑第一步，连终点线都见不到。

钟听觉得，自己就算没有化悲愤为动力的想法，也不该在这种时候折磨自己，平白惹白珠秀担心。

她无声地叹了口气，抱着速写本，走出家门。

只是，钟听没想到，门外居然站着相燃。

旁边是他那辆自行车。

原本没有后座的山地车，不知何时被硬生生装了个后座上去。

……好像是特地为她准备的。

果然，相燃听到动静，抬起头，眼神冷淡地看向她，开口：“上车，带你去学校。”

钟听没有动，只是尴尬地摆手拒绝。

相燃的表情没有丝毫变化，依旧阴郁凌厉，但也没有被拒绝的恼怒，只是平声说：“那你走前面。”

看这样子，他好像是铁了心要护送她上下学。

钟听压根没办法拒绝。

毕竟这路不是她修的，她也没办法让相燃不要走在这里，不要跟她一起。

她只能眼睁睁看着他推着自行车，不远不近地跟在她身后。

身后跟了个阴沉沉的漂亮男生，心中升起一种惴惴不安的紧张感，直到看见海城实验中学的校门，钟听才松了口气，连忙加快脚步，小跑冲进学校，汇入上学的人流之中。

时间尚早，走廊里外都是静悄悄的，比楼下安静许多。

钟听依旧第一个踏进教室。

她兀自坐到位置上，从书包里往外拿笔记本的时候，想到了一件事，动作倏地一顿。

因为上学要步行二十分钟，钟听会习惯性早出发。

但相燃骑车，应当耗时很短。

今天，也不知道相燃早起了多久才会在她出门之前到，后来他又陪着她走了一路……

平白给人增加了麻烦。

钟听垂下头，脑袋埋到课本里，心中懊恼。

还是得想办法和相燃说清楚。

退一万步来说，之前那几个人应当是来找相燃家要钱的，就算要报复，也该先要到钱才是，哪就那么有闲工夫来找她晦气呢？

“……听听，早啊。你来这么早？”

钟听本沉浸在自己的想法里，陡然听到有人喊她的名字，条件反射般撑起身，抬头，笑着朝来人挥挥手。

来人是班长康芝。

每周一她都会早到，给教室两边的黑板墙更换张贴的宣传内容。

之前康芝也会和钟听打招呼，不过那会儿两人还不太熟，只是礼貌的一句“早上好”，不会再有后面的寒暄。

钟听总算享受了一把结识新朋友后被关注的感觉，并且还不是那种带着鄙夷、恶意、嘲笑的问候。

她的心情由阴转晴，立马把怎么和相燃开口这件事抛诸脑后，主动站起身，帮康芝一起摘黑板墙上的旧海报，再换上新的。

康芝是雷厉风行的性格，但脾气不坏，和董西一样，一直笑眯眯的。她先郑重地感谢钟听来帮忙，再闲聊起来：“周五晚上班上同学约饭，你怎么

没来呀？”

钟听笑了笑，耸了下肩。

康芝立马意会：“没事的，不说话也可以吃嘛，听大家聊天也挺有意思的。听听，以后班上聚会，有时间可以多多参加哦。”

面对这般热情好意，钟听连忙很给面子地点头。

想了想，康芝又开口：“这周五我们年级有篮球赛，你要是有空的话，和西西一起看呗。西西肯定会去的。”

钟听顿了一下。

接着，她就听到康芝继续说：“我们班也有几个男生参加，像陈天皓、沈珈述他们，高一都是校队主力，你可以过来给你邻桌加油呀！”

猝不及防，钟听的心脏又一次揪成一团。

或许，事关沈珈述，她的不应期突然就消失无踪了，丝毫不讲道理。

这一周，沈珈述几乎没有在学校露面，就算中间突然来了，也是上不了几节课就匆匆溜走。

“……我和沈珈述同班一整年，已经总结出一个经验了。只要和‘妹妹们’吵架，他就会到学校来。但如果是换新的蜜月期，就会高频翘课啦。可能是为了出去玩？和周五那个小美女？”

董西正在看一本关于塔罗牌的闲书，漫不经心地说着说着，又随手翻过一页：“沈珈述是什么星座啊？我想看看符不符合他的星座型……渣男一般是什么星座？”

这个问题，钟听也没法回答。

对于沈珈述的这些个人信息，她称得上一无所知。

但在她眼里，他永远是那个发着光的少年，在闷热的下雨天，将她从阴霾里一把拎出来。

从此，世界结束混沌。

可现在又在她的心底重新归于混沌，开始新一轮的呼啸。

想到这里，钟听忍不住苦笑起来。

下一秒，她拢起眉，抬手一把捂住了脸颊。

董西的余光注意到她的动作，放下塔罗书，问：“牙又疼了？要不要请假回家休息啊？你都疼一整天了。”

钟听摇摇头。

从早上起床开始，她右边的那颗智齿就开始隐隐抽痛，像是发炎了。

这不是第一次智齿发炎。

她不敢去医院拔，干脆就一直强忍着。

董西依旧满脸担忧：“但是你这样能不能行啊？甲硝唑吃了吗？”

钟听点头，空出一只手来写字。

——早上出门前吃了。没事的，过一会儿应该就会好。

董西长长地叹了口气，重新拿起那本书。

倏地，她转过身，正对着钟听开口："听听，我来给你算算怎么样？"

钟听一愣。

董西："用塔罗牌来算算你的牙疼什么时候能好。"

说着，她往教室门口望了一眼，确定午休时间不会有老师进来后，才鬼鬼祟祟地从包里掏出一副基础款塔罗牌，而后洗牌、切牌。

动作都算不上熟练，一看就是初学者。

最后，董西将牌在桌面上推开，示意钟听过来抽一张："心里想着你最想问的问题……唔，你就想着牙疼什么时候好好了，闭上眼默念三遍，然后来抽。我现在的实力只能解一张牌，不能多抽哈！"

钟听点头。

只是，在她闭上眼的那个瞬间，什么牙疼之类的，全部抛诸脑后了，她最想问的问题，此刻最最最重要的问题，唯独和沈珈述有关。

——他们的关系会有进展吗？

钟听睁开眼，郑重地抽出一张牌，交给董西。

董西看了一眼，思忖片刻，给钟听解牌："10 号牌，命运之轮正位，代表忽然的幸运、转变、机遇，还有命运，是一张充满变数的好运牌。嗯……但是这和牙疼有什么关系？"

她挠挠脸，又去翻书。

钟听却不自觉露出了一抹轻盈的笑意。

命运。

忽然的幸运。

是心想事成的意思吗？

这一刻，她忽然就想迷信一次，期待一下命运的安排。

到了周五，钟听的智齿依旧时不时地疼一下，没有好转。

高一高二篮球赛如期举行。

沈珈述终于现身教室，他周围还是如同往常一样热闹。

昨天，钟听已经提前和董西说过，这次她会一起去看球赛，这会儿听到沈珈述他们在说比赛的事，便忍不住悄悄竖起耳朵偷听起来。

沈珈述的声音混在一片嘈杂中，依旧清朗悦耳："……他们几个菜狗，又不是之前没打过，随便虐。"

钟听轻轻笑了一下。

接着，陈天皓问："述哥，那谁今天来观赛吗？"

沈珈述："来，一会儿我让人去接她。"

陈天皓："那我去呗。"

后面又是周围人一连串的起哄。

但钟听听力不好，刹那间已经都听不清楚了。

她悄悄收了笑，捂住右脸。

智齿痛再次侵袭着她的神经。

痛感失去控制，蔓延到四肢百骸，一点一滴地流淌在身体每个角落。

钟听突然觉得还不够痛，屈起手指，自虐一般无意识地按着脸颊，妄图让这种痛苦压住胸口的另一种痛。

十七岁，她的牙疼和生长痛一起到来。

一次又一次。

一次又一次。

人的贪心是不会有尽头的。

可是如果能克制住内心的本能，人就不会只是灵长类动物，而是会变成更高级更超脱的物种。

至少，钟听还不是。

所以明明已经认清了对方是什么样的人，也决心只把某种情绪藏在心底最深处，但她依旧觉得难过。

下午三点半。

篮球赛准时开场。

校内篮球场在操场附近，面积极大。

海城实验中学私立不只有高中部，还有小学部和初中部，相关配套设施一应俱全。

除了小学部校区在马路对面，初中部和高中部校区是连在一起的，分踞在偌大校园的南北两端，以图书馆和一大片树林绿化隔开。

这会儿，除了将要比赛的那个球场被拦起来不准入内，两边所有场地上几乎都站了人。

不仅仅有高中部的学生观赛，初中部也有不少人穿过校园中间的小树林来围观。

钟听第一次看到这种场面，有点震惊，忍不住瞪大眼睛。

要不是知道只是高一高二普通的交流赛，这阵仗，还以为是校级运动会呢。

董西像是猜到了她的想法，轻轻“啧”了一声，故作神秘地摇摇头，同她咬耳朵：“像这种篮球赛最能验证人气。我敢说这里一半女生都是来看你邻桌的……沈珈述可真是个祸害，初中生都不放过。”

最后一句说得极轻，像是在自说自话的碎碎念，不好让旁人听到，以免伤害同学情。

偏偏钟听还是敏锐地听了清楚。

她还十分认可地点了点头。

从中午开始，她嘴角的笑意就一直有点勉强，不过用牙疼来掩饰，却也叫人挑不出什么错。

幸好，没过太久，裁判吹哨，示意开球。

场外观众欢呼起来。

"沈珈述！沈珈述！啊——"

"徐寅加油！"

"高一必胜！高一必胜！高一必胜！"

…………

钟听和董西两人，一个瘦、一个矮，根本挤不进内圈，费力地在人头攒动中挣扎了好一会儿。

结果，还是康芝眼尖，回过头的时候看到两人，立马把她们俩拽到球场斜角的角落。

董西感激涕零，一把抱住康芝："谢谢班长！还是班长好啊！要不然我今天就只能挤在人堆里看人头了。"

康芝："这儿早就被我们班男生占好位置了。你们来晚了呀，要不然还能找地方坐下看呢。"

闻言，钟听目光四下转了一圈。

毫无疑问，这个角落俨然已经变成了A班加油团专属区域。

她抿了抿唇，又望向场内。

此刻，两边球员已经开始跑动防守，球在隔壁班一个男生手上，掩护他的是钟听以前班级的同学，一个戴着眼镜、瘦瘦高高的男生。

而沈珈述……

钟听的视线不由自主地在场内寻觅，几秒工夫便锁定了目标。

这次算是比较正式的交流赛，打的是全场。沈珈述正站在对面半场，靠近钟听他们这个角落的地方，不紧不慢地晃悠着，看架势，颇有点闲庭信步的意思，好像完全就是个无关比赛的局外人，表情还没场外的助阵团激动。

钟听对篮球毫无了解，只是单纯觉得沈珈述这一米八八的大个子虽然不是场内最高个，却是最引人注目的那个。

他这张脸，生得实在太犯规了。

阳光在他脸上跳跃，他微微眯起眼睛，嘴角噙着浅笑，周身好似镀了一层光，让四周的一切都变成了背景板。

这世界上最好的镜头也拍不出这种青春肆意的感觉，是满满的、充盈到快要溢出来的少年气。

附近一直有人在吵闹。

董西和康芝也没有停止聊天。

但这一刻，钟听什么都听不见，满心满眼都只有不远处的那个少年。

在她眼里，沈珈述永远都在闪耀。

和从那个小巷里走出来时一样。

只是，比起那时，钟听的目光不再那么纯粹，不再仅仅将他视作救星，也不再只是感激。

那些不能说出口的欢喜，藏在她看向他的每一个眼神里。

无时无刻不随着脉搏跳动不休。

上半场还有一分钟结束，双方比分咬得很紧。

董西给钟听科普：“我们学校的校队一般都是高一去打，高二也就上半学期能打打，所以高一实力强的还有蛮多的。”

更别说高一还有体育特长生刚保送上来。

初中打区队的那几个，各个实力非凡，不容小觑。

钟听点点头，心里却没多少紧张。

沈珈述说了会赢的。

她无条件相信他。

这个念头一划过脑海，仿佛只是刹那间，场内的沈珈述就突然动了起来。

他原本一直晃荡，偶尔被传到球，也表现得没什么攻击性，大多数时候都是在打辅助，换几个身位后就传给陈天皓去投篮，自己就像在划水摸鱼一样，跳都没跳几下。

故而沈珈述突然快速跑动，对面的人都没有第一时间反应过来。

不过几十秒的时间，球就落到了他手上。

看着这一幕，钟听无意识捏紧了拳头。

场中的沈珈述丝毫不见紧张，轻轻松松过掉几个防守球员，运球到了对方半场。

三分线外，他脚尖一踮，一个急刹，而后托球原地起跳。

“砰——”

篮球以抛物线之势飞出去，精准地撞到篮板上。

“咚——”

又在众目睽睽之下，落到了球框内。

三分球！

咬得紧的比分瞬间逆转，变成高二领先。

教练吹哨，示意上半场结束。

时间刚刚好。

顿时，全场爆发出激烈的欢呼声：“啊——”

连董西都忍不住跳了起来：“沈珈述好帅啊！”

沈珈述似乎预知到了自己这漂亮一球的威力，朝着球场外挑了下眉，双指并拢，从太阳穴往斜上方一划，满脸神采飞扬的傲气。

这一刻，少年就是全场的焦点。

中场休息。

钟听看着沈珈述走到场边。

之前照片上那个漂亮女孩不知道什么时候来的，亭亭玉立，梳着高马尾，笑着从怀中拿出一瓶脉动递给沈珈述。

沈珈述接过，仰头喝了一口，又去和女孩说话。

两人说说笑笑，神色相当轻松自在。

钟听则是默默收回视线，不再继续追随对方。

下半场，沈珈述一改之前的懒散随意，开始发力，抢断、突破、带球，满场转，一刻没停。

他不仅又中了一个三分，还一连进了好几个篮板球。

他速度很快，看得出身体力量不小，但整体节奏并不急促，一连串动作十分流畅，让人只觉得赏心悦目。

叫好声此起彼伏，应和着篮球打在地上“咚咚咚”的动静，谱写出一曲青春乐章。

对此，董西第一时间做出点评：“哎，我承认，沈珈述确实帅，也就比我们相燃差一点点了。”

钟听忍不住笑了一下。

沈珈述的改变，很快改变了场上的局势，双方比分悄无声息地开始拉大。

只是，钟听的余光内，那个漂亮女孩的马尾，一直随着她的蹦蹦跳跳在晃动着，好似在和场内沈珈述的跑动频率交相呼应。

钟听无权置喙，只能缄默无言。

球赛最后五分钟。

高二的优势已经几乎没有可能逆转。

钟听眯着眼，看了眼远处的比分牌，扭过头，拉了拉董西的衣袖。

她用手机打字。

——西西，我可能要先回去了。

董西“啊”了一声：“这么急啊？马上就要结束了，不能再等几分钟吗？”

钟听笑笑，继续打字。

——反正赢了呀。

董西想了想，觉得她说得也有道理。

“那也是……好吧好吧，你出去的时候小心一点。拜拜咯，周一见。”

闻言，钟听朝董西挥挥手，转过身，重新挤入人群。

这会儿，许是因为放学时间过去太久，时间也晚了些，球场上的观众其实已经没有开场时那么多了，钟听十分顺利地走出了篮球场区域。

前面是一条通向操场的小路。

穿过操场，再走过两边种满树的宽敞步道，就能看到海城实验中学的校门。

钟听其实没有什么要紧事，回到家也就是写作业复习看书，她只是不想看一会儿胜利之后，那个漂亮女孩向沈珈述表达祝贺，所以才借故先走。

毕竟她还没有自虐到那个份上。

钟听的步速不快，一只手捂着右脸脸颊，另一只手拿着手机，慢吞吞地翻着班级群消息。

不多时，校门近在眼前。

与此同时，相燃也神出鬼没地出现在不远处，推着自行车，拦住了钟听的去路。

钟听脚步一顿，仰头看他。

相燃的语气冷冷淡淡：“你去看球赛了？”

钟听点头。

相燃：“怎么没回消息？”

闻言，钟听立马去翻手机，这才注意到被压在班级群底下的聊天框，显示有几条新消息。

都来自相燃。

相燃：A班放学了吗？

相燃：你先走了？

隔了一会儿。

相燃：怎么不回消息？没出什么事吧？

钟听瞪大了眼睛，连忙同相燃摆摆手，想打字给他看，又觉得看屏幕不太方便，干脆直接在聊天软件上回复。

Listening：我没事。

Listening：不好意思啊，刚刚没看手机。你是一直在等我吗？

相燃扫了一眼：“嗯。没关系，走吧。”

钟听没有动。

她觉得，或许现在就是说清楚的好时机。

按照消息时间来看，相燃应该是等了她将近两个小时。再加上每天早上，他也不知道要提前多久起来等她……

钟听实在无法承受这种麻烦别人的心理压力。

她站在原地，继续飞快地打字：相燃，真的不用这样的。你这样每天送我上学放学，耽误你的时间，也会耽误你的事情。

相燃眼神闪了闪，语气依旧平静：“不耽误。”

钟听急了，手指敲着屏幕，敲得“哒哒”作响。

Listening：但是我会觉得很麻烦！

相燃愣了愣。

“随便你。”

话音落下，他扶着车，扭头大步离开。

钟听一个人伫立原地，怔怔地发了会儿呆，心中生出了一点点悔意。

刚刚她的态度好像不太好。

相燃明明也是好心。

因为文字是冷冰冰的，没有语气，无法表达出她真实的意思，只会让人觉得她在不耐烦。

唉！

她真是什么事都做不好。

周末，海城下了一场雨，带来阵阵寒意。

雨过天晴后，单件运动校服已经无法御寒，还得在里面添一件厚实的秋装。

衣服换季打折的时候，白珠秀给钟听买了几身连帽卫衣。

但学校里一直要求穿校服，没其他时间穿，她干脆就把卫衣加在校服里面，帽子拉出来，也很符合高中生的时尚。

特别是钟听足够瘦，穿好几层都不显臃肿，正合适这种穿搭。

白珠秀忙里偷闲，还不忘顺嘴交代她："听听，你现在是备战高考的关键时期，马上要走班上小三门了吧？可能会接触到一些新同学，绝对不可以早恋，知道吗？"

钟听轻轻笑了一下，点头应诺。

十一月中旬，海城实验中学高中部开始期中考。

对这届高二学生来说，这次考试事关小三门分班。像物理、化学这种选择人数较多的科目，还要凭借期中考的单科成绩分出 A、B、C 班。

因而，受重视程度肯定比月考更高。

开学至今三个多月，钟听已经适应了 A 班的教学节奏。

加上她一直在努力学习，无论发生什么事都没有松懈过，自然底气也比月考那会儿足一些，相对来说就没有那么紧张。

那些敏感缱绻的、少女不足为人道的小心思，会让人失落难过，会让人失眠流泪，但在翻开课本的那一刻，一切就瞬间自动消弭无踪。

好像"学习为重"这件事，已经完全变成了钟听的习惯，经年累月，镌刻在她的骨头缝里，不能撼动。

她能做得好的事情太少，能靠努力就追上普通人脚步的事也不多，不能再少一件。

抱着这种想法，钟听很顺利结束了高二上半学期的期中考。

走出考场。

她打开班级群，看大家对了一遍答案，估摸着自己的分数。

如果没什么意外的话，总分应该比之前几次考试要好一些。

班级排名还不好说，因为要看其他同学的发挥。

生物、化学、地理这小三门，单科分数应该都还行，怎么都会在平均线以上。

根据 A、B、C、D 班的初始班级排名来分析，到时候分班上课，大概率能去最好的那个班。

钟听心满意足地舒了口气。

考试结束后就是两天周末。

难得没布置作业，只要日常背背单词就行，能好好休息一下了。

回到家，钟听立马倒头睡了一觉。

再睁开眼，时间已经到了周六上午。

屋子里静悄悄的，里里外外一点动静都没有，显得颇有几分反常。

钟听揉了揉眼睛，起身去阁楼找白珠秀。

小阁楼里也没有人。

好奇怪。

往常周末这个时间,白珠秀一般都已经买完了菜,要么待在家里踩缝纫机，要么就是在一楼做午饭，或是晒衣服，很少会不见人影。

钟听趿拉着拖鞋，回到自己的房间，从桌上捞起手机，点开。

果然，白珠秀给她留了信息。

白珠秀：听听，妈妈今天要去单位加班，上个月有个账弄错了，估计要很晚很晚才会回来。你自己弄一下午饭晚饭，乖乖待在家里看书。

白珠秀：或者你想出去吃也可以，早点回家就好。注意安全，别很晚还在外面瞎逛，知道了吗？

钟听牵了牵唇，打字回复她：知道啦。

等了一会儿，白珠秀没有回复。

应该是真的在忙。

钟听放下手机，下楼洗漱。

早午餐她没力气折腾，打算给自己煎一个蛋饼，再喝一杯牛奶，应付过去。

简单吃完之后，她开始一周一次的打扫房间，接着又要去整理衣柜，给衣服换季，把夏装都打包好，塞到衣柜顶上，等待来年夏日重启。

四季轮转，时间似乎就在这一日又一日的日常琐碎中悄然消逝。

午后。

天色转阴。

钟听写完两张试卷，换了衣服，套上厚外套，独自出门觅食。

耳机塞在耳中，音量调得很大，里面正在播放一首轻快的英文歌，是很耳熟能详的调调。

据说这种口音语调都很标准的英文歌能用来磨耳朵，锻炼语感，所以她只要一有时间就会放着听听。

弄堂弯弯绕绕,但走过一段之后再回首,又会觉得背后是一条长长的巷子，在阴暗混沌的天色下显得陈旧又寂寥，好似完全看不到底。

也不知道会不会有什么怪物突然从后面的分岔路口跑出来，一口咬掉人的脑袋……

钟听缩了缩手臂，回过身，不再胡思乱想。

走到出口时，恰好迎面遇上了开门出来的相燃。

钟听脚步一顿。

她第一反应是扯下耳机，抬起手，想和相燃挥手问好。

上回那件事，她始终怀疑是自己做得不够好，怕相燃心有芥蒂，想找机会和他道歉。

但两人不是一个班的，平时很少能碰到，钟听又怕在 QQ 上表达不好，再加上考试安排紧锣密鼓，让人分不出神来想其他闲事。

故而便耽搁下来。

今日倒是个机会。

只不过相燃并没有搭理，甚至连眼风都没有给她一个，径直快步离开，转眼身影就消失在巷口。

钟听讪讪地收回手。

算了。

下次再说吧。

等相燃再消消气。

她想。

眼见天色将迟，之前雨夜的糟糕记忆卷土重来，钟听没有继续在原地停留，加快脚步，往弄堂外的便利店走去。

她今晚不想刷碗刷锅，但也懒得去稍远些的饭店吃饭，就打算去便利店买点便当盒饭之类的应付过去。

还是之前那家 7-11。

自动感应门打开，音乐响起。

钟听一踏进去，动作倏地再次停顿……

收银台边站着沈珈述。

十一月中下旬的时节，他穿得依旧不多。

黑色字母帽衫，没外套，袖子还往上推了小半寸，露出一截白皙的小臂。

此刻，他掌心扣了一盒烟，微蹙着眉，手指轻轻敲着台面，神色像是等找零钱等得有些不耐烦了。

下一秒，他如同有被窥视的感觉，目光朝门边转来。

钟听几乎没有多想，下意识地往货架旁边一躲。

自然，沈珈述没看到她。

又过了小半分钟，他拿齐了零钱，随手塞进帽衫口袋，大步朝门外走。

他出去必须路过钟听藏身的这个货架。

而沈珈述走过去时，飘来一股很淡很淡的血腥味，味道和上次学农那会儿闻到的一样。

钟听愣了愣，目光逐渐变得凝重。

隔着玻璃，她看到沈珈述在门口踟蹰了一下，继而转向右手边，扬长而去。

钟听蹲在货架边，拧着眉，纠结了好一会儿，终于下定决心。

她起身，什么都没买，直接出了7-11便利店，往沈珈述离开的方向追过去。

事实上，沈珈述好像并没有什么目的地，不紧不慢地往前走了很久。

钟听就跟在他二十步之外。

见他拆开烟盒，她蓦地想起来，之前那只银色打火机还在自己这里，忘了还给他。

只是这一走神，不远处的沈珈述陡然消失不见了。

钟听跟丢了人，有点惊慌失措，连忙往前跑了一段，目光飞快地四下搜寻着。

这里还在红墙弄堂边缘的范围，不过距离锦西路已经有段距离了，是弄堂的另一边，也是一片比较混乱的地方。

不知不觉，她竟然跟着沈珈述走到了这一段路上。

钟听看了眼阴沉沉的天色，心里开始害怕。

虽然没有下雨……但……

要不要立刻掉头回去算了?

可是沈珈述好像是真的受了伤，至少、至少应该确认他没事吧?

哪怕只是普通同班同学，似乎也不能这样一走了之。

钟听犹豫不决，眼神却没有停下搜寻。

这段路有进红墙弄堂的巷口，沈珈述正是在巷口的位置消失的。

往里一步。

小巷两边并不是完全的住户区，而是挂满了各类招牌，十分抢眼。

网吧、台球、按摩、游戏厅、成人用品……

距离钟听最近的那个招牌是“台球馆请上二楼”。

她心中有了底，按照招牌上的箭头方向指示，走进左边的一扇小门。

门里头直接就是楼梯间。

楼梯间逼仄狭小，一人通过还嫌拥挤。

不仅如此，头顶的灯光无比昏暗，还时不时闪动一下，像有点电压不稳，随时会跳闸的感觉。

仅凭这通道，怎么看都不像是正经的台球馆。

钟听第一次来这种地方，心脏“怦怦”直跳，紧张得身体都有些不受控制地微微颤抖。

她做了个深呼吸，咬着牙，握紧手机，继续往上。

幸好，走完半层，第一个楼梯拐角处，熟悉的人影再次出现，抚慰了她这种害怕的感觉。

沈珈述靠在拐角的阴影里，脸色惨白，双目紧闭，一动不动。

钟听还没平静下来，又被他这模样吓了一跳。

顾不得多想，她立马上前去，轻轻点了一下沈珈述的手臂。

——你还好吧？

沈珈述睁开眼，入目就是手机屏幕上的这句话。

继而，他看到了举着手机的单薄少女。

“……豆芽菜？你怎么在这儿？之前不是跟你说别来这里附近吗？”

钟听立马收回手机，打字，再拿给他看。

——我在路上看到你。你是不是受伤了？

沈珈述意味不明地笑了一声：“这么巧。”

他没有回答钟听的问题。

但钟听也不需要他回答了。

他身上的血腥味已经重得能穿透衣服，不容人忽视。

钟听：你应该去看医生。

就这短短几句话的工夫，沈珈述不仅脸色发白，连唇色都变得惨白了。

看起来完全就是失血过多的症状。

沈珈述随手挥开她的手机，声音倒还是蛮有力气的：“少管闲事。时间不早了，回家吧，晚上附近更不安全。”

说完，他直起身，扶着墙，似乎打算继续往上。

下一秒，沈珈述感觉到手臂被人轻轻握了一下。

他侧过头。

钟听已经站到他旁边，手臂翻转，垫在他手臂下，一副打定主意要扶着他的样子。

她没有手拿手机了，只能用口型一个字一个字地对他说：我送你上去。

楼梯间里的这个小瓦数的灯泡依旧在一闪一闪，小姑娘满脸倔强，嘴唇翕动过后便抿起唇，不再说话，只是看着沈珈述。

她身材细瘦，眼睛十分明亮，有着玻璃珠一样的剔透感。

沈珈述低下头，定定地与钟听对视了片刻。

倏地，他有些痞气地笑起来，伸手轻轻扯了一下她垂在耳边的头发，开口：“行，我不上去了。”

钟听没有反应。

“那你说我该去哪儿，我就去哪儿，这样行吧？”

钟听依旧没有反应。

“豆芽菜，说话。”

钟听嘴唇再次缓慢地动了两下。

她是在说“医院”。

只是，没等钟听说完，沈珈述直接把手臂搭到了她肩膀上，身体的重量大半都落到她身上。

钟听没有防备，撑不住他这个大高个儿，差点摔下去。

还是沈珈述拉了她一把，让她能重新站定。

这个姿势，让两人看上去堪称亲密无间。

但钟听压根没有心思胡思乱想。

沈珈述身上的血气快要将她淹没了。

她怕他失血过度晕倒，只得小心翼翼地扶住他的腰，整个人奋力顶住他的手臂，让他能从自己这里借点力。

很快，沈珈述的声音从头顶传来：“……我不去医院。除了医院，哪里都行。豆芽菜，我给你三十秒时间想，想不出来我就走了。”

钟听愕然。

去哪里？

除了医院，他还想去哪里？

她还没想出任何眉目，沈珈述已经不紧不慢地开始倒数：“还有二十秒。

“十五秒。

“十秒。”

钟听顾不上再细想，仰起头，用空出来的那只手戳了戳沈珈述的肩膀，示意他看自己。

我家。

怕他看不懂自己的口型，她又指了指自己，跟着比了个睡觉的姿势。

这个答案，令沈珈述也少见地愣了一下。

“……去你家？”

见钟听还想解释，沈珈述立刻在她面前摊开手掌：“写。”

钟听点点头，一笔一画地在他宽大掌心写字。

——我家有纱布和伤药。

顿了顿，她咬咬唇，再写了下一句。

——没有人在家。

从黑黢黢的楼梯间退出来，外头已经夜色降临。

海城一入秋，就日落得一天比一天早，连暮色也像是迫不及待地要下班避寒。

幸好路灯每日准时准点亮起，照亮一条条伸手不见五指的夜路。

连红墙弄堂这种城中村也不例外。

就着路灯光，或是因为身边有沈珈述在，钟听觉得迷宫似的巷子好像也没有那么令人慌乱了。

她顺顺当当将伤员带回了自己家。

沈珈述虽然全程揽着钟听的肩，但实际上还是收了力气，基本靠自己在走。

钟听这豆芽菜体型，搀他一下都费劲，要想撑着他走，估计还没走半道就能被硬生生拖死。

只是这么一折腾，沈珈述后背的伤口再次裂开。

他穿得少，渐渐地，鲜血洇透了黑色帽衫。

衣服后面一大片深色印迹，不是瞎子都看得见。

钟听当然不是瞎子。

因为半聋又哑，她其他四感都比普通人更灵敏一点点。发觉身边的沈珈述手指握成拳，身上的血腥味也变得越发浓重时，她便觑了觑他的脸色，扭头去看他背后。

看到衣服上的印子，她脚步一顿，整个人不受控制地抖了一下。

沈珈述也感觉到了她的小动作。

他浑不在意地低笑："抖什么？害怕了？那把我放这里吧。"

他虽然有点开玩笑的意思，却是在玩笑中给了钟听反悔的机会。

谁承想，钟听非常郑重地摇了摇头，又拍拍自己的手臂，示意他可以完全扶着她借力，没关系。

沈珈述一挑眉："就你这小身板，啧……我没事，快走吧。"

闻言，钟听也没有强求，只是悄悄加快了脚步。

沈珈述比她高将近一个头，长手长脚的，闲庭信步就能轻而易举地跟上她的步伐。

既然现在他还有力气说话，那还不如早点回去。

大约十分钟后，两人抵达了钟听家那个小破楼。

夜里的老房子更显破旧。

外墙上脱落的墙皮似乎就像令人无奈的自尊心，被一片片剥开，直至鲜血淋漓。

幸好，沈珈述在铁门前站定，仰头扫了一眼便收回了视线，并未仔细打量。

钟听抿了抿唇，拿钥匙打开门，再顺手拍开一楼走道的灯，回过身，冲沈珈述比了个"请进"的手势。

"打扰。"

说着，沈珈述跟着钟听走进门。

家中没有客厅，没有多余的空间，也没有多余的椅子可以暂坐，钟听只能将沈珈述带去二楼自己卧室里，示意他可以坐在她的椅子上。

接着，钟听又赶忙去翻柜子，找备用医用包。

她不乐意去医院，白珠秀在家里准备了各种药，以防万一。

目前还不清楚沈珈述受了什么伤、具体有多严重，钟听只能尽可能将需要的东西找齐，像绷带、纱布等。

柜子里还有云南白药和双氧水，也全部被她一起拿了出来。

沈珈述帮不上忙，干脆撑着下巴，盯着钟听的桌面走神。

客观意义上来说，这是他第一次一个人来同龄女生的家里。

当然，钟听家条件的简陋程度，也是他经历过的唯一。

这个卧室小得像蚂蚁窝，沈珈述人高马大，往里头一坐，好像霎时就没有了其他可以活动的空间。

自然，连钟听的写字桌也好像有些施展不开。

因为太过局促，她似乎不得不把课本、习题本之类的全部叠到一起，垒在角落，只留当前要写的试卷习题本。

放不下的那些还要往地上堆，也不怕稍微伸伸腿就踢倒。

钟听将手上的东西一股脑放在床上，再跑去打了一小盆清水来，搁在一边。

她扭过头，见沈珈述视线停留在桌面，猝不及防地愣了一下。

下一秒，钟听立刻站起身上前，将摊在桌上的随记本一把拿过，紧紧抱到自己怀中。

他……看到了吗？

她上面写的那些胡言乱语、痴心妄想，那些不能给任何人看的小心思，他都知道了吗？

其实，钟听平时并没有很多时间写日记。

她每天都在写字，身边懂手语的人太少，学校里又不能经常拿手机出来，和人交流只能依靠写字。

加上还要刷题考试，书写量早已超标太多，虎口都被磨出了硬茧，已经没有闲情写日记了。

这个随记本也只是她用来记一些重要的，或是不重要但想记录下来的事情，每页都是寥寥数语，更新速度也不快。

直到遇见沈珈述以后，钟听有了一些不能为外人道的秘密，才开始写得比之前频繁了一些。

所以……沈珈述是不是都看到了？

一想到这个可能性，钟听用力咬住嘴唇，眼神慌张，压根不敢直视对方，睫毛飞快上下扇动，如同蝴蝶翅膀一样扑闪扑闪。

她连耳尖都不受控制地一下烧起来，泛着可疑的殷红热意。

这些小细节，无一不暴露了她此刻的羞怯与担忧。

沈珈述怎么会看不出来？

他挑了下眉，漫不经心地问道：“那本笔记上写了什么？”

他没看到吗？

“不会是和我有关吧？写了我的坏话吗？这么怕被我看到？”

这下，钟听却是毫不犹豫地摇了摇头，立刻把随记本塞到后面墙上挂着的书包里。

做完这一切，她依旧不好意思马上和沈珈述对视，在原地顿了顿，让心跳平静几分后，再转过身，打算去给沈珈述上药。

没有写字，但简单的意思，只靠比画也很容易理解。

沈珈述玩世不恭地笑着，坐在原地盯着钟听的额头看了会儿。

倏地，他直接抬手，脱了身上的黑色帽衫。

钟听一愣。

入目的，是一片伤疤纵横交错的背脊。

沈珈述虽然清瘦，但并不单薄，脱了衣服之后明显能看得出来，他有着薄薄一层肌肉，既不油腻，也不过分壮实以至失去美感。

只不过此刻所有的美感都被背上的伤和血掩盖。

除了正在渗血的几道伤口，其他地方也有瘀血红肿，还有尚未恢复的瘀青。

新伤叠旧伤，层层叠叠，早已没有一块好肉。

钟听只是看了一眼，就已经顾不上害羞脸红，手腕都忍不住发抖。

沈珈述倒是十分淡定，回头瞥她一眼："不是要帮我上药吗？傻站在那儿干什么？"

闻言，钟听总算回过神来。

她蹲下身，将手头干净的毛巾打湿，继而上前一步，小心翼翼地用湿毛巾擦着沈珈述背上的血迹和伤口，等把血擦干净，再涂双氧水。

双氧水沾到伤口，理当是疼得要命的事，偏偏沈珈述一动不动，似乎没有痛感一样，任凭她随意摆弄。

钟听看不到他的脸，无法从他的表情来分辨情况，只得越发放慢动作，越来越束手束脚。

对一个又聋又哑的人而言，观察别人是最有效快捷获取信息的手段。

但只要那人背着身，便什么都做不了了。

某个瞬间，钟听并没有感觉到自己和满身是伤的沈珈述的距离拉近了些。

相反，她甚至觉得两人之间的关系永远都会是这样。

他背过身，只把背影留给她。

离得再近，也像相隔天涯。

钟听磨磨蹭蹭了十几分钟，处理伤口这一步总算搞定。

接下来，只要再给沈珈述上点云南白药，然后用纱布包上就算大功告成。

只是沈珈述整个后背遍布伤痕，要全部包起来也很有些麻烦，得一圈一圈绕过去。

她稍微比画了一下，脸颊就再次烧起来。

不过，海城天气已经转凉，哪怕沈珈述不怕冷，但这种气温只穿了一件帽衫，还是很可能感冒的。

思及此，钟听便顾不上害羞，更靠近他半步，直接上手，麻利地给他身上一圈圈裹上纱布，最后在后面打了个漂亮的结。

沈珈述回头看她："好了？"

钟听点头。

沈珈述套上衣服，随口道："多谢。"

——不用谢。

钟听比了句手语。

但沈珈述不是董西，就算是这么简单的手语也看不懂。

钟听干脆拿起手机打字。

——最好还是去医院。

钟听生活能力强，但不代表她能看出伤口的来源，只是粗略推断像是被什么东西打出来的。

如果是棍子之类的，可能会有骨折的风险。

但如果是尖锐物品，哪怕用双氧水消了毒，也有可能得破伤风。

总之还是去医院检查更好。

沈珈述瞟了一眼，满不在乎的神色："不用。"

钟听想了想，再打字。

——要不要报警？

沈珈述的答案还是轻描淡写的"不用"，好像他压根不在意这点伤，只有钟听这个旁人在为他大惊小怪一样。

因而钟听也有些讪讪的，默默垂下眼，思忖着后面该说什么。

时间已经不早了，要不……留他吃饭？

刚好之前他也夸过她的手艺，应该不至于嫌弃。

钟听酝酿了一会儿，正欲打字，沈珈述却蓦地率先开口问道："能抽烟吗？"

他指了指正前方那扇小窗。

这会儿，小窗紧紧关闭着，尽职尽责地为屋中人挡御着深秋夜露。

如果推开窗抽烟的话，空气流通，烟味也不会长久停留在房间。

钟听没有立刻回答，犹豫了一下。

——受伤抽烟不好。

他这伤实在不算轻，还是应该小心为上。

沈珈述嘴角一扬："抽烟止痛。"

钟听的手机屏幕上跳出三个字。

——很痛吗？

沈珈述笑了："这只是一种夸张的手法。豆芽菜，你怎么这么好骗啊？"

钟听抿了抿唇。

良久，她才继续写。

——未成年人不能抽烟。

没有语气的加持，这几个字有点一板一眼的气质。

沈珈述嗤笑一声，抬眼看她，一副桀骜不驯的态度："这是你们好孩子需要遵循的规则，对我这种浑蛋，不适用。"

这次，钟听回应得很快。

——你不是浑蛋。

沈珈述微微一愣。

手机光线映照在钟听的双眸之中，仿佛有光华在其间流转。

陋室之中，不会说话的瘦弱女孩，因为炯炯有神的漂亮眼睛，生出了精灵般轻盈脆弱的气质，叫人完全挪不开视线。

沈珈述盯着她看了许久，忽然问道："为什么？"

钟听眨眨眼，不解。

他的声音低沉，但悦耳，像某种弦乐器，一句一句，很平静地问："为什么要跟着我？为什么要带我回家给我处理伤口？钟听，你为什么觉得我不是浑蛋？你又知道我什么事？"

沈珈述又一次叫了她的名字。

不是豆芽菜、邻桌、新同学这类代号，而是端端正正的"钟听"。

咒语生效。

只是，这一刻，钟听已经有些顾不得揣摩其中能令人心动的意味。

因为沈珈述问出来的每一个问题都像是一颗钉子，迎着簌簌风声飞来，将她牢牢钉在原地，动弹不得。

漫长的沉默并未令沈珈述放弃，只是好整以暇地看着钟听，指尖有节奏地轻轻敲击着桌面，耐心十足的模样。

半晌，钟听终于酝酿好了措辞，开始急急忙忙地解释。

——上次你救了我，谢谢你，所以我会报答你的，你是个好人。

"报答"这个词，听起来有种不属于这个年代的微妙感，叫人心生古怪。

沈珈述看完，重新抬眸。

不甚明亮的灯光下，少女浅粉色的唇瓣饱满莹润。

但只要他一迟疑，她就会不自觉咬住唇，露出紧张的神色。

沈珈述忍不住逗她："怎么报答？结草衔环那种吗？"

钟听愣了一下，没能立马理解沈珈述的意思。

什么叫怎么报答？

想了想，她试探一般地回答：如果可以的话，我们可以做好朋友。以后无论你有什么需要帮忙的事情，我都会义不容辞。

比如，像今天这种情况。

按照推断，城郊学农那几天，沈珈述身上应该也是带伤的，不然就不会有血腥味。

钟听回忆了一下那几日发生的事情，只觉得沈珈述伪装得真好，每天跟着大部队跑步、练队列、下地拔草，居然都没有一个人察觉出异样。

再仔细想想……

突然，钟听愕然瞪大了眼睛。

有没有可能，夏末微凉的那个晚上，那棵树下，沈珈述突然吼她，并不是因为讨厌她，而是因为她拍到了他后背的伤呢？

哪怕后来沈珈述同她隐晦地道了歉，但对钟听来说，并不是一件能很快过去的小事。

尚且称不上天塌下来，只是后来也暗暗自我开解了很久。

但如果是这个原因……

一时间，钟听心中浮起难以抑制的心疼，骤然变得有些手足无措起来。

然而，沈珈述似乎与她并不同频。

他还不知道她的思维已经扩散到了一个月前。

话题仍旧被拉回原位。

“朋友？”沈珈述脸上重新挂起玩味的笑，饶有兴致地琢磨了一下这个词，“我还是第一次听到有人搞这种毛遂自荐。豆芽菜，你可太好玩了。”

哪里好玩？

钟听再次陷入迷茫。

她意识到自己完全跟不上沈珈述的思路，似乎连想法都是南辕北辙的，串也串不到一块儿。

或许……

他会不会觉得她很可笑呢？

更小一点的时候，钟听因为哑，但又一直念普通学校，没有去特殊教育学校，受过不少歧视。

当面嘲笑已经算轻的，明里暗里的排挤才折磨人。

小孩子是很天真的，所以连那点恶意也表现得很纯粹，压根没有沾染丝毫人情世故下的虚假客套，让人感受到比成年人的歧视更成倍的痛苦。

钟听在这样的环境中长大，渐渐开始学会释怀、学会不在意，也学会不自卑，让自己变得强大，直到任何异样眼光都能刀枪不入。

但是沈珈述的一举一动，就是能那样轻而易举唤起她已经压到心底的敏感与软弱。

在他面前，她好像又变回了曾经那个束手束脚的小女孩。

无形间，房间内的气氛再次凝固。

沈珈述没有再说话，只是拿着一支笔在指间一圈一圈旋转把玩。

他的注意力已经从钟听身上移开，落到了那扇紧闭的窗户外。

外面，夜色已经变得浓厚。

城市的天空总是雾霭过重，看不见星星，只有冷冰冰的月亮始终静谧高悬。

这会儿，钟听才终于回过神来。

她又偷偷打量了沈珈述一会儿，蓦地想到了一件事。

打火机！

差点又忘了。

钟听连忙转过身去摸墙上挂着的书包。

没多久，沈珈述感觉到有人轻轻戳了一下他的手臂。

他回过头。

面前是一只银色打火机，正好躺在钟听手心。

沈珈述挑了下眉："送我的？"

钟听怔了怔，立马摇头，比画两三下，又去找手机打字。

——上回你掉在台阶上的，我吃面的时候捡了，一直忘记还给你。

沈珈述"哦"了一声，漫不经心地收起打火机。

——你吃晚饭了吗？要不要一起吃炒饭？

家里应该还有点昨天的剩饭。

本来今天懒得弄，想留着明天再拿出来炒，给白珠秀当早午饭的。

今天这个纯属突发情况，全程都是匆匆忙忙的，现在她也没法再去准备更多的东西，只能试探般问问。

沈珈述："炒饭？你炒的吗？"

钟听点头。

沈珈述笑起来，一副大爷做派："行啊，豆芽菜……哦不，朋友，谢了。"

这回，钟听听出了他语气里不含恶意的调侃。

她脸颊一红，又点点头，下楼去弄晚饭了。

木楼梯年代久远，脚一踏上去就会有"嘎吱嘎吱"的响动，但钟听开了抽油烟机，完全听不到声音。

她切火腿肠的时候，沈珈述突然出现在狭小逼仄的厨房外。

他个子太高，长手长脚的，倚着门口一站，好像连周围的空气都变得稀薄了几分。

钟听余光瞥到，顿了一下，连忙放下刀，比手势让他上去。

沈珈述抱着手臂，一动不动，非要看着她忙。

"你很会做家务。"

是肯定句。

钟听非常不谦虚地点了下头，顺手把三两下切好的火腿丁和青豆、玉米一起丢进锅中，再去拿筷子打鸡蛋。

鸡蛋一下油锅，香味瞬间四溢。

沈珈述盯着她熟练的动作，又问了一句："你爸妈呢？"

据他对同龄女孩粗浅单薄的了解，不论家境如何，但凡稍微宠孩子一点的人家，多半不会让一个未成年女孩子来掌勺。

况且这都周末晚上了，家里居然没个大人在吗？

钟听给炒饭调了味，关了油烟机，转过身面对着沈珈述。

此刻，她手边没有纸笔，也没有带手机下来，不知道该如何回答对方的问题。

她动了动嘴唇，讪讪败下阵来，侧头，用无辜的眼神看他。

沈珈述摸出自己的手机，递给她："密码六个0。"

钟听受宠若惊，连忙擦擦手，双手接过，摸摸索索地切出备忘录，敲字。

——我妈妈说今天会晚点回来。

她把手机还给沈珈述，顿了顿，再去吊柜里拿碗筷，将炒饭盛出来。

剩饭不多，怕沈珈述吃不饱，她还弄了点卷子面一起放进去炒。

这会儿，饭粒、面条、鸡蛋，加其他配菜放在一起，两碗炒面饭油亮金黄，色泽鲜亮，香气扑鼻，能勾得人食指大动。

钟听自己十分满意，摆摆手，示意沈珈述让开一点路，让她把碗端上去。

沈珈述从善如流地退到走廊，但眼神还停留在手机屏幕上。

“我妈妈说今天会晚点回来”这句话的潜台词几乎用不着仔细揣度，言下之意不言而喻。

他思忖片刻，跟着钟听上楼。

钟听正打算去叫他，见他过来，连忙拿了筷子给他，又指了指桌边，示意他还是用书桌来吃饭。

其实，白珠秀房间里有可以两人一起吃饭的折叠桌，但现在这个情况也不方便，只能将就将就。

等沈珈述坐下后，钟听才端了自己的那碗坐到床沿。

今天的炒饭咸淡调得很好，米饭的软硬也适中。

面条可能应该在炒之前先过水煮一下……

钟听正思索着，听到沈珈述夸了一句：“很好吃，多谢。”

闻言，她立马笑起来，比了个口型“不用谢”。

面对她的笑脸，沈珈述沉吟了一会儿，放下筷子，又问：“是秘密吗？”

钟听露出不解的神色。

什么？

“刚刚那句话，是秘密吗？”

钟听想了好久，总算反应过来，连忙摇摇头，用手机写字。

——不算是。

毕竟，如今这年头，单亲家庭屡见不鲜，没什么不可告人的。

钟浩的行为虽然让她们母女俩的生活坠入深渊，但并非钟听变得自卑的根源，她便无须掩藏这点来保护自尊心。

白珠秀太过在意她，所以性格变得越发强势、难以沟通，却也从来不曾亏待过她分毫。

自然，钟听爽快地如实告知，并且大方表示不必对旁人隐瞒。

沈珈述被她这呆头呆脑的模样再次逗笑，假装叹气，说道：“豆芽菜，真是笨得可以。”

聊天居然一点手段都不会使。

明明可以给出一个直接拉近距离的答案。

看来真是纯白无瑕地想和他当“朋友”啊。

该说是她知恩图报好呢，还是说他的魅力下降了呢？

说不上缘由，可能是发现了面前的小姑娘是完全无害的状态，沈珈述的态度变得轻松下来，终于放下了戒备。

他夹了一筷子炒面，毫不在意地说着：“但我想告诉你一个秘密，作为交换好了。”

钟听定定看着他。

“关于被打了为什么不报警……

“因为是我爸打的，暂时不方便还手。”

他轻描淡写的，语气犹如谈论今天的天气。

“嘘——是看在你请我吃炒饭的份上才告诉你的。你如果想做我的朋友的话，就不能告诉任何人。”

沈珈述家的情况在学校并不是什么秘密。

钟听早些时候不关注，但到 A 班之后，也被董西从里到外地科普过。

说起来，不外乎是家里有钱有势，一直在给学校捐钱之类的。

碍于那些赞助，各科老师都没法管他，也没办法把人劝退，才使得他肆无忌惮地胡作非为。

传言里，他爸爸是海城医疗行业巨头，家大业大，钱多得能压死人。

沈珈述在校里校外都人缘好，男生女生都爱围着他转，不单因为他长得好加人格魅力，或许也有点“钞能力”的原因。

但凡他在的场合，大部分情况都会请客。

这种豪爽行径，似乎能让人心甘情愿跟着他。

不过，各种揣测虽多，但并未得到过证实，只能算是捕风捉影。

沈珈述的父母从来没有到学校来参加过家长会，一切构想都依靠学生信息表上那龙飞凤舞的“沈腾飞”三个大字。

沈腾飞的名字随便在哪个搜索引擎一搜，都能得到详细资料。

他是二十世纪九十年代靠卖钢材发家的实业家，因为公司广告打得响，当时在海城就已经小有名气，后来又在医疗行业起飞的风口毅然卖掉工厂，投身到医药行业，先做进口代理，再和国外药企合作，参与到新药的研发中，资产迅速累积，凭借毒辣的眼光和高超的商业手段，用极短的时间便进入了毫无疑义的“资本家”行列。

百科上显示他是离异未婚状态。

前妻名字不详。

事实上，纵然是让沈珈述来说，沈腾飞的前妻，也就是他亲生母亲的模样，也快要渐渐模糊了。

婚内出轨以至家庭破裂，再婚后拒绝再见大儿子，所以一年都不一定能见上一次的母亲，暴君一样独裁、崇尚“棍棒底下出孝子”原则的父亲……这好像实在称不上什么光彩的故事。

幸好沈腾飞用这个法子“教育”儿子多年，手上已经有了轻重，哪怕是拿钢管上手抽，也不会打断沈珈述的骨头。

只不过，随着沈珈述年龄的增长，沈腾飞还想靠自己“动手”成功，需要强压着沈珈述的保镖不得不逐年增长，从一名进展到如今的四名，还有往更多发展的趋势。

思及此，沈珈述忍不住低低嗤笑了一下。

只是，他再次转身瞥向钟听时，却没有从她的眼睛里看到怜悯的意味。

小姑娘乖乖地坐在床边，手里捧着碗，扑闪着大眼睛看他。

她人瘦，脸也只有巴掌大，碗口一圈外扩，刚好将她的下半张脸全部挡住，只能让人看到盈盈眸光，像是会说话，正若有似无地表述着自己感同身受一般的义愤填膺。

四目相对。

沈珈述怔了怔，笑出声，漫不经心地问了一句：“……这是什么眼神？”

钟听放下碗，打字。

——约定会保密的眼神。

沈珈述愣了愣。

——你放心吧，我本来也不方便说话，况且这也不是什么好事，我不会告诉别人的。

沈珈述莞尔一笑，点头：“行，信你。”

钟听想了想，继续写。

——还会有下次吗？

沈珈述挑挑眉，假装思索了几秒，回答：“这可不好说呢。”

他就是故意这么说的。

因为逗这个一板一眼的小姑娘实在是太好玩了。

果然，钟听如他预料的一样，一下子蹙起了秀眉。

她那一小碗炒面饭也吃不下去了，被搁在一边，无人问津。

钟听兀自苦思冥想良久，终于重新拉了拉沈珈述的衣摆，将手机递给他看。

——如果有下次，你能不能快点逃跑？

——别再受伤了。

——会很疼。

沈珈述沉默地注视着她的手机屏幕，始终未置一言。

直到屏幕暗下去。

钟听举得手酸，见他这个反应，又疑心自己是不是说错了话，心中有些惴惴不安，轻轻咬了咬唇，却也没有将手机收回来。

良久，沈珈述“唔”了一声，背过身去，慢吞吞地开了口：“行了，豆芽菜，别管闲事，快点吃晚饭吧。”

钟听看不见他的表情，但听语气……好像是没有生气吧？

她心想。

两人沉默着，没多久，便将各自的炒饭吃完。

沈珈述站起身："我来洗碗。"

钟听一愣，连忙跟着起身，用力摆手拒绝。

哪好让客人洗碗啊！

况且他身上还有那么重的伤呢，不能乱动的，应该要静养才好。

但沈珈述还是坚持："没事，给我吧。"

钟听还要再说，忽然，浑身一僵。

她耳朵不灵，但这个房子隔音非常不好，站在这个房间里，只要环境没有太吵，是一定能听到楼下开大门的声音的。

因为刚好是上下正对着的位置，比白珠秀那间能听清楚许多。

钟听意识到是白珠秀回来了。

她条件反射般瞥了一眼时间。

原来不知不觉中，已经到了晚上八点多，快要九点了。

和沈珈述在一起的时间，似乎过得比平时要更快一些。

不知道是不是因为她心有旖念，所以产生了这样反常识的错觉。

只是，如果被白珠秀发现沈珈述，那……后果简直不堪设想。

钟听来不及再多想，直接抢过沈珈述手中的碗筷放到桌上，推着他转过身往外走。

"哒……"

"哒……"

"哒……"

白珠秀的脚步声已经出现在一楼走廊。

甚至，她还喊了一声："听听？睡觉了吗？功课做得怎么样了？晚上吃什么了？楼上什么动静？"

听到白珠秀的话，钟听的心跳一下子加快，继而呼吸急促，动作也变得有些失去章法。

她顾不上注意太多，匆匆忙忙地将沈珈述推出门外，再给他指了一个方向，示意他从门外的小楼梯上阁楼，去那里藏一下。

沈珈述瞟了她一眼，嘴角轻轻勾了勾，还是顺着她的意思悄无声息地上到阁楼里去了，做一回不可见人的小贼。

虽然位置窄小，但他的动作比钟听灵活太多，通向阁楼的那十多级楼梯，沈珈述两步就跳了上去，身影很快消失在视线中。

钟听长长地松了口气，肩膀默默耷拉下来。

片刻工夫，白珠秀已经上了楼。

见到傻站在门边的钟听，她愣了愣，皱起眉，问："怎么没穿外套？还站在门外……这么冷的天，又想感冒生病了吗？"

钟听冲她笑了笑，简单比画了两下。

白珠秀没看懂，但实则她也并不需要得到什么回答，把包挂起来之后就走进了钟听的房间。

钟听甚至都来不及拦她，只能眼睁睁地看着人走进去。

白珠秀没察觉到女儿的紧张，还在絮絮叨叨："今天我不在家，你没有一直玩吧？马上要分科了，作业做完了的话就先预习一下……嗯？晚上吃的炒饭？"

钟听站在她身后，默默点头。

白珠秀自顾自地过去帮她把碗收起来，嘴上不停："这么晚才吃饭，对胃不好的……这里怎么有两个碗？"

钟听浑身一僵，立刻从旁边找来速写本，龙飞凤舞地写起来：早午饭吃得太早了，没吃饱，就多弄了点，一碗面一碗饭。

白珠秀"哦"了一声，没起疑，只是说："下次拿个大盘子装好了。"

钟听继续写：妈，你吃了吗？厨房里还有拆开的卷子面，要不要我再去炒一点？

白珠秀忙说："别动别动别动，坐着吧。我在单位食堂里吃过了。行了，你早点洗洗休息，不困的话再背几个单词，时刻记得把弱项补起来。"

钟听乖乖点头。

但想到沈珈述还在阁楼，万一白珠秀上去拿东西，立马就会被发现，她又有点紧张，想着一定要找个机会让沈珈述能趁着白珠秀不注意悄悄溜走。

或许，白珠秀去厨房洗碗的时候……

她兀自思索着。

只是，没等她做出安排，白珠秀脚步一顿，又想到了刚刚的事，拧着眉头问她："刚刚楼上什么声音啊？我怎么好像听到有动静。家里有老鼠吗？"

钟听摇头，又写下一句话：外面墙上有只壁虎，我想抓它。

"壁虎？"

白珠秀松了口气。

老楼年代久远，弄堂里什么小动物都有，爬山虎更是屡见不鲜，加上楼层低，会爬到屋子里来也正常。

好歹不是老鼠。

没一会儿，白珠秀转身，离开钟听的房间。

将人应付走之后，钟听微微放下半颗心。

确定白珠秀下了楼，她拿着纸笔，蹑手蹑脚地上了阁楼，打算去和沈珈述商量对策。

然而，阁楼里早已不见人影。

钟听愣了愣，目光不由自主地四下环顾。

只是阁楼本就小，还放了台老式脚踩缝纫机，外加一大堆布料和棉花，连站一个人的空间都有些局促，压根没地方可以躲人。

沈珈述确实已经走了。

毫无疑问。

确认这一点后，她放下心来。

但心中又有点抑制不住的失落感。

今晚，对钟听而言，已经算是偷来的奇遇了。

思及此，她摇摇脑袋，平复好心情，重新下楼回房。

拿起手机，QQ 里显示有新消息。

S：先走了，豆芽菜，今天多谢。

钟听没想到他还会发来消息，嘴角轻轻上扬，打字回复。

Listening：不客气。你是怎么出去的？

那个楼梯“咯吱咯吱”的，她和白珠秀两人就在房间里说了一会儿话，他怎么就能大变活人一样消失呢？

S：天台。

他居然是从天台跳下去的？

那可是二楼！

钟听吓了一跳。

Listening：没受伤吧？

沈珈述没回答。

过了一会儿，他又发来一张照片。

钟听点开，发现是一只巴掌大的狗狗毛绒挂件，应该是他从阁楼里顺走的。

S：豆芽菜，这是你做的吧？

阁楼里都是白珠秀缝来卖的玩偶和拖鞋，之前暑假的时候，她有空闲时间也上去试着缝了两个小挂件，感觉不如白珠秀的手艺，就随手丢在了那堆玩偶里，没有再管。

现在居然被沈珈述精准地挑了出来。

钟听忍不住好奇。

Listening：你怎么知道？

S：和其他玩偶有点不一样。先送我了，下次给你回礼。

完全霸道的语气。

自作主张。

钟听却非常用力地点了点头，哪怕他看不见。

Listening：好。

交换礼物啊……

这是不是代表两人之间的关系已经更近了一步呢？

不管是不是她心底期盼的关系，至少能靠他近一点，成为他的朋友，也算好事一桩了。

期中考成绩公布后，高二走班制开始。

不出所料，钟听选的三门科目，同样顺利进入最好的那个班。

她再次来到一个新环境，要被迫重新去接触一些新同学和不太熟悉的老师，或许还要面临旁人惊讶的目光。

不过，幸好，这一回还有A班比较熟悉的同学一起，算不上孤军奋战。

像地理课有董西、王媛媛，生物有康芝，化学……化学有沈珈述。

之前想着要遵循父母要求选半理的董西，最终还是在老师的劝说下选了纯文，政史地。

她一向不擅长理科和计算，但一到文科科目就变得如鱼得水，除掉那三门理科，文科总分大排名往上蹿了一大截。

加上学起来不再需要费尽功夫，又有时间可以聊天说话看闲书，这些日子，董西几乎是整日喜笑颜开，心情极好。

神龙见首不见尾的沈珈述同学，却出乎意料地选择了物理、化学、地理。

都算是竞争比较激烈的科目。

不过，他不用分数排名，也能去最好的那个班上课。

这样算下来，钟听就和他重了两门走班课。

当然，自从两人因那些小“秘密”熟悉起来之后，沈珈述每到要走班上选课的时候，都会和钟听结伴。

说结伴也不是很准确，因为他只是懒洋洋地跟在她身后，按照她的方向走进正确的教室罢了。

因两人是邻座，这么一前一后离开教室，确实也没有那么突兀。

钟听心情的混乱，无人察觉。

只有关系最亲近的董西提了一句：“听听，我发现你和沈珈述好像平时交流得还蛮多的呢。”

她突然说起这个，钟听吓了一跳，愕然瞪大了眼睛。

没等钟听否认，董西已经摸着下巴，自顾自地继续说道：“不是那种交流的意思，就是有时候他会问你课表，我已经看到过两三次了……而且，地理课，他每次好像也是直接坐你旁边。”

化学课也是。

只是董西不知道。

钟听抿了抿唇，明亮的眼睛飞快地眨了眨，在纸上写字。

——可能是因为有点认识了。

走班上课和纯粹分班不一样，一天只有两到三节课去其他教室，更像是临时组建出来的班级。

大部分学生还是会和自己原来班级的同学抱团。

加上钟听喜欢坐在角落没人注意的地方，沈珈述也喜欢坐最后一排睡觉，凑到一起也算正常。

董西想了想，像煞有介事地点点头，说：“也是。还好沈珈述人还可以，不算坏。”

钟听笑了一下。

正经事说完，董西又忍不住八卦起来：“说起来，最近沈珈述来学校的频率激增啊，这两周居然全勤！看来又到‘好妹妹’冷淡期了。”

钟听还是笑，没应声，眸光却微微黯淡下来。

这两周,有时候走班课在上午最后一节,钟听就会看到渠令学姐等在门口。

等到下课铃响，沈珈述冲她挑了挑眉，留下一句“走了”后，就会和渠令一同离开。

由此可见，他不是到什么冷淡期，只是从那个漂亮的外校女孩又换回了渠令。

这好像也没什么值得高兴的。

钟听在随身带的本子上写了好几十遍“不在意”之后，好像真的就能完全不在意了。

没关系。

就像董西说的那样，两人明明已经比之前亲近很多了。

她很会知足。

第三章
三二一圆舞曲

要一个黄昏，满是风，和正在落下的夕阳。

如此，足够我爱这破碎泥泞的人间。

——余秀华《摇摇晃晃的人间》

转眼间，海城迈入 12 月。

岁聿云暮，随着一场大降温来袭，气温彻底跌破个位数大关，进入了真正意义上的寒冬。

南方沿海城市的冷意里，都带着满满的湿气。

凛冽寒风穿透路人厚厚的衣物和皮肤肌理，一直钻进骨头缝隙里，冻得人直哆嗦。

好像无论加多少件衣服，都抵御不了这种魔法攻击。

因而钟听每天上学放学的路，再次变得困难。

甚至因为冬至将至，昼短夜长，她出门时天还没完全亮，放学回家天色又已经完全黑了下来，使得往返起来比炎炎夏日要更不容易。

又一日清晨。

外头天色一直昏昏暗暗，像是要下雨，迟迟不够亮。

钟听和白珠秀双双不小心睡过头，到最后一个闹钟响过三遍才勉强起床。

时间已经比平日迟了不少。

白珠秀顾不上吃早饭，匆匆丢下一句："听听，一会儿记得带点饼干去学校，实在来不及的话就打车过去。"

接着就径直小跑出了家门，去赶单位的班车。

钟听的动作也是慌慌张张的，随手捋了捋头发，拿起外套，背上书包，一路奔出弄堂。

临到巷口，遇到推门出来的相燃。

相燃这回停下脚步，驻足瞥了她一眼，还是那副冷冷淡淡的阴沉模样，主动开口问了声："……要不要送你？"

钟听摆手拒绝，接着越过他，继续埋头往前跑。

相燃沉默了一会儿，长腿一跨，轻轻松松踩上自行车，从钟听身边飞驰而过，带起一阵清风。

橡胶轮胎碾过凹凸不平的青砖，发出沉闷的“嗒嗒”声。

钟听跑步的速度自然追不上自行车，她在后面看着相燃的背影思索着。

或许，她也应该拥有一辆自行车。

当然，这只能想想，因为白珠秀是一定不会答应的。

早在初中的时候，钟听就试探着提出过这个要求。

当时，白珠秀想也不想，一口回绝：“绝对不行！路上车这么多，还有乱开的电动车，你耳朵又不好，万一没听到后面那些车的声音，被人家撞倒了怎么办？到时候你连请人帮忙喊 120 都没办法。”

钟听无法反驳。

白珠秀说得也不是完全没有道理，只是略小惊大怪了些。

钟听有些颓然地耷拉下肩膀。

白珠秀没注意到她低落的神色，继续说：“而且你运动神经又不发达，也不一定学得会。海城的公交地铁这么发达，哪里不能坐车啊？别自找麻烦了。”

钟听抿了抿唇，只得点头。

她当然知道，去哪里都能坐车。

但是在看到班上同学们放学后结伴骑车的模样，不可避免让人生出一种想要加入他们的冲动。

如果说青春有初印象，对钟听而言，第一幕必然是一群人说说笑笑地从学校的车棚里推着自行车走出来的画面。

她很羡慕。

却又始终不得其法。

这一切怪不了白珠秀，她只是一个想保护女儿的母亲。

因为不知道能怪谁，钟听只能一点点说服自己，试图让自己释怀。

不过，现在的情况已经和当时不同了。

自行车似乎变成了刚需。

这样每天步行上下学，不仅浪费时间，还十分不方便。

钟听一路跑，一路思考着和白珠秀沟通的措辞。

最终，她堪堪踩着早自习铃声踏进海城实验中学的大门。

海城实验中学高中部校区很大，从大门到教学楼还有好长一段，还得继续跑起来。

钟听急得不行，大冬天的，额头都冒了汗。

只是，不过跑出去十来步，突然有人在后面一把拉住了她的书包把手。

她没有防备，身体往后倒去，表情肉眼可见地变得惊恐。

这时，身后传来一声轻笑，那人一只手抓着她的包，另一只手轻轻松松握住了她的肩膀，止住了她跌落的趋势。

纵使这样，钟听的心脏还是跳得飞快，“怦怦怦”的，像是快要从胸腔里蹦出来。

沈珈述顽劣的声音响起：“豆芽菜，有这么着急吗？”

说着，他松开钟听，走到她旁边，和她并肩。

这还用说？

钟听脸上泛着潮红，迟迟不见消退。

只是，她出门太急，速写本没拿在手上，没法回答他，只能重重点了下头，又要继续往教学楼的方向跑。

见状，沈珈述眼疾手快，再次抓住了她的包带。

“已经迟到了，还急什么？一起走啊。”

钟听不语。

沈珈述低下头瞧了她几眼，很随意地摸了下她的头发：“头发翘成这样，这下是真像豆芽菜了。”

这个动作有些令人猝不及防。

钟听结结实实地愣了一下，脖子好像都不会动了，整个人僵在那里，姿势傻得要命。

沈珈述却是不以为意的样子，又替她按了几下，成功把她翘起来的头发压了下去。

“行了。”

从两人第一次见面开始，钟听就一直保持着这个妹妹头的发型，看上去年纪很小，还衬得人眉清目秀，有种又乖又好欺负的气质。

现在，她的头发比之前略长了一点点，压在脖颈里，有点保暖功效。

沈珈述是喜欢长发女生的。

但钟听这样也很好。

他低笑了一声，带着她不紧不慢地往前走，边走边问：“难得看你迟到……从锦西路跑过来的？”

钟听点头。

沈珈述：“睡迟了怎么不骑车？”

天气这么冷，一个小姑娘在风里这样跑一路，真够受罪。

但锦西路到海城实验中学，似乎也没有什么可以直达的法子。

公交车站在红墙弄堂的另一端，从钟听家走过去就得七八分钟，搭两站下车，还得再走一小段才到校门口，很不划算。

打车嘛……她家看起来也不像是有天天打车这个条件的。

见钟听不作声，沈珈述狐疑地问：“你不会骑车？”

钟听瞥了他一眼，不情不愿地点头。

沈珈述没说话了。

沉默中，两人抵达教学楼门口。

高二 A 班的教室在三楼。

踏上最后一级台阶时，沈珈述回头看向钟听。

他比她站得高两三级台阶，光线从他身后的走廊上打过来，使得他整个人都处于逆光之中。

钟听看不清他的表情，只听到他慢条斯理地说了一句：“改天教你。”

顷刻间，心跳如擂鼓。

“咚咚咚”声好像将四周所有动静都淹没了。

他刚刚说了什么？

钟听半张着嘴，愣愣地注视着沈珈述，一时之间有些难以置信的样子。

不过，钟听转念一想，又想到了上回他不问自取拿走的那只狗狗挂件。

这难道是他投桃报李的“回礼”吗？

听起来好像很不错呢。

也不知道他把那只小狗挂在哪里了，会是可以天天见到的地方吗？

他书包上一直没有挂东西。

是在家里吗？

钟听想着想着，便悄然落下眼帘，忍不住偷笑。

“……豆芽菜？喂？喂？”沈珈述见她一直没有反应，伸出手在她眼前晃了好几下，总算把她的注意力拉回来，“怎么突然傻了？”

头顶的目光如同有实质。

钟听有种被沈珈述看穿的感觉。

一想到他有可能猜到了自己刚刚那点不可言喻的窃喜，她的脸颊就不住地开始发烫。

钟听深吸一口气，用力摆摆手，表示自己没傻。

沈珈述收回手，漫不经心地嘟囔了一句：“这么呆……也不知道能不能学会骑车。”

钟听说不了话，只能用力握了握拳，吹胡子瞪眼，以表达自己的愤怒。

“啧，小样，敢瞪老子。”于是沈珈述也故意吓唬她，看她不情不愿地放松拳头才重新笑起来，回头往走廊瞥了一眼，“……早自习马上结束了。”

此言一出，钟听才想起来两人当下面临的情形。

陡然间，她花容失色，整张脸皱成一团，拔腿就要往上冲。

虽然早自习已经开始挺久了，但能早点进去就早点进去当然是最好。

事实上，要不是沈珈述突然说要教她骑车，她也不会乱了心神，在楼梯上耽误这么久。

这么一想，钟听心情十分复杂。

有种好学生的理智和不知为何而生出的不可控情愫在互相打架、互相挣扎的矛盾念头。

很快，两者又交织成团，像一团被揉乱的毛线扯来扯去，依旧找不到线头。

欣喜若狂？

或是迷茫无措？

似乎皆有。

目前来看，她暂时还找不到解决办法。

眼见着傻姑娘飞快跑到了自己前面，一副随时随地都在走神的模样，沈珈述长长地叹了口气，故技重施，再次拉住了钟听的书包。

“走后面。”

钟听一愣。

“如果你不想被彪哥罚的话，就乖乖跟在我后面进教室。”

说完，沈珈述敛起神色，重新挂上了惯常那副玩世不恭的散漫表情，抄着外套口袋率先转身，径直往A班教室走去。

沈珈述人高腿长，步子迈得太大，钟听追不上，只能不明所以地听从他的话，鬼鬼祟祟地跟在他身后。

这个疑惑，在三十秒内就被解开了。

A班的早自习，如果没有其他任课老师拿去默写、做测试之类的，一般都是由班主任朱义彪来看。

因着朱义彪做班主任很有威严，但凡他坐在教室，里头总是安安静静的，一点交头接耳的微弱动静都不会有。

在这种静谧幻境下，沈珈述就这么大摇大摆地从后门走了进去。

朱义彪坐在讲台边，听到脚步声，瞥了他一眼，皱了皱眉，又低下头去批试卷，完全对他视若无睹。

自然，跟在沈珈述后面的钟听也沾了光，顺顺利利地走进教室。

她轻手轻脚地坐下，默默松了口气。

翻书包时，她余光才注意到另一边董西兴味盎然的眼神。

周五。

岁末已至，海城哪怕阳光明媚，依旧是冷的。

但或许是因为即将到来的圣诞和元旦，班上的气氛已经肉眼可见地热烈起来。

海城实验中学虽然抓升学率抓得很紧，但毕竟是私立院校，收费相对比较贵，还有国际班的存在，每个节日的仪式感肯定是很强的。

早些天，校工已经在校园里放了圣诞树，原本的绿化树木上也挂了铃铛和红绸，还弄了不少星星装饰，看着喜庆又洋气。

大礼堂里每天也是热火朝天的。

海城实验中学一直有元旦文艺会演的传统，11月就开始安排学生报节目、选拔节目了。

到这会儿，差不多也该到了最后两轮彩排的时间了。

身处这种氛围中，人心想要不躁动，确实很考验意志力。

幸好这回 A 班没有报团体节目，钟听又做回了那个事不关己的边缘人物。

上午最后一节课是化学走班课。

任课老师搞了个随堂小测，当场对答案，再分别答疑。

到下课铃响前五六分钟，讲台被上去问问题的同学团团围住，教室后头就免不了开始躁动起来。

这回，沈珈述算是难得参加了课上小测验，卷子就被他随手扔在桌边。

钟听在旁边偷偷看了一眼，按照老师黑板上的答案对了一下，发现他准确率居然不低。

除了几道需要大量计算的题空着没写，什么反应式、有机之类的知识点几乎全部正确。

她瞪大了眼睛，有些难以置信，不自觉就伸长了脖子。

很快，沈珈述注意到了她的动作，顺手就把那张考卷丢到她桌上，还不忘调侃道：“小心斜眼，到时候就变成斜眼豆芽菜了。”

钟听不听他的玩笑，捞起试卷，和自己的细细比对起来。

没错，这个小测试，沈珈述的正确率基本和她差不多，甚至有些知识点他明明写出了思路，却懒得往下做。

如果全部做下去，可能会比她还高一些。

霎时，钟听生出了一种微妙的挫败感。

沈珈述似乎察觉到了邻座的气场变化，椅子一拖，直接坐到她旁边，凑过去看她的笔尖：“哪里不会？”

钟听翻出草稿纸，写字。

——你怎么每天睡觉还全部会做？

沈珈述嗤笑一声：“又不难。”

钟听叹了口气。

唉，突然有点不想理他。

沈珈述扫了一圈她的考卷，微微颔首：“挺好啊，这不都订正出来了吗？”

钟听没说话。

沈珈述又问：“今天放学有事没？”

闻言，钟听扭头，不解地看向他。

“上回说教你骑车，今天天气挺好，我看就很合适。”

钟听眼睛一亮，倏地又颓然地塌下肩。

草稿纸上出现新的字迹。

——我没有车。

距离迟到那天已经过去了近一周，钟听还没想好怎么和白珠秀开口。

沈珈述想了想：“这好办，随便问人借一辆呗。你别管了，人到就行，包你三十分钟内学会。”

说着，他抢过钟听手上的水笔，在她的字迹下面写了一串时间和地点：

下午 4 点，7-11 门口。

顿了顿，他又补充道：“就是你家附近那个 7-11，你认识吧？”

钟听心里一紧。

她没敢说自己去过那里好几次，不仅见过他，还见过他和渠令学姐在一起……

想到这里，她立刻强迫自己摒除那些令人难受的记忆，轻轻点点头。

沈珈述丢了笔，满意地拍拍她的脑袋。

椅子又被拉回原位。

两人的距离重新回到一条走道远。

但沈珈述的考卷还在钟听桌上。

钟听将考卷递回去时，身体习惯性地微微侧了一下，这么一动，她立马注意到了教室后门外站着的人。

此刻，渠令正抱着手臂，面无表情地看着钟听。

她眼睛里有奇怪的神色，像是打量，又像是发现猎物后的冷静思索，叫人心里忍不住发毛。

钟听浑身一僵。

几乎是同时间，下课铃响。

化学老师在人群中喊了声“下课”。

下一秒，渠令便大步走进来，旁若无人地来到沈珈述身边，眼神和表情都已经转为柔媚讨好。

她按着沈珈述的肩膀，娇声开口：“沈珈述，下周圣诞，我打算办个派对，你来不来？”

沈珈述揉了揉额头，站起身：“看情况。”

两人一同离开教室，只剩下渠令百灵鸟一般的声音顺着风传进来：“来嘛，我想你来呀……”

因着这个小插曲，下午放学，钟听的心情再次陷入矛盾之中。

要不要给沈珈述发个消息，说自己有事不去了呢？

事实上，钟听很清楚，沈珈述对她并没有那方面的意思。

他表面上桀骜不驯，实则是个好人，要不然也不会在还不认识的时候就对她出手相救。

如今沈珈述能和她关系转好，多半也是因为那回自己的话。

他对朋友一向很好。

像陈天皓，一样能享受这样的待遇。

可是，钟听无法否认自己心有杂念。

在渠令存在的情况下，这点杂念便实在是卑劣不堪，难以启齿。

她不该这样的。

可是……

人哪能时时刻刻保持理智呢?

钟听叹了口气，最终还是摸出手机，点开了沈珈述的 QQ 聊天框。

Listening：我今天突然有点事，去不了了。沈珈述，对不起啊。

沈珈述一直没有回复。

钟听抿了抿唇,不再多想,收起手机,继而独自穿过长长的弄堂,回到家中。

大约半小时后，钟听家的铁门被人敲响。

“嘭——”

“嘭——”

此刻，钟听正在做听力，耳机一直塞在耳朵里，加上本就听力不佳，完全没听见敲门声。

一套听力试题做完，钟听拿起手机，打算对答案。

倏地，她注意到了 QQ 上的新信息提醒。

黑色头像上出现了一个红色的数字圈。

沈珈述：什么事啊?

沈珈述：到你家了，下来开门。

消息时间是十一分钟前。

钟听吓了一跳，瞪大眼睛，反复看了好几遍。

确认不是幻觉后，她一下蹦起身，风一样地跑下楼去。

幸好，沈珈述还没走。

他颀长高挑的身影倚在斑驳的老墙边，像是一株细细长长的葡萄藤，随时随地都会融化在阴影里。

钟听长长地松了口气，三步并两步走过去，在他面前站定。

——你怎么过来了?

手语比画完，她才意识到沈珈述看不懂，只能讪讪地笑了一下，缩回手。

她出来得匆忙，手机没带，纸笔也没拿，一时之间倒有些无措，不知道该如何向他表达自己的意思。

沈珈述低头觑她一眼,清清嗓子,开口:“我看你好像没什么事嘛。豆芽菜，骗人可不是好习惯。”

钟听摇摇头，用口型说了个“抱歉”。

这么简单的口型，而且只有两个字，沈珈述必然看得明白。

果然，沈珈述直起身，抬手，掌心用力压了压钟听的脑袋，笑道：“逗你玩呢。走，跟哥学骑车去。”

霎时，钟听的心软成一潭水，任凭他随意搓圆捏扁，只听他的摆布。

她咬了咬唇，点点头，又简单做了两个手势，表示自己要回去拿手机和钥匙，还要穿外套。

沈珈述：“去吧，多穿点，豆芽菜没肉不抗冻。”

高二每周五下午只有三节课，放学会比平时早。

钟听虽然犹豫不决耽搁了会儿时间，但换上外套，和沈珈述到 7–11 门口，也不过堪堪四点十五分。

天色还没有要黑下来的趋势。

正适合学车。

沈珈述让她站在旁边，从不远处的树下推来一辆自行车。

钟听眯着眼打量，确认这是一辆女式自行车，不仅座位低，前面也没有横杠。

反正不像是沈珈述自己会骑的车。

等他推着车走到她面前时，她才忍不住用手机打字发问。

——这是借了渠令学姐的车吗？

沈珈述蹙了蹙眉，很不解地问：“关渠令什么事？隔壁学校借的。”

这个隔壁，应当就是距离红墙弄堂最近的那所职高了。

确实，之前在 7–11 也见过他和穿着职高校服的学生走在一起。

钟听说不上心里是什么滋味，嘴唇动了动，做出了一个“哦”的口型，默默把手机揣回大衣口袋。

沈珈述没在意，拍了拍坐垫：“上来试试。”

钟听点头。

顿了顿，她才伸出手，扶着车把，跨上车去。

不知道是不是沈珈述预先调过，对钟听来说，这辆车的高度居然是刚刚好。

她一米六四的个子，坐上去之后，脚尖恰好能蹭到地面。

兴许是因为脚踩地面的安全感到位，再看动作架势，也是有模有样的，因而沈珈述干脆利落地松开手，示意她自己往前骑试试。

“别上马路去，从前面那个路口转进去。”

沈珈述对这一片很熟悉，从弄堂这个路口穿进去，大约再走个两三分钟，就有一个小花园，算是一块空地，刚好能供钟听这个自行车初学者练习。

钟听依旧乖乖点头，接着，低下头，注意力开始集中在车把上。

平心而论，她因为从小有缺陷，身体也不算好，确实不擅长各类运动，不过平衡功能倒还可以。

刚上车时，她还把握不好脚踏板的着力点，有点骑不动，歪歪扭扭的差点跌下去。

沈珈述站在后头，相当眼疾手快，眼看她就要侧倒下去，立马一把扶住了车后座。

如此两三回过后，钟听已经能磕磕绊绊地骑出一小段路了。

不过也就十来分钟的事。

见状，沈珈述低笑一声，不吝夸奖：“挺好。左转左转，转进去。”

钟听依言扭过车把，背影没入巷口。

沈珈述大步往前迈了几步，跟着追上前去。

怕钟听摔倒，他的视线一直落在她身上，自然也没有注意到远处那道有些咬牙切齿的视线。

弄堂的石板路凹凸不平。

钟听见过相燃在这路上骑车，完全是如履平地的样子，但换到自己上手，颠上两三下，心里就有些紧张。

终于车把失去控制，惯性带着她一路跑起斜线，眼看就要撞到墙上。

最后关头，还是沈珈述追上来替她控住车把，捏了刹车。

"……不刹车想什么呢？"

钟听吓得脸色都有些发白，怔怔地愣了会儿，立马就想解释。

——她才不是不按刹车，而是一按那里车就要往旁边倒，摔得更快，只能松手。

不过沈珈述并没有要追究的意思，摆摆手，只是说："控不住的话就用脚刹，这腿长了干吗用的？"

被批评之后，钟听整张脸皱成一团，不情不愿地点头。

沈珈述看她一眼，乐了："怎么，还不服气？"

说着，他还屈起手指，轻轻敲了一下钟听的脑门。

这个动作显得有些过于亲昵了些。

钟听愣了一下，还未来得及反应，突然，身后传来一声厉喝："沈珈述！"

几乎是眨眼之间，一道身影从后面冲过来。

钟听扭头。

"啪！"

一巴掌从天而降，狠狠拍到她右脸上。

对方动作干脆利落，将她打得侧过头去。

下一秒，沈珈述立刻转过身，挡在钟听面前，脸色铁青，朝着来人怒斥："渠令！你在干什么？"

很快，右脸开始火辣辣的，烧着一样疼，钟听捂住脸，小心翼翼地下了车，站在旁边，看向突然出现的渠令。

此刻，渠令浑身都在发抖，艳丽的面庞微微有些扭曲。

她伸出食指指着钟听，冷笑着问道："沈珈述，你跟这个哑巴走这么近，想干什么？"

钟听的心一沉。

沈珈述的脸色已经沉到谷底。

他本来是有点玩世不恭的模样，脸上挂着笑，好像和谁都能说上话，但有钱人家少爷的气场却不曾收敛过，一旦黑脸，看着就很不好惹，气势惊人。

沈珈述："渠令，你想发疯去找别人，马上给钟听道歉。"

谁承想，渠令也是个炮仗性子，胸口起伏几下，当即就和沈珈述吵了起来。

“你没否认！是真的咯？沈珈述，你敢劈腿？”

沈珈述的眼神已经染上了极度不耐烦的情绪：“什么真的假的？这和你有什么关系？劈腿？我劈什么腿了？渠令，你有什么资格来质问我？”

渠令尖叫起来：“凭我是你女朋友！”

听到这个答案，沈珈述却是嗤笑一声，冷冷地反问：“什么时候的事？通知我了吗？”

渠令的表情肉眼可见地变得不敢置信：“你……我们这些天一直在一起，你现在说我们没在一起？”

沈珈述的答案依旧冷漠：“请注意你的措辞，我们是很多人在一起玩，并且没有任何人邀请你，是你主动加入的。渠令，老子从来不玩早恋那一套，以前的种种都是莫须有的传言。”

渠令愣在原地。

“现在，请你向我的朋友道歉，这个巴掌，还有你骂的话。”

不知道为什么，沈珈述觉得“哑巴”这两个字十分刺耳。

就算他没有回头，也可以想象钟听此刻的神情一定是十分委屈的。

没有人会比她自己更在意这个称呼。

豆芽菜肯定蔫了。

而这一切，对她来说，完全就是一场无妄之灾。

“道歉。”

沈珈述冷冷地看着渠令，又再次强调了一遍。

短短几句话的工夫，渠令的眼圈里已经挂了泪光，脸也涨得通红，似乎不敢相信沈珈述会这么说。

但她傲气惯了，并没有依言示弱，依旧只是恶狠狠地瞪着钟听，像是要把钟听一口吞下去一样。

“……中午我就看到你们俩在教室不对劲，现在被我抓到现行，还想让我道歉？想也别想！你听到了吧？沈珈述假模假样说什么朋友。呵！他就是想玩玩你，因为你是个哑巴，他没遇到过这样的。我看你最好是省了那点痴心妄想，他今天这么对我，下次就会这么对你！沈珈述他就是个浑蛋！”

如此一顿输出完，渠令直接哭着转身跑了。

一时之间，沈珈述和钟听都没有说话。

沉默了大概两分钟之久，沈珈述才转过身来，蹙眉，示意钟听先松手：“看看脸怎么样了。”

钟听垂着眸，依旧捂着脸，小幅度地摇了摇头，表示拒绝。

脸颊还在发烫。

渠令身材姣好，但手劲不小，这一下又是使了全力，肯定半边脸都被打红了。

不好看。

而且，她那样说之后，钟听也觉得十分尴尬，突然有点不知道该怎么面对沈珈述。

沈珈述立刻看出了她的想法，抓了一下头发，低声开口："别搭理她的胡说八道。"

钟听还是低着头，不应声。

胡说八道的部分或许有，但是，有一个地方渠令说得没错。

她确实一直对沈珈述抱有痴心妄想，现在也没有打消。

这一点，令人感觉百口莫辩。

沈珈述没法子，想了想，留下一句："待在这里别动。"

他转身大步离开。

钟听不知道他去做什么，想弃车跑路，离开这个地方，又怕自行车丢在这里被人顺手捡走。

毕竟是借来的车。

没办法，她只好乖乖站在原地不动，始终保持着原来的姿势。

五六分钟后，沈珈述的脚步声响起，由远及近。

他重新站到钟听面前，当着她的面将手上的包装袋拆开，拿出一条新毛巾包住冰杯，递给她。

"压在脸上消肿。"

钟听愣了愣，张张嘴，手足无措地接过。

继而，沈珈述将旁边的车扶起来，自己轻轻松松地跨上去，拍拍后座，示意钟听坐上来："走吧，今天先送你回家。"

钟听没有动。

"别傻站着啊。今天的事抱歉了，豆芽菜，我会给你出气的，放心。"

最终，钟听颤颤巍巍地坐上了沈珈述的后座。

她不敢碰到沈珈述的身体，再加上一只手还要冰敷着脸，只好用另一只手用力攥着后座架，用以保持身体平衡。

幸好沈珈述骑车技术很不错，全程都是稳稳当当的，一点都没让钟听生出胆战心惊、害怕摔下去的想法。

……和他张扬随意的性格倒不甚相符。

钟听脑袋里各种胡思乱想，好像乱成了一锅粥。

故而在经过相燃家门外时，看到扶着阿婆出门的相燃，她都忘了挥手打招呼。

阿婆前几天还请她吃冬枣呢，这样也太没礼貌了。

钟听有些懊恼。

相燃外婆年纪挺大了，但眼神倒是不差，自然是看到了钟听。

直到自行车消失在了视野里，她才问相燃："刚刚那个是弄堂里的听听吧？"

相燃语气淡淡的："没注意。"

外婆拍拍他的手背，笑着说："怎么会呢？就是听听。倒是骑车的那个男生没见过，也是你们学校的同学吗？"

相燃："不知道，冲刺班没见过。"

外婆叹气，慢吞吞地继续说："阿燃啊，你就是太孤僻了，学校的同学都没几个眼熟的。"

相燃："外婆，人家的事最好别管。"

外婆继续拍他，这次比刚才重了许多，发出清脆的一声"啪"。

"你这叫什么话啦？上次要不是听听来管我们家的闲事，你都要被人打坏喽！那件事你谢过人家了吗？"

她对自己的外孙十分了解。

相燃就不是个会主动表达善意的人，表情整天都像是别人欠了他五百万，一副很不好接近的样子，一点都不柔软。

像相燃这样的孩子，做长辈的，对他的学习成绩完全不必担心，也知道他以后肯定有出息，唯独担心他这脾气。

以后进了社会，难免要吃亏。

相燃还是冷冰冰的，只是回答的声音放低了一些，更像是在自言自语："……说了，她不稀罕。"

沈珈述将钟听送回家门口。

自行车刚一停下，钟听就第一时间跳下了车，连连往后退了好几步，像是生怕被人误会，非要和他划清界限的样子，看着好不委屈。

沈珈述忍不住叹气，沉声开口："……渠令说的那些无聊的话，你不要放在心上。"

事实上，他是可以完全不理会这件事的。

他无意挑起什么争端，这种事情也不是第一回发生。

沈珈述自己也承认，他就是个没心没肺的浑蛋，以玩弄人心为乐趣。要不是这样，自己又怎么会被薛斐斐抛弃，又怎么会碍了沈腾飞的眼呢？

他并不在意被人怎么评价。

渠令那点怒骂，只会让他心里发笑。

但是，钟听是唯一一个信誓旦旦说他是个好人的人。

沈珈述被一棵小可怜豆芽菜这么夸赞，突然就对她生出了一种保护欲。

钟听话都说不了，还费力地向他表达感谢，还想要做他的朋友、安慰他……这也太不容易了。

沈珈述自认自己没什么人性，好歹朋友义气还算没有泯灭，自然而然，他将钟听列入了"自己人"的范畴，所以当然不能眼睁睁地看着她被旁人欺负了去。

他往前一步，安抚般拍了拍钟听的头，重申道："豆芽菜，老子会给你出气的。"

钟听依旧没有任何反应。

“今天有些晚了，下次再教你骑自行车，回去吧。”

冬季昼短夜长。

这会儿工夫，天已经飞快黑下来了。

就像是失去了暮光的过渡，令昼夜交替少了点浪漫的灵魂。

钟听捂着脸，用力点点头。

她走进家门。

大门在身后缓缓合上。

回过头时，逐渐变小的缝隙里，沈珈述的背影瘦长，推着那辆女士自行车，在初亮起的昏暗路灯光下渐行渐远。

如此，竟然凭空生出了点温柔意味。

钟听再次意识到，自己如同一个卑劣的窥视者，贪恋着少年身上溢出来的光，但她却凭借光芒背后的阴暗面靠近他。

弥足令人不齿。

她垂下双眸，长长叹了口气。

新的一周开启。

圣诞节已然近在眼前，人心浮躁之下，连董西也开始蠢蠢欲动。

午休时间，她凑到钟听旁边偷偷问道：“听听，你说，我要不要给相燃送个圣诞礼物啊？”

钟听有些讶然，提笔写字。

——你们认识了吗？

董西摇头：“我们离早恋只剩认识了，说不定这回就是个契机呢？”

钟听反应了一下。

董西说话永远那么可爱，她忍不住笑了。

顿了顿，她又写下一句话。

——我觉得可以。

没等董西再开口，钟听继续往下写。

——有件事我一直不知道怎么告诉你。

董西：“什么啊？神神秘秘的，快说！”

钟听凝神，下笔如飞。

——其实，相燃是和我住一个弄堂的邻居。

之前，她有给董西说过她暑假前搬家的事。

董西果然很快会意，一把抓住了她的胳膊，看起来兴奋不已：“就是你现在住的地方？”

钟听点头。

董西：“哇！那你们是不是已经认识了？”

闻言，钟听愣了一下，有些不知道该如何回答。

上次那件事，事关相燃的家事，她肯定没办法随便告诉董西。

但董西又是个穷追不舍的性子，如果说一半藏一半，反倒会伤了朋友感情。

思前想后，钟听敛起笑意，比画了一个“一点点”的手势。

董西问：“那我今天放学能不能去你家做客？你们是不是顺路一起回去啊？”

钟听摇头。

相燃骑车，她走路，两人速度完全不一样。

除了那天她上学迟到遇上过，平时几乎碰不到。

看她摇头，董西有点失落：“唉，我还以为……”

钟听想了想，又拿起笔来。

——但是圣诞节那周的周五，你可以来我家玩一会儿，我给你包馄饨吃。

白珠秀下班到家要很晚，应该不会碰到。

刚好也可以给董西一个就近送圣诞礼物的机会，算是弥补一点点她没能跟好朋友说出实情的愧疚感。

董西感动得眼泪花花，用力攥住了钟听的手。

“谢谢！谢谢！”她满脸激动，“钟听同学，等我们结婚了，请你做主婚人。”

钟听无语了。

还没等她回答，倏地，一道熟悉的声音从后门外响起。

“豆芽菜。”

钟听条件反射地转头望过去。

沈珈述懒懒散散地站在教室外，正在冲她招手。

“过来一下。”

闻言，钟听没有丝毫犹豫，立马站起身。

倒是董西已经恢复了正常，目光疑惑，在两人中间来回打量。

她拦住钟听，清了清嗓子：“沈珈述，你干吗呀？别吓唬我们听听宝贝。”

沈珈述一扬眉，很是肆意嚣张的模样：“我能怎么吓唬她？不放心的话，那你一起过来。”

说走就走。

董西随着钟听和沈珈述一同离开教室，出了教学楼，往图书馆旁边的小树林方向而去。

全程，董西始终紧紧握着钟听的手腕，似是有千言万语想问。

但因为不是时机，只能强行忍住。

事实上，她早就看出来钟听和沈珈述关系不一般，但又说不上是哪种不一般，就是好像要比普通同学亲近一些。

他们之间一定有她不知道的秘密。

一时间，董西有种好朋友被人抢走的失落感，心里难免对沈珈述更有偏见。

今天正好被她抓到。

她倒要看看他们俩究竟要做什么。

小树林就在海城实验中学的校园里，用来分割高中部和初中部。

平日，大家上课都匆匆忙忙，一般都是从外面走，基本没人会绕到这里来。

沈珈述领着两个女生往里走了一段。

出乎意料，前面居然出现了渠令的身影。

渠令脸色苍白，眼睛又红又肿，明显是哭过的。

但她表情依旧不忿，咬着牙，像是满含怒火的样子。

沈珈述看也没看她一眼，随便找了棵树，懒洋洋地靠在树干上，下巴冲着钟听点了点。

这个轻描淡写的动作把渠令吓得一个哆嗦，违心的话脱口而出："学妹，对不起！"

钟听一愣。

董西则一头雾水。

沈珈述不太满意："就这样？"

渠令往前一步，红着眼，端端正正地在钟听面前站定，就像是无情的打字机器一样，一个字一个字机械地往外蹦字："学妹，对不起，上周五我不该不分青红皂白冤枉你，还打你，这些都是我的错，请你不要和我计较。"

钟听听得心惊胆战，连忙摆摆手，表示没有关系。

她不知道沈珈述叫她来见渠令，也没带纸笔和手机，只能问董西借来手机，打开备忘录，打字。

——没关系的。

渠令瞟了一眼，转身，冲着沈珈述喊："可以了吧！你满意了吧？"

沈珈述恶劣地笑起来，直起身："当然不满意。"

渠令一抖。

"钟听，打回去。"他一字一顿地说，"她怎么扇你，你就加倍扇回去，别让人觉得你好欺负。"

可钟听哪敢啊，再次摆手。

只是这回是对着沈珈述的。

但沈珈述一点都不想看她这副软弱好说话的样子，两步走到她身边，居高临下地深望着她："不敢？"

钟听没任何动作。

"我帮你。"

说完，他握住了钟听细弱的手腕，带领着她的手掌，直勾勾地伸向渠令。

霎时间，渠令花容失色。

沈珈述这个突如其来的动作将在场的三个女生都吓得不轻。

钟听第一反应就是把手腕从他掌中抽出来。

只是沈珈述力气太大，她压根挣脱不开，只能眼睁睁地看着他硬拉着自己的手挥过去。

在手掌即将碰到渠令脸颊时，钟听把手一把握成了拳。

她不敢看，眼睛早就用力闭了起来。

幸好，回过神来时，手没有碰到东西的触感。

桎梏着手腕的力气也已经悄然消失。

钟听眼睛睁开一条缝，小心翼翼地往前看了眼。

不知道什么时候，沈珈述已经放开了她，表情有点冷淡，不见往日的笑意。

可能是恨铁不成钢吧。

觉得她实在懦弱。

钟听长这么大从来没打过人，以前被明里暗里排挤的时候，也没有想着要如何报复回去，大多默默忍受下来。

她承认，自己是个没用的人。

白珠秀曾经对她说过，在外不要惹事，也不要争一时的短长，如果人家想暗暗报复她，让她吃亏，会防不胜防，干脆多一事不如少一事。

所以，在钟听上回出手帮相燃报警后，白珠秀才会那么生气，狠狠地训斥了她一顿。

但那是救人。

不一样。

如果是落到自己身上……像渠令这种事，钟听知道了她不是沈珈述的女朋友，虽然觉得被她打有点委屈，但绝对不会有打回去的想法。

可是沈珈述显然不这么想。

钟听的拳头距离渠令的脸还有小半臂的距离，她依旧觉得心惊肉跳，迫不及待地缩回手。

顿了顿，她又怯怯地看了退到一边的沈珈述一眼。

沈珈述余光瞥到，被她这表情逗笑，牵了下唇，慢条斯理地问："豆芽菜，你胆子怎么这么小？忘了那会儿脸有多疼了？"

钟听眼睫颤了颤，小心翼翼地摇头。

到这会儿，一直没说话的董西总算听明白了。

她难以置信地抱住了钟听的手臂，讶然不已："听听，你被学姐打了？我怎么不知道？这么大的事儿，你怎么不告诉我？"

说完，也没等钟听回答，董西立刻扭过头，狠狠地瞪着渠令："学姐，你凭什么对钟听动手？"

渠令是艳丽的长相，单论眼睛，并没有圆脸圆眼的董西大，但她依旧不甘示弱地回瞪过去："我打她还需要理由吗？"

董西嘴皮子一向利索，一点都不比渠令差。

她语速飞快，声音也响亮："呵！现在说得这么厉害，刚刚是谁哭哭啼啼道歉的？还不就是欺负我们听听脾气软、不敢还手吗？要是我的话，今天肯定让你毁容！"

渠令：“你！”
眼见两人就要吵起来，钟听连忙拉住董西，冲她摇摇头，用手机打字。
——算了算了。
先拿给董西。
再举给沈珈述看。
不必多想，沈珈述才是这个场面的掌控者。
他只是轻描淡写地丢去一眼，就让渠令愤愤不平地收了声，只能打落牙齿和血吞。
“你说算了，那就算了吧。”沈珈述率先转过身，“先回去吧，马上要午自习了。”
说着，他不紧不慢地往树林外的方向走去。
钟听朝着渠令抱歉地笑了笑，也拉着董西跟上沈珈述的脚步。

12 月底，叶子几乎已经掉光。
剩下的稀疏几片也依次掉到地上，盖住泥土，即将成为来年的养分。
不过现在这个时间踩上去，还会发出清脆的“沙沙”声，像是落叶最后的低吟浅唱。
钟听不好意思与沈珈述肩并肩，只好和董西手挽手，走在落后他半个身位的位置，全程心不在焉，一路踩过他踩过的落叶。
这一幕，落到了渠令的眼里。
渠令盯着三个人的背影，越看越生气，只觉得世界上再没有比钟听更虚伪的女生了，装可怜卖惨，偷偷摸摸地躲在沈珈述后面，连正面竞争都不敢，活脱脱就是一个心机女，却能骗得男生为她团团转，还觉得她是什么清纯小白花，人畜无害。
终于，她没忍住，咬牙切齿地朝他们怒吼了一声：“我不会放过你们的！走着瞧吧！”
声音响彻云霄。
只不过，纵然渠令的情绪已经濒临崩溃，但她最在意的沈珈述脚步不见丝毫停顿。
当然，也始终不曾回头。

眨眼的工夫，一周时间平静无波地过去。
又是新的一周。
万众期待的圣诞周总算到来。
今年时间很巧，周六是平安夜，周日是圣诞节。两天都是休息日，不用上课，可以和同学朋友约着一起出去玩，放松一下。
董西原本是最喜欢这种热闹的人。
不过，许是因为说了周五要去钟听家，她连在班上搞活动的心情都没了，

全心全意都记挂着周五。

“听听，你说我周五应该穿什么？校服里面要不要穿条裙子？”

这么冷的天……

钟听听了立马摇摇头，埋头写字。

——我家没有暖气，会冷死的。

董西“哦”了一声，想了想，也觉得自己有点过于夸张了。

“算了，那我穿个V领毛衣吧，我脖子不够长，脸又圆，这样能显瘦。”

停顿片刻，她没忍住，又去闹钟听：“只送苹果会不会太随意了？但是送巧克力会不会又有点太明显了？这么突然，他会不会觉得我很冒犯？”

这个问题，钟听实在爱莫能助。

17年来，她完全没有给男生送礼物的经验。

她摊了摊手，思忖片刻，继续奋笔疾书，努力给闺蜜出主意。

——或者送点糖怎么样？没有巧克力那么明显。

班上同学间也有互相送糖的。

像康芝，准备了一大袋棒棒糖，准备周五发给大家。

董西哀号一声：“唉——看来我还是太害羞了。”

因为太在意，反倒无法正常发挥交际能力。

可见，哪怕是董西这样大大咧咧的女孩子，有时候会变得谨小慎微，手足无措。

钟听叹了口气，放下笔，轻轻拍了下董西的肩膀，笑而不语。

但董西不会自怨自艾，很快又振作起来，压低声音问：“你今天还是最早来的吗？”

钟听点点头。

自行车的事一直搁置着，她不得不把每天早上的闹钟调早15分钟，防止天气太冷，睁不开眼。

董西：“那你瞧见那些早上偷偷过来给沈珈述送巧克力的女生了吗？”

钟听不由自主地瞥了隔壁一眼。

沈珈述还趴在桌上，看着浑身没骨头一样。

因为他始终没抬头，可能是在睡觉，所以就算现在是休息时间，也没人敢来打搅他。

旁边董西还在小声继续说着：“最近沈珈述不是每天来上学嘛，你看他抽屉里的巧克力，是不是每天塞满……”

话音未落，忽然，沈珈述沉沉地笑了一声：“呵。”

声音没有掩饰，是清晰地传了过来。

董西吓了一跳。

下一秒，沈珈述已经支起身，睨她。

他一只手懒洋洋地撑着下巴，另一只手从桌洞里随意地摸出一盒包装精美的巧克力，丢到钟听桌上：“想吃就直说。”

董西就坐在钟听旁边，这盒巧克力稳稳当当地停在她面前，让人误会不了沈珈述的意思。

这举动，完全就是在逗她。

董西气得鼓起脸："……好呀，炫耀什么！谁要吃！"

沈珈述冲她一扬眉，慢吞吞地开口："不吃拉倒，丢了吧。"

这下倒是董西有些措手不及了，结巴了一下："丢、丢了？"

沈珈述点头，又把桌洞往两个女孩子的方向微微转了转。

这一下，两人都看清里面塞了多少盒巧克力，满满当当，几乎快要溢出来了。

对于这些东西，沈珈述从来不放在心上，也不在乎人家的心意，只是说："放学总是要进垃圾桶的。"

反正今天塞满的这一桌清理掉之后，明天又会重新塞满。

这种情况大概能持续到周五结束。

他都习以为常了。

听到这话，董西就不再和他客气，直接把那盒巧克力拆了，先往钟听嘴里塞一颗，然后自己也咬了一颗，恨恨地小声吐槽："渣男！我决定不准备巧克力了！免得最后也进垃圾桶！好歹这么贵呢！"

沈珈述听力相当好，听到了开头那两个字，却也只是浑不在意地耸耸肩。

钟听也只是笑了笑。

她没有给沈珈述送巧克力的勇气，但绝对不会因为他对别人的巧克力视而不见而感觉到庆幸。

她和她们都是一样的。

没什么值得高兴。

周五，海城气温迈入零度大关，开始真正意义上的天寒地冻时节。

不知道是不是因为圣诞氛围太浓厚，下午放学前，外头甚至非常应景地下起了雪。

这是海城今年入冬以来的第一场雪。

虽然海城地处南方沿海，不会有北方那种鹅毛大雪的胜景，只是淅淅沥沥的雪粒子，落到地面前就会因为气温过高而变成水，却依旧值得人兴奋。

走出教学楼，董西激动地"哇"了一声。

早上出门前，她改了主意，在冬季校服里穿了砖红色的高领毛衣，现下在雪中就显得十分亮眼，红白相映，满满圣诞风，很吸睛。

相比之下，钟听就显得有几分平淡。

校服里依旧是规规矩矩的羽绒服内胆，内胆里再套毛衣和保暖内衣，十分怕冷的样子。

两人手挽手，顺着放学的人流一路出了校门，往锦西路的方向走去。

一路上，董西一直在东张西望。

“冲刺班放学了吗？相燃会骑过来吗？他平时从哪条路走？”

下雪天路滑，没法边走边用手机打字，或是拿纸笔出来写，而且董西早就嘱咐过，这些问题并不需要钟听回答。

故而钟听只是含着笑，默默带路。

两人一路走进红墙弄堂，踏上陈旧的青石板路。

到这会儿，钟听终于生出了一点点退缩之意，迟疑着用手语比画了一句话。

——我家很小。

董西看懂了，点点头，双手揽住她的肩膀，整个人半挂在她身上，嘟嘟囔囔地答道：“放心啦，我还会嫌弃你不成？”

钟听笑了，用力点了下头。

按照她们俩的计划，董西先跟钟听回家玩一会儿，吃点东西，等晚一点再去相燃家。

敲门的借口也是现成的，明天平安夜，钟听买了几个苹果，给阿婆做之前送冬枣的回礼。

很快回到家。

钟听带着董西上楼，还是让她待在自己的房间。

想了想，钟听又把床上的电热毯打开，示意她坐在床上，免得着凉。

房间很小，也没什么好玩的东西，钟听怕董西无聊，干脆从冰箱里拿了馄饨皮和肉馅，带到二楼去包。

肉馅是她早上出门前调的。

没加菜，就是肉，是海城这边最正宗的小馄饨。

包起来也很容易，皮不用沾水，随手一捏就是一个。

董西很爱聊天，而钟听又是个很好的聆听者，就算手上在做事，也会默默把她的话听进去，并适时地给出回应。

“……我现在已经开始紧张了。听听，我刚刚在想，我们今天这么过去，会不会有点突然啊？”

钟听笑了笑，没点头，也没摇头。

当然突然。

不过既然是董西的心愿，她可以为朋友忍受尴尬。

董西从床上捞了个枕头，抱在怀里，一脸少女的迷茫，自顾自地碎碎念着：“其实高一的时候，我还有雄心壮志，要考到冲刺班去和相燃做同班同学呢。等高二一开学，我看我这排名，就知道高中三年没戏了。

“但非要说具体原因，好像也说不上来，一开始就是对学霸的崇拜。你不知道吧？相燃是我们学校很少见的贫困特招生，从小学开始就不用交学费的那种。

“可想他有多聪明多厉害。谁让我打小就喜欢学习好的男生，更别说人还长那么帅，完美符合我的审美。

“其实我也不是非要想和他怎么样，就是……想认识一下，能说上几句话就好了。你懂吧？”

钟听点头。

她懂。

最开始，她对沈珈述就是这样的想法。

能表达一下感谢就好了。

能认识就好了。

能熟悉一点就好了。

能成为朋友就好了。

然后，渐渐地，两人的关系拉近，想法也变得得寸进尺。

一天一天地，如可乐气泡般日渐滋长的感情，似乎只要轻轻晃动一下，就会轻而易举地爆炸，直至天崩地裂。

小馄饨弄起来很快，二十分钟后，董西已经喝上了热乎乎的馄饨汤。

“太鲜了……听宝，我能娶你回家吗？”

闻言，钟听忍不住笑起来，眼睛也跟着眯成线，很轻盈柔和的模样。

小馄饨馅里没菜，她怕寡淡，所以在汤上做了花样。

先用高汤料吊底，再加上紫菜和开洋、瑶柱，还有切得细细的蛋皮，再撒上盐、味精和鲜辣酱调味，淋半勺麻油，又鲜又香。

再加上刚出锅的热气，在冷飕飕的房间里喝一口，实在堪称是一种享受。

海城实验中学作为私立学校，伙食很好，但到了下午这个点，差不多也已经消化完了，正是急需补充能量的时候。

三下五除二，董西就把一碗馄饨吃完，汤也喝得精光。

她抽了张纸一抹嘴，立马拿出手机，说：“我必须要发个说说！”

钟听刚把碗端上来时，她就拍好了照片。

董西天性开朗活泼，朋友多，和谁都能自来熟地聊上几句，各个社交平台的更新频率也比旁人要快上不少。

高中生活无趣，芝麻大点的事情都能被她描述得活灵活现、生动有趣。

想来，这也算是博人一笑的壮举。

前一阵沈珈述的那个漂亮妹妹，钟听就是最先在董西发的合照里看到的。

董西说：“……一定要让所有人都羡慕我一下！”

钟听被她夸得都有些不好意思起来，轻柔地笑了笑，默默将碗筷收起来，放到楼下厨房的水槽里。

再过一会儿天色就要暗了，得先陪董西去送苹果。

要不然，外头在下雪，弄堂里光线不明，路上还有些脏兮兮的，第一次来这里的董西肯定会觉得不方便。

更何况时间太晚，她等下回自己家也麻烦。

又是下班高峰，又是天雨路滑，估计要堵车，还是早些走好。

回到二楼，钟听拿出纸笔，同董西解释了一番。

董西立马答应：“好呀，好呀。”

她这么爽快，钟听反倒更加不好意思。

——抱歉，家里太小，也没什么可以玩的，下次放寒假的时候再邀请你来。

这不是客套话。

钟听家甚至没有地方放一台电视，平板电脑和笔记本电脑都在白珠秀的房间里。

白珠秀怕她沉迷互联网，平时不怎么给她用，只有老师发电子试卷的时候才拿出来给她抄题目。

她的手机自然也是过时的款式，内存不够，玩不了游戏。

平心而论，钟听家里这个条件，一点都不像是能上得起海城实验中学这种私立学校的，偏偏白珠秀铁了心想让她争口气。

哪怕是节衣缩食，白珠秀也让钟听进了最好的私立高中。

她是想让钟浩一家看看，就算他们都不要钟听，她自己一个人也能把女儿养得很好。

钟听在这样的环境中长大，也不曾抱怨过什么。

看着她笔下的歉意，董西眼中满是心疼，张开手臂一把抱住她，又轻轻拍拍她的后背：“宝贝，我不请自来打扰你，还蹭你的饭，你有什么好道歉的？沈珈述之前倒说得没错，你脾气太软，以后会被人欺负的。”

钟听还是笑，点点头，表示知道。

“下次别老是抱歉了，知道吗？我们是好朋友呀！不说了，时间不早了，走了走了。”

说完，董西松开钟听，径直站起身。

接着，她又从自己的书包里抽出一盒巧克力，放到钟听的写字桌上。

不给钟听拒绝的机会，董西笑眯眯地说：“圣诞快乐！宝！这是送给你的巧克力！只给你！相燃都没有！”

两人再出门时，雪已经停了。

天空呈现出一种乌压压的沉重气息，悄然吞噬着白日最后的亮光，好像随时随地就会再次开始一场暴风雪。

钟听反身将大门锁上，手中拎着一袋苹果，追上五步之外的董西。

这袋苹果还是放学路上买的。

一共五个，个个红彤彤的，水灵漂亮，全部是两人一个一个仔细挑选出来的。

许是因为平安夜将至，水果店也趁此机会涨价，五个苹果就将近三十块，实在称不上便宜。

虽然是钟听的回礼，但董西强行要求付一半钱，作为两人共同赠送的。

董西另外还给相燃带了一根大号棒棒糖，比脸还大，拿包装带打上了漂亮的装饰结，这会儿正藏在书包里，随时随地等着被拿出来。

从钟听家到巷口，慢吞吞走也要不了太久。

不一会儿，两人已经能远远地瞧见相燃家的门了。

董西率先停下脚步，深吸一口气，伸手理了理头发，又把毛衣衣摆和袖口仔细整理好，这才转过身，面对着钟听："听听，你看看我，现在有什么不合适的吗？我好紧张啊……"

她用力握住了钟听的手。

这么冷的天，董西手心都冒了汗，可见确实不是骗人。

钟听安抚地拍拍她，用力点头，又抬手打手语给她。

——很好。

只是这一个动作，她必须将两只手都抬起来。

她余光恰好扫过其中一个苹果，忽然愣了一下。

如果她没看错的话，此刻半透明塑料袋里好像有六个苹果……

董西鼓足勇气，往前迈了几步，感觉到钟听没跟上来，回过头，纳闷地问："听听？你怎么了？"

钟听正在数苹果。

颠来倒去数了好几遍，都是六个。

她可以百分之百确定当时他们只在水果店买了五个。

那便只有一种可能了——

刚刚把苹果拎出来的时候，她俩其中一个人顺手把家里其他的苹果也拢进袋中了。

天气冷，钟听并不喜欢吃苹果，家里也不会常备，那么多出来的那一个……是沈珈述今天下午随手送她的。

当时下课，沈珈述不知道从哪里弄了一大袋子过来，里头装了三五十个苹果，各个漂亮。

前排后排，班里班外，来凑热闹的人，几乎人手分到一个，董西也有。

那会儿班上很多人在啃苹果，一股水果的香气挥之不去。

但钟听的那个，是沈珈述单独拿出来给她的。

他知道她不会主动凑上去要。

钟听舍不得吃，把它藏在书包里带回了家，又怕被书本试卷压坏，一回家就拿出来端端正正地放到了桌上。

现在它被混到了那五个苹果中，一时有些分辨不出了。

董西问了两遍"怎么了"，钟听始终没听见，兀自低着头，仔仔细细地观察那袋苹果。

不得已，董西只能回到她旁边："苹果撞坏了吗？"

钟听摇头，抬起手比画。

等等。

董西不明所以地点点头："哦哦，好。"

钟听观察了很久，总算挑出一个，轻轻揣到外套口袋里。

她松了口气，冲着董西笑了下。

不好意思。

董西没看出她的深意，但观摩了全程，忍不住乐了："哎呀，虽然这苹果是不便宜，但多给一个也没啥嘛！"

钟听还是笑，嘴角勾起，露出几分害羞腼腆的意味。

恰好此时，又开始下雪。

免了浪费时间来解释，钟听连忙拉住董西，带她走到相燃家，敲门。

"咚咚……"

"咚咚咚……"

很快，阿婆的声音从里面响起："谁啊？"

然后是相燃："我去看看。"

下一秒，门被拉开一道缝隙，相燃那张雌雄莫辨的漂亮脸庞骤然出现。

门外只有两个女孩。

他将门拉开一半，半靠在门框上，目光唯独停留在钟听脸上，面无表情地问："什么事？"

钟听没说话，后退半步，而后捏了捏董西的手臂，示意她开口。

董西脸颊涨红，第一次同人说话这么磕磕绊绊："那、那个，相燃同学你好，听听是来给阿婆送苹果的，谢谢阿婆之前请她吃冬枣。我是她的朋友，正好陪她一起过来，我叫董西。"

相燃冷冷地"哦"了一声，摊开手。

董西："啊？"

相燃："苹果呢？"

"哦哦哦！对对！"

董西回过神来，连忙将袋子从钟听手上接过，递到相燃面前："来得有点突然，我也没带什么东西。相燃同学，祝你和阿婆平安夜平平安安。"

相燃："我们不过洋节。"

说完，他拎着袋子，反手重重关上门。

连个眼风都没留给两人。

董西和钟听都愣住了。

顿了顿，钟听掏出手机，想问董西怎么没有把糖送给相燃。

只是她还没来得及打字，面前那扇门再次打开。

阿婆慢吞吞地走出来，朝着两人笑："是听听和听听的同学吧？谢谢你们俩。天气这么冷，和我们一起吃碗面吧？"

阿婆语气十分和蔼，和相燃简直是两个极端。

幸好董西还算没有失去理智，知道人家只是客气一下，便摇摇手："不了不了，我们都吃过了，要赶着回家呢。谢谢阿婆。"

想了一下，她从书包里掏出那根被包装好的特大号棒棒糖来："阿婆，请你吃糖。"

董西的计划，因为相燃冷冰冰的态度中道崩殂，折戟沉沙，失败而归。

不过，去地铁站的路上，她还是安慰自己："没事的，阿婆那么大年纪，肯定吃不了糖，最后还是相燃吃嘛！殊途同归。"

钟听用力点头。

纵然如此，最后董西还是不可避免地露出了一丝颓丧的神色，叹息一声。

钟听似乎深有所感。

就像海城潮湿的雨季，满身沾了湿漉漉的泥泞气，自己却不愿意走出来。

很快，钟听把董西送进地铁站。

天色已经彻底黑下来。

雪还没停。

细小的雪花直愣愣地从空中往下落，坠到路灯的光芒里，总算勉强露出六边形的真容。

但要很仔细看才能看出来。

钟听站在原地，随手接了两片小雪花，怔怔地看着它在掌心融化。

而后，她小心翼翼地拿出了口袋里的那个苹果。

许是因为藏了太久，苹果也已经染上了体温。

不似外面的寒气那么冰凉，有点温温润润的触感。

钟听盯着它打量了很久，最终还是又放回了口袋里。

实在舍不得吃。

她今晚要抱着苹果睡觉。

翌日。

周六平安夜。

按照惯例，钟听睡了会儿懒觉，赶在十点前起床。

白珠秀已经弄好了早午饭。

还是煎饼和牛奶。

但这次是牛肉煎饼，在楼上就能闻到牛肉香气，十分诱人。

母女俩在白珠秀房间里吃饭。

每周末的饭桌上，白珠秀惯例是要交代一些琐事的。

"听听，下周你们就要放元旦假了吧？"

钟听点头。

白珠秀说："元旦之后，距离寒假也不远了。妈妈想了想，你这个英语老大难，最好这次寒假就补回来，要不然下学期功课更多更紧，没时间补了。"

钟听还是点头，表示自己有在听。

“……我打算给你报个补习班。你可以跟你们班上的同学打听打听，看看大家都在哪里补。”

此话一出，钟听愣了一下，抬眼望向白珠秀。

她从小到大都没有参加过补习班。

一是因为和老师交流不方便；

二是因为家里生活拮据，再去补课，又是一笔额外开支，只靠白珠秀一个人的收入实在有些不堪重负。

因而钟听自己也不愿意花这笔钱，哪科不好，全部靠自己硬学。

她摆摆手，将嘴里的牛肉饼咽下去，从旁边拿来纸笔。

——不用了，我自己可以的，英语其实没有什么补课的必要。

钟听英语差，并不是因为她不够努力，而是因为天生缺陷。

她不会说话，没法用音标来记单词，就算做再多题，也培养不出语感。

中文是母语，每天都在用的，她写出来的句子还是硬邦邦的，一点语气都没有，更遑论英语。

再加上她听力本来就不太好，还要慢慢把听到的句子一个词一个词理解，自然影响做题。

这些问题不是靠补课可以弥补的。

还是得自己多练习，去克服。

白珠秀想了想，觉得钟听的话也有道理，点点头，说：“也是。那你多买几本题，再练练看。要是下学期还追不上来，到时候妈再给你请个一对一的家教试试。”

吃过饭，钟听帮白珠秀收拾了桌子，刷了碗筷。

白珠秀上楼去踩缝纫机，钟听就在楼下麻利地收拾房间。

等她再停下来，坐到写字台前拿起手机一看，已经是下午一点出头。

QQ 里躺了 99+ 的新信息。

来自班级群和沈珈述。

不必多想，钟听直接忽略了班级群，先打开了沈珈述的聊天框。

开始是一张图片。

S：董西昨天去找你玩了？

他发来的图，正是董西昨天拍了发到空间的那碗很有食欲的小馄饨。

钟听有些不解。

Listening：对的。

谁承想，沈珈述居然秒回。

S：我也想吃。

钟听愣了愣。

S：算了。

S：开玩笑的。

钟听还是没理解沈珈述的意思，不知道该怎么回复，只好在脑袋里慢慢斟酌。

她的手指已经随意地点到了班级群。

前面消息很长。

她看得不太走心。

一路往下拉，视线停留在了一个最关键的名字上。

陈天皓：昨天述哥和我们一块儿网吧通宵连坐，结果那个网吧半夜停电了。我的天，零下几度啊，外面还下雪呢，差点没冻死我们。

陈天皓：我估摸着述哥这会儿已经高烧40℃在家躺平了吧。哈哈哈！

李维：你也就是看述哥不在群里才敢说，要不然这会儿他已经来揍你了。

陈天皓：冤枉啊！关我什么事？我说拿毯子给他，他嫌网吧的毛毯脏，你又不是没听到。再说了，今早还是我送他回去的呢，还给他点了早餐外卖，他肯定得感谢我的大恩大德。

李维：嘁！你也好意思说！明明是述哥家的车来接的，你最多就是个跟车保镖！

陈天皓：你别羡慕嫉妒恨，我跟你说，我现在是全校唯一去过述哥家的人了。

王媛媛：陈天皓，厉害了。

…………

钟听关掉班级群，切回沈珈述的聊天框。

Listening：昨天包的还有剩，我一会儿要出门，要不要拿来给你？

沈珈述似乎没有任何惊讶，直接发来一串地址。

钟听却又椅子上坐了一会儿。

像是单纯在发呆，也像是为自己刚刚那一瞬间突如其来的勇气愣神不已。

她怎么能没有丝毫思考直接就发出这种贸然的自荐呢？

这也太突然了。

虽然找了个要出门的借口来欲盖弥彰。

但……沈珈述会不会看出来？

钟听觉得，她的小心思藏得实在算不上很好，只是因为天生不会说话，沟通生硬，才显得没有那么明目张胆。

偏偏她知道沈珈述可能生了病，她免不了担忧，平白生出了点在所不惜的孤勇意味来。

愣怔片刻，钟听没有再犹豫，站起身，去阁楼找白珠秀。

老式缝纫机靠脚踩走线，一针一针的“嗒嗒嗒”与踏板的“吱呀吱呀”交错，组成了微妙却又和谐的交响乐。

似乎寓意着古朴、贫穷，但生生不息。

白珠秀给手上的布料收了边，这才停下动作，扭头去看钟听手中的速写本。

“……去书店？”她皱了皱眉，“下周放学再去吧，现在外面路上有积雪，不安全。”

钟听摇摇头，重新写字。

——刚刚看到同学分享了一本参考书，我想赶紧买回来做做看，反正这周作业不多。

白珠秀思忖片刻，依旧不肯松口。

“也不急着这两天吧？外面又冷又滑，不行。”

顿了顿，她的表情变得有些狐疑，上下打量着瘦弱的女儿：“……听听，你该不会是想和同学出去玩，随便编了个理由骗我吧？今天是平安夜，你们同学有活动？”

此话一出，钟听整张脸都涨红了，像是被冤枉而生出了委屈心情。

但她依旧没有和白珠秀争吵，只是摆摆手，又摇摇头，努力用肢体语言来否认。

——不是！没有的！

——算了，那下周就下周吧。

白珠秀收回视线，将注意力重新集中到缝纫机上：“不是就好，谁家好孩子高二了还整天想着玩啊？赶紧回房间写作业吧，这里这么小，动也动不开的。”

钟听只得点头，闷闷不乐地转身下楼。

计划夭折。

可话已经说出口了，覆水难收。

她心神不宁地在手机屏幕上胡乱点着。

点进和沈珈述的聊天框，退出。

又点进去，再退出。

如此循环往复无数次，终于，钟听无可奈何地敲出一行字。

Listening：抱歉，突然有事来不了，叫跑腿送过去给你尝尝，可以吗？

这回，沈珈述没有立刻回复。

钟听不自觉咬着下唇，心情像是在等待末日审判。

但等了好一会儿，对方依旧没有回复。

她退出 QQ，用外卖 APP 叫了个跑腿，深吸一口气，轻手轻脚地下楼去。

冰箱里确实还留了昨天剩下的肉馅，不过是放在了冷冻里，准备下次用来当早饭的。

钟听用微波炉将那块肉馅解冻，再拿出小馄饨皮，飞快地捏了三十来个，整整齐齐地放到保鲜盒里，接着按照昨天给董西做的配比调了一碗汤，装上其他配料，然后用保鲜袋打包，仔细打了个死结。

到时候，收到的那个人只需要把馄饨煮熟，再捞出来放在汤底里，撒上配料，就可以吃了。

很快，跑腿到外面敲门。

钟听赶在白珠秀下来前跑出去，把装着保鲜盒的纸袋交给跑腿小哥。

目送对方离开弄堂后，她兀自长长地松了口气。

无论如何，希望沈珈述可以感受到她的心意。

当然，感受不到也没关系。

因为这原本就是一件不求回报的事。

这才是理所应当的。

一整天，海城的雪不曾停下。

至入夜时分，钟听推开窗，入目皆是一片白。

弄堂里低矮的老楼鳞次栉比，屋顶上、砖瓦上、雨棚上，青石砖地面上，还有拉扯得杂乱无章的电线上，全部都是积雪，尚未融化。

海城已经有好些年没有下过这么大的雪了。

哪怕气温与北方城市相比还不够冷，但一天一夜的落雪持续不断，还是成功将这座城市装点成了银装素裹的模样。

白珠秀从阁楼下来，推开门，动作一顿："听听，怎么开着窗呢？穿这么点，想感冒啊？"

钟听立马关上窗，回过身，朝着白珠秀笑。

白珠秀今天忙了一天，连晚饭也是钟听弄好送上楼的，到这个点，她的腰都已经有些僵硬了，一直背着手在敲敲打打。

"好了，我先洗漱休息了，今天有点累。听听你也早点睡觉，电热毯要记得定时，知道吗？"

钟听点点头。

白珠秀十分满意，夸了一句"乖"，继而转过身下楼收拾。

二十分钟后，楼梯上传来"咯吱咯吱"的声音，白珠秀回到了二楼自己的卧室。

钟听正在给沈珈述发消息。

Listening：你收到了吗？味道还可以吗？

几个小时前，跑腿信息就显示已签收，只是沈珈述始终没有回复，好像彻底消失了一样。

联想到陈天皓说沈珈述昨天着凉生了病，钟听总有点担心。

但班级群里后来也没有人再提起这件事，话题早就扯远，她得不到什么新的消息。

低矮狭小的房间里，钟听不自觉地来回徘徊许久，踟蹰难安。

终于，她下定决心。

周末，海城地铁运行时间延长，最后一班要到十点四十分才停运。

但这个点白珠秀才睡下去。

过了十几分钟，隔壁没了动静，钟听蹑手蹑脚地进了白珠秀的房间，凑到床边盯着她的睡颜看了会儿。

确定白珠秀已经睡着，钟听这才回房间，拿出厚实的羽绒服，戴上围巾手套帽子，全副武装，准备出门。

下楼前，她想了想，又去拿了感冒药和退烧药揣在包里。

摸黑穿过一楼狭窄的走廊，推开门。

屋外，风雪未停。

钟听咬了咬唇，在耳机里打开英语听力，鼓足勇气，一脚踏入漆黑的夜色中。

沈珈述家的地址，白天她就已经搜索过。

是个别墅区。

离这里不算远。

地铁停运，钟听按照地图 APP 去搭公交车，坐五站就能到。

这个点，如果路上不堵的话，大概半小时以内即可抵达。

偏偏今天是平安夜，还下雪，哪怕十一点的钟声敲过，中心城区的主干道依旧拥堵不堪。

公交车开得像乌龟慢爬。

钟听下车时，时间已经接近十一点四十五分。

她很少这么晚还在外面，心下焦急，忍不住跟着导航小跑了几步。

别墅区安保很严，钟听被保安拦在门外。

她不会说话，比比画画，对方又缺乏耐心，她只能将沈珈述家的地址拿给保安看。

谁承想，保安一个内线电话直接打到了里面。

钟听压根阻拦不及。

“……嗯，嗯，是个不会说话的小姑娘。”

“明白了，好的好的。”

那保安将电话挂断，没跟钟听废话，直接打开了铁门。

钟听愣住了。

这下，沈珈述已经知道她来了。

虽然本来就要知道的，但总归能晚一点更好，也好给她更多的时间做做心理建设。

这么晚，会不会吵醒他了？

早知道出门前就该更谨慎一点才是。

怎么脑袋一热就来了呢？

钟听心下惴惴不安，但一想到是去见沈珈述，还是一路小跑起来。

别墅区四下空旷，绿化遍布。

主路上已经有人清理过积雪，但别墅的庭院里、草坪上、鹅卵石小路上，依旧覆盖着银白。

钟听这身羽绒服太厚，哪怕她那么纤瘦，穿上依旧像个小企鹅。她以这样的姿态，踩着雪，穿过重重黑暗一路跑进来，落在沈珈述眼中，莫名生出了一点好笑的意味。

事实上，沈珈述并不是因为钟听没来才不回她信息的。

他身体素质好，受了凉也没那么容易生病，不过是熬夜之后的疲倦。

早上，陈天皓离开之后，沈珈述一个人还玩了一会儿游戏，下午又去补觉，直接一觉睡到十点多，完全忘了自己和钟听聊了什么。

晚上起床，他收到了阿姨送进来的小馄饨，让阿姨煮了吃完，还没来得及回消息，就接到了保安室的电话。

这些日子，沈珈述已经看出来了，钟听就是棵心软又好欺负的豆芽菜。

渠令打她误会她，她说没关系。

走班课上，其他班的同学不和她说话，她也不觉得自己受了排挤。

对好朋友董西更是言听计从，每天笑眯眯的，像块橡皮泥一样，又乖又呆，任凭别人怎么揉搓，都丝毫不介意。

现在，说要做他的朋友、要报答他的人，这大半夜的，天寒地冻，居然还一个人跑来找他。

仿佛在她的字典里，有绝对不能食言的金科玉律在。

真是呆得可爱。

沈珈述站在二楼阳台，就这么看着钟听从远处一路跑过来，像摇摇晃晃的企鹅，在暗夜中一步一步寻找着栖息的冰山。

没一会儿，靠得近了，她的脚步开始变缓。

应该是在确认地址。

沈珈述没有主动让人给她开门，而是靠着阳台栏杆，一直默默地注视着她。

别墅区不似红墙弄堂，路灯月月有人检修，哪里都是亮堂堂的。

明亮光线下，他能毫不费力地看清钟听的眉眼。

雪一直断断续续地在下，许是在室外奔走了太久，小姑娘的眼睫上也落了寒霜，薄薄盖了一层，像水晶，又像眼泪。

被光一照，分外明晰。

沈珈述低笑了一声，终于没让她继续犹豫，探出头喊：“豆芽菜。”

钟听停下脚步，攥着手机，愣愣地抬起头来。

两人的位置一上一下，隔着十多米距离，轻而易举地对上视线。

楼上，沈珈述笑得痞气，朝她招招手：“这儿呢。傻不傻？门旁边按铃，会有人给你开的。”

钟听这才缓缓地回过神来。

确认沈珈述安然无恙，脸色也还算不错，头发还有点刚睡醒的凌乱感，

一看就是休息得很好，登时，她便放下心来，跟着朝他笑起来。

眼角弯弯、乖巧伶俐的模样，弥足惹人怜爱。

她也向他挥挥手，嘴唇翕动，用唇语说晚上好。

不知道什么原因，突然，沈珈述只觉得心尖一荡。

可他明明没看懂她的唇语。

真奇怪。

沈珈述没多想，再次示意钟听快点进来，自己则转身离开阳台，不紧不慢地下楼去迎接她。

这套别墅距离海城实验中学不远，一直都是沈珈述在住。

沈腾飞只有偶尔想要威风的时候才会来，“视察”般看看沈珈述这个不如他意的儿子。

后来，等意识到沈珈述是个硬茬，无论打断多少根钢管，都没法把他打磨出个样子来之后，沈腾飞干脆不再多回来，大部分时间都待在国外。

纵然如此，别墅里还是配齐了用人、司机、厨子，一日不停地给沈珈述提供服务，照顾他的生活起居。

阿姨打着哈欠，从里面给钟听开门。

大门自动打开，再穿过一小段入户花园，终于，漫长的一天结束时，钟听小心翼翼地站到了沈珈述家门口。

阿姨拉开房门。

扑面而来的是热烘烘的暖气，与外头的冰凉雪夜形成鲜明对比。

“是珈述的同学吧？哎哟，这么晚了，快先进来喝杯热水吧。”

钟听摆摆手，只是浅浅地笑着，并没有往里进的意思。

见状，阿姨还想出声再劝，被刚从楼梯上走下来的沈珈述打断：“啧，今天是好臃肿的豆芽菜。”

闻言，钟听低头看了看自己的羽绒服，面颊一红。

阿姨悄然走开，将空间让给两人。

沈珈述站在玄关，抱着手臂，斜斜地靠在玄关柜上，看着钟听：“不进来吗？”

钟听还是笑，脚步不动，掏出手机打字。

——馄饨收到了吗？

沈珈述颔首：“还可以，谢了。”

钟听跟着点点头，想了想，又从包里摸出那两盒药，塞到沈珈述手上。

很快，手机屏幕上出现几行冷冰冰的文字。

——陈天皓说你生病了。不想去医院的话，你就吃点药。下午原本想来探望你，但有点事没能遵守约定过来，抱歉。是不是打扰你休息了？

沈珈述目光一扫而过，继而扬了扬眉，假意叹了口气，说道：“豆芽菜，你也太呆了吧？”

钟听愣愣的。

沈珈述似笑非笑，盯着她的眼睛，又低声问了一句：“来不了就来不了啊，这点小事也非得说到做到吗？”

从小到大，沈珈述的朋友很多，爱他的人应该也不少。

除了沈腾飞和薛斐斐，仗着这张脸和还算不错的性格，他似乎能轻而易举地得到任何人的喜欢，无论男生还是女生。

至少，他们表现出来的是这样。

沈珈述不想去拷问任何人的真心，因为大多不会令人满意。

但钟听似乎不太一样。

他忍不住想对她一探究竟，一次又一次，看看她是不是真的像她展现出来的那样真诚无害。

许是因为沈珈述的问题有点古怪，等他话一出口，钟听便即刻低下头，删删改改地打字。

半晌，她把手机重新举起来。

——你救过我，我必须报答你，而且你也是我最重要的朋友之一。我不会讲话，朋友很少，每一个都非常重要。所以，无论发生什么事，只要你需要，我都会尽力做到，不会让你失望。

她这番剖白心迹，令沈珈述无可奈何地捏了捏额角。

行了。

“之一”……

真是一点多想的空间都不给人留。

停顿片刻，沈珈述才忍不住调侃：“豆芽菜，你可真是滴水之恩当涌泉相报啊，被人卖了还想着帮忙数钱呢。”

——你不会的，你是好人。

看到这行字，沈珈述一时无言。

她简直一本正经到叫人心软。

沈珈述再次长长地叹了口气。

这次是真心想叹气了，一点都没有假装的成分。

他支起身，将那两盒药随手放到一边，让开半个身位：“行了，别傻站在外面吹风了，赶紧进来吧。”

钟听依旧摇头。

——时间不早，不打扰了，我也要回去了。晚安，周一见。

她眯起眼笑了笑，收了手机，又朝着沈珈述摆摆手，转身欲走。

只是，尚未迈出去半步，下一瞬，手腕就被人连带着羽绒服一把捏住。

沈珈述拉住她，蹙了蹙眉：“这么晚了，你怎么回去？”

这里离锦西路可不是走路能到达的距离。

况且，凌晨十二点已过，公交车大多停运。

外头这雪还没有要停下的趋势，别墅区附近打车比往日更加不方便。

总之都是困难的。

故而沈珈述没给钟听回答的机会，直接说："等着，我让司机送你。"

说完，他手臂发力，直接把呆头呆脑的"小企鹅"拽到了玄关里。

房门在钟听背后自动合上，寒夜霎时被隔绝在外。

沈珈述已经拿起玄关柜上的内线电话，随意按了两下，朝着电话那头的人吩咐道："张叔，麻烦你换一下衣服，过来送我同学回家。"

钟听压根来不及拦他，一只手又被他扣着，没法拿手机，也没法比画，只能拼命摇头。

沈珈述不搭理她的拒绝："……对，现在。"

说完，干脆利落地撂了电话。

眼见着钟听一副为难到快要哭出来的表情，他扯了扯嘴角，语气严肃，像训斥似的："之前不就跟你说过，没事别去危险的地方。这么晚了你一个人打算怎么回家？公园长椅上躺一夜，还是抄小道被人绑了，卖到山里去做童养媳？"

钟听有些无语。

哪就有他说的那么恐怖？

纵使时间再晚夜再深，这里到底还是海城，是治安很好的大城市。

上回那样的小混混……也不至于这大晚上的还在外面游荡吧？何况今天这么冷呢。

钟听脸上藏不住秘密。

沈珈述看到她的眼神，心下了然，立马冷下脸去敲她的脑袋："你是笨蛋吗？胆子到底是大还是小啊？要真被人欺负了，看你去哪里哭。"

他手上力气不小，钟听被敲了一下，立马捂住头，可怜巴巴地看着他。

沈珈述哼笑："口口声声要和我当朋友，我可不想自己的朋友死这么早，过来坐着。"

钟听反抗失败，被他带到了玄关里。

刚刚在门外，有玄关柜和装饰壁画挡着，很难窥见屋子里面的构造，这么一走进来，一切立马变得清晰。

这里到底是市中心区域，别墅面积不算特别大，但客餐厅一体的黑白灰冷淡风装潢依旧让屋子看起来非常开阔。

估摸着扫一眼，大概是钟听家上下三层加起来的十倍大小吧。

一时之间，钟听好像连眼睛都不知道该放哪儿了，束手束脚的，生怕把油光可鉴的木地板踩坏。

沈珈述让她在沙发上先坐一下，自己则是转身回了楼上。

不多时，阿姨再次悄无声息地出现，给钟听端上了热可可和一叠桃酥小点心。

"同学，你先吃一点东西吧。老张大概还要十分钟过来。"

钟听冲着阿姨笑了笑，比画了一句手语：好的，谢谢您。
很显然，阿姨没看懂。
不过她脸上没有露出丝毫异色，也没有对钟听打探什么，只怕钟听拘束似的，很快离开了客厅。

十分钟后。
热可可喝了一半，桃酥吃掉两小块。
钟听吹了会儿暖气，整个人都热了起来，但又觉得穿脱羽绒服太麻烦，硬生生生出点坐立难安的感觉来。
幸好这时沈珈述从楼梯上出现。
他也换了外出的衣服，黑色薄绒外套，显得人像青竹一样挺拔修长。
钟听站起身，张了张嘴，眼中有丝疑惑。
她发不出声音的。
他们都知道。
所以，沈珈述主动开口解释道："张叔等在车库，我陪你一起。"
钟听一惊，立刻摆手。
她本来就是因为他生病，又一整天不回消息，怕他出事，所以特意带着药来看他。
现在知道他很好，就算是目的达成。
钟听不想给自己很多不切实际的奢望，也不想麻烦任何人，觉得沈珈述应该马上回房间去睡觉。
昨天不是还通宵了吗？
只是，很显然，沈珈述并不是一个喜欢被人拒绝的人。
他无视了钟听的拒绝，朝她招招手，自顾自地往客厅另一边走去。

别墅的车库在侧方，没人引路，钟听肯定找不到。
两人一前一后，穿过了半个客厅，又穿过挂满壁画的长廊和休闲室，从后门绕出别墅。
车库和后门连通。
里面停了两辆轿车和一辆商务车，都是黑色的，也都有着钟听在网上刷到过的豪车车标。
沈珈述面不改色，率先走进去，主动替她拉开后座车门。
"小企鹅，来吧。"
钟听一愣。
为什么又有新的绰号？
她鼓了鼓脸，表示不满，但还是乖乖地坐上车。
沈珈述也坐进来。
"张叔，走吧。"

语毕，他还贴心地帮钟听报出了地址。

钟听转过身，面向沈珈述，嘴唇轻轻动了动。

谢谢。

这句唇语，沈珈述看得明白。

他嘴角还是挂着玩世不恭的笑，蓦地伸出手蹂躏钟听短短的妹妹头：“不用客气。”

猝不及防，头发被弄得乱七八糟。

钟听愣怔当场，大脑一片空白，身体也一动不会动，只呆呆地盯着沈珈述，直到他收手，依旧没能回过神来。

沈珈述浑不在意，还顺手从钟听耳边扯了只耳机下来：“听什么呢？”

钟听一直戴着围巾，没有摘下来过，耳朵被围巾圈住了，遮遮掩掩的，不好察觉。

到这会儿，两人坐得近了，沈珈述才看出来她戴了耳机。

他面露疑惑，打量几眼，将耳机塞到自己耳中，听了几秒钟。

“……这什么？听力试题？”

钟听点头。

沈珈述简直啼笑皆非：“你和我说话的时候，还不忘做题啊？”

闻言，钟听又赶紧摇头，手忙脚乱地从衣服口袋里拿手机。

沈珈述再次将手掌摊开，伸到她面前：“要说什么，写手上。”

钟听顿了顿，垂下眸，咬着唇，用食指一笔一画地简略写着。

——你上楼的时候才打开。

她在客厅坐得没意思，就想打开听力，抓紧时间磨磨耳朵。

今天不知不觉折腾到凌晨，回去也不知道几点，明天早上肯定起不来，睡几个小时懒觉，就等于少做一套题。

纵然沈珈述很重要……

但分数也很重要。

她想。

沈珈述低笑了一声，收回手：“哦，那行。”

他没有深究。

只是到锦西路还有一段距离，两人这样并肩坐在车里沉默，又显得气氛弥足古怪。

朋友之间不就是该有说不完的话吗？

想了想，沈珈述扭头，问钟听：“你英语成绩不好？”

他在学校一向很混，倒是没关注过这些，但偶尔抬起头时，也能发现这个邻座的豆芽菜学习很认真努力，看每个老师都是目光炯炯的。

听沈珈述追问，钟听有点不好意思，轻轻点了下头。

“跟不上？”

钟听再次点头，又指了指自己的嘴。

没想到，沈珈述居然一下子就理解了她的意思："单词不好背吧？啧……看在你今天请吃饭的份上，老子给你想办法。"

说话时，钟听一直注视着他。

沈珈述的嘴唇一张一合，唇线清晰美好，眼睛里好似有一汪粼粼湖水，无一处不是最美好的样子。

她看呆了，良久才反应过来，眨了眨眼。

什么办法？

只是沈珈述没有再说，只是看向窗外的街景："马上到了。"

半分钟后，轿车在锦西路停下。

深更半夜，红墙弄堂早已陷入深眠。

一眼望去，黑黢黢的小巷里空无一人，静谧得仿佛能听到落雪的声音。

沈珈述开门下车："走，送你一段。"

钟听便跟在他身后。

直到距离她家还有五六十米的地方，钟听截住沈珈述的脚步，对他比画着手势，示意他送到这里就好。

接着，钟听朝他浅浅地笑了一下，转过身，飞快地跑进弄堂更深处。

沈珈述站在原地。

弄堂里也有路灯，只是很昏暗，照着凹凸不平的石板路，显得一切都是雾蒙蒙的。

眨眼之间，钟听已经踩着雪一步一步跑得老远，好像就快要跑到家门口了。

灯光拖着她。

目光拽着她。

小小的影子越拉越长，像是悄然走进了少年漆黑的瞳孔里。

凌晨一点半，钟听轻手轻脚地回了家。

白珠秀还在隔壁睡觉，没有发现女儿已经偷偷溜出去了一趟。

钟听不敢弄出什么动静，打了热水，简单擦了擦身子就回了卧室。

到这会儿，她的精神依旧亢奋，在床上翻来翻去，始终没有丝毫睡意。

没办法，钟听只能重新爬起来，拧开台灯，翻开随记本，按出水笔尖。

——圣诞快乐。

——沈珈述。

第四章
月亮的鼓点

击鼓之后，我们把在黑暗中跳舞的心脏叫作月亮。

这月亮主要由你构成。

——海子《亚洲铜》

圣诞过后，紧接着就是元旦。

连下了三天雪，到新一周工作日伊始，海城竟然出奇地放了晴。

绿化带里那些密密实实的积雪，在阳光下轻晒几个小时，便逐渐有了融化的迹象。

俗话说，下雪不冷化雪冷。

周一清晨，钟听一踏出屋子，就忍不住轻轻哆嗦了一下。

她赶紧将围巾拉得更紧了一些，把头脸全部裹住，只留出一双圆溜溜的眼睛看路。

长长旧旧的红墙弄堂，上下班时间总会比平时热闹许多。

钟听揣着手，跟在三三两两离家去工作的叔叔阿姨后面，一脚深一脚浅地往外走。

至锦西路巷口，她再次遇到了推门出来的相燃。

两人视线碰到第一下，钟听就眯眼笑了起来，小幅度地朝他点点头，礼貌且客套。

虽然周五那会儿相燃对董西不是很客气，但毕竟也是她们先过去打扰，且还有点心怀不轨的意思在，就很难硬气起来。

更何况还有阿婆在呢，总不能装不认识吧？

钟听以为，按照惯例，相燃肯定不会理她。

谁承想，今天可能是西边出了太阳，他居然微微颔首，过后便走到她旁边，作势要与她一起走的样子。

钟听讶然，瞪了瞪眼睛。

相燃主动开口，言简意赅：“骑车太滑。”

路上积雪半化不化，附近有一段路还没有非机动车道，万一轮胎打滑的话，确实不太安全。

怪不得他今天这么早出门呢。

看来是也要走路去上学了。

闻言，钟听点头，露出了然的表情。

只是这也就代表着两人今天要同行一路了。

一个人说不了话，另一个人不愿开口，还要像是熟悉的朋友一样并肩走在一起，于钟听而言，实在是一种折磨。

她还不能戴耳机听英语。

因为万一没听到相燃的话，就显得有些没礼貌。

为此，钟听前思后想半天，终于摸出了手机，打字。

——上次那些人，后来还有来找你们麻烦吗？

相燃用那双漂亮的丹凤眼轻轻一瞥，脚步未停，冷淡地答道："没有。"

顿了顿，他又反问："你呢？"

钟听轻笑，摇摇头。

相燃"哦"了一声，再次陷入沉默。

他一米八的个子，稍稍偏头，目光就恰好落到钟听头上。

视线若是再往下一点，就能看清她的手机屏幕，看到她按着九键拼音删删改改，看到她的欲言又止。

两人之间的距离卡在刚刚好的"刚好"上，再近一点点就是越界。

因而，便难以再靠近半分。

忽然，相燃想到前天晚上发生的事。

天井房不隔音，他一贯又睡得晚，听到外头巷子里传来跑动的声音，怕又有人深夜前来寻衅滋事，就独自摸黑到厨房去，打开了那扇对着弄堂的小窗。

没想到，小跑过去的脚步声居然来自钟听。

相燃看了一眼墙上挂着的时钟，不自觉皱了皱眉。

这么晚了，她要去哪儿？

当时，相燃本想跟上去看看，但又觉得自己的行为有点可笑，便没有动。

人家明明早就明确表达过，不要他管她的事。

他给她带来了困扰。

这是钟听的原话。

除了外婆，在这个世界上，相燃没有对任何人生出过善意。

因为有一对把生活搅得乱七八糟的父母，他好像天生不具备共情能力，永远事不关己高高挂起，用冷漠的态度对待着一切。

第一次想要照顾别人，却被人用这种方式拒绝。

而且对方是曾经义无反顾对他伸出过援手的女孩。

想来实在太伤自尊。

他心气不顺，想要狠狠关上厨房那扇破窗户。

只是尚未抬起手，又不由自主地在心里作罢。

站在原地停顿许久，相燃回房间拿了一本书，打开光线微弱的手电筒，

确定不会吵醒外婆后，兀自坐到了厨房里。

深更半夜，四下无人，天地之间皆是寂静无声，仿佛能听到雪落的声音。

一本书翻了一大半的时候，相燃总算看到了姗姗而来的钟听。

但她不是一个人回来的。

后面还跟着那个叫沈珈述的男生。

此刻，他们俩之间的距离，比之前钟听坐在沈珈述后座上时要稍远一些。

但比他近很多。

近得仿佛看不到那道不存在的界线。

钟听向来敏锐，很快就注意到身边的相燃在走神，他步子似乎都变得有些机械起来。

不经意间，她悄悄松了口气。

还好还好，自己不用再找话题了。

再有十来分钟，差不多就能到学校，届时，两人应当可以自然而然地分道扬镳，也不会显得太过突兀。

七点整。

钟听踏进高二 A 班教室。

早自习七点二十分开始，她依旧是班上最早到的人。

只是，书包才刚放下，后门处就传来脚步声。

她循声望去，猝不及防地与沈珈述对上视线。

钟听眼睛一亮，无声地笑起来，朝他挥挥手，做了个口型：早。

沈珈述明显还没睡醒，一派懒懒散散的模样。

“豆芽菜，早啊。”

两人是周日凌晨才分别，到现在不过二十多个小时，还没有产生什么陌生感。

甚至，在这一刻，因为班上没有其他人在，钟听产生了一个不切实际的想象。

——他们拥有了共同的秘密。

这种感觉，比上次沈珈述受伤，继而告诉她缘由后，来得更为强烈。

或许，不仅仅是因为秘密。

距离也比那会儿更近了些。

在青春的默片中，他们好像变成了共犯。

沈珈述人高腿长，两三步就走到了自己座位边。

他懒洋洋地睨了钟听一眼，停顿数秒，忽然出声问：“早上怎么过来的？”

钟听有些不解，想了想，做了一个简单好理解的手势——

食指和中指岔开，交错往前点着，比拟出走路的样子。

沈珈述点头，自顾自地拉开凳子坐下。

而后，他反常地没有立刻趴下，而是蹙眉思忖了会儿，又对钟听说：“我刚看见你了。”

钟听一时没反应过来。

沈珈述：“和隔壁班那个脸很臭男生。你俩认识？”

他说的是相燃。

那应该是在校门外就遇到了。

钟听点了下头，又从包里拿出速写本，翻到新一页，找了一支水笔出来写字。

——他也住在红墙弄堂。你们认识吗？

沈珈述哼笑了一声：“不认识。原来你们还是邻居啊？我之前倒是没在那片见过他。”

这话听着奇怪。

钟听有些不明所以地眨了眨眼。

沈珈述还在继续说：“……你俩应该挺熟的吧？怎么也没见你们在学校里打过招呼？”

钟听又写下一行字。

——不算很熟，就是认识。他今天没骑车，所以顺路一起走过来了。

沈珈述瞄了一眼，拧眉：“他平时骑车？”

钟听点头。

沈珈述：“你之后还是别骑车了。上次教你，看你也没什么天赋。而且弄堂附近没车道，万一受伤，影响考试。”

闻言，钟听愕然，一点一点瞪大了眼睛。

为什么突然说这个？

难道，是沈珈述觉得她很笨吗？

钟听想问，但“为”的第一笔还没落下，前门就已经开始有其他同学陆陆续续进来。

“哇哦，述哥？今天居然来这么早啊！”

“我刚在门外，还以为看错人了呢。”

“述哥，昨晚该不会又通宵了没回家吧？圣诞节是不是出去玩了？”

“啧，你怎么说话呢？述哥还需要特别借圣诞节吗？随时随地都能出去玩好吧！”

无论何时何地，沈珈述都能成为人群中心，耀眼夺目到令人艳羡。

偏偏，他今天好像心情不佳，往日寻常的笑意不曾显现，也没同其他同学开玩笑，只是靠在椅背上，略略抬抬手，就算作招呼。

不过片刻，董西和王媛媛也一同进来。

董西倒是已经忘了周五的失落，一副阳光灿烂的表情，蹦蹦跳跳地来到钟听身边：“听听宝贝！早上好！”

钟听笑起来，比了句手语：早上好。

董西放下书包，才又问起周五那件事："后来相燃有没有说我什么？"

钟听眨眨眼，不明所以，在速写本上画了个问号。

董西挠了挠脸，有点不好意思："就是……他有没有觉得我很奇怪啊？或者有没有来找你说我坏话之类的？哎呀，我知道我不该把他想成那种人，但是后来我又想了想，要是有不认识的男生突然来我家门口敲门，我肯定也会觉得他不太正常……"

她絮絮叨叨，字字句句里都是小心翼翼。

只是，还没等董西说完，话头突然被人从旁截断。

沈珈述单手撑着脑袋，定定地对着两个女生所在的方向，漫不经心地问："你俩周五去隔壁班那个男生家里了？"

董西吓了一跳，脸颊突然涨红："沈珈述，你耳朵也太好使了吧。"

她明明声音都压得很低了。

"……这是我和听听的秘密！不能告诉你。"

"呵。"沈珈述冷嗤一声，倏地站起身，从包里摸出一副头戴式耳机，丢到钟听桌上。

没等钟听反应过来，他就已经扭头离开了教室。

董西和钟听面面相觑。

董西忍不住吐槽："他又发什么毛病啊？"

钟听摇头。

不过，沈珈述这个举动，也确实截住了两人刚刚的话题。

她们俩转而开始研究沈珈述扔下来的那副耳机。

钟听把耳机拿起来，才发现耳机线底下还绕了一张纸。

打开，上面写了一串账号密码，备注"网盘"。

董西一头雾水："这什么啊？沈珈述拿耳机给我俩看电影？"

钟听没说话，只是抬头张望了一下，确定朱义彪尚未过来，便毫不犹豫地摸出手机，用网盘 APP 登录了这个账号。

沈珈述给的网盘号里，只有一个文件夹。

点进去，里面有十来个音频文件。

钟听想了想，将耳机连到手机上，再戴上耳机，打开了第一个音频文件。

漫长的一段空白之后，沈珈述懒散悦耳的声音骤然出现。

"音标念不了，先听我读……"

耳机里，他将所有元音和辅音都读了两遍。

第一遍正常，第二遍拉长。

"……听清楚了吗？然后放到单词里记它们代表的字母。"

悦耳动听的声音还在继续播放。

他慢吞吞地念了几个单词，但钟听一个单词都没听清，只听到了自己鼓动的心跳声。

“咚！”

“咚！”

“咚！”

直到震耳欲聋。

班上谁不知道，沈珈述时不时翘课缺考，过往成绩一塌糊涂，全靠家里捐实验室留在 A 班。

但事实上，沈珈述从小接受的是正儿八经的精英教育，从会发出“爸”“妈”这两个音开始，就有外教老师来家里双语教学，给他营造口语环境。

沈腾飞是卖钢材倒药起家的企业家，顶多算是资本新贵，沈珈述的亲妈薛斐斐却是真真正正的大户人家，背景深厚。

沈珈述四岁那年，薛斐斐和沈腾飞离婚。

在此之前，薛斐斐已经给儿子培养好了语言习惯，日常的英文对话，沈珈述基本都能张口即来。

离婚后，薛斐斐虽然去了香港定居，但也不曾放松对沈珈述的教育，例如沈珈述的外教课，就从没断过一天。

沈腾飞固然性格强势暴躁，有点要和薛斐斐势不两立的意思。可他工作忙，三天两头不着家，又算半个白手起家的草根出身，在儿子的教育方面不如薛斐斐有话语权，便放手听之任之，只在沈珈述身上验收成果。

如果不满意，结局当然就是沈珈述要挨揍。

早些年，沈腾飞在家中说得最多的一句话就是：“男孩子皮实，不打不会懂事的。棍棒底下出孝子，老祖宗的话总归是有道理的。”

薛斐斐一走了之，小小的沈珈述被折磨了数年，终于生出了反抗的力量。

不仅仅是面对沈腾飞抄在手中的钢管暴政。

什么要求、什么期许、什么未来规划，他干脆直接掀了棋盘，决意从此满地零落。

反正，也不会有人在意的。

然而，沈珈述这点底子，在钟听听来就像是天籁。

他声音本就好听，平时讲话习惯带点玩世不恭的调笑，肆意横生的少年气很重，现下念起英语来，亦是这般随心所欲的调调。

但他的发音非常标准，和钟听之前用来练听力听的那些外文歌一样，像是货真价实的外国人在说话，而不是一字一句板板正正的考场听力。

耳机里，沈珈述先将各个音标拆分出来念完，又放入单词中，不紧不慢地读了几个示例单词，按照发音拼一遍给她，再按字母拼写一遍，最后才是长长的句子。

耳机音质极佳，仿佛沈珈述就在耳边讲话一样，每个音节都听得清清楚楚。

钟听甚至能感觉到他的尾音微微上扬，有时候停顿一下，像是凭空生出了一个小钩子，直愣愣地挂在人心尖上。

这把好嗓子要是去唱歌，说不定也能大红大紫。

“……Immune cells in particular are stimulated to greater activity（免疫细胞被刺激到更大的活性）……”

第一个音频文件到这里结束。

钟听怔怔的，条件反射般，就想去点第二个音频。

她手指尚未落下，身旁的董西急匆匆扯了把她的袖子：“收起来收起来，快快快，彪哥来了。”

董西嗓门大，两人距离又近，隔着耳机，钟听也听得一清二楚。

她手忙脚乱地将耳机扯下来，连同手机一起塞进课桌，而后又随便摸出一本书，拿起一支笔，正襟危坐地直起身。

与此同时，朱义彪一脸严肃地走进教室，拍了拍讲台，开口：“还在吵什么？没听到早自习铃吗？马上都坐回自己的座位去，五分钟之后英语老师进来默写。”

此话一出，班上立刻出现了怨声载道的声音。

“啊——”

“又要默写啊？”

朱义彪推了推眼镜，冷笑：“我们哪天不默写？是不是觉得马上要放元旦了，都松懈下来了？期末考是几号还记得吗？你们都高二了，也是大孩子了，高考已经近在眼前，应该不用我再来给你们上心理辅导课吧？”

“唉。”董西也十分应景地跟着长吁短叹了一声，“默写默写默写……”

唯独钟听没有动作。

她只是假模假样地拿着笔，余光尽数落在右手边的空位上。

沈珈述还没回来。

他是突然生气了吗？

为什么？

因为自行车？

还是因为她和董西有秘密没告诉他？

或者，是因为他昨天一天就录了那么多音频给她，累到了？

钟听手指蜷缩起来，暗暗蹙起眉头。

早操结束。

钟听随着人流回到教室时，终于看到了沈珈述。

沈珈述难得没有趴倒在桌上，而是明目张胆地拿着手机，手臂懒洋洋地架在桌上，不知道摆弄着什么。

看打字频率，像是在和别人聊天。

所以，他完全没注意到有人进来。

钟听心里打鼓，慢吞吞地坐下，踟蹰很久才小心翼翼地侧过身，伸手拉了下沈珈述的衣服。

沈珈述的注意力依旧停留在手机屏幕上，没分给她半分，只是随口问了一句：“怎么？”

钟听不知所措地眨了眨眼。

停顿片刻，沈珈述终于扭头看向她。

他挑了挑眉，满脸痞气：“说话。”

到这会儿，钟听才感觉出来，沈珈述的声音有点沙哑，比平时要低沉半个度，少了点像玉质碰撞的清透感。

随便想一下就知道为什么。

因而，钟听生出了愧疚，垂下脑袋，一笔一画地在速写本上写字。

——沈珈述，谢谢你。

——你真的太好了。

——我会好好听的。

——你要不要喝水？我去给你打水。

沈珈述个子高，视野自然宽，只要稍稍支起身瞥一眼，就能看到钟听在奋笔疾书点什么内容。

他没忍住，笑了一下，抢在她举起本子前回答：“我不渴，但是……”

钟听动作一顿，转过头，屏气凝神，静静等待他的后文。

沈珈述默默托着下巴，沉吟数秒才接着问：“中午要不一块儿吃饭？去校外吃米线。”

闻言，钟听当然没有丝毫犹豫，立刻笑着点头应下。

其实她不想笑得那么开心的。

很容易被看穿心思。

但实在忍不住。

第四节课又是小三门的走班课。

老师宣布下课后，教室里所有同学纷纷起身，回班的回班、去食堂的去食堂。

往常，沈珈述都会和旁人一起很快走掉。

有时候是男生，有时候是十分漂亮的女生，但这回，他后面跟的却是钟听这个小尾巴。

这种感觉实在奇妙。

对两人来说都是。

沈珈述余光悄然扫了几眼，只觉得钟听虽然没前天晚上穿得厚实，但跟在自己后面笨拙地挪动着脚步的样子，依旧还是很像一只呆呆的企鹅。

他有点想笑，小幅度牵了牵嘴角，故意加快脚步，逗她：“走这么慢？”

斜后方的小企鹅果然走得快了些，“嗒嗒嗒”地拼命往前。

见状，沈珈述忍俊不禁，低笑了一声。

“行了，逗你玩呢，怎么是这么一本正经的豆芽菜呢？”他回到正常步速，侧了侧头，问钟听，“能吃辣吗？”

钟听点头。

沈珈述：“之前吃过外面的店吗？喜欢哪家？”

钟听这次是摇头。

沈珈述想了想：“行，那这次就听我的。”

海城实验中学校门外没什么店面，就一家便利店，要找吃饭的店家，得过条马路，转进小路去。

沈珈述看起来熟门熟路，直接把钟听带进了一家小锅米线店。

推开玻璃门的刹那间，四溢的汤底香味扑鼻而来，勾得人食欲大开。

两人挑了最角落的位置坐下。

这家店在海城实验中学的学生里很有人气，中午不少学生会过来打打牙祭。

沈珈述在学校里知名度极高，坐下没两分钟就有人上来打招呼。

对方是之前校队的成员，过来是找沈珈述约球。

几个男生聊了几句，钟听参与不了，只好在旁边默默听着。

如果是渠令在这里……不，如果是沈珈述之前的任何一个女生朋友在这里，应该都能圆融地加入话题中吧？

她是见过渠令和陈天皓那些人打成一片的。

就在 A 班教室里。

无论是什么话题，渠令好像都能说上几句。

而且男生们也给沈珈述面子，愿意听渠令说。

钟听觉得他们存在于同一个世界，而自己好像只能在阴影里踏步，永远无法走入日光之中。

半晌，几人聊完走开，沈珈述才问钟听：“想好点哪个了吗？”

钟听指了指菜单第一页。

那里写着“招牌米线”。

沈珈述点点头，拿着菜单去收银台点菜。

米线做得快，没过三五分钟，阿姨就将砂锅端上了桌。

钟听夹起一筷子，吹了几下，放进嘴里。

沈珈述问：“好吃吗？”

钟听点头。

确实比她那个没提前过水的炒面好吃太多。

沈珈述：“哦，那我问你的问题，能好好回答了吗？”

钟听眨眨眼，不明所以地抬起头，但还是点了点头。

沈珈述：“你和隔壁班那个，怎么认识的？老子最不爱听别人搞神神秘秘的，烦，老实说。”

钟听一愣。

相燃？

沈珈述为什么对相燃这么好奇？

钟听狐疑地瞄了他几眼，掏出手机，“噼里啪啦”地打字。

——就是住在一条巷子里呀。

沈珈述眉头一挑：“还有呢？”

钟听有点为难，迟疑许久，打字速度也变慢了许多，颇有点斟字酌句的意思。

——之前发生了一些事，我去帮忙，然后就认识了。

——怎么了吗？

——你对相燃很好奇？

忽然，钟听想到之前董西说过，学校里女生不少喜欢沈珈述，剩下的则大多仰慕相燃。

莫非沈珈述也把相燃当竞争对手了？

钟听的目光不自觉显露出几分审视意味。

沈珈述心下了然，也意识到自己的反常，轻咳一声，生硬地绕开话题：“豆芽菜还挺热心……”

钟听难得没笑，眨了眨眼睛。

她正欲继续低头打字，突然，手机被人从前面抽走。

沈珈述拿着她的手机在指间转了两圈，像玩打火机那样把玩着，慢条斯理地开口：“先吃饭，米线都要泡涨开了。”

钟听乖巧地点点头，埋首锅中，开始吃米线。

从沈珈述的角度看过去，她清瘦的脸颊一鼓一鼓的，有种天真无邪的轻盈生气感。

他如此盯着看了许久，久到似乎已经有些失掉分寸，才放下手机，抬起手，很轻很轻地摸了摸胸口。

元旦三天假期过后，期末考接踵而至。

许是因为白珠秀的缘故，钟听对每场考试都相当重视，更遑论期末学期大考，基本是提前很久就会开始复习、刷题。

为此，她还推掉了董西发出的“一起跨年”的邀约。

且不说是不是马上就要考试，在外面玩到十二点以后再回家，就这一点，白珠秀也是绝对不会答应的。

故而这三天假，钟听一直在家复习。

沈珈述给的音频文件，她颠来倒去听了好几遍。

不可否认，沈珈述的发音极好，他教的拆音标记拼写的方法也很好用，他给的例句都是考试常用句型……

更重要的是，他的声音像是具有某种洗脑功能，盘旋在钟听的脑海深处，始终挥之不去。

闭上眼，她几乎能立刻想象到沈珈述读句子时的表情。

再睁开眼时，钟听意识到，自己对沈珈述的心思，因为他浪荡表面之下的温柔，已经变得越发深重起来，似乎再难以痊愈。

但她义无反顾。

时间在天寒地冻中悄然溜走。

眨眼间，新一年的第一个月份都快要步入尾声。

终于，寒假将至。

考完最后一科，朱义彪走进 A 班教室，下发放假通知。

“各位，下一周还是要来上课的，不过每天都只上半天，主要是分析试卷，以及预习下学期的学习内容，给我们的总复习开个头……我已经在家长群通知过，大家回去再和家长说一下。

“某些人，别以为上午上课下午就能出去玩了，下周五还有家长会，自己考得什么个德行，自己心里拎拎清楚哈。整天想着玩的人，成绩是不会骗人的，下周我们见分晓。”

董西凑到钟听旁边，悄悄同她咬耳朵：“听宝，你考得怎么样？”

钟听写字。

——蛮好的。

她这次发挥得不错，拿到考卷简单看了一遍之后，就觉得挺胸有成竹。

不知道是不是因为选了擅长的小三门科目的缘故，那几门她不太擅长的科目只用学到会考通过的程度，感觉时间比之前充沛许多。

而钟听的老大难英语……

许是因为心理作用，她做听力的时候，好像确实反应快了一点点。

又也许是因为沈珈述的网盘文件夹一直在持续更新音频，每周都会出现几个新的，钟听不愿他的努力白费，就更加刻苦了吧。

听她这么说，董西叹了口气，坐回自己桌前，小声嘟囔了一句：“你确实也太努力了……”

董西想邀她出去玩，都有些不知道该怎么开口了。

一周后，期末考成绩公布。

钟听比上回期中考又进步了好几名，排名从原先的吊车尾，一跃快要挤进 A 班中游了。

这也就代表着只要她下学期的两次大考不“飞流直下三千尺”，高三就不会被分出 A 班，可以继续留在这个班上课。

如果高考也能保持这个分数的话，或是再进一步……海城除了那两所 TOP2，底下的学校几乎可以任选。

从拿到分数单起，钟听眼睛里的笑就再没下去过。

下课铃响，上午四节课结束。

钟听迫不及待地拍了成绩单，用微信发给白珠秀。

这个点，白珠秀单位也是午休时间，所以她回得很快。

白珠秀：不错。

紧接着又来了一句。

白珠秀：但也别高兴得太早，要继续保持下去。你在努力的时候，别人也在努力，知道了吗？

钟听有些讪讪的，轻轻叹了口气，耷拉着肩膀打字。

Listening：知道啦。

白珠秀：中午回家吃饭吗？天气这么冷，别自己弄了，回家路上吃点，或者点个外卖好了。

Listening：好的。

白珠秀：注意安全，走路别玩手机，看路。

Listening：嗯。

海城今天是个艳阳天。

晒至午间，外头看起来已经有点暖融融的意思。

但实际上，海城作为知名的冬季湿冷区域，哪怕室外气温看起来没那么低，东海风一吹，依旧会阴冷得骨头痛。

冬至过后，钟听难得能在天亮的时间回家。

幸好，心情并没有被白珠秀的“警钟”影响太多。

她肩上背着书包，身上裹着厚外套，手指上勾了一盒生煎，穿过长长的锦西路，慢吞吞地转进红墙弄堂。

下一瞬，钟听倏地停下脚步。

眼前不远处，那几个催收的黑衣大汉久违地再次出现。

这会儿，为首那个熟面孔正抓着阿婆的肩膀，凶神恶煞地吼道：“你不知道？那两人是你的女儿女婿，你能不知道他们在哪儿？马上就过年了，他们还能不回来？老太婆，你今天要是不想好好交代，那你就替他们还钱咯！那句话怎么说来着？子债母偿，天经地义！你难道没教过你女儿，欠债要还的吗？”

在那男人的手下，阿婆瘦弱的身体如同风中落叶，颤颤巍巍的。

“我们真的不知道他们在哪里……”

她的声音里满是苦涩，不复往日同钟听说话时那样慈祥温和。

一回生二回熟，钟听已经将报警信息发送。

当然也给相燃发了消息。

接着，她扔下书包和生煎，再次挺身而出，三两步跑上前去，挡在阿婆面前，怒视着那个男人，不许他对阿婆挥拳。

男人一愣，又阴阳怪气地笑出声来：“哟，又是你。”

钟听不说话，只是继续恶狠狠地瞪他。

男人：“怎么着？妹妹，你是这人家里的小媳妇啊？相燃是你男朋友？我们来追债，天经地义的，你用得着每次来出头吗？还是你打算替你男朋友的爹妈还钱？那小白脸给你下迷药了？”

这下三烂的流氓语气，让钟听愣了愣。

顷刻间，她想到了很久之前把她堵在巷子里的那几个小混混。

果然，讨厌的人都是一样的。

钟听倒是想破口大骂一顿，但她没有这项技能。

“……哦！还是说这次你又报警了？没用！我们正当要债，既没砸房子也没打人，天王老子来了也没用！废话少说！赶紧还钱！要不然，这个年大家就都别过了！”

说话的工夫，几个男人已经将钟听她们团团围住，颇有点不达目的誓不罢休的态度。

相燃迟迟不来，钟听不知接下去该如何应对，只能继续强撑着。

阿婆在后面轻轻拍了拍她的背，低声开口：“听听，不关你的事，你先走吧，随便他们怎么办好了。唉，真是冤孽啊……可怜我们阿燃……”

钟听想要安抚阿婆，却又没什么办法。

想了想，她只能微微侧过身，拍了拍阿婆的手。

身前的男人还在继续叫嚣：“说话啊！要还钱的时候哑巴了？妹妹你不是很狠吗？哦哟，带警察来，我们怕死咧！今天怎么不狠了？欠收拾的女……”

话音尚未落下，狠厉的拳风自后而来，重重砸到男人脸上。

“咚！”

男人被一拳打倒在地，一点都没有拖泥带水。

这一幕，令在场所有人都惊愕地瞪大了眼睛。

钟听也循声望过去，猝不及防与眼神冰冷的沈珈述对上视线。

沈珈述只看了她一眼，就将注意力拉回到那几个黑衣大汉身上。

他出现得悄无声息，出手又狠，惹得他们十分忌惮。

“你又是谁？”

沈珈述冷笑了一下：“老子是你爹，特地来教教你这个儿子怎么说人话。”

说着，他转转脖子，举起手中的木棍。

直到这时，钟听才发现沈珈述还带了“武器”——

一根被折断的木棍，上头还挂着毛刺，看起来杀伤力不小。也不知道他是从哪里弄来的，打算做什么用。

只是他这话实在不好听，那些男人也不觉得这个少年会是他们几个人的对手，骂了一声脏话之后，一齐朝沈珈述扑过去。

钟听吓了一跳，立刻就想上去帮忙。

沈珈述余光瞥见她的动作，大吼一声：“别过来！”

钟听被他吼得僵在原地，眼睁睁地看着他一脚踢飞了最前面的男人，木棍轻描淡写地挥了一下，又掀翻了另外两人。

顿时，场面陷入混乱。

沈珈述的动作很随意，看不出丝毫紧张，一举一动的架势也漂亮，但杀伤力十足。

第一个被踹倒的人半天没能爬起来，捂着肚子，露出痛苦之色。

到这会儿，钟听总算知道为什么沈珈述是“述哥”、为什么之前那几个混混那么害怕他了。

不过五六分钟，沈珈述就顺利掀翻了那几个黑衣男。

中途，钟听生怕沈珈述受伤，又担心他下手没轻重，无数次想要上前阻止，但他就像是脑袋四面都长了眼睛一样，总会第一时间喝止她往前。

最后，那些男人全部躺倒在地，再难起身。

沈珈述脸上也挂了彩。

他随手将那断裂的木棍扔到一边，拍了拍手，一副桀骜不驯的气势：“一群废物，就会欺负弱小是吗？老子今天就算给你们开开眼。以后再敢来这里找麻烦，见你们一次打一次。”

他连放狠话都带着飞扬跋扈的肆意少年气，出手的狠厉程度，却丝毫不容人轻视。

为首那个黑衣男手撑着墙，费力地站起身，吐出一口血沫，而后强作镇定地开口骂道：“小崽子，多管闲事，等着吃牢饭吧你！”

沈珈述浑不在意地笑了笑，掏出手机，挑眉：“要不要帮你报警？”

正此时，巷口，相燃终于姗姗来迟。

他那拔腿狂奔的身影在钟听和阿婆跟前停下。

相燃面色青白，上下打量着一老一小，确认她们没受伤之后，才冷声问：“没事吧？”

他说话时，气好像都没喘匀，因此显得音调起伏很大，不似往常。

钟听悄悄让开半步，让相燃能和阿婆讲话。

看到外孙回来，阿婆抹着眼泪，摇头：“没事的，阿燃，你没事吧？”

相燃摇摇头，用力握了握阿婆的手，又扭头去找钟听，仿佛也在等她的回答。

钟听正欲去摸手机给他解释。

突然，沈珈述从后面上前一步，抢先开口：“她没事。”

顿了顿，他又瞥了一眼地上几个躺得横七竖八的男人，问钟听：“豆芽菜，你刚刚报警了吗？”

钟听点头。

她第一时间报的警，这会儿警察应该快到了。

沈珈述将“武器”木棒踢远，看向相燃：“……这里就交给你了，一会儿你可以说什么都不知道，会有人过来帮你解释的。”

说完，他拉着钟听的手臂，把她往自己旁边带了带。

“豆芽菜，我们先走。”

钟听愕然，眼睛一下子瞪得老大。

就这样?

什么都不管了?

她忍不住心生担忧。

沈珈述恍若未觉，直接抓着她大步离开弄堂。

走到巷口时，他还没忘记随手把书包和生煎一起拎走。

他和钟听当了一学期同桌，自然认得她的书包。

“别管，走了。”

钟听眨眨眼，乖乖听话。

他们身后，相燃扶着阿婆的手臂，始终一言不发，只默默地注视着两人离开。

很快，沈珈述将钟听带到了红墙弄堂的另一边。

就是之前他们练自行车的那块空地。

饭点未过，弄堂里人迹稀疏，树下的休息椅也难得有空位。

不知何时开始，沈珈述走路变得有些摇晃，最后干脆揽着钟听，整个人架在她单薄的肩膀上，撑着她走。

他低声开口：“先去那边坐一下。”

钟听没任何异议。

因为她再次闻到了沈珈述身上的血腥味。

看来刚才他是一直在强撑。

心脏好似被紧紧揪到了一起，钟听咬着下唇，硬生生把人高马大的沈珈述弄到长椅上，扶着他坐下。

眼见沈珈述还不忘替她拎着包，她直接把他手上的东西抢过来，随手扔到一边，急急忙忙开始打字。

——你怎么样?

沈珈述笑了笑：“吓唬你的，笨蛋。”

钟听摇头，眉头蹙得很紧。

手机屏幕上跳出她的话。

——不是的，你受伤了，我闻得到。

沈珈述：“……老子必须事先声明，那群渣滓可伤不了我。”

——你被打了。

是肯定句。

——你刚刚为什么会在那里?

再一句疑问句。

但这两句话，沈珈述都回答不了。

为什么会出现在红墙弄堂?

或许，只是因为当时他的脚步变得不由自主，主宰了大脑，带着他晃悠过去了吧?

这个答案听起来实在有点牵强。

沈珈述一辈子都说不出这种话，只能沉默。

幸好钟听也不需要什么回答，自顾自地继续打字。

——严重吗？能不能看一下？

沈珈述很爽快，一月底的严寒季节，直接在室外脱了外套，将后背的毛衣撩起来，转过身，示意钟听可以随意检查。

他的笑声闷闷的，依旧是漫不经心的语气："不严重，别担心。"

钟听脸颊微红，视线却还是仔细地扫过。

这回，沈珈述的爸爸像是手下留情了。

沈珈述伤痕累累的背脊上没有增添很多新伤，只是有几道血痕，不算深，像是被什么东西刺开的，应当两三天就能愈合。

钟听皱着眉思索了一会儿，蓦地回想起刚刚沈珈述出现时，手里拿着的那根木棍。

木棍上有毛刺……

他背上的血痕，好像就是被毛刺弄出来的。

木棍落在沈珈述身上，一下、两下……想到那个场景，钟听忍不住心里发酸，眼圈也跟着红了起来。

沈珈述见她迟迟没动静，扭过头去看。

对上钟听的脸，他愣了一下："……怎么哭了？"

钟听垂眸，闷不吭声地摇摇头。

这下，沈珈述陡然反应过来。

他有些啼笑皆非，一边扯好衣服，一边深深地叹气："豆芽菜，怎么胆子这么小？不是给你看了没事吗？刚刚是吓唬你的。"

他哪有那么脆弱，被敲两下就能走不稳。

沈腾飞下手很有轻重，不可能打断他的骨头，顶多就是一点外伤，看着吓人。

他不过是借着机会故意逗逗她而已。

想了想，沈珈述又问："还是被那几个人吓到了？"

钟听依旧摇头。

不过，这回她倒是抬起头，鼓足勇气和沈珈述对视了一眼，让他能看到自己只是眼圈红，并没有哭，避免产生误会。

过后，她清空手机备忘录，重新开始打字。

——我给你上点药。

沈珈述："这点小伤，没事，不过我们确实不能在这里待太久。"

钟听不解。

——为什么？

沈珈述笑了笑，脸上露出一抹邪气："一会儿会有人过来找我。"

沈腾飞难得回国一趟，没在他身上找到暴君的统治感，又被他折了木棍，当众下了面子，想必不会善罢甘休。

用不了太长时间，大抵就会找到这里来抓他回家了。

沈珈述思忖了一下，瞧见钟听忧心忡忡的神色，轻咳了一声，又忍不住继续逗她："这不是还没打完嘛。你妈妈打你的时候，你跑了，她肯定会更生气，不是吗？"

钟听握了握拳，一笔一画地写。

——我妈妈不打我。

白珠秀对她虽然严厉到近乎偏执，但不会动手。

或许，这么多年，白珠秀对她总是有抹除不了的亏欠。

钟听心如明镜。

但这种话在沈珈述面前说出来，好像有点伤口上撒盐的意思。

她将刚刚打好的字删掉，重新写了一句。

——沈珈述，我带你逃跑吧。

逃到不会被抓到的地方。

逃到不会受伤的地方。

她的少年，理应光芒万丈，理应被世界偏爱，而非深陷泥潭。

没人比钟听更清楚，沈珈述是个多好的人。

今天，他再一次出现在红墙弄堂，又再一次出手相救。

老天做证，为了报答沈珈述，她会成为他的拥趸。

永生永世，永不背叛。

冬日阳光就像是金色的蝉翼，轻薄而神秘。

迎着光，钟听拉着沈珈述离开红墙弄堂，一路跑进地铁站，坐到最后一个车厢。

现下并非早晚上下班高峰时间，地铁里本就没什么乘客，车尾厢更是空空荡荡，只有少男和少女并肩而坐。

直到这会儿，钟听才从异样的情绪中冷静下来，咬了咬唇，打字问沈珈述。

——我们这样走没事吧？还会有人追过来吗？

沈珈述正在吃她买的生煎。

冬天太冷，在室外待了那么久，生煎早就已经冰凉，不复出锅时那般香气四溢了。

刚好，这样就不会有味道，也不会打扰到别人。

沈珈述把生煎咽下去，再凑过去看钟听的手机屏幕。

想了想，他慢吞吞地回答："应该找不到了吧。我们要去哪儿？"

钟听想了想。

——不知道。

刚才，她其实也就是脑袋一热，随便带着沈珈述上了地铁，并没有什么明确的目的地。

但比起这个，此刻似乎还有更重要的事。

钟听继续打字。

——相燃他们不会有事吧？

沈珈述顿时便敛了笑。

他懒洋洋地靠到椅背上，“哼”了一声：“不放心你就问问他咯。”

钟听觉得他说得有道理，像煞有介事地点点头，又切出相燃的对话框，给相燃发消息。

Listening：相燃，你和阿婆没事了吧？警察来了吗？怎么说？

半分钟后，相燃回复过来。

相燃：没事，已经回家了。

钟听松了口气。

Listening：那就好。

沈珈述窥见她的神色，十分不乐意的模样：“你这根口是心非的豆芽菜，居然不信任你最重要的朋友。”

钟听愣了愣。

沈珈述继续说：“那几个男人是去找相燃家麻烦的吧？要你一个小姑娘上去见义勇为？”

钟听摆摆手，嘴唇动了一下，立马打字。

——难道看着他们威胁阿婆吗？

沈珈述：“她孙子是死了吗？哇，你们不会就是这么认识的吧？”

他到的时间很巧，恰好听到了那个男人骂钟听的污言秽语，还听到了那人说她上回多管闲事。

一时之间，沈珈述很难想象钟听一个不会说话的瘦弱女生上次是如何帮忙的。

总不能也是挡在相燃前头吧？

所以就这么被人盯上了？

思及此，沈珈述握了握拳，打定主意：“我们去个地方。”

钟听不解。

下一站，地铁到站。

沈珈述扔了生煎盒，带着钟听下车。

市中心的商场里，他七弯八拐，找了家超市，径直往厨具用品区域走。

钟听不明所以，只好跟在他后面。

不多时，她看到沈珈述停下脚步，在货架上挑了一把水果刀。

水果刀是折叠式的，大约一个手掌长。

刀刃卡在里面，沈珈述随手将刀刃拉出来，用掌心转了个刀花。

寒光凛冽。

他说："看在豆芽菜带我逃跑的份上，不教你骑车了，教你个别的。"

钟听一头雾水。

"教你用刀吧。下一次如果再有人欺负你，你就用刀扎对方的脖子。"沈珈述收起刀，指了指自己的脖子，"瞄准大动脉扎。"

语气非常随意。

就像是在谈论今天的天气。

钟听怔了怔，立马摆手拒绝。

然后她又上前一步，将水果刀从沈珈述手上拿过来，小心翼翼地放回货架。

她飞快地打了个手语，接着又放下手去拿手机打字。

——不要，这很危险，你也不要这样。

沈珈述并不强迫她，只是收回手，玩世不恭地笑了下，继续说："刀被抢的话是有危险，但是这个方法你可以记住。把你之前随身带的记号笔换成水笔，效果是一样的。"

钟听心一紧。

"但是机会只有一次，看准机会就要立刻下手，越用力越好。正当防卫，又是未成年人，没事的。"

顿了顿，沈珈述还是笑，语调不紧不慢："……不要把自己的命运交到别人的手上，而是永远要掌握在自己手里。"

跌宕起伏的一天在沈珈述平淡的声音中收尾。

万幸，再没掀起新的波澜。

钟听像个小尾巴一样，跟着沈珈述在商场逛了一下午，又在夜幕降临时不得不告别。

很久之后，她已经忘了那天吃的冰激凌是什么口味，也忘了巧克力派是什么味道，更是忘了意外的始作俑者——那几个黑衣大汉的模样。

唯独没有忘记的，是沈珈述说的那句话。

把命运掌握在自己手里。

后面几天，沈珈述总算准时到校。

不过，他的期末考随心所欲，虽然没有缺考，是个大进步，但试卷基本都是想做的做一做，不想做的就是大面积空白。

总分加起来大概只有旁人的一半。

因而，他似乎也没有什么听试卷分析课的意义。

沈珈述自己也是懒懒散散，随便拿本书垫在桌上趴着，旁若无人地闭目养神，无所事事地将这一周混过去。

眨眼，时间来到周五。

今天是本学期最后一天，上午四节课结束后，各班就要各自打扫教室、发寒假作业，正式开始放寒假。

长假触手可及，人心自然涣散，连晚上的家长会好像都可以不放在心上。

生物课，班上不少人眯起了眼睛，偷偷走神。

A 班生物老师姓邱，脾气一向不好。

讲解试卷时，连续几个问题问下去，底下都没半点反应，她终于忍无可忍，冷笑一声，将试卷往讲台上一甩，用力拍了几下黑板，大声吼了句："全部给我站起来！"

如同平地一声惊雷，刹那间，全班同学不太整齐地站起身，将桌椅撞得"咚咚"作响。

邱老师："你们是觉得放假了，上课听不听都无所谓了是吧？看看你们这次考得什么水平，我都不好意思说。今晚上把试卷拿给你们爸妈看，问问他们满意不满意。

"我也不想点名批评了，都是大孩子，要脸。

"现在看考卷，17 题，课本上有一模一样的原题，只是改了几个数字，条件变了点。你们打开教材，去找原题在哪里，找到了再坐下。"

话音落下，教室里又响起了此起彼伏的喧哗声。

大多是在抱怨没带课本。

毕竟一会儿要发作业，肯定尽量能少带点东西就少带点。

生物课本又厚又大，重量十足，同学们平时一般都会把书放学校里，只带笔记本回家，考前为了复习，基本都已经带回家去了。

只是……因着这点，邱老师再次发起火来："好哇，上课不带课本，这和上战场不带枪有什么区别？现在，所有没带书的人，全部拿着考卷站到教室后面去听课！"

"啊……"

"不要啊……"

瞬间，哀号声遍野。

邱老师怒不可遏："叫什么叫！都给我去站着长长记性，清醒一下！我过来一个一个检查。"

钟听翻了翻书包，无声地叹了口气。

顿了顿，她又回过头，瞟了眼教室后头的时钟。

此刻，距离这节课下课还有十七分钟。

她也是想着分析试卷用不到课本，难得没带书过来。

算了，只能去站一下了。

钟听拿起笔和试卷，站起身，下一秒，手腕被人从旁边重重压住，止住了动作。

她诧异地扭过头去。

身侧，沈珈述已经醒来，趁着老师在看前排，随手将他拿来当垫枕的生物书放到了钟听桌上。

而后，他自己则是“唰”一下飞快站起身，往后迈了几步，到教室最后面的墙边站定，背靠着墙，懒洋洋地继续神游天外。

钟听一时回不过神来。

她低下头，咬了咬唇，指腹轻轻抚过那本书。

书光洁如新，不像是用了一学期，倒像是新买来的。

扉页上似乎仍旧带着沈珈述的体温，温温热热。

胸口冒出“咕噜咕噜”的气泡，她像是被夏日清风吹鼓胀的塑料袋，轻轻一扎，就会毫无还手之力地破裂开来。

这一刻，钟听突然意识到，她从沈珈述身上得到的已经太多太多。

多到已经超过了原本的预期。

多到足以使任何一个女生会错意，开始胡思乱想。

但钟听不敢想。

如果细细深究，这一切的潜移默化，都是从她将沈珈述带回自己家，给他上药那一日开始的。

而他照顾她的理由，与她想要照顾他的借口对等。

钟听当然是知道的。

很快，兵荒马乱的一个上午结束。

A 班学生在班长康芝的组织下，分组合作，有条不紊地派发寒假作业，再扫了地，将桌椅重新排列整齐，桌上放自己的名牌，供家长辨认。

黑板上，王媛媛正用彩色粉笔写大字。

没过一会儿，“高二 A 班第一学期家长会”连同旁边的简单装饰画，一同跃然出现。

董西忍不住连连叹气，对钟听说：“唉，本来我觉得我的成绩还不错呢，但是坐你旁边，我妈妈要是不小心看到了你的排名上升速度，肯定会说我在原地踏步的。”

钟听笑了笑，思忖片刻，在速写本上写字。

——别紧张，我请你喝饮料？

反正寒假开始了，家里还没人，难得一天晚点回家也没什么。

董西特别好哄，闻言，立马拍板定音：“喝！走！”

两人背起包，双双往外走。

临到走出教室前，董西又想到一件事，眼珠转了一圈，确认四下无人才开口：“不过，以我妈的性格，肯定会一路问过去，附近还有述哥当垫背呢……嘿嘿。”

沈珈述那个成绩单堪称惨不忍睹，想必能给老妈一点精神安慰。

董西坏心眼地想着。

闻言，钟听脸上却没露出几分喜色。

她微微蹙眉，顺着董西的话思考了一会儿，总觉得若是以白珠秀的性格，定然不会对比出什么优越感，但一定会来警告自己，不要和旁边的这个同学有过多接触。

钟听不愿意白珠秀误解沈珈述，却也不敢将沈珈述给她念英语的音频拿出来，作为“他人很好很聪明，而且一点都不会带坏别人”的证据。

若是白珠秀知晓此事，一定会多想，继而开始细细观察揣摩，以杜绝一切可能性。

钟听不觉得自己的演技有多出众，或是多么天衣无缝，届时若是表现得过于拙劣，被白珠秀看出端倪，将会演变成一发不可收的局面。

绝对不可以。

晚上八点出头，家长会就理应即将结束。

钟听把留给白珠秀的晚饭放在锅里，用玻璃盖盖好，独自回到二楼。

她有些惴惴不安。

想了想，她还是拿出那个耳机，点开沈珈述的音频，一点一点地听着，试图让自己在少年清朗的声线中平静下来。

过了大约半个小时，白珠秀的消息从手机弹窗跳出来。

白珠秀：我还有十分钟到家。

钟听回了个“好”，而后麻利地把耳机藏好，站起身，下楼去热饭菜。

没一会儿，她关掉煤气，门口刚好传来钥匙开门的声响。

钟听擦了擦手，退到走廊上，先朝着白珠秀笑了一下，再将碗端到二楼，放在白珠秀房间里的那张小桌上。

与此同时，白珠秀也换了衣服，简单洗漱完。

母女俩对坐在一起。

四目相对时，白珠秀先问：“吃过饭了吗？”

钟听点头。

得到肯定的答案，白珠秀才从包里掏出钟听的成绩单，递给她：“蛮好的，你们老师说你这学期进步不小。A 班的老师是比 B 班好一些吧？高一没白努力。”

钟听笑了下，眼睛弯弯的，耐心等待她的“但是”。

果然，白珠秀很快接上了下一句：“但是一点都不能松懈下来。你们高三还会再分一次班，到时候万一掉回去，那就丢脸了。”

海城实验中学每学年初，都会按照上一年的四次大考成绩排名，重新分班，所以，下学期的期中和期末一样重要。

一旦有一回考试滑铁卢，总分拉下一截，就可能面临掉班的风险。

白珠秀的提醒不是全无道理。

钟听只能再次点头。

白珠秀又说："我今天问了你们班主任要不要补课的事情，他也说还能再观察观察。你们英语老师夸你这次听力做得不错，那寒假就先自己看看，可以吧？之前想买的参考书，明天也可以去买了做起来了。钱还够用吗？"

钟听点头。

直到这会儿，白珠秀才终于露出了笑意，伸出手摸了摸钟听的脑袋："听听乖，早点休息去吧。"

每学期一次的家长会就算安然度过了。

钟听轻轻站起身。

白珠秀拿起筷子，夹了一块炒蛋放到碗里，恰好又想到了旁的事，出声问了句："对了，你隔壁坐的那个是谁啊？"

钟听脚步一顿，脸上露出些许迟疑。

白珠秀回忆着："沈珈述……看名字应该是个男生吧？他家今天没人来，我就看了下他桌上的分数单，怎么考三四十分的人都能待在A班的啦？"

钟听坐回去，拿起速写本，开始写字。

不过，白珠秀似乎并不在意她的回答，只是兀自说着："名字倒是取得蛮好听的，但能考这种分数的，估计就是个不务正业的小混混。你坐他旁边，会不会受到影响啊？"

闻言，钟听立刻翻到新一页，写上两个大字。

——不会！

白珠秀颔首："不会就好……反正别人怎么样我们不管，你也别跟他搭话，别和这种不像话的同学一起。等之后换座位，自己记得跟你们朱老师说一声，早点把他换开。"

预想成真。

钟听做好了心理准备，但这种谈话发生时，依旧觉得白珠秀的用词很刺耳。

她想要将之前在弄堂里被人堵，又被沈珈述救的事告诉白珠秀，但又担心白珠秀多想，便不敢多此一举。

另一方面，也是怕白珠秀担心。

钟听攥紧了笔，踟蹰片刻，一字一句地写下回答。

——妈妈，不要这样说我同学。

——成绩不代表人品。

白珠秀扫了一眼，对她义正词严的"至理名言"未置一词，只是问："这么说，你俩关系还不错？"

一句话，就让钟听讪讪地败下阵来。

——就是普通同学。

她小心翼翼，再多旖旎都不为人道。

最终，还是会被归为一句"普通同学"。

和旁人没什么差别。

白珠秀笑起来："那不就得了？总之，妈就一句话，别和小混混接触。你从小到大都很单纯，小心被别人骗，自己要注意点。"

高二寒假开始得晚，才稍稍在家休息几天，竟然已近过年。

海城一向洋派，但农历新年依旧是本地人一年里最重视的日子。

白珠秀的单位主做化工材料，每到年关，首要工作就是平账，不会再开新产线，故而只要账面弄清楚，差不多就会提前放春节假。

腊月二十五，白珠秀休息，带着钟听去逛超市，采购年货。

"……听听，外面蛮冷的，你记得多穿点。包就不用背了，拿个保温袋吧，到时候买点鱼、虾、牛肉什么的。"

钟听乖乖点头，套上羽绒服，"噔噔噔"跑出房间，去外面翻出了两个装冷饮用的保温袋，捏在手中。

等白珠秀收拾好，母女俩便相携着出发。

锦西路附近就有大型超市。

到这会儿，超市里的年味已经很足了。

各处都是红色贴纸，还单独弄出了一整面货架放春联窗花、鞭炮挂件之类的，堆在一起，看着红红火火，十分喜庆。

背景音乐也换成了极具时效性的"年歌"《恭喜发财》，增添不少喜气热闹。

钟听擅长做饭，自然也会买菜，对各种菜的价格和挑选方法了然于胸。

她按照白珠秀的要求在货架旁挑挑拣拣，动作娴熟。

没一会儿，手推车已经装得半满。

白珠秀想了想，又同钟听说："你有什么想吃的零食，自己也去拿一点，记得看看有没有打折。"

闻言，钟听转过身，去了零食货架。

她倒是没有特别想吃的，就是想着过年需要氛围，糖果、薯片、瓜子之类的各装了一些，分量都不算多。

毕竟母女俩都没什么客人需要招待。

红墙弄堂这边房间又小又破，也不方便请人过来。

没多久，她拎着打好秤的零食，回去找白珠秀。

白珠秀正在同人说话。

是相燃和外婆。

钟听脚步一顿，恰好听到白珠秀的声音响起，笑吟吟的，莫名显得客套。

"……这也太巧了。我们一起过来的，蛮好，也好让两个孩子说说话。我们家听听成绩不好，是该向相燃同学学习。"

话音刚落，白珠秀已经瞧见了不远处的钟听。

她连忙招手："听听回来了。来，过来跟你同学打个招呼。"

钟听朝着阿婆点点头，用口型说了个"阿婆好"，接着又抬起头，对面

无表情的相燃挥了下手，眼中有点抱歉意味。

因为相燃家那点被弄堂里居民嚼舌根的八卦，再加上上回钟听被牵连去了派出所，私底下，白珠秀对他们颇有微词，只是听闻相燃成绩极好，才装出了一副热情邻居的架势。

钟听知道，白珠秀一向高看好学生几分。

不过，这种高看浮于表面，实则并不走心，就像镜中花一样虚假易碎。

相燃他本就为人冷淡，难得放假休息，还要被迫应付白珠秀，想必不会十分高兴。

没想到，他居然一反常态地开了口："阿姨，钟听成绩挺好的。"

钟听惊讶地抬眸看他。

没等白珠秀回答，相燃的下一句很快接上："我在大排名表上看到她的分数，已经很好了。"

白珠秀本就是客气几句，被他这么反驳，明显愣了愣。

良久，她才重新笑起来："是、是嘛……那和你还是不能比的。我听说你一直是海城实验中学的年级第一吧？听听，你最近写作业，有什么不会的，正好可以问问相燃啊。"

闻言，相燃望了钟听一眼，直截了当地说："行，问吧。"

钟听呆住了。

凭此借口，四人顺势一起走。

阿婆和白珠秀在前面讨论菜价和年货，把两个孩子放在后面交流学习经验。

钟听这回出门没带纸和笔，沟通也不方便，只好点开相燃的 QQ 聊天框，面对面发消息。

只是，她压根没什么想请教相燃的。

就算真有不会的题目，也不可能在逛超市的时候问。

这实在太傻了。

绞尽脑汁了好半天，钟听终于想出合适的开场白。

Listening：抱歉，我妈妈就是这样的人，给你们添麻烦了吧？

相燃回答她："不麻烦。"

Listening：上次的事，后面是怎么解决的呀？那几个人有没有再来骚扰你们？

这条消息从界面上跳出来时，相燃眼神立马黯了黯。

"是你朋友家的律师来解决的。"

弄堂里没监控，谁也没法证明是谁先打的人。

那几个催收的男人有累累前科，之前他们打相燃那次，也被钟听报了案，在警局有记录，说辞可信度大打折扣。

再加上沈腾飞的律师老辣，笑面虎似的，咬死了这事儿和沈珈述无关，一顿明里暗里的操作，直接摆平。

钟听似懂非懂地点头，思索片刻，继续打字。

——没事就好，我担心他们想趁着过年来捣乱。你和阿婆最好还是小心一点，安全最重要。

相燃只“嗯”了一声。

他不说话，气氛就此陡然陷入沉默之中。

直到前面两人走到冷柜前。

这是最后一排货架。

再往前就是结账的出口。

白珠秀和阿婆都在挑选酸奶和牛奶。

钟听收起手机，冲相燃比了个手势，快步追上前去，走到白珠秀旁边，帮她推购物车。

白珠秀往后斜睨一眼，随口问了一句：“你们聊完了？”

钟听轻轻颔首。

“嗯，以后你要多和相燃交流交流，我看这小孩性格蛮好的，很孝顺，也很有礼貌。”

随后，白珠秀又压低了声音，嘟囔似的加了一句：“家里父母不靠谱，小孩不得不成熟，可怜。”

钟听靠得近，自然听到了她的喃喃自语，连忙扯了扯她的衣摆，示意她不要说这种话，被人听到了多难受。

果然，没等钟听缩回手，相燃就靠了过来，一如既往的冷淡疏离模样。

不知道他有没有听清白珠秀后面说的话。

超市背景音乐过分吵闹，大半是没听到。

钟听侧头望了相燃一眼，刚好与他对上视线。

她便冲着他笑了笑，默默移开目光。

两家人一同去结了账，离开超市。

白珠秀这回采购的东西不少，大包小包堆在一起，只好和钟听两人分别拿上一些，四只手还嫌不够用。

相燃作为男生，帮忙拿东西似乎义不容辞。

无须提醒，他主动上前，替白珠秀拿了两个最重的袋子。

“阿姨，一起走吧。”相燃语气毫无波澜。

阿婆也在旁边笑道：“是啊，等会儿让阿燃给你们把东西送回家好了，他力气大。”

白珠秀连忙道谢。

四人一起走回红墙弄堂。

阿婆在巷口与钟听母女俩作别,先进屋休息,相燃则是和她们继续往里走。

没了阿婆在，白珠秀少了许多顾忌，忍不住朝相燃打探：“相燃，过年就你和你外婆一起啊？”

相燃面不改色：“嗯。”

白珠秀叹了口气：“你们也不容易。”

钟听听不下去了，想要阻止白珠秀，连忙又去拉她的衣服。

白珠秀拍掉了钟听的手，瞪她一眼：“我知道，衣服扯坏了怎么办？”

幸好，距离不远，不过两三分钟，三人就抵达了钟听家。

白珠秀本想请相燃进屋来坐，顾虑到实在没什么地方可以待客，只得作罢。

她拍了拍钟听，小声嘱咐：“送送你同学，要谢谢他啊。”

钟听点头，先将买的东西全部搬到一楼走廊，又翻翻拣拣，在购物袋里找了点东西，再跑出去。

相燃已经回身往外，走出去十多米远了。

钟听没法喊他，只好加快步子追过去。

听到脚步声，相燃停下脚步，回首。

“怎么了？”他问。

钟听摆摆手，将刚买的鲷鱼饼塞给他，比画两下，又去摸手机打字。

Listening：今天麻烦你了，请你吃这个，祝你年年有鱼。

看到这行字，相燃很小幅度地牵唇笑了一下。

这一笑，丹凤眼微微上挑，越发显得他唇红齿白，如玉如月，是不辨雌雄的精致漂亮。

他捏紧手机：“谢谢。”

钟听想了想，继续发消息。

Listening：也提前祝你新年快乐。过去一年辛苦了，明年继续加油。

相燃：“什么辛苦了？”

钟听冲他莞尔一笑。

Listening：全部，什么都是辛苦了。

在某一刻，她理所应当能与相燃感同身受。

身处逆境，一些吉利的客套话纵然没有实质作用，若是能稍微有些安慰，说一下也无妨。

没等相燃回答，钟听与他摆手道别，掉头往家跑去。

不甚清静的弄堂里，时不时有人从旁边经过，落下一地零碎的笑声或是吵闹声，充斥着海城特有的方言音调，绵软而又尖锐。

相燃在路中央驻足，手里握着一只鲷鱼饼，平静地望着钟听离开的方向。

许是因为被拿了太久，沾染上了体温，寒冬腊月里，鲷鱼饼外面的包装袋竟然也透出了些许暖意来。

放假的日子总是过得比上学快，三五天时间一晃而过。

至除夕，红墙弄堂里比平时冷清了许多。

另一头的小店都关了门，一些外来租户也趁着过年回家了，剩下的，只有被这座摩登城市抛下的穷人，漫长地、十年如一日地守在这破旧的城中村中，世世代代，寸步难移。

但事实上，钟听和白珠秀甚至比他们还不如。

她们是无处可去的租户，只是暂租此地，压根称不上自己的“家”。

就算未来某一日红墙弄堂动迁，也与她们无关。

不过，钟听自小跟着白珠秀搬了好几次家，习惯了颠沛流离，不会再有什么怨天尤人的想法，只平平稳稳地住着，过好自己的日子。

像年夜饭，就算只有母女两人，一样得重视。

白珠秀从下午就进了厨房，弄了六个菜一个汤，外加一盘春卷，把那张小桌子放得满满当当，连活动的空间都不留。

房间里没电视，就打开平板，放春晚直播当背景音。

白珠秀不是本地人，但早早就嫁到海城，跟着钟浩那几年，也学了许多本地人的习惯，比如喝红酒之类的。

她开了一瓶在超市买的打折红酒，给钟听倒了小半杯。

母女两人碰了杯。

“听听，新年快乐！”

钟听笑起来，打手语回复：新年快乐。

白珠秀抿了口红酒，忍不住感慨：“时间过得真快啊，去年咱们还没搬来这儿呢，转眼你高中都念完一半了。”

钟听眯着眼笑，点头应和。

白珠秀：“听听，明年也要继续努力。你妈已经给你存了上大学的学费，你想上什么专业都可以，妈妈都支持你。”

钟听收了笑，郑重地再次点头。

白珠秀十分满意，从旁边抽出一只红包，放到钟听手中。

“压岁钱。祝我们听听新的一年心想事成。”

晚上九点多，年夜饭结束。

钟听将碗碟洗掉，剩菜塞进冰箱，再回复同学们的拜年信息后，就要同白珠秀一起出门上香了。

白珠秀原先没什么信仰，是因为钟听出生之后又哑又听力弱，求医无门，她才开始求神拜佛。

年初一去静安寺上香已经成了惯例。

虽然最终也没什么改变，但主打一个精诚所至，心诚则灵。

刚好还能帮钟听求一下学业顺利。

两人休息了一会儿，收拾好东西，裹得严严实实，趁夜出行。

锦西路到静安寺有地铁直达。

为了方便年初一去寺庙上头香的乘客，地铁还会延时运营。

半小时左右，钟听和白珠秀下车，顺着人流往静安寺的方向走去。

距离十二点已经不太远了，寺庙门口聚集了大批前来上香的香客。

两人混迹在人群里，交流不便，就随意旁听着周围几个阿姨闲聊。

“明天我儿子要带我们去三亚度假咧！”

“哦哟，你儿子这么孝顺啊，蛮好的蛮好的。那你们一会儿回去就走咯？”

“是的呀，没时间睡觉了，吃个水果羹就准备去机场了。我儿子说到时候飞机上睡……”

“你孙女工作找好了不啦？”

“好了呀，喏，在国金坐办公室。”

“太好了啊！小姑娘有出息的。你们带她辛苦了二十多年，以后也好享享福呢……”

钟听被四下喜庆的气氛感染，脸上忍不住漾出了笑意。

“心想事成”这四个字，在此刻，在寺庙前，好像变成了具象化的祈愿，与在场每个人的心跳相连，在岁月长河里绵延不休。

骤然间，钟听脑海中浮现出沈珈述的脸。

如果她的“心想”必须与一个人息息相关的话，毫无疑问，心里只会有那一个名字。

与此同时，静安寺侧面的小路上，停着一辆黑色奔驰轿车。

沈珈述懒洋洋地坐在后排，语气十分不耐烦：“他还要多久能好？”

今天开车的司机是沈腾飞的私人助理，不是老张。

但助理也知道沈珈述这小少爷不能惹，赔着笑，回答：“沈总去上支头香，十二点半应该就能出来了。”

沈珈述冷嗤一声，不说话了。

生意人难免迷信，沈腾飞生意做得大，也是年年来上香。以前有薛斐斐在，无须开口吩咐，一切都有人安排好，寺庙会给他们提前清场。

如今两人分道扬镳，但沈腾飞也早已飞黄腾达，花点钱，一样能清场，保证自己上的是第一炷香，讨到这个彩头。

好像什么都没变。

但对孩子来说，又像是什么都变了。

转眼工夫，已经过去了快二十分钟。

打火机在手里转来转去，沈珈述终于彻底失去耐心：“开车。”

驾驶座上的助理愣了一下，回过头：“可是沈总还没……”

“送我去那边买包烟。”

沈珈述指了指寺庙正门的方向。

那里有家24小时便利店，招牌亮着灯，在黑夜里就像耀眼的灯塔。

助理没办法，只能发动汽车，开到前面路口掉头，往静安寺正门开去。

沿途会路过在门口等待的香客队伍。

沈珈述正低头看着手机，没有注意到队伍里那个熟悉的身影。

他与钟听如此擦肩而过。

如同某种冥冥之中的晦涩预兆。

寒假只有一个来月。

抛去中间过年，两只手指头掰着掰着，差不多也就到了头。

元宵节过完，海城实验中学的高中生准时返校报到。

高二 A 班班主任依旧是朱义彪。

一个长假期过去，彪哥理了个很精神的发型，厚厚的黑框眼镜换成了金丝边，显得年轻了几岁。

不过，只要开口说话，依旧还是原先那个“严厉范”。

“……教室已经有校工阿姨打扫过了，今天主要任务就是交作业和拿书。现在大家全部拿上东西到外面等，新学期要换一下座位，换完之后班长再组织男生去楼下搬书。”

他话音刚一落下，董西率先垮下脸低声哀叹。

她侧过身，一把抓住了钟听的袖口，语气明显依依不舍的：“……完了，听宝，我期末考排名和你差了不少，我们肯定没法坐一块儿了。”

高二一学期过去，董西也不是完全没有进步，只是与每日起早贪黑的钟听相比，稍差了些。

算起来，她依旧在 A 班后十名左右。

闻言，钟听拍拍她的手，翻出纸笔写字。

——没关系的，到时候我还挑这里坐。

最后一排有沈珈述的固定座位，没人敢与之争抢，再加上这人有时候脾气大，劲儿上来的时候连陈天皓都不敢招惹，自然，他旁边的“宝座”基本无人染指，钟听要想选的话肯定选得到。

钟听排名中游，很快就轮到她挑选座位。

她背着包，用力握了握董西的手，深吸一口气，往最后一排走去。

十多分钟后，班上所有人全数坐定。

沈珈述今天没来，但最后一排的那个空位还是默契地留了出来。

空位旁边依次是钟听、董西。

和上学期一模一样。

朱义彪回到讲台，示意大家把作业交到讲台上，再让康芝组织领书。

钟听扭头，若无其事地瞟了一眼右侧的空位。

那里依旧没有人。

她的目光灼灼，仿佛卷起了新书的纸页，“哗啦哗啦”一页页翻过，漫长又沉静，静待着那个身影显现。

只要她坐在这里，沈珈述总会来的。

她没有一刻比现在更笃定。

翌日，海城实验中学正式开学。

虽然立春已过，但海城仍旧保持在个位数的气温，还是有着料峭寒意，不过天气倒是比上个月好了许多。

天天都是阳光明媚，给人一种温暖如春的错觉。

钟听依旧第一个准时到校。

她先把东西收好，再打开单词手册，按照过往的好习惯，每天早上背单词。

寒假里，沈珈述那个网盘还在更新，频率不高不低，一周贴四五个新音频上来，几乎都是高考常用词汇和例句。

钟听每天早晚都会拿出来翻来覆去地听，因而听力好像是比之前提高了一些。

她一度疑心是心理作用。

但如今再背单词，哪怕是新词汇，按照沈珈述的音标分解法，好像确实比之前容易记住一些。

思及此，钟听忍不住笑了下。

“……豆芽菜，笑什么呢？”

恰好此时，熟悉的声音骤然出现，钟听猛地一下转过头去，猝不及防撞入了沈珈述的双眸中。

少年人还是懒懒散散的模样，打了个哈欠，径直走到钟听旁边，拉开椅子坐下身。

没等钟听写字回答，他先从口袋里摸出一个红包，随手扔到她桌上。

“新年快乐。”

钟听一愣。

大年初一的时候，两人已经在聊天软件上互相祝福过了，虽然是混迹于一堆同学中，但应当也无须再次强调。

不过，沈珈述会给她红包，这却是意料之外的举动。

钟听眼睛不自觉亮了亮，想伸手去拿，但又踟蹰不定，犹犹豫豫。

最终，她还是先问了沈珈述。

——不是钱吧？

沈珈述乐了，直起身，屈指敲了敲她的额头：“你这根豆芽菜，想得倒是美，还指望我给你发钱哪？”

他语气里有戏谑意味，但并不会令人尴尬，一听就知道是亲昵的玩笑。

钟听松了口气，摆摆手，笑着去拆那只红包。

红包摸起来很薄，大约就一张纸那么厚。

拆开之后，才发现里面真的只有一张纸。

纸上画着类似符咒一样的图案。

她垂眸仔仔细细看了一遍，实在没从龙飞凤舞的笔画里看出什么字来，只得不明所以地望向沈珈述。

这会儿，沈珈述已经趴到桌上。

似乎是察觉到隔壁人的视线，他那双桃花眼微微睁开一条缝隙，懒洋洋地开了口："老头子不知道从哪座山上求来的，好像是学业符之类的东西，给我也没用，你拿着吧，上进的豆芽菜。"

钟听听到这是沈珈述的长辈求来的，表情一肃，连忙小心翼翼地将薄纸放回红包里，还给沈珈述。

想了想，她又飞快地写了一行字，给他解释。

——这个我不能收，是你家里人的心意。

沈珈述嗤笑一声："嗯？心意？那我把心意转送给你，你要不要？不要我就丢了。"

说完，他作势要把红包往后头的垃圾桶里扔。

沈珈述以前是校队的，投篮准得不行，钟听也是见过的，他只要一出手，那只红包肯定是要稳稳当当落入垃圾桶里，成为一堆废纸了。

好可惜。

钟听迟疑半秒，还是朝他伸出手。

给我吧。

她用口型说。

沈珈述这才满意，轻轻摸了摸她的脑袋，把红包放到她掌心，嘟囔："这还差不多，老子费心费力整理的背单词教程，你要是不好好学习天天进步，简直对不起我。"

钟听低头。

"睡了，晚安。"

说着，沈珈述重新倒了下去，合上眼。

钟听扭过头，望了望窗外的晨光。

现在这个点，和"晚安"实在没什么关系。

不过，沈珈述显然不在意。

钟听用指腹摩挲着红包外壳，眨眨眼，会心一笑。

顿了顿，她又翻出压在书包最深处的随记本，小心谨慎地将红包夹到了本子里面。

——来自沈珈述的新年红包。

——上学真好啊。

——每天都能见到他了。

假期的余韵只勉强维持了一周。

新的教材书还光可鉴人呢，月考就即将到来，很快，班级里的气氛就再次低沉下去。

周五放学前，朱义彪走进教室，拍了拍讲台，喊道："来，都坐好，今天这节班会课，有任务。"

按照教育局的要求，海城的学生每周都有一节班会课，一般都是进行一

些教育活动之类的。

不过进入高中之后，班会课大多会被主课老师占去讲课，或是考试。

像现在这样，大半也是区里下了指标，要求学校完成什么工作。

大家都有些意兴阑珊，回座位的动作也不太积极。

朱义彪推了推眼镜，继续说：“放心吧，今天这节不上课，只是搞点素质教育的内容，算是鼓舞一下教学士气吧……你们也别这副表情，还有个好消息要告诉你们。

“下个月，学校运动会，海城实验中学高中部和初中部一起办。

“高兴了吧？”

朱义彪话音刚落，班上就有人忍不住“哇”了一声。

私立学校的经费充足，课外活动也多，每年运动会都搞得声势浩大，基本要办三天。

连着周末，等于能休假五天。

再加上运动会之前还要抽时间走方阵，体育课没法被占，晚上放学老师也不能拖堂太久。

这实在很难不令人高兴。

因而学生们立马开始交头接耳，前后左右地窃窃私语起来。

见状，朱义彪夸张地叹了口气：“反正只要不让你们学习，你们就是开心的。好了好了，还有一个月呢，别这么早激动。陈天皓，放学你去开个会，学校还有些运动会报名之类的安排，下周你让同学们报项目。

“好了，现在先完成眼前的任务。”

他将手上的一沓表格发给第一排的同学，让大家依次传下去。

钟听他们坐在最后排，最后才拿到。

董西先一步将表格的抬头念了出来：“我的梦想……这是什么小学生许愿时刻吗？”

听她吐槽，钟听也凝神去看。

表格内容很简单，大约是高中生情况调查，全匿名的模式，没有地方填写学校、班级和姓名。

只在下面分了两个框。

——我的梦想。

——未来想做什么。

讲台上，朱义彪还在解释：“请大家如实填写啊，虽然是匿名，但是要交到区里去的。你们的字我都认识，到时候收上来检查，谁要是填得乱七八糟的，我会给家长打电话……”

听起来是一通威胁。

底下不合时宜地响起稀稀拉拉的笑声。

朱义彪：“笑什么笑？快写，怎么想的就怎么写！让我也看看我们班同学的远大志向。”

跟着，董西便小声吐槽：“我的梦想是成为亿万富翁，教育局的老师会不会觉得我太庸俗了？”

钟听笑起来，拿起笔。

只是面对第一个框，她就陷入了沉思。

梦想……

她的梦想是什么？

抛去那些难以诉说的小心思，能称得上梦想的事情，大概就是考个好学校，给白珠秀长长面子，或是将来找个好工作，改善一下生活条件。

说来说去，好像都不如董西的“成为亿万富翁”。

事实上，钟听很早就意识到自己是个没有梦想的人。

她这种情况，谈不了梦想，只好随波逐流，一切努力都像是在为了别人。

要做什么、想做什么，这些问题无论怎么考虑，都答不出子丑寅卯来。

归根结底，自己又聋又哑，到底能做什么呢？

最终，钟听在第一个框里写上了四个字。

——世界和平。

海城实验中学的校级运动会轰轰烈烈开始筹备。

虽然正式举办的时间要到清明前后，虽然中间还有月考，虽然高二会考也已经近在咫尺，但这些都影响不了同学们的兴奋心情。

陈天皓作为体育委员，开完会，准时带来第一手消息。

“这次运动会一共三天，周三、周四、周五，前两天田径项目，第三天集体项目和趣味项目，像篮球赛、两人三足、拔河之类的。田径有预赛，预赛时间定在三月下旬。”陈天皓合上笔记，笑眯眯地补充，“……彪哥说，他只有一个要求，我们班所有项目都要报，包括2000米长跑哈。”

话音落下，班里几个调皮的男生发出一阵怪叫。

“跑就跑咯，肯定是体育委员带头对吧？”

“皓哥，先报个2000米看看实力！”

陈天皓摆摆手，浑不在意地开口：“别说了，2000米每个班两个名额，我当表率来报一个，剩下的一个你们看着办……哦对了，女生也有1200米耐力跑，也得上两人。彪哥说，如果没人愿意跑，所有项目报完，剩下没参加任何项目的同学直接去跑长跑。”

从某种角度来说，长跑算是大部分学生的噩梦。

因此，这回运动会，A班同学报项目无比积极，谁都不想被“发配”去跑耐力跑。

想想就觉得发怵。

钟听和董西也跟着报了项目。

两人都不擅长运动,董西的身形和脸一样圆润,仗着自己不是清瘦款女生,强行称自己底盘稳，选了个铅球。

而钟听清瘦得跟纸片一样，干脆报了跳高。

这都是比较简单的项目。

陈天皓体谅女生，省了考察实力的环节，直接给她们填上名字，主打一个重在参与。

女生组 1200 米则由班长康芝和学习委员包揽。

如此折腾了将近两周。

转眼，三月中旬。

海城进入草长莺飞的春日正盛时。

月考前，运动会大部分项目已经敲定人选，方阵也已经初排完成，确认了队形、出场时间，剩下的就是练习走整齐，外加出场口号，还有中间如何变阵之类的细节。

只剩下最后一个 2000 米名额迟迟定不下了。

吃过午饭，钟听和董西一同回到教室，就看见陈天皓坐了钟听的座位，还把椅子拖到沈珈述旁边，正皱着脸同他说话。

“……哥，述哥，拜托拜托，来跑步嘛！

“小弟我给您当牛做马行吗？反正先把名报上去，跑不跑的再说呗……要不然彪哥非得收拾我。

“他之前说，我要是弄不齐人，这学期就不许我们中午去楼下打球了。”

沈珈述全程懒洋洋地趴着。

听得不耐烦了，他还狠心把脑袋转了个方向，对着教室后门，直接留了个后脑勺给陈天皓。

刚好，钟听走到两人旁边。

见到这一幕，她没忍住，轻轻笑了一下。

陈天皓余光瞥到她，连忙将她拉过来，让出座位：“钟听钟听，来来来，你来帮我跟述哥讲。你俩关系不是最好了嘛！他肯定听你的。”

此言一出，钟听愣了愣，整张脸瞬间烧起来。

她手忙脚乱地摆手摇头，否认陈天皓的“大放厥词”。

当然，她也是生怕沈珈述从他这句话中品出什么端倪来，叫两人的关系走向穷途末路。

如果……如果沈珈述知道，她其实……

或许，就不会认真地把她当成好朋友了吧？

毕竟从某种角度来说，两人堪称云泥之别。

和沈珈述关系好的女生朋友能组个篮球队，无一不是漂亮活泼的美女，她这样的哑巴，有什么资格痴心妄想呢？

钟听知道，自己只是占了个朋友的立场，反倒得了沈珈述青眼，愿意与她分享一些不为人知的秘密。

再进一步，反倒可能会好感俱灭。

不如维持现状。

只可惜，钟听这点弯弯绕绕的别扭小心思，旁人没可能猜到半分。

陈天皓看她一脸紧张地摇头，大大咧咧地拍了一下她的肩膀，调侃道："啊呀，谦虚什么啊！你们俩每天坐一块儿，走班课也待一起，形影不离……上学期不还中午一起去吃米线了嘛？我跟你说，我的眼线可是很广的！妹妹别装了，哈哈哈……"

"啰唆什么废话！"沈珈述终于直起身来，无语地瞥了陈天皓一眼，"你少发病，欺负人豆芽菜没法骂你是吧？手还不拿开？"

闻言，陈天皓讪讪笑了下，缩回压在钟听肩膀上的手，默默绕到了沈珈述桌子的另一边。

只可惜，为时已晚。

钟听早被他这一番话搅得尴尬又脸红，连带着智齿也开始隐隐生疼。她麻利地将椅子拉回原位，兀自低下头，假装若无其事地看书。

幸好，旁边那俩男生没有再关注她。

陈天皓又磨了半天嘴皮子，最后承诺在篮球赛上给沈珈述打辅助，给沈珈述传十五个球，终于换得了沈珈述点头。

"行了行了，报我吧。"

陈天皓表情一喜，立刻从口袋里掏出报名表，不给他任何反悔的机会："谢了述哥！这里签名！"

掰着手指算起来，上学的日子总是日复一日，毫无波澜，却又转瞬即逝。

钟听的月考顺利度过。

成绩依旧有小幅度提升，虽然算不上大跨步，但十分稳健。

她这样安静、听话、乖巧的学生，一向是老师最喜欢的，朱义彪还私下找了她一回，谈之前那个调查表上关于"世界和平"的问题。

钟听交流不便，写很多字也麻烦，朱义彪不想为难她，便不用她开口，只是劝她提前想想，好好考虑未来。

聋哑人可以参加普通高考，也可以上大部分没有特殊身体要求的专业。

钟听只是哑，但不聋，听力不太好也无伤大雅，选择面会比聋哑学生范围大很多。

朱义彪："……你家的情况，我之前也有了解过。钟听，之后做选择的时候，要综合考虑自己的意向，还有将来的工作之类的。老师知道你是个好孩子，但也要有自己的主见，不能一直浑浑噩噩，明白吗？"

钟听郑重地点了点头。

时间便如此像水一样流过。

在万般期待中，四月伴着树梢上的新芽，悄然而至。

海城春季亦多雨。

运动会原本定的时间恰好在清明雨季，天气预报显示连续下雨一周，学校干脆将其延后，一直延到了四月中旬。

许是因为期待的时间太长，花光了激情，又或是因为晴天太阳太大，海城实验中学的大操场又实在太晒，等到了运动会真正开始，大家反倒觉得有些意兴阑珊，恨不得躲到树荫里去休息。

偏偏学校规定运动会期间不可离校，哪怕是没项目的同学，也必须待在自己的班级区域里。

通知下达时，董西忍不住抱怨起来："唉，学校这不是强行让我们去当啦啦队嘛……啊，好热——"

钟听眯眼笑着，拍拍她的手臂，示意她可以把外套脱下来，交给自己保管。

早上走出场方阵时要求穿校服，但这会儿已经没有强制要求了。

放眼望去，操场上已经有不少男生脱了校服，穿着短袖到处晃悠，仿佛在与盛春的阳光对峙。

下午就是几项田径赛，先是董西的铅球，三点再到钟听去跳高。

董西："先不脱了，扔的时候再说。你得过来给我加油啊。"

钟听无奈摊了摊手，拿出手机敲字。

——我怎么加油？

她又不能说话，没法替董西呐喊。

董西笑起来："当然是从心里加油！心意到了最重要！"

钟听用力点点头。

见状，董西立马去拉她的手臂："那为了表示诚意，你先陪我去看相燃的比赛吧！"

钟听一愣。

她拗不过董西，只能站起身，陪董西在操场上找了一圈。

奈何相燃一贯神出鬼没，冲刺班与其他几个班级又素来泾渭分明，几乎没有交际，也找不到熟识的冲刺班同学问问他的去向和项目。

两人无功而返。

好巧不巧，她们路过小树林时，撞上了躺在树荫下闭目养神的沈珈述。

董西："这不是咱述哥吗？怎么躲在这里……哎，这么一说，我突然想起来了，述哥好像很久没有更新新的女生朋友了是吧？上一个还是之前一起唱歌的那漂亮妹妹？"

说到后面，她的声音越压越低，变成了窃窃私语。

只可惜，沈珈述不是钟听，耳朵没半点毛病，非常好用。

他睁开眼，坐起来，斜睨了董西一眼，慢条斯理地开口："怎么个意思？这么关心我的绯闻，你是打算毛遂自荐啊？"

董西瞪了他一眼："你想得美！"

沈珈述毫不在意地哼笑了一声，又朝着钟听一扬眉："豆芽菜，你报了什么项目？"

钟听正欲拿手机，董西已经代她回答："跳高啊。怎么着？你打算来给我们听宝加油吗？我怕到时候女生都来看你，发生踩踏事故咯。"

沈珈述点头，无视了她的调侃，径直对钟听说："加油。"

钟听忍不住莞尔一笑。

想了想，她蹲下身，将手上的矿泉水递给沈珈述。

她的指尖不小心碰到他的手。

一触即离。

矿泉水刚从小卖部的冰箱里拿出来，还是冰冰凉凉的，但钟听的手指依旧温热柔软。

沈珈述怔了一下，抬眸望过去。

广播里已经提醒铅球的运动员到比赛场地登记，两个女生只好急匆匆地往那边走。

钟听对沈珈述刚刚那一瞬的悸动毫无察觉，只给他留下了一个单薄背影。

铅球开赛。

董西力气还算大，并不是随便混个项目，第一轮出手就扔进了前五名。

三轮成绩出来，她在一群初中生高中生中位列第四，甚至超过了几个人高马大的女生。

这名次拿出来也不算寒碜，够显摆好些日子了。

果然，董西去一旁录完名字和运动员编号，就马不停蹄地跑来找钟听。

她圆圆的眼睛笑成了一条线，恨不得昭告天下："听宝，你看，我是不是还算有点天分？果然嘛，我这体格，力大无穷是应当的！"

钟听也跟着笑，先是用手语比画了一句"厉害"，确认董西能够看得懂，又拿手机打字。

——没奖牌也不要紧吗？

董西"嗨"了一声，毫不犹豫地回答："那有什么？前三名的奖牌很重要吗？我觉得我已经够厉害了，那就是第一名咯，管别人怎样想呢。别说第四名那么牛了，就算是倒数第四也能炫耀的。上场即胜利嘛！"

她就是这样，永远的乐天派，心态很好。

听完，钟听却是愣了愣。

从小到大，在白珠秀软硬兼施的控制教导下，潜移默化中，她也成了唯功利主义论者。

不要和成绩不好的同学一起玩。

分数排名是最重要的。

没有进步就是不够努力。

考不上好大学就白费了家人的付出。

林林总总，如同无形的镣铐压在钟听身上，压得她快要喘不过气来。

但董西这一番话，陡然间又好像让她想通了一点，颇有点受到点拨，如梦初醒的感觉。

钟听眨了眨眼，想要说点什么。

她手指微微动了下，最终还是默默地按灭了屏幕。

董西这边比完没多久，钟听的跳高比赛也快要开始录入登记。

两人无所事事，去看王媛媛沙坑跳远。

直到广播提示响起，她们才又转头到集合处报到，抽上场顺序的签次。

钟听抽到“12”。

一个不算前也不算后的位次。

董西凑过头来看了一眼：“还不错，可以先观察观察前面的情况。”

钟听点头，思忖片刻，将校服外套，连同里面一件薄款毛衣一起脱了，只穿了长袖单衣，力争轻盈便捷，也是以免跳起来之后，垂下来的衣摆把杆蹭落下去。

再等了会儿，有老师过来摆放保护软垫，然后指挥运动员们排队。

钟听跟着参赛队伍上前，董西抱着她的衣服，默默退到观赛位置。

远远看过去，钟听实在单薄纤细，有种风吹就倒的脆弱感，像是即将要被队伍吃掉一样。

董西看不过眼，大吼了一句：“听听加油！”

钟听没听见。

不过，董西旁边的人倒是突兀地笑了一下。

“不是还没开始比吗？”

董西扭过头，瞧着一副漫不经心模样的沈珈述，哼笑：“还没开始比赛，某些帅哥就迫不及待地过来了，可见我们听宝还是魅力大呀，所以我提前加加油怎么了？”

沈珈述耸耸肩，很是玩世不恭的气质：“随你。”

倒是和他一起来的马成俊帮着怼了董西一句：“董西同学，能别替人自恋吗？当事人知道吗？”

马成俊也是A班的学生，在班上成绩排名前列，上课又是活跃分子，属于各科老师眼中的红人。

不过，他在女生里人缘很一般。

因为嘴碎，还喜欢开不合时宜的玩笑，董西很不爱搭理他。

马成俊平常也不和沈珈述混在一起，他们完全属于泾渭分明的两类学生，倒是很难得见到两人一起出现的画面。

董西就不是忍气吞声的性子，立马回击道：“就你不自恋，跑来给述哥当跟班啊？”

马成俊“呵呵”一笑，给她看自己的运动员编号：“我是跳高男子组的，明白了吗？”

言下之意，两人只是恰好在此碰到，压根不存在跟班一说。

董西撇撇嘴，轻嗤一声，扭过头，不说话了。

不消片刻，开始试跳。

三人的注意力转回到场上。

许是因为紧张，前几名选手的试跳都不太顺利，撞杆的、踩杆的、跑到杆前停驻不动的，比比皆是，逗得计分老师和周围的同学都忍不住笑出声来。

如此一直到七八名后，横杆高度一降再降，试跳才算顺利些许。

终于，轮到钟听试跳。

她说不了话，只能用手势比画试跳高度。

很快，横杆调到指定位置。

钟听抿了抿唇，深吸一口气，迈开步子，助跑，飞速冲向横杆。

“加油！加油！”

见状，董西先喊了两声加油，跟着紧张地攥紧了拳头，不由自主地屏住呼吸。

不过眨眼间，钟听就已经轻盈地从横杆上跃了过去，整个人侧倒到软垫上，像只蹦蹦跳跳后摔倒的小鹿。

“哦吼——帅！”

董西相当捧场地鼓掌。

沈珈述也低声笑了下。

唯有马成俊皱着眉，眼神直勾勾地盯着钟听纤瘦的身体观察了半天。

忽然，他冒出来一句：“钟听看着那么瘦，还是有胸的嘛。”

钟听平日穿的衣服总是很宽大，夏季也是看不出板型的短袖校服，今日难得穿了稍有些紧身的单衣，在软垫翻滚的时候也顾不上什么，那单衣紧紧贴到了身体上，竟然神奇地勾勒出了身形。

马成俊声音轻，董西没听清，回头：“你说什么？”

只是，她话音未落，沈珈述已经转过身，一把揪住了马成俊的衣领，轻轻松松把他提溜起来。

沈珈述突然发难，引起了周围同学的哗然。

但沈珈述一贯不在意旁人的目光。

他冷笑一声，居高临下地睨着马成俊，平静地开口：“你再敢多看一眼，老子今天就让你双目失明。”

马成俊已经吓得发抖，偏偏领口被揪住，卡着脖子，又说不出话来，只好拼命摇头。

沈珈述没有松手，只一扬眉，完全桀骜不驯的架势，使得少年人的戾气四溢，毫无掩藏之意。

“不信啊？要不要试试？”

马成俊憋着嗓子，死命用力，终于结结巴巴地勉强发出声来：“我信、我信、咳咳、咳……再也不敢了……”

对峙短短半分钟，旁边已经有人上来劝架。

“好好说好好说，别打架。”

“这不是述哥吗？这是怎么了？”

“先松手吧，要不然一会儿老师要过来了……”

董西也凑上来：“怎么了怎么了？他说什么了？我怎么没听到？”

沈珈述没作声，又盯着马成俊看了会儿才将他松开。

马成俊双脚落地,颤颤巍巍地瞥了沈珈述一眼,头也不回地一溜烟跑远了。

“嗯？到底怎么了？”

董西不明所以，转头继续追问沈珈述。

沈珈述双手插进兜里，慢吞吞地说：“要比赛了。”

说完，任凭旁人打量，再不开口。

董西没办法，只能气呼呼地鼓了鼓脸，重新去看钟听。

场外的一场小插曲，并未影响到场内局势。

跳高和铅球一样，每人能跳三次，会有三次成绩，最终取最高的分数记名次。

而且，为了保证公平，还不能两人一起跳，必须一根杆，一个场，一个人上来跳。

加上这个项目参加人数多，时间就拉得长了许多。

到最后，第一天全场的比赛都快结束了，这边才总算排出了名次。

钟听在女生组位列第七。

董西第一时间冲上去，用力抱了她一下：“恭喜恭喜！真棒啊，我们听宝，居然跳过身高了！而且你太可爱了，像只蝴蝶……”

董西的夸奖简直能听得人脸红尴尬，恨不得找个地洞钻下去。

钟听连忙摆摆手，打断她的“施法”，然后用手机打字。

——抱歉西西，等很久了吧？我请你喝可乐吧。

董西：“不久啊！不过可乐还是要笑纳的……而且沈珈述也看了很久，我和你的感情怎么能输给他……咦？他人呢？刚刚还在这儿呢。”

原先两人观赛站的位置，早已空空如也。

不见沈珈述的身影。

钟听跟着董西的目光四下寻找了一圈，没找到熟悉的身影，不自觉有些低落地抿了下唇。

董西摆摆手：“别管他了，我们回家吧……哦，对了，刚刚沈珈述还和马成俊吵起来了，也不知道是发生了什么……”

她声音清脆，絮絮叨叨的也十分好听。

西下的日光将两个女生的影子在塑胶跑道上拉得老长。

像是一幅青春里的落影。

海城实验中学运动会第二日，开始各类田径赛项目。

上午短跑，下午接力跑和长跑。

学校还十分人性化，将最折磨人的2000米耐力跑放到三点半之后，确保没有太阳直射，不会热得中暑。

中午，A班一行人在食堂吃饭。

沈珈述难得出现在食堂，和陈天皓一起，捡了个董西她们附近的位置坐下。

聊着聊着，他就被董西质疑了一顿。

“……不过，沈珈述，你真能跑吗？别到时候垫底了，在你的追随者眼中光辉不再哈。”

沈珈述笑了一下，故意摇着头开口：“我是被陈天皓赶鸭子上架，肯定跑不了啊。”

董西知道他在胡扯，“哼”了一声：“那你弃权呗。”

沈珈述：“好想法。”

话虽如此，不过就是玩笑一场。

沈珈述余光扫了一眼，见钟听坐在董西旁边，看起来听得很认真，嘴里还嚼着饭，脸颊一鼓一鼓的，像只小仓鼠，却也不忘了跟着笑。

他忍不住就想逗她。

思忖片刻，沈珈述拿起手机，在餐桌底下打字。

钟听一口饭还没咽下去，突然感觉到手机在口袋里振了一下。

她放下筷子，拿出来，顺着红点提示点开QQ。

沈珈述的对话框飘到了第一个。

S：伤还没好，怎么办？

看到这行字，钟听的表情一下就变了。

Listening：弃权可以吗？不能这样的。

S：弃权的话，咱们班少个人，陈天皓会被彪哥怼。

钟听想，沈珈述和陈天皓关系一向很好，他又已经答应了人家，总不能中途食言，陷人于不义吧？

她也是一个不喜欢食言的人。

这倒是个难题。

不过，如果带伤长跑……

不不不，这绝对不行。

钟听咬了咬唇，下定决心后立刻回复。

Listening：我戴帽子替你跑，可以吗？

她身高一米六四，穿运动鞋一米六六，虽然矮了些，但也不是完全不能装成男生的。

反正只是一个人头而已，耐力跑又是全校选手一起跑，起跑线上人很多，

没有人会注意到她混在里面。

然而，钟听此话一出，坐在斜对面的沈珈述也难得愣了一下。

他干脆放下手机，侧着身，朝钟听这个方向坐着，顿了顿，又对她开口说：“豆芽菜，我逗你玩的。”

钟听一愣。

沈珈述又说：“但是听着有点感动。这样吧，你等会儿到终点线来等我，比赛结束，请你吃炸鸡去。”

钟听尚未来得及应声，旁边的陈天皓先一步扑上来，一把勾住了沈珈述的肩膀：“什么什么？什么炸鸡？我也要去！”

董西也跟着起哄：“是啊，不能厚此薄彼。”

沈珈述邪邪地牵了下唇：“行，见者有份，想去的晚点校门口集合。”

“哇哦——”

“好耶！”

钟听也还是跟着笑，笑意比刚刚却稍淡了几分。

对沈珈述来说，她从来不是特别的，只是他众多朋友里的一个。

而且，他其实对谁都很好。

但其实这样也很好。

她说服自己，决意心满意足。

下午三点五十分。

第二日的最后一个项目，耐力跑，终于开始登记。

女生的 1200 米已经结束，康芝跑得满头是汗，看起来腿已经软了，嘴唇亦是苍白毫无血色，拿着矿泉水拼命往下灌。

钟听看见她的样子，心中免不了浮起忧虑。

踟蹰许久，她悄无声息地走到沈珈述后面。

这会儿，两人距离不过半米远。

他身上确实没有血腥气。

但钟听依旧不放心，等沈珈述登记完运动员编号，上前两步，拉了拉他的衣摆。

沈珈述回过头，表情有些诧异：“豆芽菜？怎么了？”

钟听举起手机。

屏幕上的字她早就准备好了。

——你真的没有受伤吗？

沈珈述拍了下她的脑袋，顿了顿，又伸手揉了几下，将她半长不短的妹妹头造型弄乱：“……你怎么这么好玩啊？担心我？”

钟听点头。

沈珈述眯了眯眼，突然问道：“为什么？如果是别人，你也会这么担心，想去替别人跑吗？”

他心里闪过一个若隐若现的影子。

关于这个答案，好像非得对方率先开口挑破，才算是不落下风。

偏偏钟听懵懵懂懂，只将关注点全放到了他的后一句话上，并未察觉到异样。

她想了想，打字。

——因为这是只有我知道的秘密，我们是分享秘密的朋友。如果是其他朋友需要我帮忙，我也会去的。

从前，她的朋友很少，所以，如今无论是沈珈述、董西，还是其他人，于她而言，都非常重要。

只是某人最重要罢了。

这话却不能说出来。

钟听写完，举起手机，顺便仰起头，直直地注视着沈珈述。

两人对视一眼。

不知为何，沈珈述有点挫败地揉了下头发，叹口气："行吧。别想了，真没事，待会儿你看着老子拿第一就是了。"

海城实验中学操场跑道是标准的400米一圈，2000米等于要跑整整五圈。

许是因为知道沈珈述参赛，渐渐地，起跑线旁聚集起了不少学生，高中部和初中部都有，像是复现了上学期篮球赛那般盛况。

钟听和董西几乎要被人群淹没。

董西被挤了个踉跄后，终于忍不住撇嘴，小声吐槽："人气居然还这么高，沈珈述这个渣男……"

钟听没应，只是用力踮起脚，望着起跑线的方向。

那里站了一大排男生。

纵然人多，沈珈述依旧是其中最瞩目的那一个。

他本就个子高，一米八八的大高个，身形清瘦，五官俊朗，就算杵在那儿不动，也像竹子一样挺拔。

此刻，他还是一副似笑非笑的表情，硬生生地生出了点睥睨众生的气场。

似乎没有人能不把目光放到他身上。

没过多久，发令枪响，一行人如离弦的箭一般冲了出去。

"加油！沈珈述！加油！"

"加油加油加油！"

周围再次嘈杂起来。

钟听不以为意，眼睛一转都不转，牢牢盯着沈珈述。

沈珈述起跑并不快，不紧不慢，和陈天皓一起跑在队伍中间的位置，完全不出挑。

大约三圈过后，跑道上的选手肉眼可见地拉开了差距。

凑人数的都已经早早放弃。

剩下没放弃的一些人也有点力竭的样子，步伐逐渐变得沉重起来。

沈珈述还是不慌不忙的样子，步速平稳均匀，牢牢跟在第一梯队里。

再次回到起跑线。

最后一圈开始。

到底是 2000 米耐力跑，如今的高中生体质又不好，跟不上的人越来越多，连前三名都逐渐拉开了好几个身位距离。

最后两百米。

负责计时的老师已经指挥学生拉起了终点线，只等运动员们过来冲线。

正此时，跑在第六名的沈珈述突然开始加速。

他的动作永远都是那般慢条斯理的模样，但步子明显快了很多，好像前面几圈压根没有消耗多少体力。

他头也不回地一路往前，围观人群的气氛越发沸腾。

“沈珈述！沈珈述！沈珈述！”

最后五十米。

沈珈述冲到了第一个。

而后，他保持着这个速度，率先冲过了终点线。

“哇！”

“好帅！”

少年张开双臂，露出了一个肆无忌惮的笑意。

风抚摸过他的脸颊，掀起了他的头发，露出他无可挑剔的深邃眉眼。

这一瞬，这个意气风发的少年又一次击中了钟听的心脏。

这道耀眼的光，吵醒了岁月，将她贫瘠压抑的世界牢牢禁锢，无力挣脱，无法挣扎。

她唯有顶礼膜拜。

第五章 -
一万座山后到终点

我们不要在这里，跟我回去十八岁，躲到台大校园杜鹃花丛下，不要被命运找到。

——简媜《相逢在异国的夏日午后》

四月底，春暖花开时节，海城实验中学开始期中考试期。

因着考试安排紧靠后面的五一小长假，各科老师耳提面命，叮嘱学生不能提前给自己放假，精神不能松懈下来。

如钟听这样四平八稳的低调性子，够认真努力，又不浮躁惹事，在这种时候，就是老师眼中最令人放心的学生。

果然也不出所料，期中考，钟听依旧是非常稳定的发挥。

这次海城实验中学没有参加区统考，全科都是自主命题，考卷比较难，但她和之前月考分数差得不太多，算是小有进步。

放假第一日的上午，朱义彪第一时间就将新鲜出炉的成绩发在A班家长群中。

白珠秀自然是十分满意。

加上她最近接了个大单，一有空就要去阁楼踩缝纫机，没时间下楼唠叨，只让钟听在家自我管理，好好安排时间。

钟听得以拥有一个较为自由的五一假期。

但会考在即，剩下不过短短一个多月，要说放松，那显然是不切实际的。

只是这三天可以免了些唠唠叨叨的压力，总归是好事。

二楼狭小的房间里，大动作都施展不开的写字桌前，清瘦秀气的小姑娘下笔如飞，用两天时间写完学校留的作业，再开始写课外练习卷。

一张一张，一页一页，一本一本。

她沉静又耐心，窥不见丝毫焦躁。

屋里小窗半开，春末夏初时节，徐徐微风里掺杂着若有似无的湿气，掀起半掩着的轻薄窗帘一角。

笔尖划过纸张，发出“唰唰唰”的摩擦声。

满室皆是岁月静好的寂然。

五一小长假仅有三天，堪称转瞬即逝。

转眼就到最后一天了。

上午九点多，钟听睁开眼，迷迷糊糊地摸过手机，扫了眼时间。

清醒几分钟后，她再半坐起身，靠在枕头上检查信息。

董西是社交活跃分子，分享欲一向强烈，给钟听发了一大堆消息，内容包罗万象，从校内八卦到影视动漫小说，样样齐全。

钟听一条条看完，耐心地依次回复。

不过董西昨晚明显熬夜到挺晚，这会儿应该还没醒过来。

钟听也不介意，退出聊天软件。

踟蹰数秒，她又去点开网盘。

那份音频软件依旧没有更新。

这三天，沈珈述一直没有更新，文件夹的最新更新时间依旧停留在十天前。

这是不常有的事情。

自从他连网盘带耳机一起送给钟听之后，好像就变成了她的专属听力老师，时不时就传点新音频上来，供她学习。

虽然算不上风雨无阻，但一般每周都会有，长短不定，可能取决于他忙不忙。

像最近这样停更十天，就算是因为前面一周有期中考，但假期也没半点消息……隐隐令人担心。

钟听抿了抿唇，退出网盘，又点开 QQ。

沈珈述的聊天框里，两人的对话停留在考试前。

仔细说来也没什么内容，就是同班同学间无关痛痒的对话，关于上学、考试、作业、中午吃饭，或是放学去便利店之类的日常。

总而言之，看不出丝毫端倪。

钟听盯着那个全黑的头像，半晌，终于下定决心，点开输入框。

她先打了几个字，想了想，又觉得很突然。

删掉，再打一句。

还是觉得不合适，再次删掉。

最终，她点开表情栏，在寥寥几张表情包里选了一个较为自然的“小兔星星眼”，发送出去。

Listening：早。

等了一会儿，对面没有动静。

钟听有点讪讪的，又有点担忧。

思忖片刻，她还是决定等等再看情况。

万一沈珈述也还在睡觉呢?

也不一定是出了什么事，不应该大惊小怪，说不定反倒会惹人厌烦。

没办法，因为是有关沈珈述的事，每一分每一厘都值得被小心翼翼对待，生怕行差踏错。

思及此，她无声地叹了口气，而后放下手机，起床洗漱。

今天依旧是一个普通的休息日。

外面天气很好，钟听吃过早饭，先去整理衣柜，将衣物之类的都换季更新，然后把自己和白珠秀的房间打扫了一遍，床单、被单、枕套拆掉塞进洗衣机清洗，再换上干净的。

她从小就帮家里做事，这一套流程已经做得很顺手，全部弄完也就中午12点出头。

没休息几分钟，钟听下楼去做午饭。

白珠秀忙得团团转，废寝忘食的，吃饭都没空。

她便也不做太复杂的东西，煮两碗面条，用昨天晚上的排骨汤做汤头吊鲜味，切点虾仁丁，再放上蛋饺、丸子和一把青菜，就算大功告成。

钟听把面端上阁楼。

恰好放下碗的那一刻，手机在口袋里振了振。

她偷偷觑了觑白珠秀，确认对方还低着头在专注给针脚收口，这才摸出手机，看了一眼屏幕。

黑色头像姗姗来迟地跳出来。

S：豆芽菜，出来玩。

钟听点开，迟疑了一下才回复。

Listening：玩什么？

沈珈述没说话。

不多时，他发了张照片过来。

照片上是熟悉的破弄堂，乱七八糟的墙面，正前方支着广告牌，写着“台球馆二楼”。

正是之前钟听跟着他去的那个地方。

距离 7-11 便利店不远。

沈珈述的新消息也很快跟上。

S：过来，教你打台球。

半个小时后，钟听在那个漆黑的门洞外停下脚步。

她这回出门没有受阻，但生怕白珠秀怀疑，也没有怎么打扮，就穿了身普通的白 T 恤和牛仔裤，外头套件薄款线衫。

纵然如此，她看起来似乎还是和这种地方有些格格不入。

至少，在沈珈述眼里是这样的。

他从楼梯的阴影中走出来，慢吞吞地在钟听面前站定，居高临下地望向她。

“来得还挺快。”沈珈述低笑了声。

可钟听完全笑不出来。

她眉头皱得很紧，眉心拢出了一座山，默不作声，只死死盯着沈珈述脖

颈边的一道擦伤。

擦伤大约一根手指长，看着不算严重，血也已经止住了。

偏偏沈珈述肤色太白，皮肤上哪怕是一点点刮痕都足够显眼，很难让人不注意到。

钟听手指动了动，不由自主地想去碰一下那道伤。

但幸好理智尚存。

她握了握拳，控制着动作，只是拿出手机打字。

——你受伤了。

沈珈述不以为意地挑了下眉，顺着她的视线抬手摸了下脖子。

"……你说这个啊？竹叶刮的。"

只是竹叶是怎么刮到这个位置的，他倒没有详说的意思。

沈珈述漫不经心地收回手，转身："走，跟我走，教你打台球。"

语毕，他的身影再次没入阴影中。

钟听没有迟疑，跟上了他的脚步。

楼梯间的顶灯和上次一样，还是一闪一闪的。

因为过于昏暗，使得周围的空气都无端显得黏稠起来。

穿过这种黏稠，才能走到二楼。

第二间，猪肝色房门紧闭，上面贴了张破破烂烂的纸，用黑色记号笔写着两个大字。

——台球。

沈珈述熟门熟路地推门进去。

刹那间，嘈杂吵闹声伴随着浓烈的烟味，一同从里面飘出来。

有些猝不及防，钟听连连倒退了好几步。

沈珈述倒是十分淡然，恍若未觉，迎面往里走。

里面是个居民房改的台球室，看格局，应当是两套房打通，把中间的墙都敲了，砸出一块空旷的区域，挤挤攘攘地放了十来张台球桌。

这会儿是放假，每张台边都有人在打球。

放眼望去，大部分都是男人，年龄从稚嫩的学生模样到三十多岁都有，那些成年人应当是附近的居民。

钟听跟着沈珈述一路走近的时候，不少人都停下了动作，目光悄然投到她身上，有打量揣摩的意味，叫人心生不喜。

她有些瑟缩地拢起肩膀，尽可能将身体缩到最小，从人群间隙中穿过去。

下一瞬，沈珈述突然停下脚步。

钟听也跟着愣了一下。

沈珈述回过头，轻飘飘地端详了她几眼，开口："跟过来点。你又不是我的跟班，走那么后面干吗？"

钟听不明所以，但还是依言往前跨了两步。

这下，沈珈述便刚好停在她身侧。

再迈开步子时，两人从一前一后变成了几乎肩并肩前行。

附近这些男人似乎都认得沈珈述，大部分人都收回了视线，也没人再会挤钟听的路。

他们俩畅通无阻地走到最里面，进了一间房。

房间也就一个普通卧室大小，里头放了一张台球桌，两边还摆了两张黑色的皮沙发。

其中一条沙发上扔了一件卫衣外套。

钟听余光扫过，忍不住看了好几眼，越看越觉得眼熟。

这好像就是沈珈述的外套。

他是早上就来了吗？

还是……昨天晚上是在这里睡的？

想到这个可能性，钟听的心脏不受控制地揪了一下。

趁着沈珈述去旁边拿球杆，她急急忙忙掏出手机，点开备忘录，开始打字。

——发生什么事了吗？

沈珈述漫不经心地瞄了一眼屏幕，笑道："豆芽菜，你觉得呢？"

钟听愣了愣。

"能有什么事啊？来，你会不会这个？"

钟听摇摇头。

她不擅长任何运动，台球这种更是不曾了解过。

现下是她第一次踏进台球馆内。

看她摇头，沈珈述也没什么意见，直接递了一根球杆给她，从基本规则开始教。

一下午的时间就这样不知不觉消磨过去。

沈珈述好像真的是单纯来找人陪玩的，耐心相当不错，无论是握杆的手型，还是发力的方法，以及如何判断台球桌上的形势、如何瞄准等，全部手把手地教给钟听。

钟听上手试了几把，到最后竟然也能颤颤悠悠地用白球把红球撞入袋中了。

这种从零到一的成就感很难形容。

她非常兴奋，立马直起身，笑吟吟地看向沈珈述。

动作姿势表情眼神，仿佛皆在等待他的夸奖。

沈珈述眉头轻轻一抬，不吝开口道："还不错，不愧是我的学生。"

钟听有些羞涩。

没等她拿手机打字，沈珈述看了一眼时间，捞起沙发上的外套，直接说："时间不早了，送你回家。"

钟听愣了下，立马低头去看手机屏幕。

果然不早了。

居然已经五点多了。

五月初，海城尚未完全入夏，天色黑得还没那么晚，估摸着再过小半个小时就要彻底暗下去了。

钟听出门的借口是买点东西，外加想吃凉菜，要再去附近的菜场买一份，晚上用来下饭。

这个点，别说买个凉菜，佛跳墙都够做出来了。

不知道白珠秀弄完没有，有没有下楼找她。

微信没信息，应该是还在阁楼忙吧？

钟听顾不上前思后想，忙摇摇头，打算赶紧跑去买凉菜，争取赶在白珠秀发现前回到家。

但很显然，沈珈述不是个能被人拒绝的性子。

他一言不发，干脆利落地拽住了钟听的外套，跟着她一起走出台球室。

很快，两人来到大马路上。

钟听见沈珈述还跟着，匆匆忙忙地打手语，意识到他看不懂，才回过神来去拿手机。

——我先不回家，要去菜场买东西。

沈珈述语气懒洋洋的：“我跟你一起。”

钟听愣了愣。

“反正也没地方去。”

他这句话再次触动了钟听脑中某根神经。

她张了张嘴，就着路灯光，无所适从地看着沈珈述。

说不上是什么感觉。

心跳得很快，快到几乎要昏厥。

这一刻，好像两人的身份互换，沈珈述变成去年夏天那个在一群人包围下束手无策的人。

而自己理所应当要向他伸出手，将他拯救，纳入伞下。

他们就如同共生的藤蔓，无论是哪一根枝受伤，另一根都会毫无顾忌地环抱上去，遮挡在它的伤口上，直到愈合……

“豆芽菜？豆芽菜？想什么呢，这么出神？”

沈珈述的声音将钟听从漫无目的的想象中唤醒。

她怔了怔，瞪大眼睛，摆摆手，表示没什么，而后才做了个手势，示意他随意，一起走也可以。

两人沿着马路一直往前，穿过两个红绿灯路口，再转弯走一段，就到菜场了。

这个点，菜场肯定已经关门，但旁边的熟食店应该还在营业。

钟听想，路上还有卖冰糖葫芦的，可以请沈珈述吃一根。

白珠秀在家，她不能邀请沈珈述去她家，但吃点甜的冰糖葫芦或许能让他心情好起来。

只是还没走太久，沈珈述突然停下了脚步。

钟听也不明所以地跟着停下。

沈珈述再次将她挡在身后，面无表情地盯着路边。

那里停了一辆车。

看车牌，是沈腾飞的专车。

果然，在两人的注视下，沈腾飞下车，不紧不慢地朝他们俩走来。

"沈珈述……"沈腾飞的声音相当有威严，"我让你在家反省，你居然敢偷跑出来？"

闻言，沈珈述冷嗤一声，反问："我需要反省什么？"

沈腾飞立刻被他触怒，暴跳如雷："你说呢？你这个样子下去还像话吗？你是非要你妈来看我笑话是吗？你不想要你老子管你，干脆就去香港吧！你亲妈和她新儿子等着你！你看看他们要不要你！你看看除了我，谁还愿意管你？不识好歹的东西！"

沈珈述还是冷笑，一字一顿地问："那你还回海城干什么？"

如果这么不想要他这个儿子，干脆就待在国外别回来好了，为什么还时不时要回来一趟？

说到底，不过只是因为沈腾飞觉得自己这个儿子丢了他的脸，又没能满足他暴君般的掌控欲，没把他视为一家之主，所以才要释放他的怒气而已。

父子俩对峙多年，沈珈述已经非常了解沈腾飞，知道此刻说什么最能激怒他、最能让他不高兴。

这句话说完，沈腾飞应该就要忍不住动手了吧？

或者干脆就不还手，让他发泄，免得之后下来几个保镖捉他，场面有点难看。

一个人的时候没关系。

但钟听还在这里……

他嫌丢人。

沈珈述脑中闪过很多念头。

但沈腾飞的巴掌眼看就要落下来了。

沈珈述估计，这个巴掌最多打到他的耳朵，看起来也没什么杀伤力。

他直愣愣地站在原地，敛起目光，连躲都不想躲。

谁承想，刹那间，钟听从背后绕了出来，重重一把推开了沈珈述！

沈腾飞的巴掌出乎意料地落空。

再看过去时，突然窜出来的小姑娘已经挡在了沈珈述面前。

她张开双臂，像老鹰捉小鸡里的那只母鸡，瘦弱的肩膀死死地护着身后的少年，红着眼，对沈腾飞怒目而视。

面对突然出现的钟听，沈腾飞只是毫无感情地瞥了她一眼，而后便对她

视若无睹，只瞪着沈珈述，冷笑着开口嘲讽：“你这个没出息的东西，现在都沦落到躲在小姑娘的后面了？”

闻言，沈珈述捏了捏钟听的肩膀，低声开口：“豆芽菜，这里不关你的事，你先回去。”

偏偏钟听一动都不肯动，固执地挡在沈珈述前面。

从寥寥几句话里，再加上和沈珈述略有几分神似的样貌，她已经猜出面前这个男人的身份。

想必就是沈珈述的爸爸。

这么一看，沈珈述的爸爸虽然长得还可以，气势也颇有威严，但面相不好，肯定是暴躁脾气。

钟听忍不住在心里腹诽了几句。

哪怕对方是沈珈述的亲爹，她也无法认同对孩子动手这种行为。

况且，沈珈述那么好，凭什么要被说成那样？

她越想越生气，一双眼睛里满是不忿，连盖到眉下的刘海都遮不住眼神中呼之欲出的敌对情绪。

只可惜，沈腾飞完全没有搭理她的意思，抱着手臂，满脸轻蔑，不知道是在对着谁。

这一刻，钟听突然生出一种无力感来。

恨自己没法说话，没办法为沈珈述伸张正义。

她只能傻乎乎地站着，紧紧抿着唇，挡在沈珈述面前，螳臂当车似的，试图去保护少年不被伤害。

幸好，这种对峙并未持续太久。

见钟听不肯走，沈珈述收紧了手，将她的肩膀握得越发用力。

钟听感觉到了轻微的疼痛感，忍不住侧头看过去。

忽然，沈珈述的手从她的肩上下移，搭到了她的腕间，顺势将她张开的双臂往下压了压。

初夏的衣物轻薄，因而沈珈述掌心火热的温度毫无阻碍地传递到了钟听的皮肤上。

从手腕开始，一路蔓延开来。

钟听不由得愣了愣。

下一秒，沈珈述扣紧了她的手腕，重重一拉，带着她掉头就跑。

少年人高腿长，步子极大，钟听被他拉着，跌跌撞撞，几乎要双脚离地。

感觉像是长出了翅膀，一下子迎风飞了起来，风带她去哪里，她就去哪里安营扎寨，落地生根。

眨眼间，两人便快要蹿进红墙弄堂里。

身后传来沈腾飞气急败坏的声音：“沈珈述！你要去哪里？敢跑的话就别回来了……”

回应他的，是黑夜中彻底消失在弯弯绕绕小巷中的两道身影。

钟听在红墙弄堂已经住了将近一年，但因着之前那桩事，依旧心有余悸。再加上沈珈述的劝告，她基本不会来这一片，只在锦西路那个路口附近活动。

若是恰好要走这边，也会从大路上绕，尽量不走小巷子，所以对弄堂依旧不算熟悉。

但沈珈述常年泡在这家台球馆，附近的网吧、杂货铺、串串店等，皆是熟门熟路，闭着眼都能找到。

他拎着钟听跑了一段，很快就到了一条钟听不认识的暗巷里。

后面没人追过来。

两人逐渐放缓了脚步。

刚刚这一路，为了跟上沈珈述的步伐，钟听跑得太急，到这会儿已经有些气喘吁吁，脸色发白。

她捂着胸口喘了好一会儿才缓过来。

顿了顿，她又抬起头看过去。

沈珈述不愧是海城实验中学耐力跑第一名，浑身上下没有丁点儿狼狈，依旧是玉树临风漫不经心的张扬模样。

他就这样站在距离钟听半步远的地方，好整以暇地盯着她。

天色比刚刚更暗了些许，衬得路灯光越发明亮。

钟听只觉得沈珈述的目光过于灼热，如有实质一样，令她局促起来。

她垂眸，避开对方的视线，掏出手机，飞快打字。

——你这样跑掉没关系的吧？

沈珈述被钟听这小心翼翼的模样逗得笑起来，眉头轻轻一抬，故意反问她："你没听老头子说吗？以后不许我回家了。这算有关系吗？"

钟听蹙着眉想了想，非常认真地给出回答。

——当然有关系。

沈珈述："所以你打算让我怎么办？"

——如果你不嫌弃的话，可以暂时先住我家的阁楼，后面再想别的办法。

钟听打下这行字的时候，已经想好了方法。

家里那个阁楼连着天台，白珠秀早出晚归，晚上下班之后在阁楼忙的时间最多不会超过三个小时。

等她回房间休息之后，有人在上面她也察觉不到。

……那里虽然空间小，但稍微整理一下，还是可以睡人的。

无论如何，总比睡在鱼龙混杂的台球馆强。

等到暑假得了空闲再想别的法子，比如看看弄堂里还有没有其他便宜房间出租之类的。

不承想，钟听这个答案叫沈珈述再次笑了起来。

少年后退半步，双手插在口袋里，低下头，目光炯炯地看向她。

他嘴唇微微动了动，蓦地开口："钟听。"

听到他叫自己的名字，钟听怔了一下，条件反射般仰起头，与他四目相对。

“成绩差，游手好闲，不学无术，和父母顶嘴……你也觉得我没错吗？还是说，只是因为我之前救过你，是你认可的朋友，你就愿意做无条件的‘从犯’吗？”

在沈珈述看来，钟听这种乖乖巧巧的小女孩，在学校和家庭的教育环境下，应当是非常循规蹈矩的。

像她之前碰上那几个混混时，不就害怕得瑟瑟发抖吗？

这个女生，和他之前一起玩过的女生都不一样。

她应该是认同不了，也欣赏不了任何特立独行的叛逆出格行为。

如今她又亲眼见到他与沈腾飞争执，还差点动手……

沈珈述真的很想知道，钟听打算为自己做到哪一步，哪里又会是她的底线。

答案来得很快。

钟听举起手机屏幕。

——我永远和你站在同一边。

沈珈述愣了愣，一时之间说不出话来。

从来没有发生过的心悸的感觉，此刻就这样莫名其妙地悄然出现。

飞扬跋扈的少年被硬控在原地，在少女柔软又坚定的目光中，陡然变得有些不知所措起来。

沉默良久。

沈珈述终于回过神来，假装轻咳了几声，恢复镇定。

顿了顿，他才又追问道：“……长大之后也会吗？”

言下之意，不过是觉得钟听年纪尚小，什么都没有经历过，所以才能信誓旦旦地许下这种承诺。

若是被沈腾飞知道了，估计只会评价一句“可笑”吧？

沈腾飞一贯是看不上他的。

并且，在沈腾飞暴行的潜移默化中，旁人亦会变得一样。

沈珈述目光灼灼，执意要从钟听口中得到一个答案。

一个坚定的、不受任何外界影响、不受年龄影响、无条件选择他的答案。

他想要被钟听从童年到少年这十年漫长的噩梦中“打捞”起来。

钟听不知道沈珈述在想什么，只觉得他这句话问得简直莫名其妙。

——长大之后当然也会。

——永远就是永远啊。

这个瞬间，沈珈述的世界被彻底点亮。

他双手不由自主地握了握拳，想去拍一下钟听的头，想说点什么玩笑话，让气氛不要这么古怪，让自己的心跳不要这么躁动不安。

但到最后，他仍旧什么都没有做。

他只是说：“我知道了。”

钟听眨了眨眼，还想再打字，却被沈珈述制止。

“你刚刚不是说要去买东西吗？时间不早了，走，我陪你去。”

菜场外，那家凉菜店还亮着灯。

钟听挑选了几样常吃的，再隔着玻璃，用手势比画自己要的重量，满满当当整了两盒。

她从传菜窗口接过塑料袋，转身看向沈珈述。

——跟我一起回去吗？

这会儿，沈珈述早已经恢复往常的模样。

看到钟听问，他痞气地笑了下：“老子还没沦落到这个地步。”

闻言，钟听还是一脸忧虑，一本正经地继续打字。

——睡在台球馆的沙发上不舒服。

沈珈述伸出手，轻轻拍了拍她的头。

“放心吧，送你回去之后，我就回家。”

沈腾飞再粗暴无理，再爱动手，这么些年，在金钱和生活上也不曾亏待过沈珈述。

如今沈珈述手上有不少钱，去住上三五年酒店都绰绰有余。

不过，他怕钟听担心，并没有将这话说出来。

果然，听到他说要回家，钟听肉眼可见地放下心来。

她先习惯性比了句手语，又打字。

——我自己回去就好。你也早点回家吧，但是千万不能再受伤了。

沈珈述笑了笑：“知道了知道了。豆芽菜小小年纪就这么啰唆，以后年纪大了会不会越来越……”

钟听不甚满意地鼓了鼓脸。

见状，沈珈述立马收声：“行，不说别的了，先送你回去。”

两人再次折回锦西路。

穿进红墙弄堂，时间已至七点半。

夜空澄澈如洗，看不见星星，唯有清凌凌的月亮高居头顶，显出些许寂寥又静谧的气氛。

钟听站在家门前，往上头望了一眼。

二楼没有亮灯，白珠秀应该还在阁楼废寝忘食地忙碌着。

她松了口气，转过身同沈珈述挥挥手，用口型说：明天见。

这一次，沈珈述看懂了。

他微微颔首：“明天见。”

钟听笑起来，眼睛弯弯的，像月牙一样。

她一笑，这个发型和刘海产生的忧郁封印瞬间解开，流露出精灵般轻盈又温和的气质。

借着夜色的庇护，沈珈述忍不住盯着她看了好久。

等钟听转身准备拿钥匙开门时，他又喊了一声：“豆芽菜。”

钟听动作一顿，不明所以地回头。

“下下周……15 号，是我生日，你把那天晚上的时间空出来。”

说完，沈珈述也没等钟听回答，飞快掉头，大步踏入弄堂的阴影中。

半晌，钟听回过神来。

发出邀请的那个人早已走远。

她愣愣地注视着沈珈述的背影，心中的欣喜难以抑制，随着血液遍布全身，几乎要涌出来了。

沈珈述……刚刚……是在邀请她一起过生日吗?

好像是吧?

应该没有理解错。

她的眼睛骤然亮起来。

想了想，钟听没有急着回家，而是先拿出手机，打开日历，将 5 月 15 日做了个重点标注，而后又调到设置界面，把锁屏密码改成了“0515”。

夜越来越深。

新的一天即将到来时，沈珈述回到自家别墅。

原本非常注重养生之道的沈腾飞，今晚居然还没有睡觉。

他正拿着平板坐在沙发上，明显是在等沈珈述。

沈珈述脚步一顿，玄关都没进，扭头就想走。

沈腾飞：“站住！”

沈珈述没理。

沈腾飞：“……再犟？信不信我有一万种法子整治你？”

这话终于让沈珈述停下脚步。

他嘲讽般反问道：“家里还有趁手的钢棍吗？”

没想到沈腾飞居然没有被激怒，只是放下平板电脑，直直地看着他：“刚刚那个小姑娘，是你女朋友吗？”

沈珈述没作声。

沈腾飞：“就算不是，应该也是和你关系不错的朋友吧？你今晚敢踏出这个门，我就给你们学校打电话，把她劝退。”

沈珈述脸色终于变了变，咬牙切齿地开口：“有什么事你就冲我来，少拿别人来威胁。”

沈腾飞依旧是似笑非笑的表情：“既然都威胁了，还讲什么原则？有用就行了。你这孩子，和你妈妈一样，没一点聪明劲儿，成不了大事。

“沈珈述，我不管你谈恋爱还是干什么，但你继续这样下去，跟个流氓一样每天混日子，你想想那个姑娘还会搭理你吗?

“就算一时会，再过一年高考完，人家上学去了，你准备干吗？继续这样混着等死？靠你这张脸混一辈子？到时候你跟她就是两个世界的人了，人家估计都不会给你半个眼神。

“你自己好好想想吧。”

说完，沈腾飞兀自上楼了。

剩下沈珈述一个人在玄关驻足不前。

他不愿意按照沈腾飞说的话做出想象，但是大脑不受控制，自顾自幻想出了一个场景——之前每天跟着他的小尾巴豆芽菜与他擦肩而过，连看都不愿意再看他一眼。

沈珈述咬了咬牙，觉得胸口传来隐隐约约的钝痛感。

说不出理由。

不会的。

她刚刚说了，她永远会站在自己这一边的。

这种情况一定不会发生的……

渐渐地，沈珈述眼中浮起阴霾。

翌日，五一小长假结束。

钟听按照往常的时间到校。

班上居然已经有两个同学坐着了。

据他们所说，是因为三天的作业太多，不得不提前一点来班级里抄作业。要不然加上之前期中考的账还没算，罪加一等，彪哥恐怕不会让他们好过。

听完，钟听轻轻笑了一下，比画了几个动作，示意他们随意。

她回到最后一排，目光在邻座的空位上顿了一下，心中有些忧虑。

昨天晚上，也不知道沈珈述回家之后好不好。

虽然分别时说了明天见……但也不确定他一定会来学校。

钟听手指压着口袋里的手机，指腹摩挲着屏幕，想给他发个消息问问，最终却还是作罢，只无声地叹了口气。

时间还早，先等等看吧。

早自习上到一半，沈珈述终于姗姗来迟。

他一贯从后门走，悄无声息的，并不打扰其他同学，老师也习惯了睁一只眼闭一只眼。

唯有钟听，像是被吵醒了一样，认认真真地上下打量着他。

这么粗粗扫几眼，发现隔了一天，沈珈述脖子上那道很浅的伤已经快要看不出来了。

果然如他所说，没什么大碍。

她视力不错，嗅觉也不错。

等他坐下之后，钟听又偷偷侧过头闻了闻，没闻到什么血腥气，这才彻底放下心来。

沈珈述像是看见了她的小动作，同她微微挑了下眉，而后便趴到桌上，

闭眼休息。

似乎是与往常没什么不同的一天。

但两人心里都依稀能感觉得到，自昨天或是更早的时候开始，悄然间已经有什么变得不同了。

5 月 15 日是个周一。

按照海城的风俗，生日过早不过晚。

若是恰好在工作日，为了能请到亲戚朋友一起庆生，一般就会提前到前一个周末。

聚餐也好，宴会也好，都方便凑齐人。

今年，是沈珈述的十八岁生日。

海城流行过虚岁生日，所以按照实际年龄来说，他尚未成年，但对父母而言，这是个大生日。

周六晚上，薛斐斐的礼物连同大额红包和电话一起提前到达。

许久没有联系，薛斐斐的声音听着依旧年轻，包裹着温温柔柔的糖霜外皮，一点都尝不出里面自私自我的夹心。

“儿子，妈妈提前祝你生日快乐。礼物收到了吗？”

沈珈述握着手机，漫不经心地“嗯”了一声。

薛斐斐毫不介意，慢吞吞地笑了起来：“也是，我们阿述长大了，不乐意和妈妈说话了。”

沈珈述几乎要笑出声来。

当年，薛斐斐婚内出轨，抛弃了年仅四岁的儿子，远走他乡。

这桩事，沈珈述从没怪过她。

薛斐斐和沈腾飞确实是完全不同的人。

她生来就是大小姐，娇生惯养、众星捧月地长大，优越感是与生俱来的，因而忍受不了沈腾飞的强势霸道，也忍受不了他繁忙的工作，更忍受不了独自陪伴孩子的孤独。

说来说去，不过是夫妻二人无法磨合，最终选择了分道扬镳。

各自珍重，这未尝不是个正确选择。

但在与现任丈夫生下一个新儿子之后，薛斐斐选择放弃沈珈述这个大儿子。

并且从那以后，沈珈述不再有暑假被接去香港的机会，不再能与自己的母亲频繁联络，见面的机会少之又少。

无关迁怒，薛斐斐好像生怕自己婚姻的不如意重蹈覆辙，将沈珈述视为有可能产生影响的定时炸弹，才恨不能将他干脆利落地推开。

从某种角度而言，她比变成资本家的沈腾飞更冷血。

哪怕知道小沈珈述为此深受痛苦、自甘堕落，被恨铁不成钢的沈腾飞打得遍体鳞伤奄奄一息，她也能视若无睹，不闻不问。

这样的十数年光阴，不是钱财、礼物，或是一句轻飘飘的生日祝福可以抵销的。

不过，沈珈述怎么想，薛斐斐看起来也并不在意。

电话那端，薛斐斐继续轻柔地问着："后天你们要上学吧？明天有请同学朋友一起出去玩吗？"

沈珈述漫不经心地应道："看情况。"

闻言，薛斐斐便不多问了，只是说："缺钱就和妈妈说。"

除了钱，她大抵给不了别的任何东西。

电话挂断。

沈珈述随手将手机往沙发上一扔，站起身，慢慢走到窗边，隔着落地玻璃望向外面。

不知道什么时候开始，外头竟然下起了淅淅沥沥的小雨，将夜色笼得迷迷蒙蒙，不甚分明。

海城就是这样一座城市，一年四季都多雨。

但夏季的潮湿往往伴随着闷热。

这么看来，夏天应是即将到来了。

沈珈述的耳边依旧回荡着薛斐斐的声音，像梦魇，像诅咒，又像是从更远的、更早的牙牙学语时期传来的回音，从脐带连上的那一刻起就与这一生缠绕纠缠，留下漫长深邃的阴影，亘古不休。

他揉了揉额头。

雨下了一整晚，始终没有停歇。

清早，沈珈述睁开眼，只觉兴致缺缺，提不起什么劲来。

但现下沈腾飞在家，他这样待着也难受，还不如出去。

手机里的邀约一大堆，一年四季，从不缺席。

沈珈述在其中随便挑选了一个群回复，三分钟就约好了下午的一场篮球赛，立马起床换衣服。

下楼，经过客厅。

沈腾飞正坐在餐桌边看报纸，见到沈珈述，只用余光瞟了他一眼。

气氛简直堪称剑拔弩张。

沈腾飞听了友人的意见，此刻正在报纸上寻找一些关于佛寺的信息。

他打算把不服管教的沈珈述送去少林寺调教调教。

让外人来做这件事，或许能让父子关系不至于继续恶化下去。

但看到沈珈述这懒懒散散、痞里痞气的做派，沈腾飞心里的怒气瞬间被点燃，将报纸往桌上重重一拍："站住！好好走路！晃来晃去像什么样子！"

回应他的是沈珈述"砰"一下拉上门的巨大动静。

沈腾飞气得脸都绿了，也顾不上涵养，直接拿出手机，拨通了许久不曾联络过的号码。

“薛斐斐！你儿子我是管不了了！你也是彻底不打算管了是吗？

“……什么生日宴！他现在这个样子，我敢把他带出去见人吗？到时候还不是让人看了我们家的笑话！

“要么我把他扔到少林寺去，要么你把他带去香港管教。你是他妈，你看着办吧。”

周末，海城实验中学校园依旧是开放的。

但沈珈述一般不去那边和一群初中生、住校生抢球场，都上附近体育中心的球馆里打。

距离也不算远，场地收费，反而人少，安静，室内场馆下雨也没影响。

陈天皓在外是皓哥，在沈珈述面前就是小弟，有什么活动，他第一时间就立马到位。

另外几个球友也是之前都见过的熟面孔。

大部分是附近高中的学生，还有几个是弄堂对面那所职校的学生。

几个大男孩互相招呼了一声，分了边，场馆里很快就热闹起来了。

篮球敲击着木地板，还有鞋底与地面摩擦发生的噪声此起彼伏，谱写出汗水与青春交织的乐章。

五月底，天气已经不知不觉热起来。

纵然外头下着雨，但场地大，室内冷气不够强力，没一会儿，所有人都开始挥汗如雨。

半场结束。

沈珈述同陈天皓一起到旁边喝水休息。

陈天皓一仰脖子，半瓶脉动下去才缓过劲来，冲着沈珈述笑道：“述哥，今天怎么没带其他人来啊？”

沈珈述懒得理他，打火机在手里有一搭没一搭地打转，明显有些出神。

这架势，让陈天皓忍不住瞅了他好几眼：“怎么了？”

“……没事。”

顿了顿，沈珈述突然又问了一句：“学校附近有什么比较好的店吗？”

陈天皓愣了愣：“什么店？吃饭？”

沈珈述颔首。

陈天皓：“这你还用问我？谁能有你专业啊？”

沈珈述表情淡淡的：“我没什么研究，一般都随别人。”

这话一出，陈天皓立马察觉出古怪，转过身，仔仔细细地上下打量着他。

“那这回怎么突然要研究了？你要和谁一起吃饭？”

沈珈述随手将毛巾扔他身上：“……你少管闲事。”

“这怎么叫管闲事啊？我这是合理地了解，才能更好地推荐，更何况……你看看那边。”

陈天皓努了努嘴，示意沈珈述看对面。

几个职校的男生带了一群女生过来观赛。

这会儿，七八个女孩正坐在球场对面，目光炯炯地盯着这里，像是狼看见了肉似的。

毫无疑问，沈珈述就是那块“肉”。

谁都想上来咬一口。

陈天皓义正词严地补上后一句：“……一会儿他们要是来要联系方式，我得按照你的情况帮你拒绝或者接受啊。”

沈珈述嗤笑了一声，戳穿他：“你还不是看脸。”

“……看脸怎么了？”

“没怎么，挺好。”沈珈述站起身，动了动脖子，语气轻描淡写的，“但是你不能去学校里胡说八道，要不然揍你。”

陈天皓“哦”了一声，了然地点头：“懂了，是我们钟听小妹妹吧？”

沈珈述一愣。

“我早说你俩不对劲……算了，述哥，我感觉钟听小妹妹挺乖的，要不还是别耽误人家学习了，她看起来已经够惨了。”

哑巴导致的生活不便，从各种意义上来说都可以算是“惨”。

更何况钟听还那么努力上进。

陈天皓去办公室送作业的时候，就曾听到过几个任课老师议论钟听，说她成绩不错，但家庭条件不好，再加上不能讲话，能从事的工作很少，将来的出路也难说。

这种地狱开局，真不知道后面该怎么办。

如果还被沈珈述耽误了学习，那岂不是太可怜了点吗?

事关弱势小姑娘，陈天皓觉得，就算是面对述哥，自己这样的热心少年也该仗义执言。

而且，像钟听这种乖孩子，普遍家长都很严厉，万一到时候家长找麻烦，会鸡犬不宁的。

谁承想，沈珈述一点都没有感受到陈天皓的好意，只是低下头，一脸冷笑地看着他，直把人盯得毛骨悚然。

陈天皓心一惊：“我哪儿说错了？”

沈珈述面无表情：“全错。”

陈天皓不解。

不过片刻的工夫，下半场球赛即将开始。

沈珈述不紧不慢地往前走。

待陈天皓起身时，才听到前头传来沈珈述轻描淡写的声音。

“没有耽误她学习。”

周一凌晨，连绵的雨终于停歇。

因着雨后雾气重，早上六点多，天还是蒙蒙亮的状态，光线十分暗淡，

像是随时随地都会重新下起雨来。

弄堂地面不平，一路到处都是小水坑，但钟听的心情没有受到分毫影响，从睁开眼那一刻起就处于亢奋状态。

今天就是沈珈述的生日。

晚上放学他还约了她一起。

是要做什么呢?

再陪他去打台球?

反正无论干什么，她都高兴，更何况还是生日这种重要的日子。

他既然向自己发出邀请，是不是代表自己已经是他重要的朋友了呢?

钟听实在忍不住胡思乱想。

在窗边目送白珠秀出门上班之后，她终于能一个人在房间兴奋蹦跳，发泄着情绪。

可惜今日还要上学，没法耽误太久。

钟听看了眼时间，下楼进了卫生间，对着镜子将脸上的表情调整好，直到确保没人能看出什么端倪为止。

至于眼神中的渴盼与希冀，她自己也已然无能为力，索性放弃掩饰。

而后她又回到二楼，换校服，拿上纸笔，再把给沈珈述准备的生日礼物塞到书包最底层，和随记本压到一处后才拉上拉链，背包出门。

初夏时节，雨后还算阴凉，但是走上二十分钟后，身上还是免不了浮起薄汗。

钟听依旧第一个到教室。

落座后，她将礼物盒从包里摸出来，竖起耳朵，四下逡巡一圈，确认没有人进来，也没有人会看到她的举动，才小心翼翼、鬼鬼祟祟地将礼物塞进了沈珈述的课桌里。

事实上，沈珈述不曾主动说过今天是他生日，以至于陈天皓昨天和他一起打篮球都完全不知道这回事。

但这也确实算不上什么秘密。

学校里登记过的表格一大堆，像学生生日日期这种资料，各类表单上都会有写，只要有心人想知道，必然就能想办法知晓。

早自习开始前，沈珈述的课桌上堆满了各种各样包装精美的礼盒。

因为实在放不下，连椅子上、地板上都是。

沈珈述踏进教室，直接将那些礼物扫落在地，“哗啦啦”像多米诺骨牌一样散了一圈。

四周的目光悄无声息地汇聚过去。

他倒是眼睛都没眨一下，自顾自地埋头趴下。

见状，董西忍不住撇了撇嘴，凑过来同钟听咬耳朵：“看看，看看，渣男的德行！一点都不把别人的心意放在眼里，啧……真讨厌这种男生。”

这一刻，董西是想到了去年圣诞节给相燃送苹果的往事，若是当时相燃直接将苹果全扔出来，她非得把他脸挠花才行。

钟听勉强笑了一下,没应声,目光却不由自主地被旁边人的身影吸引过去。

一早上，她都坐在这里，最近距离地见识到了沈珈述的魅力。

送礼物的大部分是女孩子，偷偷摸摸从后门溜进来，只为了给他送一份生日礼物，各个年级的都有。

她们神采奕奕、满怀期待、清纯可爱。

钟听像个偷窥者，亲眼看见了这一切。

而她的那一份，被塞到了桌肚最深处，难见天日。

沈珈述一眼都没有看。

无论是谁的。

她们没什么不一样。

早操前,班上几个和沈珈述玩得好的男生帮他把那堆礼物盒全收了起来。

大家身边都没有那么大的袋子，只好拿了教室后头的垃圾袋。

满满当当地装了五大袋。

陈天皓一手拎一袋，忍不住调侃道：“述哥，要不我周末帮你去天桥底下摆摊吧？这些要是全卖掉，应该够咱们撮一顿去了。”

沈珈述眼神都没多给他一个，漫不经心地应了声：“随你。”

闻言，旁边几个男生都忍不住笑起来，开始七嘴八舌地出主意。

“天桥底下卖不上价，要不还是去人民广场吧。”

“确实，好主意。”

“述哥都不打开看看是什么吗？万一有喜欢的呢？我刚瞧着有个耳机呢，大几百的东西。”

“得了吧，述哥差这几百块？哪有这力气一个一个拆哦！”

“那倒也是……”

海城实验中学大部分学生都家境优渥,压根不差钱,尤其像沈珈述这种。

陈天皓也就是开个玩笑。

他虽然家里条件没有沈珈述那么出众，但也不是差那点钱的人，故而他还是没接这烫手山芋，只是嬉皮笑脸地说道：“我可不敢干这活，班上那么多人看着呢，万一传出去，我可不得被那些女生给撕了啊？”

说完，陈天皓将垃圾袋放到沈珈述后头的空地上。

“述哥，给你扔这儿了哈。”

沈珈述一颔首，头也不回地朝他摆摆手：“谢了，改天请你吃饭。”

陈天皓：“别呀，别改天了，就今天。咱们放学聚一聚，给你庆生？”

闻言，沈珈述很轻微地顿了一下。

这一瞬，他不由自主地侧过头，往钟听的方向瞟了一眼。

旁边空空如也。

钟听跟着班级的队伍下楼做操去了，没在座位上。

沈珈述敛回视线，牵了下唇，摇头："今天不行，有约了。"

现下已至五月中旬，这学期还剩个小尾巴。

这个暑假结束后就是高三不说，六月底还有个全科会考，算来时间已经非常紧迫了。

朱义彪自然是要抓紧时机耳提面命的。

到下午最后一节课，难熬的一天总算过去了。

钟听从课本中抽身出来，揉了揉眼睛，脑子里关于"沈珈述"的那根弦总算缓慢松懈下来。

白天那一出，确实令她百感交集，心绪难平。

但到这会儿，与沈珈述的约定近在眼前，各种想法又免不了开始蠢蠢欲动。

钟听无声地吁了口气，又忍不住扭头去看沈珈述。

恰好，沈珈述也在朝这边看。

两人对上视线。

没等钟听转过头去，沈珈述就丢了一张字条过来。

——放学先别走，在教室等我。

钟听把字条捏成一团，攥在手心，朝沈珈述点了下头。

很快，放学铃响。

A 班今天没有老师拖堂加课，同学们得以准时放学。

不过几分钟，除了值日生，教室几乎走空。

钟听独自坐在桌边，自顾自地闷头写作业。

沈珈述刚刚已经大摇大摆地离开，不知道几时会回来，她干等着也是浪费时间，不如写点作业。

过了一会儿，今天的值日生也打扫完卫生，离开时和钟听说了声，让她走的时候锁门。

眨眼间，教室里只剩下她一个人，还有沈珈述随手丢在教室后面的那几大垃圾袋生日礼物。

钟听写完化学的课后题，拿出手机看了眼时间，估摸着沈珈述应该要来了，心中便开始惴惴不安。

果然，须臾工夫，后门被敲响。

钟听回过头去。

沈珈述斜靠在门框边，正似笑非笑地瞧着她："豆芽菜，走了。"

两人一同离开学校。

海城实验中学周围有商场，但离得也不算近，得走一会儿。

放学后的时间有限，他们干脆直接坐地铁去市中心。

还是上回沈珈述带钟听来的那个商业中心。

钟听记得，当时他得知相燃家的事之后，非拉她去商场地下的超市给她买伸缩水果刀防身。

这一次，沈珈述带她去了顶楼的一家创意菜馆。

许是因为周一，店里没有其他食客，几个服务员专心地接待两人，替他们引路、拉椅子、倒水、介绍菜单，十分殷勤的模样。

沈珈述坐下身，随手翻了下菜单，直接递给钟听："想吃什么，随便选。"

钟听抿了抿唇，有些不知所措地接过菜单。

这里的氛围和学校外的米线店大相径庭，她还是第一次到这么正式的地方吃饭，总觉得自己哪儿都有点格格不入，一举一动还被服务生看着，越发心情紧张。

然而，这种紧张在翻开菜单看到价位的一瞬间，变成了巨大的压力。

钟听脸色变了变，顾不上仔细看，直接拿出手机，用QQ给沈珈述发消息。

Listening：这家店太贵了。

她看到第一个金枪鱼沙拉，后面标注着"8"开头的三位数，实在有些超出承受范围。

沈珈述笑了一下，怕她尴尬，也干脆打字回复。

S：我请客。

Listening：你的钱也是钱，不能浪费的。能不能换一家？

最重要的是，钟听作为一个高中生，实在没有办法负担这种人情往来。

等她生日的时候，她想要请回来，是没法做到的。

S：不浪费，毕竟是过生日，一辈子就一次的十八岁生日。豆芽菜，你说呢？

他循循善诱，同时也顺便想了想，决定不把包场这件事告诉她，怕她心理负担更重。

沈珈述这样说，钟听也没办法，只好败下阵来，咬着唇，随便点了两个相对较便宜的菜，就把菜单还给了沈珈述。

沈珈述是没半点客气，直接将店里的招牌菜各点一遍，顺便还叮嘱她："这家店最近在网上很红，你尝尝好不好吃，好吃就多吃点，再瘦下去就要从豆芽菜变成筷子了。"

钟听低头不语。

没一会儿，菜一道一道被端上来。

钟听说不了话，两人没法像正常朋友吃饭那样边吃边聊，只好专心致志地吃菜。

她不得不承认，贵的店自有贵的道理。

这家店的菜确实算得上色香味俱全，能引人大快朵颐。

比她那个家常小馄饨强太多了。

不过沈珈述看起来似乎不是很饿，一直吃得很慢，有一搭没一搭，像是

在走神。

钟听余光瞥见，有些狐疑地抬起头，偷偷打量着他。

沈珈述敏锐地察觉到了对方的视线，问了一句：“吃饱了？”

钟听点头。

“行。”沈珈述招来服务生，“上蛋糕吧。”

等蛋糕被推上来，他将手边的蜡烛和打火机递给钟听，示意她来给自己插蜡烛点蜡烛。

钟听依言照做。

店内的顶灯被服务生关掉了，只剩下门口那一点微弱的光源，以及蛋糕上的烛光。

光影闪烁，衬得沈珈述脸颊轮廓清晰，眉目如画，连目光也显得幽长深邃，摄人心魄。

事实上，他一点都不喜欢吃蛋糕，也没什么过生日的仪式感，只是因为很多年没有人替他过生日，替他唱生日歌、吹蜡烛，做这些小孩子喜欢的事了。

这也没什么。

他不需要。

但是，如今出现了一点点温暖，沈珈述还是忍不住想去握紧它。

钟听发不了声，自然缺失了唱生日歌这个环节。

两人隔着烛光四目相对。

忽然，钟听笑了笑，举起手机。

——你许愿呀。

沈珈述浑不在意地嗤笑了一声：“没愿望。”

钟听摇头，打字。

——有的，可以许天天开心、身体健康、一切顺遂之类的。

沈珈述挑了下眉：“这是你的愿望吗？”

钟听还是摇头。

——我的愿望是考一个好大学。

去年生日她已经许过了。

或者说，每年都在许。

沈珈述怔了怔，然后敛起笑，说道：“那这个愿望送给你吧。快点，我要吹蜡烛了。”

钟听想了会儿，顺从地合上眼，十指交叉握拳，举到胸口。

——希望沈珈述一直平平安安。

她默念道。

最后，被沈珈述逼迫，钟听和他一起吹了蜡烛。

顶灯亮起时，沈珈述嘴角噙了点笑，有点桀骜不驯的痞气感。

落在钟听的目光里，便是璀璨的炫目光芒。

沈珈述切了一块蛋糕递给她，顺嘴问道：“生日礼物呢？好你个豆芽菜，居然空手来。”

霎时，钟听不自觉收了笑，心里是说不出的失落。

她咬了咬唇，假装不在意地低头打字。

——早上放你桌里了。

写完，她也不等确认沈珈述看没看清，径直按灭了屏幕，拿起手边的蛋糕叉，恶狠狠地切了一块下来塞进嘴里。

冰激凌蛋糕口感绵密，加上巧克力和蓝莓酱，酸酸甜甜，口感极好。

钟听头也不抬，赌气般一连吃了好几块，专心致志的。

“早上？”沈珈述回忆数秒，皱了皱眉，“你怎么不早说？”

这话题，说起来就叫人心生郁闷。

钟听有点不想理他，兀自将碟中最后那点蛋糕吃完，过了好半晌才重新拿起手机。

——不是什么很贵重的礼物，没关系。沈珈述，祝你生日快乐。

想来想去，她到底还是没立场口出恶言。

所有的扭捏、感性、彷徨、难言，无论如何丝丝缕缕地缠绕心尖，最终都会在沈珈述的瞳孔中被完完全全地打乱，溃不成军。

她小心翼翼，难以明目张胆，固守着好友的边界线，不再往前迈出一步。

偏偏沈珈述看了反倒不太乐意，薄唇轻抿了下，一双桃花眼也跟着眯起，盯着钟听端详了半天。

直到对方明显露出有些手足无措的慌乱神色，他才作罢。

“算了。

“时间不早了，送你回家吧，明天还要早起上学。”

沈珈述站起身，顺手把钟听的书包也一同拎起来，背在自己身上。

他率先往店外走。

钟听顿了顿，也很快跟了上去。

这个点，市中心的商场依旧不怎么热闹，虽然与是工作日有关，但更多的或许还是因为天气。

两人一走到室外，就听到旁边的一个行人随口说了一句：“呀，好像马上要下雨了。”

钟听下意识地抬头望了一眼，恰好看到蜻蜓低空飞过。

她咬了咬唇，本想跟沈珈述说他们俩各自回家，免得晚了淋到雨。

不过想想沈珈述往常为人处世的风格，猜到他不会让自己大晚上一个人摸黑回家，思忖了一下，还是默默作罢，决定不浪费时间打字，抓紧时间早点走才是上策。

似乎无论从什么角度来说，沈珈述都是个很好的人。

钟听一直坚信。

唯一不好的，不过是他和自己不属于同一个世界罢了。

正是下班晚高峰时间段，路上堵得要命，沈珈述还是没有坚持带钟听打车，而是和她一起去坐地铁。

市中心的地铁虽然挤，但果真一路顺利。

很快抵达锦西路。

此刻已是晚上八点多，马上就要九点了。

钟听昨天和白珠秀说过今晚要晚些回家，并且找了个和同学一起去试听补习课的借口，现下也算不得太着急。

只是弄堂里的路灯扑闪扑闪，好似快要顶不住乌沉沉的天色，她还是忍不住比比画画，催促沈珈述快点走。

沈珈述："什么？"

他不是董西，这么简单的手语也理解不了。

钟听倒也不觉得挫败，转头拿出手机打字。

——你快走吧，我到家了。

沈珈述正欲说话，此时有人远远地喊了一声："钟听。"

两人齐齐回头看过去。

小巷的不远处，相燃从阴影中快步走过来。

他一贯冷漠，连眼风都没给沈珈述一个，径直对着钟听开口："有时间吗？我有事跟你说。"

话音未落，沈珈述一个侧身，直接挡在钟听面前。

"什么事？"

这下，相燃才面无表情地瞥了他一眼，但依旧没有和他说话的打算，只是对着钟听补充道："关于白阿姨的事。"

听到是关于白珠秀，钟听愣了愣，神色微变，当即从沈珈述后面绕出来，直直地看向相燃。

相燃家在弄堂口，说明他不是从自家出来的……

他过来的方向，是她家。

她突然意识到什么，立马急了，匆匆忙忙地比画起来。

——我妈怎么了？

在场的两个男生都没看懂。

不过钟听已经等不及了，转头就想往家里跑。

相燃拽了她一把，冷冷淡淡地说："她没事，你先别急。"

钟听听不进去，脸上依旧显露出焦急的神色。

自打有记忆开始，她就与白珠秀相依为命，无论白珠秀对她如何严格要求，事事都要过问、样样都要控制，偶尔也会弄得人心生烦躁，她也绝对不能失去白珠秀。

相燃见她挣扎，不得不再次说："白阿姨现在没事。"

他这次语气重了许多，成功迫使钟听冷静下来。

但她依旧忧心忡忡，抬手比画了两下，想了想，又看向沈珈述，用手机打字给他看。

——沈珈述，我家里可能有事，要和相燃说几句话，而且马上要下雨了，你先走吧。明天见。

沈珈述看得出她心急如焚，也猜到她不是很想将家里的事公之于众，便没有再勉强。

刚好，他也有其他事要马上去做。

沈珈述点点头，又若无其事地睨了相燃一眼："好，你先忙，明天见，到家给我发条消息。"

说完，他爽气地朝钟听挥挥手，转过身，大步往小巷外走去。

只剩下了钟听和相燃两人。

没了其他人在场，钟听立马举起手机，忧心忡忡的。

——相燃，你要说我妈的什么事？

相燃也不再卖关子，冷冰冰地实话实说："刚刚阿姨出门和我外婆碰到，她脸色看起来很不好，外婆让我把她送回你家，她坐了一会儿才缓过来。钟听，你最好让阿姨去医院看看。"

——好，我知道了，那我先回家看看她。今天谢谢你，还有阿婆，周末我去给阿婆道谢。

这是很明显的告别之词。

相燃沉默了一下，并未马上离开，只是用他那略显凌厉的丹凤眼定定地看着钟听。

钟听不解，只好继续打字。

——还有别的事吗？

相燃："你……弄堂比较乱，一个女孩子这么晚回家不安全。"

实际上，在他看来，和沈珈述这样的人混在一起更加不安全。

偏偏相燃性子冷淡，又习惯了沉默寡言，很难将这种话说出口。

闻言，钟听勉强笑了一下。

——最近那些追债的又来找你们麻烦了吗？

相燃："……没有。"

——那不就没事嘛。你们小心一些，你才是他们的目标。

钟听没有听懂相燃的言下之意。

相燃可以确定。

他心里那些说不清道不明的恼怒，如同当日坐在厨房里望着窗外的月色时，一模一样。

可这种恼怒没有根据，也没有道理，自是无处可以宣泄。

因而相燃一甩手："随你便，走了。"

钟听愣了愣。

她不明所以，盯着相燃的背影看了几秒钟，就毫不犹豫地扭头快步离开。

回到家。

白珠秀又在阁楼赶工。

钟听放下包，拿了纸笔，匆匆顺着梯子上楼去找人。

白珠秀正在给那些玩偶钉扣子，见钟听回来，脸色一沉，忍不住训斥她："怎么这么晚才回来？是不是听完课又和同学出去瞎逛了？钟听，你知不知道现在是多关键的时候啊？哪有时间给你浪费？作业做完了吗？单词背了吗？"

钟听蹙了蹙眉，走到白珠秀旁边，将速写本翻给她看。

——妈，我在弄堂里碰到相燃了，他说你今天身体不舒服。你生病了吗？哪里不舒服？

上面的字迹很潦草，看得出写得急。

白珠秀的表情没有丝毫缓和，只是敷衍地答道："没什么，就是最近连轴转，有点太累了，休息休息就好。大人的事自己心里有数，你一个小孩子别管那么多。"

钟听又急急地低头写字。

——妈！你这样我会很担心的！

白珠秀这才笑了一下："我们听听倒是长大了……有什么好担心的？妈自己知道，就是太累了呗，等这批货弄完就能休息了。你还是担心担心自己吧。好了，快点下去，别在这里挤着，耽误事，写完作业早点洗澡睡觉。"

九点半，憋了许久的雨滴终于再次落下。

不过只有一点毛毛雨，又没有晚风，消解不了闷热感。

漆黑的墙角树丛边，沈珈述一勾手，翻墙进了学校。

这会儿，海城实验中学高中部的校园里早就空无一人，连高三学生都悉数走完了，教学楼的方向一片黑漆漆的。

倒是校园活动室那栋楼还有几个房间亮着灯，像是学生走时忘了关。

值班的保安还没有开始巡视。

细雨迷蒙中，沈珈述快步跑进楼里，一步跨三四级楼梯，飞快地转到三楼A班教室。

他没有班级钥匙，也懒得再和保安掰扯借钥匙的事，干脆拉开靠着走廊方向的窗户，手臂在墙上一撑，轻轻松松跳了进去。

那几个装着礼物的垃圾袋还堆在教室最后面。

沈珈述打开手机手电筒，蹲下身，把所有袋子里的东西全部倒出来，开始一个一个检查。

这堆礼物里，至少有三分之一没有署名。

他不能确定钟听有没有署名，只能先依次拆开包装，把没署名的归到一边，等会儿再分辨，署名的则是看也不看就重新丢回垃圾袋。

这是个费神的事。

沈珈述一向耐心欠佳，难得如此坚持，没有半途而废。

如此一直拆到倒数第二袋。

终于，他从某个盒子里拿出了一张卡片。

上面的笔迹很熟悉。

钟听不会说话，写字是她表达的最主要方式之一。

沈珈述和她坐得近，走班课也都一起上，自然是见过很多她写的字，一眼就能认出来。

他举起卡片，用手电筒对准，嘴唇翕动，不自觉地小声念出来："沈珈述，祝你生日快乐……啧，好一板一眼的豆芽菜。"

倒是她的风格。

沈珈述顺手把卡片反了过来。

背面居然还有字。

——希望你过得顺心，注意身体健康。

——我上网查过了，抽烟不能止痛，不受伤才不会痛。

那个礼物盒里装的，正是一个黑色的打火机，和他之前拿在手里把玩的，是同一个品牌的产品。

沈珈述浑身一震。

一瞬间，他像是被什么击中了一样，外表被烧焦成了脆壳，轻轻一碰就会轻而易举地碎裂脱落，露出内里潜藏的真心，顾不上再前思后想、踟蹰不前。

他现在就要见到钟听。

他有一些话……应该是很多很多的话想和她说。

他想告诉她，他其实不抽烟，只是习惯拿着打火机把玩。

共守的秘密不曾暴露，感情却在潜移默化中开始变质。

他也想知道她的想法。

像刚刚那样的场面，他不想再做无关的"其他人"。

那个男生不过是邻居而已，算什么钟听的"自己人"？

有什么事那么神神秘秘，不能当着他的面说？

思及此，沈珈述起身，将卡片连同打火机一起塞进口袋，大步跑出了教室。

外头，雨势逐渐变大。

路上出租车不见踪影，打车软件上也叫不到车，沈珈述实在等不及，只能直接往锦西路的方向跑去。

这条路是钟听每天上学放学都要走的，但他去了太多次，一样很熟悉。

钟听个子不高，步速也不算快，平时要走二十来分钟，但沈珈述人高腿长，连奔带跑，十来分钟便已经能远远瞧见红墙弄堂里那些连绵的破烂房屋。

他终于松了几口气，速度放缓，拿出手机，给钟听打语音电话。

铃声响了有半分多钟。

那头总算接起。

沈珈述："豆芽菜，你不用说话，听我说就行。"

钟听敲了两下手机，表示听到。

沈珈述："我还有五分钟到你家，你能下楼一趟吗？我有话想对你说。"

乍然接到沈珈述的电话，钟听心里是十分慌张的。

她不知道沈珈述出了什么事才会给一个哑巴打电话，因为这无疑需要暴露她的短处。

故而，她犹豫许久才接起来。

听清内容之后，钟听也是愣了好一会儿。

她看了一眼手机上显示的时间。

已经十点多了。

沈珈述有什么话非要在这个点说呢？

钟听想来想去，依旧百思不得其解。

偏偏白珠秀刚好下楼，看到她对着手机发呆，又教训了她几句。

钟听没法当着白珠秀的面下去，只好飞快地在 QQ 上给沈珈述发了个"稍等"，再把手机放到一边去充电，用行动向白珠秀表示自己不会再玩。

等白珠秀回到阁楼，钟听再站起身时，那扇小窗里已经能看到沈珈述清瘦颀长的身影。

他正站在不远处的路灯下，望着这里。

钟听顾不上再想什么，立马蹑手蹑脚地跑下了楼。

因太过匆忙，甚至忘了带上手机和纸笔。

须臾间，两人已经面对面。

淋了这么会儿，沈珈述的头发已经被雨丝打湿，耷拉在眉头上，显得他眉眼比往常看起来更深邃，眼睛里像是装了浩渺宇宙。

他思忖一瞬，没等钟听表达什么，立刻拉住了她的胳膊，把她往右边带。

"跟我来。"

右侧这条路平日不怎么走，七弯八拐，通向另一个死胡同。

雨越下越大，但还没大到能遮住视线。

两人四目相对时，眼神依旧清晰。

沈珈述将钟听堵在无人的死胡同里，难得露出犹豫不决的神色。

"豆芽菜，你……"

他停顿了一下，依旧犯难。

钟听好整以暇地仰头看着他，似乎在等待他的下一句。

沈珈述合了合眼，又吸了口气，终于伸出手，重重按住了钟听的肩膀，一副要叫她无处可逃的架势。

“现在，你说不了话，也喊不了救命，是吗？”

说着，他牵了牵唇，脸上重新露出几分少年人玩世不恭的痞气：“我现在无论想对你做什么，你都叫不来人救你，怎么办？”

沈珈述语气漫不经心的，少了点掷地有声的气势，如同在谈论这个潮湿雨夜的天气一般，叫人深感措手不及。

钟听仰着头，怔怔地看向他，明显有些难以置信的模样。

气氛沉寂了片刻。

渐渐地，她在沈珈述的目光中确认自己没有听错，回过神后，脸颊便悄然泛出红晕，眼睛也跟着亮起来，整个人好像一下子被点亮了一般。

她急匆匆地抬手，两只手比画了几下，打出一句手语。

顿了顿，她又想去拉沈珈述的手，好在他掌心写字，表达自己的意思。

偏偏沈珈述刚好移开视线，退开大半步，如同浑不在意一样抓了下头发：“看不懂……算了，你走吧。”

霎时，钟听愣住了，呆呆地瞪着眼睛，不知所措。

沈珈述这是什么意思？

一时之间，钟听心中难掩失落。

遥不可及的距离似乎依旧遥不可及。

希望又失望的感觉，比从来没有过希望更令人难受，好像心脏都揪成了一团，被人随意地搓扁捏圆。

万幸的是，沈珈述刚刚没看懂她的手语，要不然，两人的关系可能就彻底无可挽回。

钟听实在有些泄气，默默低下头，眼神也不由自主地重新变得黯淡。

下一秒，沈珈述温暖的手掌落到了她脑袋上，轻轻拍了两下，似是安抚：“喂，豆芽菜，刚刚我是开玩笑的，你不会生气了吧？”

说完，沈珈述自己先忍不住懊恼了一下。

今天他真的大失水准。

这实在不像他。

他不想让钟听觉得自己是个放荡不羁的人，觉得自己没几分正经。

在钟听惊讶的那十几秒钟时间里，他已经给自己想好了一万种找补的方法。

无论如何，他不想失去钟听这个重要得不能更重要的朋友。

她开始比画的时候，沈珈述已经不想得到令他失望的答案了，只能僵硬地退缩。

这种患得患失的情绪，是十八年来的第一次。

或许还是得循序渐进，不能行差踏错，再把钟听这样的乖孩子吓到了。

她不是旁人，是需要被小心谨慎对待的、重要的人。

沈珈述在心里劝说自己。

再等等吧。

现在确实算不上一个好时机。

豆芽菜学习那么认真努力，连许愿都只想着考个好大学，自己不能影响她，更不能害她。

十八岁才刚刚开始，未来的路还很长。

于是，沈珈述状似散漫地再次开口：“……雨好像又大了，豆芽菜，你快回家吧。”

停顿半秒，他又将口袋里的打火机掏出来，在她面前晃了晃。

“礼物收到了，晚安。”

口是心非从来不是心动的解药。

这个雨夜，注定令人辗转难眠。

没有人能晚安。

关于这个初夏的小插曲，当事人沈珈述和钟听都有意装作无事发生，竟然就这样达成了微妙的默契，依旧如原先一般相处。

网盘音频还在更新。

走班课也还是一起去上。

不过，究其根本，可能是因为期末考和会考即将到来，老师耳提面命，考卷一张一张地发，每天回家作业都得写到凌晨，实在有些无暇分身。

钟听压根没有时间去思考与沈珈述有关的事。

会考作为高三前最重要的一次考试，档次也和高考填志愿挂钩，其重要性不言而喻。

钟听的偏科程度虽说不上格外离谱，但几门不太擅长的科目也不敢保证能拿到全A。

而白珠秀期待中的那几所985院校，是有会考全A的要求的。

所以，钟听还是必须更加努力，不能松懈分心，以确保万无一失。

在错题本一日一日加厚的过程中，本就不算长的一个月，便如此悄然晃过。

海城实验中学是私立学校，没有被征用为高考考场，故而高考期间高一高二不停课，还是在紧锣密鼓地复习中。

六月中旬，这届高三毕业典礼结束，正式离开校园。

而高二和高一则开始期末考。

这回全区联考卷难度不高，学校又按照老套路另外出了张有难度的试卷，等于说在考试这一周里，每科都要考两次。

这两轮考完，没时间上课讲解试卷，直接就是会考了。

会考第一日前夜，钟听犹豫再三，还是给沈珈述发了消息。

Listening：明天的会考，你会来吗？

消息一发出去，钟听就有些后悔。

她眉头蹙起，不自觉咬住了下唇，静待对方的回复。

倒不是有什么劝学的意思。

无论沈珈述做什么，她都认可他、支持他，打心底认为他很好。

钟听只是担心，这么重要的考试，如果沈珈述胆敢不参加，会不会又被他爸爸教训……

她不想看到他受伤，但也害怕他误会自己的意思。

幸好，沈珈述回得很干脆。

S：去的。

钟听放下手机，不自觉松了口气。

会考是几个学校一起的。

钟听和沈珈述被分到了两个不同的考场。

开考前，考点前人头攒动，也找不见人，他们便没能遇到。

倒是相燃一向神出鬼没，开场前恰好站在钟听身后。

他轻轻拍了下她的肩膀。

手掌一触即离。

钟听条件反射地转过头去，见到少年漂亮的脸，讶然瞪大了眼睛。

董西刚刚还在旁边呢。

居然这么巧，她跑去旁边买冷饮，相燃就出现了。

等会儿她知道之后，肯定会扼腕不已。

钟听忍不住想着。

相燃不知道她在想什么，只是面无表情地冲她点了下头，冷声开口道：“加油。”

钟听一愣，很快又笑起来。

她也郑重地点点头，用口型回答他：加油。

期末考结束，会考结束，但这个学期还没有结束。

和之前寒假补课一样，哪怕暑假即将开始，高二学生还是得回学校补课，要连补两周，一直到七月中旬才能结束。

这次的补课还是全天的，上午取消早自习，按照平时上课的课表上四节，下午上三节，剩下一节课根据学生自主意愿调节，想自习就留下自习，各科老师会轮流在教室坐班，给大家答疑。

高三将至，紧迫感无须再多做警示，这回，怨声载道的人都比寒假那会儿少了许多。

补课第一天。

朱义彪走进教室，先来了个下马威，将A班所有人的排名和分数做成一张总表，贴在了黑板上，让大家自己上来看。

“这次期末考，我们班有几个同学发挥得很不错，但是也有几个同学成

绩下滑幅度很大，至于是什么原因……不管你下学期还能不能留在A班，我都会抽时间了解清楚。要么就是我来解决，要么就是告知你们下学期的班主任，让他们来解决。

“我们班的某些人，老师知道你们在搞什么鬼主意，别觉得老师和家长是傻子。趁着事情还没闹大，趁早自己处理干净。

“都是大孩子了，马上就成年人了，什么时间该做什么、不该做什么，自己心里应该有数。”

朱义彪最后两句话的语气简直称得上痛心疾首。

钟听去排名表上确认了自己的名次和分数，见自己比之前月考又前进了两三名，这才放下心来。

她回到座位上后，董西神秘兮兮地凑过来，在她耳边说：“你知道彪哥在说什么事吗？”

钟听比了句手语：不知道。

董西：“我们班有人早恋，会考那两天，被C班的数学老师抓了个现行。”

闻言，钟听愕然睁大了眼睛。

没等她反应过来，董西已经把手头的草稿纸丢到她桌上：“快，写写写，有什么想问的，快写快写。”

说八卦还是需要一点互动感的。

钟听想了一下，拿起水笔。

——是谁啊？怎么被抓的？

董西朝某个方向努了努嘴：“喏。”

钟听顺着她示意的方向看过去，果然看到了前排一个女生正垂着头，耳朵通红，像是羞愧不已。

这个女生和钟听一样，平时在班上很低调，不怎么说话，也不怎么参加活动，算是半个隐形人，故而钟听、董西都和她不熟悉。

董西又说道：“听说那个男生是高三的，具体是谁不知道。会考那天那个男生来送考，他们举止亲密，被在旁边抽烟的数学老师看得一清二楚，抵赖都抵赖不了。”

举止亲密？

钟听联想到了什么，脸颊瞬间烧了起来。

六月底，海城已经是盛夏，沉闷、潮湿、炎热几乎要将人折磨到发疯，不能离开空调一步。

董西没注意到钟听的无措，瞅了瞅讲台上看分数的人群，继续同钟听说道：“现在那个男生高三毕业了，就留下她一个人面对老师的怒火。啧……这男生实在不靠谱，分了最好。”

“……什么分了最好？”

沈珈述的声音突然出现。

就算没有早自习和早操，上课时间晚了这么多，他依旧姗姗来迟，手里转着篮球，旁若无人地从后门靠过来。

篮球在他指尖打转，始终不落。

直到他坐下，那球竟然还在转。

钟听的目光被吸引过去，忍不住一直盯着那个篮球看，就想看沈珈述能控制多久。

倒是董西，被吓了一跳，怒视着沈珈述："……沈珈述，你能不能不要偷听别人说话啊？"

沈珈述笑了一声："谁让你每次都说那么大声，想不听到都难。"

顿了顿，他又转向钟听，问了句："喜欢这个？"

事实上，他早就注意到钟听的视线了。

在走进教室的第一秒。

钟听有些不好意思，点了下头。

她也不是喜欢转球，只觉得这个技能还挺厉害的，关键是沈珈述玩起来很好看，有种特别少年感的味道。

像是那些青春电影里，每个夏天的必备品。

蓬勃的生命力跃然眼前，熠熠生辉，令人挪不开眼。

沈珈述不有疑他，颔首道："行，下课给你玩。"说着，他收了篮球，随手放到椅子底下。

见状，董西又白了他一眼："耍什么帅呢……听听，别理他。"

钟听没应声，只是好脾气地笑了笑。

大家的分数都看得差不多了，朱义彪回到讲台上，指挥课代表发考卷，准备开始讲解试卷。

趁着最后的混乱时分，董西把椅子拉回自己桌前，又问了一句："听听，突然想起来，我昨天看到微博上说下周好像有流星雨，到时候要不要一起看？

"正好下周我们还要补课，要不就在学校操场看吧？等我搜搜这个位置能不能看到。

"据说是二十年来最大的流星雨呢！好幸运！

"哎，真希望我们的青春回忆里全部是浪漫的事呢……"

走班课时，地理老师也提到了流星雨的事。

"……不知道有多少同学最近在关注英仙座流星雨的消息，可观测时间是下周，有兴趣的同学可以抽空了解一下。虽然地理和天文不是一家人，但需要的研究精神是一样的。好，下课。"

伴着下课铃声，沈珈述和钟听一同起身，回到A班。

沈珈述的篮球还好好地待在椅子底下。

他弯下腰，手一勾，那球就像是有灵性一样滚到了他掌心。

"豆芽菜，你来试试。"

说完，沈珈述把篮球抛到钟听怀中。

钟听点头，试着把球顶到指尖，用食指指腹撑起来。

只停顿了半秒钟，那球就干脆利落地掉了下去。

她吓了一跳，连忙抱住球，重新开始尝试。

一连试了好几回，悉数宣告失败。

而沈珈述就一直在旁边看着。

钟听感觉自己非常笨手笨脚，还是在沈珈述面前，只得腼腆地笑了笑，缓解尴尬。

沈珈述也忍不住笑，随口指点她：“先把球转起来再顶，这样它会自己保持平衡。”

钟听点点头，依言照做。

但还是不行。

沈珈述长长地叹了口气，冲着她一勾手，示意她把球给他。

不过眨眼工夫，那篮球就像能听懂他的指挥一样，轻轻松松就在他修长的食指上转动起来。

沈珈述说：“伸手。”

钟听没听懂，愣愣地看着他，一副不明所以的表情。

沈珈述叹了口气：“食指，食指伸出来。”

等钟听竖起手指之后，他将那只还在飞速转动的篮球轻轻放到了她的指尖上。

如同青春小说的场景。

清瘦俊朗的少年和轻盈白皙的少女面对面坐着，中间隔着狭窄的、仅供一人通过的走道，桌子还被两人转身时蹭得近了点，人为减少了一截距离。

好像连呼吸都变得近在咫尺，触手可及。

此刻，篮球的旋转速度逐渐变慢，变得摇摇晃晃，似乎已经快要失去平衡。

无人顾及它。

古怪的气氛在空气里迅速蔓延，四处席卷，又将两个人一同包裹其中，难以抽身。

“咚、咚咚、咚咚咚……”

篮球落到地上。

钟听如梦初醒，冲着沈珈述很抱歉地眨了眨眼睛，立马起身，小跑到前排去捡球。

沈珈述在她背后轻描淡写地喊了一声：“豆芽菜。”

钟听抱着篮球回过头。

少年懒洋洋地靠在椅背上，嘴角牵着一抹浅笑，好整以暇地望着她，慢吞吞地开口：“下周那个什么流星雨的……一起看吧！”

高二补课第二周，海城正式入伏。

每天迎接人们出门的，就是头顶明晃晃的刺眼阳光。

水泥地被烤得火热，像是能把每个经过的行人烫伤。

闷热的夏日便是如此不期而至。

钟听拉开家门，刚刚走出去一步，实在觉得扛不住，还是折回房间去拿了遮阳伞。

当然，就算打着伞，等她走到学校，也已经浑身是汗。

海城实验中学每个教室都配备了空调。

走廊也是。

一踏进教学楼，就是通身凉爽。

眼看第一节课时间还早，钟听站在墙边吹了会儿冷气，把脸上的汗吹干了一点之后，才重新迈开步子。

手机里，白珠秀的消息准时抵达。

白珠秀：听听，到学校了吧？记得多喝水，别中暑了。

与钟听相比，白珠秀更加怕热。

母女俩再没钱的时候，空调也没节省过太多。

钟听笑了一下，进了教室，准备打字回复。

还没等她打完，白珠秀的第二条信息随之而至。

白珠秀：头发记得翻起来。我早上看你那个刘海，有一阵没剪了吧？挡着视线怎么看黑板？板书要好好记的，知道吗？还有，放学我去接你，你看到我的消息再出来，别傻站在学校外面等，又热又浪费时间。

往常这个时候，白珠秀已经在单位忙碌。

但今天她要在家打包之前那批货，请了年假，刚好有空闲时间，所以比平日更加唠叨。

钟听好脾气地回复说知道了，然后放下手机。

她从口袋里摸出一个黑色小夹子，随手把长长的平刘海夹到一边，完完整整地露出清秀眉眼。

头发是该剪了，不仅是前面的刘海，后面也长了很多，长度刚好卡在脖子下一点点，又梳不起来，像条围脖似的扎着皮肤，闷得人直出汗。

要不是这两周补课，没时间去理发店，往年钟听早就去干脆利落地剪掉了。

董西走进教室，第一时间注意到了钟听这点细微改变。

她夸张地“哇”了一声，“噔噔噔”地跑到钟听旁边，双手压着钟听的肩膀，上下打量了半天。

“新发型？很可爱啊！”

钟听冲她笑了笑，露出几粒整齐的牙齿。

董西：“我们听宝长得真好看，就该露出眼睛眉毛，用你漂亮的脸闪瞎别人的眼睛嘛……不过有刘海也蛮好看的，我第一次看到你，就觉得你有种神秘忧郁的特殊气质。”

钟听再次被董西逗笑。

她从课本底下拉出纸笔，写字。

——西西，你好夸张。

董西瞥了一眼，痛心疾首地道："你不信吗？那让我们找个人来评评理……喏，述哥，快来，看看我们听宝的新造型可爱吗？我说她长得好看，她居然还不信！"

钟听听到"述哥"这两个字，已经不自觉变了脸色。

她小心翼翼地扭过头去。

果然……

教室后门处，沈珈述单肩背着包，正不紧不慢地往里走，一副懒懒散散睡不醒的样子。

听到董西的呼唤，他勉强抬起了耷拉着的眼皮，目光落到钟听身上，停顿了片刻。

"……嗯，可爱。"

他话音刚落，钟听就已经连忙扭开脸，耳尖也不由自主地开始发烫。

旁边的董西毫无察觉，只是用力拍了拍她的肩膀，笑着说道："听到了吧？自信点，宝贝！"

钟听抿了抿唇，继续埋头写字。

——就是刘海太长夹起来了而已啦！

"改变就要夸奖！这是我的友谊秘诀！"

董西顿了顿，又笑嘻嘻地问起旁的事："今天放学你上自习吗？我们去吃附近那家新开的避风塘吧！"

闻言，钟听摇摇头。

——不好意思啦，西西，我妈说今天要来接我，下次再一起吃吧。

董西有些失望地"哦"了一声，想了想，面露忧色："……那明天呢？明天晚上就是流星雨了，你还能留下来吗？"

钟听从来没跟别人说过一句白珠秀的不好，但董西和她同进同出整整两个学期，隐隐约约也能猜出她家应该是比较严格的，做什么事都要得到允许。

她妈妈似乎对她的学习和生活的要求都很高，可能还有点强势和固执，不是那种好糊弄的家长。

要不然，上次平安夜，她也不会让董西在她妈妈下班前走。

明显是不愿意钟听的同学去家里做客。

大概是觉得会耽误钟听的时间吧？

由此推断，钟听的妈妈也一定对流星雨这类事不太感冒，很难给予支持。

董西有些担心，却也不想为难她。

"没关系啦，我也就是那么一说，如果实在来不了的话……"

她话音未落，钟听扯了扯她的衣袖，示意她看自己。

董西低下头。

钟听的速写本上端端正正地写了一行字。

——可以留的。

董西这才笑起来，抬手比了一句手语。

——我爱你。

钟听也跟着比画。

——我也是。

夏日，天黑得晚，就算到六点半，天色还是蒙蒙亮的。

更遑论四点。

下午第三节课结束，外头还是亮堂堂的，一片热气。

烈日晒得眼睛都睁不开。

钟听收到白珠秀的微信，连忙把东西收起来，动作很轻，蹑手蹑脚地离开教室，不打扰其他自习的同学。

还没过半分钟，一直趴在桌上闭目养神的沈珈述也跟着起身，慢条斯理地离开了。

钟听怕白珠秀等，步速比平日快上许多。

因为心里挂着事儿，她一心一意往学校大门的方向走，压根没有注意到身后跟着人。

沈珈述落在十几步之外，遥遥看着她小跑向一个女人。

这个女人应当就是钟听的妈妈。

她穿着皮鞋，比钟听略高一点，身形也是瘦瘦的，看起来纤瘦是她家的家族遗传。

沈珈述视力不赖，隔了这么远，也能看出钟听和她妈妈五官相似。

他常年混迹于红墙弄堂，还去过钟听家，却是第一次看见她妈妈。

母女俩相携着离开。

沈珈述定定地注视着两人的背影，没有再往前。

良久，他才收回视线。

白珠秀去接钟听，并非心血来潮。

两人见面后，她第一时间说出了缘由。

“钟浩妈生病了，据说快不行了。听听，你要去看看吗？”

离婚之后，白珠秀从来不把钟浩的家人当钟听的家人，连“你奶奶”都不愿意称呼一句。

毕竟当初就是他们的撺掇，使得钟浩决定抛弃钟听。

白珠秀一辈子都不可能原谅他们。

但她没有剥夺钟听的知情权，还是如实相告，任由钟听自己抉择。

白珠秀皱着眉，语速很快，明显依旧有怨气：“你想去的话，我现在就送你过去。”

钟听怔了一下。

事实上，从钟听有记忆开始，白珠秀就在有意模糊钟浩这个人的存在。

作为母亲，她不想让孩子觉得自己是被父亲抛弃的、作为拖累的存在。

钟家人逼迫钟浩和白珠秀离婚，没有别的任何原因，单纯因为钟听是一个身体有些许小残缺的孩子。

某种角度来说，白珠秀这也是在保护钟听的自尊心，在她看来，这是比给钟听提供优渥的条件更重要的事。

幸好钟听从小就是个很懂事的孩子，因为知道真相，才更能体会白珠秀的良苦用心。

她也从来没有问过和钟浩有关的任何事，仿佛这个世界上就没有这个人存在，她只是白珠秀一个人的女儿。

无关他人。

所以，此刻，在白珠秀提到这个名字的刹那，钟听愣神许久，呆呆地皱着眉，像是迟迟没有反应过来。

白珠秀嫌在外头晒太阳太热，不想继续站在这里，便干脆利落地拉过钟听的手臂，带着她往前走。

“你自己快点考虑一下，我们先去吃饭。”

为了省钱，加上工作学业又非常繁忙，母女俩已经有很久没有一起出门吃过饭了。

今天刚好白珠秀请假交货，时间闲下来，打算带钟听出去吃点好的打打牙祭，也算是对她高二这一年学习成绩稳步上升的奖励。

此刻距离晚饭时间尚早，两人先去哈根达斯买了俩冰激凌球，再一起到烤肉店门口取号排队。

烤肉店是最近才开到海城来的一家品牌连锁店，在北方城市口碑极好，很受追捧，故而到海城开业之后，不少食客都抱着试试看的心理过来捧场。加上现在已经到了暑假，哪怕是工作日，排队的人也不少，大约要等位四十分钟。

这四十分钟，刚好留给钟听纠结。

不过，她却没有考虑太久。

等白珠秀找到等位区的空座，带着她坐下身后，她便直接把手机递给了白珠秀看。

屏幕上清清楚楚地写了几个字。

——我不想去。

白珠秀点了下头：“行，知道了。”

钟听咬咬唇，思忖半秒，拿过手机继续打字。

——妈，你会觉得我这样不好吗？

白珠秀嗤笑了一声，恨恨地开口：“有什么不好的！钟浩那一家脏心烂肺的，活该！听听，你知道他们为什么突然来联系我们吗？因为钟浩再婚，十多年都没生出小孩来，你成了他们家的独苗，才觍着脸找过来呢！这都是报应！”

钟听一愣。

白珠秀越说越气，声音也不由自主地拔高了几分：“本来不想把这种糟心事告诉你的，听听，还好你聪明。当年要不是那老太婆挑拨，钟浩可能还得考虑咱们母女俩的事，不见得那么快打定主意……明白了吧？他就是个懦弱男！都不是什么好东西。

“你妈我就是没能生在大城市，老家教育水平低，家里没钱，小时候我念书又不够努力，学历不高，自己也没什么本事，所以后来才会被他们一家欺负。

“你可不能重蹈妈妈的覆辙，一定要好好学习，出人头地，以后把那些看不起你的人踩在脚下……”

眼见白珠秀整个人被怒火烧得快要跳起来，脸色发白，嘴唇开始颤抖，有些不太好的样子，钟听连忙伸出手，拍拍她的手背安抚，再示意她这里是公共场所。

旁边好多人都在偷瞄她们呢。

把这种家丑拿出来说，好像实在有些丢脸……

偏偏白珠秀没半分收敛的意思，梗着脖子继续嚷嚷：“怎么了？他不怕做，我们还怕没面子说啊？最好是闹得全国都知道，让大家来评评理，看看这一家人的丑恶嘴脸。”

钟听不得不赶紧低头打字。

——妈，我知道了，不要再说他们的事情了，影响吃饭的心情，我们好不容易一起吃一次烤肉呢。

白珠秀这才作罢。

等两人吃完回家，已经是月上柳梢时分。

钟听回到卧室，对着试卷发了一会儿呆。

不得不承认，她的心情到底是被这桩事影响了。

无关迁怒，只是因为说到钟浩，突然让她意识到，很长一段时间里，自己自卑的根源就来自出生时被父亲抛弃这个无法改变的现实。

哪怕她可以渐渐学着不在意旁人的异色，也无法磨灭过去。

许许多多的细枝末节像是细窄的刻刀，给她的灵魂镌刻上不够自信的底色，因而她的气质永远有些抹不掉的忧郁。

而这么多年里，她的刘海也不曾撩起，仿佛不愿意给人看到她的眼睛，不愿意让人探究她。

所以，她会被灿烂夺目的人吸引。

哪怕阳光背后有阴影。

哪怕夏天也会下起太阳雨。

黯淡的少女却依旧永远矢志不渝。

夏夜，台灯光下，钟听将书包最深处的随记本找出来，翻开新的一页，提笔写字。

——爱上一个人，就好像创造了一种信仰，侍奉着一个随时会陨落的神。

——沈珈述就是我的信仰。

——但他不会陨落。

——所以，当我感到脆弱的时候，就重复他的名字。

次日，万众期待的英仙座流星雨终于光临。

海城实验中学的天文社团在校园公众号宣布，今晚将举办校内观测活动。

到底是私立学校，哪怕再抓升学率，各种校园活动也会比普通学校多许多。

更何况，学校还有国际部学生，他们要用各种项目申请国外的高校，像天文社这种大社团，基本是从小学部到高中部都有人加入。

天色还没暗下来，操场上已经开始热闹。

各种或稚嫩或低沉的声音交织，吵吵嚷嚷的，堪比运动会。

许是因为暑假，学生们的状态都轻松了许多。

董西和沈珈述都已经走了，只剩钟听不急着下楼，很是坐得住，安安静静地独自将最后一节自习上完。

而后，她又去校外找董西一起吃了麦当劳，再折回学校。

前几天，钟听已经同白珠秀交代了这件事。

虽然流星雨什么的无关做题，但钟听说自己还在考虑选专业的事，想了解了解天文这方面，看看感不感兴趣，白珠秀就爽快地答应了下来。

不过，她依旧还是第一时间发来微信叮嘱。

白珠秀：放学后别乱跑，吃完饭之后抓紧到教室里写写作业，天黑了之后就和你们班同学待在一起，等流星雨开始再下楼，知道吗？晚上回家就打车吧，到弄堂口给我打电话，我出来接你。

钟听乖乖回复消息。

Listening：好的。

这会儿，董西就坐在钟听旁边，见钟听打字，忍不住瞥了一眼。

虽然没看到具体内容，但是她依旧不禁为这一大段字咋舌：“是你妈妈啊？她真的好关心你。”

钟听笑起来，收了手机，认真地点点头。

董西摊手：“唉，我爸妈其实也是这样的，恨不得把我关在家里。不过最近倒是好了点，可能是因为选小三门的时候我和他们大吵了一架，他们怕我气不过情绪激动吧。”

这两年，青少年问题频发。

董西的父母都是媒体行业的，看得多了，由己度人，生怕出意外，反倒让她自由了许多。

闻言，钟听比了一句手语：各有各的好。

董西没看懂，但从她的表情大致猜到了意思，叹口气，躺倒在操场中间足球场的草皮上，说："反正，高中毕业就自由了。听宝，你打算去哪里上大学？"

钟听也跟着躺下去，用手机打字给她看。

——应该留在本地吧。

市里那两所顶尖的学校，她不一定能攀得上，再往下差一点的985，应该可以争一争。

总归，她与白珠秀相依为命十八年，不能把白珠秀一个人抛下。

两人就这么躺在操场上，有一搭没一搭地闲聊着。

直到天色彻底暗下来。

突然，沈珈述出现，在钟听旁边坐下。

钟听原本没注意到他，听到董西讶异地喊了声"述哥"，陡然一惊，整个人猛地一下弹起来。

沈珈述乐了："怎么了？豆芽菜，老子是鬼吗，让你这么紧张？"

钟听挠了挠脸，不好意思地笑起来。

董西也跟着坐起来，问沈珈述："你怎么来了啊？我们述哥也对这种浪漫的东西感兴趣？"

沈珈述挑眉："不可以？"

董西："可以可以，当然可以，您老请便。"

沈珈述懒得和她斗嘴，仰头看了眼天色，说："今天天气不好，还不一定能看到。"

闻言，钟听也跟着抬起头。

夜空就是盛夏常见的夜空，算得上万里无云，但又确实如沈珈述所言，不见月亮，星子也寥寥无几，仅有的几颗还十分黯淡，不像是能看到流星雨的天空那样明朗干净。

海城虽然不是工业城市，但人口过多，着实也难逃雾霾侵袭。

董西刷了下微博，说："按照预计的时间，流星雨应该已经开始了呀……七点到九点……现在都七点半了，不会真看不到吧？"

说完，三人齐齐望向旁边。

天文社的学生早早就架起了望远镜之类的观测和拍摄设备，但到这会儿还没人用上，只三三两两地聚在一起聊天。

流星雨应当是还没出现。

"我们再等等吧。"

过了片刻，距离钟听他们稍远一点的地方，突然有人开始拍手。

"来一个！来一个！"

“唱一个！唱一个！唱一个！”

掌声连着起哄声，颇有点响彻云霄的肆意。

不多时，一个高一男生被推出来，坐到人群中间，大大方方地说：“那行，反正干等着也无聊，我给大家来一段。”

场地没有伴奏，他也不在意，清了清嗓子，直接开口清唱。

你是我的眼，
带我领略四季的变换，
你是我的眼，
带我穿越拥挤的人潮……

男生正处于变声末期，嗓音有种沙哑低沉的味道，在空旷的夜色里，听着还挺有感觉。

不知不觉，操场上的人都围了过去，坐成一大圈，给他打拍子。

董西向来爱凑热闹，自然不会放过这个机会，扯着钟听一起坐过去。

沈珈述则是慢吞吞地跟在两个女生后面。

……因为你是我的眼，
让我看见这世界就在我眼前……

“喔！喔！好棒！好听！”

“再来一个！”

在场的所有人都十分捧场地鼓掌。

男生抓了抓脑袋，不乐意了：“总不能只有我一个人唱吧？丢脸也不能一个人丢啊！你们快点！再来几个唱的！”

有人在前打样，又是在这样轻松舒适、没有老师家长、不需要遵守规矩的场合，少男少女们都抛开了羞怯，勇敢出来展现自己。

在男生的号召下，又来了两男两女，分别对唱了两首情歌，引得一片叫好。

好好一场流星雨观测活动，就这样硬生生变成了草坪音乐会。

董西也开始蠢蠢欲动。

就在她低头打开音乐软件，专心致志挑选合适的歌曲时，沈珈述忽然侧了侧身，凑到钟听旁边，用只有两人能听到的声音问了一句：“昨天你妈妈和你说什么了？”

钟听愣了一下，诧异地扭头看他。

这几日，没了刘海遮挡，和沈珈述对视好像也变成了一种压力。

不过半秒钟，她就移开了视线，假装低头打字。

——怎么突然问这个？

沈珈述沉沉地笑了声，扬眉：“你今天情绪不是很好。”

钟听没说话。

沈珈述便继续循循善诱："是什么不能分享的秘密吗？"

钟听摇摇头，继续打字。

——不是什么秘密，是不重要的事，关于我爸爸。

事实上，钟听并不愿意称呼钟浩为"爸爸"。

她甚至都不知道钟浩长什么模样，钟浩对她而言只是个从来没见过的陌生人。

但前情解释起来太复杂，钟听不想让沈珈述觉得她很惨，更不想他可怜自己，才用了他比较好理解的表述。

没想到，沈珈述立马就领悟到了她字里行间的深意。

他没有追问，只是微微颔首。

蓦地，他又抬起手来，漫不经心地摸了把钟听的脑袋。

"想听歌吗？"

钟听讶然睁大眼睛，嘴唇条件反射般动了动，用口型问：什么？

沈珈述余光瞥到，忍不住笑起来。

"再说一次。

"再一次，我一定能看懂。"

沈珈述的眼神灼热柔软，令人心悸。

钟听猝不及防，整个人僵成一块冰，什么反应都给不出来。

董西已经找到了她的目标，随口哼了两句："红线划过深藏轮回的秘密……我就唱这个吧，听宝，怎么样？"

在她看向钟听的刹那，沈珈述闪电般转过了头去。

董西什么都没察觉。

没有察觉到旁边两人奇怪的气氛。

因为天色太黑，连钟听脸烧得通红都没注意到。

她只是兴致勃勃地拉着钟听的手，问："这个歌怎么样？"

钟听压根没听清，不得不胡乱点头。

得到肯定，董西站起身，主动跳进人群包围圈中。

而等钟听再扭过头，另一边的沈珈述已经悄然失去踪影，留下她一个人独自坐在原地。

董西向来喜欢唱歌，技巧有限，但音色还不错，加上她圆圆的脸、圆圆的眼睛，看着就十分讨喜。

果然，一首歌唱下来，广受好评。

董西心情极好，回到钟听身边，眼神还是亮亮的，像璀璨的星子。

"爽！可惜没有伴奏没有话筒，还不够过瘾……"

她话音尚未落下，前方人群突然传来欢呼声。

董西的话被截断，好奇地探头看过去。

不远处，沈珈述拿着一把吉他，正不紧不慢地朝这里走来。

他在学校很有名，在场不少人认得他。

见状，大家窃窃地讨论起来。

“是高二那个沈珈述吧？家里很有钱那个。”

“哇，好帅！”

“你之前没见过他吗？”

“真的假的？”

“述哥是准备唱歌吗？”

“今晚真是神了……”

渐渐地，窸窸窣窣的私语变成了异口同声的欢呼与呐喊。

沈珈述就在这种欢呼中慢条斯理地坐了下来，低头拨弄了一下琴弦。

他脸上始终挂着一抹邪气的笑，每一根飞扬的头发都显出了桀骜不驯的少年意气，将所有人的目光都牢牢牵引。

董西撇撇嘴，低声嘟囔：“啧，又耍帅……不过是蛮帅的。”

钟听没回答，只是坐直身体，目不转睛地看着沈珈述。

很快，沈珈述调完音，弹出第一个和弦，随之开口唱了起来。

如果有一天，
我回到从前，
回到最原始的我，
你是否会觉得我不错……

他唱的是林俊杰的《当你》。

钟听接触的流行歌不多，却也听过这首。

少年的声音非常悦耳好听，有种玉石的清透感，搭配着吉他伴奏，像一捧潺潺流水淌过心间。

……当你的眼睛眯着笑，
当你喝可乐当你吵，
我想对你好，
你从来不知道，
想你想你，
也能成为嗜好……

渐渐地，前排几个女生将手机的手电筒打开，随着音乐节奏挥动起来。

个人行为具有蔓延性，后面的人也纷纷开始跟着照做。

最终，操场上其他人都挥舞起了手电筒，和着沈珈述的歌打节拍。

唯有钟听没有动，只是静静地看着沈珈述。

她从来不知道，沈珈述还会弹吉他，而且还弹得这么好。

对钟听来说，沈珈述就像一本神秘的小说，里面写满了光怪陆离的新鲜故事。有一天，她翻开他的第一页，从此走进了瑰丽的世界。

我想对你说，
却害怕都说错，
好喜欢你，
知不知道……

一曲终了。

全场寂静。

不知道是谁率先喊了一声："流星雨！"

钟听条件反射地抬起头，果然看到一道流星划过天际。

而后一眨眼的工夫，更多璀璨的流星接连而至，瞬间将夜空点亮。

草坪，音乐，少年，流星雨。

一切仿佛一场梦一样。

这一刻，时间被烙进心底，镌刻成名为"青春"的永恒。

第六章
哭也流泪笑也流泪

如果爱一个人，不能只爱他的夏天。

——徐珮芬《梦》

两周暑期补课听起来很久，一天一天过去后，好像也就那样，感觉转眼就结束了。

随着 39℃的高温天到来，海城实验中学准高三生的暑假正式开始。

钟听这个学期英语成绩一直在缓慢进步，所以这次假期白珠秀没有再提补课的事，就让钟听自己排好计划，每天在家自我管理，她再抽空定期检查作业和复习进度。

话虽如此，毕竟是高中的最后一个暑假，白珠秀也无意把弹簧压到最紧，最后还是松口，允许钟听每两周可以出去和同学玩一天，只要不耽误每天写试卷的手感就好。

当然，钟听从来不是需要人操心的孩子，很干脆地乖乖应诺。

八月初。

三伏未过，海城高温依旧。

一日晚上八点多，董西给钟听发消息，说自己刚和家人从泰国回来，给她带了些伴手礼，让她明天有时间上自己家来挑挑，顺便还能一起玩会儿游戏看会儿小说。

此时，钟听刚做完一套化学试卷，打算起来转转，拿杯水上阁楼给白珠秀，再下来对答案。

收到信息，她动作一顿，不自觉陷入思索。

……去董西家玩？

这样突然拜访，会不会有点太冒昧了？

事实上，自小到大，钟听从来没有去同学朋友家做过客，去沈珈述家那次，算得上是第一次。

而且还是在当时她脑袋一热的情况下，压根没经过深思熟虑，一心只顾着担忧沈珈述的情况，才会踩着月色和积雪贸然出行。

钟听亲缘不丰。白珠秀当初离开家乡到海城来，已经算是与家人决裂，再加上钟浩家的态度，等于说钟听父母两边都没什么亲戚了。

在转到A班前，她还没什么朋友，唯一说得上话的就一个周艺笑，但是人家也不见得有多在意她。

至少，周艺笑从来没有在学校之外的地方邀请她同行过。

钟听知道，自己没法说话，在普通人眼里难免显得古怪，若是去人家家里，无法与人寒暄客套，更无法表达自己的谢意，还有很大概率要承受异样的眼光，或是离开后被对方家人讨论、感慨、同情之类的。

因而哪怕是董西发来的邀请，她依旧犹豫不决，心生退缩。

董西下一条消息来得非常快。

董西：放心，我爸妈白天不在家，很自由的。而且他们都知道我俩玩得好，也知道你成绩好，如果他们在，肯定要留你吃饭，问东问西的，麻烦得很。到时候，我们就趁他们没回来赶紧出去吃火锅，别管他们。

董西：拜托拜托，听宝！不要拒绝我！我都不请自来去过你家了，你必须要来我家玩一次！

董西性子外向活泼，就算是发消息，好像字里行间都透着她的语气，看一眼，仿佛就会有她的声音在耳畔响起。

钟听被她逗笑，忍不住弯了弯眼睛。

没有再踟蹰，钟听在输入框里打上了两个字。

Listening：好呀。

点击，发送。

下一秒，董西迅速发来了自己家的定位。

约定就如此轻易达成。

不能再更改。

第二日，依旧是个极热的天。

早上十点多，钟听撑着伞走出家门，踏入弯弯绕绕的弄堂的阳光中。

这个点，上班族早已经离家，买菜的爷爷、奶奶也不会这么晚顶着烈日出行，弄堂里安安静静的，只能听到知了在不知疲倦地鸣叫着，令盛夏的实感越发明显。

钟听脚步不急不缓，穿过青石板路，走到巷口。

巷口那家也没动静。

相燃和阿婆似乎都没在家。

之前，冲刺班和A班的补课安排不一样，钟听也没在学校见到相燃。这么算来，自从会考考场前打过招呼后，两人已经有一个多月没见过面了。

对两家住得这么近的邻居来说，这实在有些反常，像是双方都在刻意避开另一方一样。

但钟听没想太多，只是脑海里掠过了这个想法，很快又消失无踪。

她转到锦西路，径直朝公交车站的方向走去。

董西不是住校生，自然家离海城实验中学不会太远，地铁两站路，也不至于上下学花费太久时间。

但从红墙弄堂过去，地铁还要换乘线路。

钟听查了地图APP，有公交车能直达，便选择坐公交车。

路上十分顺利。

等下车时，董西已经在车站等她。

“听宝——快三周没见了，好想你啊！”董西穿着睡裙，没打伞，上来就是一个大大的拥抱，“你看我晒黑没？前两天出海，太阳特别大，感觉都晒脱皮了。”

钟听笑着上下端详她几眼，摇摇头。

董西这才浮夸地舒了口气，转而亲亲热热地挽住钟听的臂弯，拉着她往小区门口走去。

董西是个天生的话痨，嘴巴停不下来，爱聊天，也会聊天，一点点小事都能说得活灵活现生动形象，就像在说书一样有意思。

从车站到家中这短短的一段路上，她已经把自己这趟泰国行中各种新奇的体验全部讲了一遍。

钟听听得津津有味，十分捧场。

董西窥见她的表情，忍不住又去抱她：“……呜，亲爱的，你太好了，我爸妈都嫌我烦，只有你不嫌弃我。超爱你！”

钟听笑了笑。

董西家在九楼，下了电梯，她打开电子锁，推开房门。

“听宝！快进来吧！”

钟听顿了一下，先将包里的水果和巧克力拿出来作为礼物递给董西后，这才换鞋进门。

和沈珈述家豪宅的气派不能比，董西家相对普通，三室两厅的构造，原木风装修，加上各种符合董西气质的软装，看起来非常温馨舒适。

但结合小区的地理位置，以及海城实验中学每年的学费可以看出，董西家定然也是富裕之家。

至少与钟听家肯定是天差地别的存在。

幸好两人都不介意这点。

董西的行李箱还没合上。

她“噔噔噔”地走过去，蹲在行李箱边，向钟听招了招手。

“来！选礼物！吃的喝的穿的用的我都买了一些，你看喜欢什么，全部拿走就好。”

说完，董西想了会儿，从箱子里捞出一对发夹，替钟听别到头发上。

钟听的头发已经剪短，刘海和发尾都比之前短了许多，有点像之前网上流行过的眉上漫画刘海，看着又可爱又好笑。

按照她的经验，等到九月开学，长度刚好能见人。

董西却看着她长吁短叹："哎呀，你什么时候能留个长发呀？这样别发夹虽然可爱，但是好像还是长头发更合适……"

钟听拍拍董西的手背，笑了下，从她的箱子里拿了串手链。

手链是水晶制品，五颜六色的鲜艳方形水晶串在一起，很适合皮肤白的女孩子，看着漂亮又闪耀。

她对董西比画手语：拿这个好不好？

董西："行啊！本来就是给你挑的！你这么白，只有你戴才好看。不过发夹本来也是想送给你的嘛……"

她小声嘟嘟囔囔着。

不过，董西向来情绪来得快也去得快，从旁边找了个袋子，拿了一大堆礼物装进去，一同塞给钟听。

那条水晶手链，她也让钟听直接戴着，别取下来。

很快，两个女生转移阵地，端上零食饮料，去董西房间看电视。

董西最近迷上了韩剧，好不容易放了暑假，恨不得一天看一部，把所有感兴趣的全补完。

知道钟听听力不好，她就把声音调得很大，拉着她陪自己一起看。

当然，中途也不会忘记掺杂一些八卦。

"听听，你还记得那个谁吗？"董西说了个名字，视线还不肯离开电视，"……就是我们班的那个姑娘，之前早恋被抓的。"

钟听点点头。

董西说："后来不是开了家长会嘛，听我妈说，彪哥在家长会上也说了这件事，就是没挑明是谁，只说会严肃处理。我妈走之前，在办公室听到其他老师说多半要劝退她，就算不劝退也是大处分，然后调离 A 班。"

钟听有些愕然地睁大了眼，拿出手机打字。

——这么严重？

劝退、处分，都算是非常严重的惩罚。

海城实验中学和其他学校不一样，为了威慑学生，学校内的大处分是不会在毕业时取消的，会一直跟在学生的档案里。

"那当然了！早恋是我们校规上明令禁止的事，连国际部的学生都不能违反的。而且，要是捕风捉影那种，比如只是传言有暧昧什么的，老师一般会睁一只眼闭一只眼，但他们可是被现场抓到！还是在外面！"董西拍了拍胸口，一副心有余悸的样子，"……看来我只能把对相燃的想法先压一压，好好学习，等到毕业后再努力了，不然我们都要倒霉。"

钟听有点愣愣的。

董西打了她一下，嗔怒道："你这什么表情？觉得我以后不能成功吗？"

钟听连忙摇头，沉吟半秒，郑重地在手机上敲了两个字。

——加油。

董西这才笑起来，顿了一下，压低声音，鬼鬼祟祟地开口："你和沈珈述也得小心点。"

钟听眨了眨眼，点头打字。

——小心什么？

董西："小心别被彪哥看出来啊。他不管沈珈述，但肯定要管你的。"

钟听啼笑皆非，飞快敲字。

——没有你想的那回事。

话虽如此，她的思绪还是不由自主地飘到了5月15日那晚。

那天，沈珈述究竟是什么意思呢？

钟听揣摩了千遍万遍，直到记忆都染上泛黄的色泽，依旧无法确认分毫。

和朋友在一起，时间总是过得飞快。

一下午就在闲聊中转瞬即逝。

下午四点多，董西关了电视，拍了拍钟听，让她起来："走，姐妹请你吃火锅去！别跟我客气，我爸妈买单，放开了吃就是。"

两人简单收拾了一下，换鞋出门。

刚坐上出租车，钟听就收到了一条微信。

白珠秀：听听，你还和你同学在一起吗？

钟听今天来找董西这件事，白珠秀也知道。

Listening：嗯。

白珠秀：知道了。没什么别的事，记得早点回家。

Listening：好。

她收起手机，眼神中浮起一抹忧虑。

总觉得白珠秀的信息有点奇怪，但是又说不出缘由。

钟听不是第六感的信奉者，想来想去想不出眉目，便干脆利落地放弃。

直到晚上七点多，两人吃完火锅，钟听又收到了一条信息。

这次，消息居然是来自沈珈述。

S：豆芽菜，马上来一趟六院。

S：你妈妈生病了。

看到信息，钟听猛地站起身。

她甚至顾不上拿伞，只是冲着董西指了指手机，示意自己等会儿会发信息仔细解释后，便头也不回地冲出了火锅店。

"哎？听听？听听？怎么了……"

董西的声音被抛在身后，渐渐地再听不见。

钟听一路跑出去，手忙脚乱地打上车，再将六院的地址出示给司机。

到这会儿，她才终于有时间一一回复。

先是给董西解释。

Listening：抱歉啊，西西，我家里突然出了点急事，下次再跟你道歉。

一行字打完，她突然意识到自己身体在发抖，通身漫布寒意，连带着指尖也在轻颤，按键盘不甚灵敏。

她无法承担一丝一毫失去白珠秀的可能性。

亲情就是如此，缠绕着荆棘，互相依靠又互相折磨，像是一种共生到丧失边界，产生排异反应也无法推开的爱。

只是现在情况还未可知，钟听做了几个深呼吸，迫使自己冷静下来，再点开沈珈述的对话框。

Listening：我在路上了。

Listening：我妈妈怎么了？发生什么事了？

或许是怕她收到消息之后不放心，沈珈述大概是一直看着手机，秒回了一条语音。

“没什么大事，你先别着急。医生说可能是心肌炎，现在在里面做检查了。”

钟听抿了抿唇，又连忙切出聊天界面搜索心肌炎。

沈珈述的消息随之而至。

S：急诊三楼304。

Listening：谢谢你。

海城第六人民医院就在本区，应该是离红墙弄堂第二近的三甲医院，也是海城本地口碑数一数二的大院。

钟听从火锅店打车过去，一路畅通无阻，十七八分钟就抵达了。

夜已深，但医院依旧灯火通明，人声鼎沸。

院里到处车来车往。

钟听顾不上等司机顺着车流开到急诊楼下，直接在门口下了车，一路跑了进去。

她抵达急诊楼三楼时，沈珈述已经在电梯口等着了。

他言简意赅地与钟听解释：“刚刚在弄堂那边正好看到你妈妈下班，她走着走着突然晕倒，我就叫120把她送过来了。”

难得钟听没有细细揣摩沈珈述的言下之意，没有问他为什么那个点在红墙弄堂那边，只是匆匆忙忙打手语问：她现在在里面吗？

沈珈述看不懂，但并不妨碍他猜到钟听想问什么，干脆利落地给出回答：“阿姨还在检查，刚做了超声心动图，还差个病理。”

关于心脏的几样检查都需要解衣服，沈珈述一个外人，还是男生，实在不好意思等在旁边。

他给钟听指了个方向，顿了顿，又说：“我先去给阿姨缴费。”

钟听眼圈红红的，用口型说了“谢谢”。

这次，沈珈述看懂了。

他玩世不恭地笑了笑，抬手轻轻拍了拍她的脑袋：“没事，豆芽菜，没事的啊。乖，别哭。”

说完，沈珈述转过身，先去一楼缴费了。

他穿着简单的黑色短袖和休闲裤，不急不缓地走在医院走廊里，依旧显得气质卓绝，给钟听留下一个清瘦挺拔的背影。

按沈珈述说的，钟听循着指示牌，找到了白珠秀所在的房间。

她在外面等了一会儿后，有护士拉门出来。

见状，她连忙跑进去。

这会儿，白珠秀正在整理衣服。

医院惨白惨白的灯光下，她的气色明显非常不好，嘴唇和脸颊都白得像一张纸，有点供血不足的感觉。

钟听眼睛一烫。

但她说不了话，只能咬着唇上下打量白珠秀，心里涩涩的。

——妈，不舒服怎么不早点告诉我？你不是说自己有数，没事的吗？

白珠秀还没看完钟听打的字，直接开口截断道：“本来就没什么，就是突然心脏不舒服了一下，要是在家里躺一会儿肯定就没事了啊。听听，别大惊小怪一惊一乍的。”

说完，她扭过头，不肯再看钟听的手机屏幕。

钟听没办法表达，一时之间气得脸都憋红了。

最终，还是旁边的医生出声，结束了母女俩的别扭：“……白珠秀家属已经到了是吧？”

闻言，钟听立马举了下手。

医生指着电脑屏幕上的片子给两人解释：“慢性心肌炎，通俗来说就是心脏的一种炎症，可能是过度劳累或者感染导致的，之前病人一直拖着忍着不就诊，拖成慢性的了。目前看起来问题不大，但是最好再住院观察两天。回去之后也还是要养养，要是后面又觉得心脏不舒服就要马上回来看诊。”

钟听听得认真，每个字都仔细地记了下来。

等医生说完，她比画了一句手语，又鞠了一躬，这才拿出手机。

——谢谢医生。

许是因着这个缘故，那医生多看了钟听两眼：“小姑娘，你是白珠秀的女儿吗？蛮不容易的。刚刚的那个男孩子呢？是你哥哥吗？”

钟听连忙就要摆手解释。

不过医生明显没有深入探究的意思，也只是随口一问，不需要回答，接着说道：“总之，要好好照顾你妈妈。住院单我已经开好了，交钱之后马上就能入院了。你妈妈暂时应该不方便走路，你去楼下借个轮椅推她去住院部吧。晚饭没吃的话也去买点，等会儿要输液，不能空腹。”

白珠秀要住院观察，后面的麻烦事不少。

钟听先把她扶到了外面的长椅上，让她慢慢坐下，再比比画画表示自己去给她借轮椅。

缴费卡现在在沈珈述手上，她一会儿还得拿回来，再给他转钱。

白珠秀“嗯”了一声，语速还是和往常一样快，显得精神不错：“你先去。如果碰到你同学就让他回去吧，今天真是麻烦他了。”

钟听点点头，往电梯跑去，果真恰好又碰上了沈珈述。

两人再次在电梯口相遇。

看到她，沈珈述晃了晃手上的收据，问道：“阿姨要住院是吗？入院的押金我也付了，直接过去就行。”

钟听打字。

——医生说可以借轮椅。

沈珈述颔首：“行，我去借。”

眼见他要转身，钟听连忙一把拉住他，急匆匆地摇手，又去低头打字。

——没关系的！我自己去就行！今天实在太麻烦你了！

沈珈述笑了笑，语气温和：“应该的。豆芽菜，不用跟我客气。轮椅重，我去拿一样的。”

钟听张张嘴，有些不知所措。

似乎不知道该如何回应沈珈述的话。

但是，她可以确定的是，沈珈述就是这样一个人，无论他的外表展现的是什么样，内里就是一个温暖仗义的少年，好到足以令任何人感动。

她无以为报，只能再次道谢。

——沈珈述，谢谢你。

下行电梯还没来。

两人并肩在原地等待。

钟听想了想，又继续打字。

——你吃晚饭了吗？我去给我妈买饭，你想吃什么？

沈珈述摇摇头：“别麻烦。”

——不麻烦。

沈珈述说：“我吃过了。”

那好吧。

没过一会儿，两人在一楼分道扬镳，一个去借轮椅，一个去小超市买吃的。

钟听不知道白珠秀想吃什么，但医生叮嘱过以后要一直少油少盐，她就干脆买了两瓶水，再去医院外面的街上买鸡肉粥。

等她买完，沈珈述早就把白珠秀推到了病房躺下。

钟听走进去，给白珠秀把床摇了起来，让她先喝粥，而后才拉着沈珈述离开病房。

当着白珠秀的面，钟听不敢表现得与沈珈述有多熟识，但在外面说话就方便许多。

她低头打字。

——沈珈述，你又受伤了？

刚刚，钟听一走进病房，靠近沈珈述身边，就闻到了久违的、很微弱的血腥味，混在医院的消毒水味道中，万分突兀。

沈珈述挑了挑眉：“豆芽菜，你是狗鼻子吗？”

钟听恼怒地鼓起脸。

沈珈述：“没事，这次真没事。”

暑假，沈腾飞不想和沈珈述相对无言，早就飞去国外工作了，压根没机会对他动手。

他的伤是早上开台球室的门的时候，被那个锈迹斑斑的门锁划了一下，掌心落下很浅很浅一道。

一天过去，原本已经长好，但是刚刚搬轮椅的时候没注意，又把伤口弄裂了，流了两滴血。

他抬起手，将手掌展示给钟听看。

“你看，没事吧？”

钟听低头仔细看了几眼，咬了咬唇，又仰起脑袋。

她的眼睛里似乎有光华流转。

——要不要去护士站包扎一下？

沈珈述还是摇头：“免了，回家贴个创可贴就行。豆芽菜，时间不早了，我留在这里不合适，就先回去了，明天再联系你。”

钟听点点头。

送走沈珈述，钟听回到病房。

鸡肉粥一半都没吃完，白珠秀似乎一直在朝门口张望。看到钟听进来之后，她脸上的探究之色依旧不减：“……你那个同学走了？”

钟听点头。

白珠秀沉下脸：“他就是沈珈述吧？你那个成绩一塌糊涂的同桌？他怎么会在我们家附近？他也住这里？”

钟听摇头，打字给白珠秀解释。

——他去那边的7-11，才刚好路过这里。

她可不敢说沈珈述是去红墙弄堂那头打台球。

这样白珠秀对他的偏见只会更深。

但就算如此，白珠秀依旧没什么好脸色：“……今天是要谢谢他。但是你还是少和这种同学来往，看着就不是什么好人，一副小混混的样子，不靠谱。别到时候自己混完日子，把你的成绩也拖累了。我出院后去给他道谢好了，你就别再和人说话了。”

闻言，钟听结结实实地一怔。

下一秒，她像是被踩中了某根神经，立刻手忙脚乱地打起手语。

——妈！你怎么能这么说！人家刚刚才救了你！

病房门外，沈珈述无声地嗤笑了一下。

他用力握了握手中捡到的水晶手链，默默收进口袋中，扭头大步离开。

钟听早就知道自己的缺陷，所以很少同人起冲突，发生什么事，大半都默默忍受下来，更遑论对至亲的白珠秀。

钟听对白珠秀几乎称得上百依百顺，才总算得了“听听很乖很懂事”的称赞与信任。

她也知道，当初白珠秀是为了保护自己，性格才变得日渐强势，故而有些事只要不放在心上，便也无须非同白珠秀争个对错。

但此刻，情况不一样。

钟听实在无法接受白珠秀这样指责沈珈述，好像他是什么不堪入目的脏东西一样。

明明不是的。

完全不是这样的。

沈珈述前后救过她们母女俩，若是“救命恩人”这种描述太过老派郑重，也绝对是有恩于她们，是理所应当要被感激的存在。

更何况，钟听了解沈珈述，觉得他是自己非常重要的朋友，绝不能容忍他被人诋毁。

她只是停了一瞬，回过神来，皱起眉，试图与白珠秀据理力争。

——妈，你怎么能用成绩来随便判断人的好坏？

——这样说话真的很没有礼貌！

——而且沈珈述绝对不是你说的那样！

她的手转得飞快，让人眼花缭乱，打出的每个手语动作都十分用力，好似能叫人察觉到其中难以掩饰的恼怒。

白珠秀挥了挥手，一脸不耐烦：“看不懂看不懂。总之，我就一句话，上不了好大学，你这一生就完了。你是准备一辈子让钟家人看不起吗？妈不会害你，等你毕业之后，身边都是名校学生，到时候就知道交友的重要性了。没听过一句话吗？近朱者赤，近墨者黑。你妈我啊，当年就是因为没考上好学校，见识不够，才找了钟浩，一辈子受苦。”

白珠秀翻来覆去永远都是这几句话。

钟听抿起唇，只觉得她越发偏激，难以沟通。

这次，她没有讪讪作罢，而是斩钉截铁地拿出了手机。

——无论他成绩好还是不好，都不该由此来判断他是一个怎么样的人。妈，您这样实在太独断了。

——如果不是沈珈述经过，您会在地上躺到什么时候？

——别的不说，至少应当感激人家吧？

白珠秀眉毛一吊，猛地坐了起来，指着钟听质问道：“好呀，钟听，你现在是在教训我吗？为了刚刚那个小混混？你们俩到底是什么关系？我这次去开家长会，怎么看你们还是同桌啊？现在你还为他顶嘴，是不是被他带坏了？还不老实交代！”

钟听有些身心俱疲，只觉得和白珠秀无法沟通。

随之而来的，好像胸口的那股气也渐渐泄掉了大半。

钟听咬了咬唇，继续埋首打字。

——什么关系都没有，就是关系还可以的普通同学。我只是不希望妈妈变成这么偏激的人。今天您这么说谁，我都会不高兴的。我好不容易才交到几个能说上几句话的朋友，不想妈妈这样说人家。

白珠秀依旧不太相信。

她眯着眼，上下打量了钟听半晌，没从钟听坦然的表情中看出什么端倪，只得先把怀疑压在心底。

“……妈还是那句话，朋友要交值得交的人。像我们弄堂那个相燃，你们就可以搞好关系啊，学习的时候还能互相请教，互通有无。”

钟听无语，只得在心里叹了口气。

想了想，她把桌板上的粥盒收起来，再把床摇下去，示意白珠秀早些休息。

——知道了。

——我回家去给您拿毛巾、脸盆和换洗的衣服，晚点再过来陪您。

——您先休息一会儿吧。

钟听陪着白珠秀在医院住了三天。

白珠秀有工作有医保，住院费和检查费都能进医保，费用方面倒也没什么好担心的。

只是白珠秀的单位人手紧缺，部门里没有人能替她干活，她怕请假太多引起领导不满，故而还是赶在周一上班前出了院。

毕竟医生也说了是慢性病，要靠养才行，一时半会儿也看不好什么。

但白珠秀也和钟听保证，之后无论是毛绒玩具还是拖鞋，都不会再接急单、大单了。这次，想必就是因为那批忙了她很久的货，才导致的劳累过度，绝不能再有下回。

午后，烈日依旧炎炎。

最后一个检查做完，两人出院回家。

钟听先让白珠秀回房休息，然后将这几日里里外外换下来的衣物都塞进洗衣机，又简单打扫了一遍屋子，把晚上要烧的菜提前备好，这才消停下来有时间看一眼手机。

这几日，她的手机始终安安静静。

董西怕打扰她，问了一次白珠秀的情况，又问了要不要来探病，得到否定答案后，就让她先忙家里的事。

而原本说了“明天联系”的沈珈述，却没有再发来一条消息，好像石沉大海了一般。

在医院时，钟听闲下来也会偷偷思考，要不要问问他。

但白珠秀在旁边坐着，她不敢，生怕自己露出分毫异样的神色，被一下子看穿。

现下钟听回到了自己的小房间，周围没有人，安全感倍增。

她停顿良久，终于下定决心，点开与沈珈述的对话框。

Listening：沈珈述，上次我妈妈的事，她说她想亲自谢谢你。你什么时候有空？请你吃饭。

请吃饭是她自己编的。

顾虑到白珠秀之前的态度，钟听觉得自己应当能说服白珠秀“单独”请沈珈述吃个饭。

可能……只要自己不参加就好。

更重要的一点是，沈珈述多半不会应允。

这样更好，免得白珠秀到他面前去胡说八道，也省了钟听许多担心。

她如此暗自沉吟许久，手机却迟迟没有振动起来。

钟听垂眸，几分钟内反复确认了好几次，聊天框里确实没有跳出新消息。

沈珈述一直没回。

可能是在忙吧？

或者还在睡觉？

之前他也不是每次都能秒回。

想了想，钟听退出 QQ，又去看那个秘密网盘。

这周的音频，早在白珠秀发生意外之前就更新过了。

下一周又还没有到……

说不上原因，钟听心中突然有些惴惴不安，指腹开始有一下没一下地轻敲着屏幕。

大约半个小时后，沈珈述总算回了消息。

这会儿钟听正在解一道数学压轴题。

刚画完辅助线，她打算先记个思路，去楼下把米饭蒸上，再回来写证明过程、计算答案。

手机在手边轻轻振了下。

她条件反射般放下笔，拿起手机。

S：没事，不用麻烦了，替我问阿姨好。

钟听皱起眉，思忖数秒才回复。

Listening：不麻烦。

S：但是我会麻烦。

钟听一怔。

新一条消息随之而至，跃然眼前。

S：九月前我都不在海城，有什么事开学再说吧。

别墅里，沈珈述按完发送键，随手将手机往阳台的方向一丢。

“咔……”

发出清脆声响。

手机砸破落地窗玻璃，呈抛物线一路落到了一楼的草坪上。

脆弱的屏幕和玻璃背板完全承受不了二楼到一楼的高度落差，在触及草地的一瞬间，完全碎裂开来。

屏幕一下子黑了。

好像没人在意上面对话的后续。

“呵。”

沈珈述混不吝地笑了笑，懒懒散散地躺在床上，用手臂盖住眼睛。

刹那间，世界也变成了一片黑暗。

他从来没有一丝光明。

从来没有。

两周时间一晃即逝。

9 月 1 日，海城暑意未消。

虽然是周五，学校还是准时开学。

前一天返校报到，高三的班级调整安排已经通知下来了。

其他班级波动不大，像冲刺班和 A 班、B 班，人员调整不多。

钟听和董西还是稳稳当当地留在 A 班。

沈珈述亦是。

班主任也还是熟悉的朱义彪。

彪哥和暑假前看着没什么分别，眼镜又换回了黑框的，还是一如既往的严肃正经。

“废话我就不多说了，高三是什么概念，大家心里都有数。明天开学有个摸底考，大家做好准备。其他的事情就按照之前的来，交作业、领书、换座位，大家依次来。”

换座位还是老方案。

沈珈述今天没来，钟听没有迟疑，依旧留在了原位。

这次，她的前排变成了康芝。

康芝是班长，彪哥还有其他事要交代，就趁着班上同学拿书的时候，走过来和她小声说话。

“……明天的开学典礼和高三动员会，学校里会表彰有进步的优秀学生，每个班还需要两个代表上去发言，一人三分钟，你等会儿到我办公室拿名单，通知下去，挑两个文笔好点的同学写发言稿去讲话。”

康芝点点头：“知道了。”

钟听也在表彰名单里。

但她说不了话，也不可能做发言代表，便没把这件事放在心上。

只是谁也没想到，普普通通的高三动员会居然会发生石破天惊的大事。

学生发言时，广播“刺啦刺啦”的，噪声盖过了话筒的声音，吵得在场所有人耳膜快要炸裂。

在所有人交头接耳的时候，那杂音又突然停下。

随之而来的，是一道明媚清澈的声音，不属于台上任何一个学生和老师。

“各位老师、各位同学，我举报高三年级的钟听和沈珈述在校外当众搂搂抱抱，严重违反了海城实验中学的校规，请学校一定要严肃处理两人！肃清校风校纪！”

全场哗然。

事发时，钟听还站在台上。

在自己的名字出现在广播里的那一瞬间，她难以置信地瞪大眼睛，像是施了定身术一般，整个人呆呆地顿在原地，动弹不得。

从来、从来没有发生过的情况，让人大脑宕机，失去了应对之法。

她只觉得浑身衣服被扒光，赤裸裸地站在大庭广众之下，接受着异样目光的检视，恨不能立刻死掉。

然而就算如此状态，钟听依旧很快听出了广播里的声音。

是渠令。

娇俏的、如同百灵鸟一般悦耳动人的嗓音，穿透夹杂着“沙沙”噪声的广播音响，连其中的恶毒都变得含混不清。

在所有学生露出诧异神色，交头接耳之时，这段话又开启了重播。

“各位老师各位同学，我举报高三年级的钟听……”

站在钟听旁边的几个外班学生也在交头接耳。

“钟听不就是这个？”

“应该是。”

“她和沈珈述？不会吧？”

“之前走班课你没见过他们俩一起走？我们班几个女生早就看出来了。”

“但是这俩也太不搭了。”

“这广播是谁弄的，看起来是要人死的节奏。”

“肯定是和沈珈述有仇的。啧，鱼死网破，精彩。”

他们声音很低，窃窃私语的同时，若有似无的目光也频频投到钟听身上。

钟听耳朵不好，但距离近，也能模模糊糊听到个大概。

她低下头，整个人缩成一团，无地自容似的。

脸已经不受控制地烧得通红，温度从脸颊一直漫布脖颈、耳垂，几乎要把人灼痛。

动员大会和新生开学典礼放在一起，算是校级活动，不仅是高中部三个年级的学生，还有初中部参加。

班主任都坐在下面，和各班学生在一起。

没有人能上来控制这个局面。

没有人能解救钟听。

只有教导主任在旁边声嘶力竭地怒吼："什么情况？广播站的人呢？话筒拿来！给我一个！"

"喂？喂喂喂？广播站能听到吗？你们在干什么？谁在里面？"

渠令这段话放了整整五遍，总算被匆匆赶到的老师切断。

她的声音已经响彻海城实验中学的每个角落。

沈珈述的知名度向来很高，在这个爆炸性的爆料中，所有人也都知道了钟听的名字。

但这并不是什么好事。

没等到开学典礼结束，钟听本人，连同高三 A 班班主任朱义彪，一起被请到了教务处。

教务处里站了好几个老师。

除了教导主任，还有年级主任、副校长，以及学校的另外几个领导。

沈珈述今天没来学校，因而所有人的目光悉数聚集在钟听身上。

停顿片刻，教导主任率先发难："……这到底是怎么回事？"

朱义彪没看钟听，很镇定地回答道："广播站那边负责的学生说，有人用非法技术黑进了广播站的控制电脑，上传了录音，设置了定时播放。因为之前没有发生过这种恶性事件，所以没有防备，已经在找技术部的老师想办法调查对方的网络 IP 地址了……"

教导主任摆摆手，打断他："我不是要听这个。朱老师，你这个学生，还有那个谁，他们俩是怎么回事？录音里说的事，还是需要学生来解释一下。全校师生都听到了，当事人不给个说法，没法交代的。"

海城实验中学作为私立院校，从来都需要依靠口碑来招生，但除了超高的教学水平和升学率，其他方面一样不能有被人诟病的点，所以严格的校规杜绝了大部分意外事件的发生，也能令家长放心。

如果有人明晃晃地违反校规，却没有得到处理，往后学校就不会再有威信，也不好再借此管理学生了。

"……朱老师，你们班早恋不是第一个了吧？上学期被处分的那个女生，也是你们班的吧？"

朱义彪推了推眼镜，点头："是，但钟听情况不一样，毕竟是还没有确定的事情。"

教导主任：“行，那你让学生自己来解释一下和沈珈述是什么关系，为什么会有广播里的说法。”

闻言，朱义彪侧过身，拍了拍钟听的肩膀，温声开口：“钟听，别紧张，老师相信你是无辜的。没关系，你自己来跟各位领导说一说。”

从始至终，钟听的眼睛一直是雾蒙蒙的，像是有水汽凝结，显得颇有些委屈。

她与朱义彪对视一眼，抿了抿唇，抬起手，先是比画了两句手语，又指了指自己的喉咙处，表示自己无法说话。

见状，在场的几个老师都有些讶然。

朱义彪从旁边的办公桌上拿了纸笔给她：“写字说吧。”

钟听这才弯下腰，趴在桌边飞快地写字。

——各位老师，我真的没有和沈珈述早恋。我和他只是关系还不错的朋友，他不介意我是哑巴，在学习和生活上愿意帮助我，但是我们并没有任何超出同学界线的关系。

朱义彪也在旁边帮她补充：“钟听是我们班非常努力的同学，这次也在进步表彰名单上。整个高二年级，她在A班从倒数的成绩一直进步到了中上游，各科老师都对我夸奖过她，说她努力又认真，所以我相信她不会分心去做影响学习的事。而且现在也不知道是谁捣乱，口说无凭，总不能这样就冤枉学生。”

顿了顿，另一个老师插嘴道：“但是这件事影响太严重了，这种解释有点单薄，学生们不一定会买账。朱老师，让男生也过来一趟吧，还有双方的家长、你们班上的同学，最好都要找机会沟通一下。”

开学第一天，钟听没能回教室上课，一直被留在教导处，午饭也是吃盒饭解决。

她心神不宁又坐立难安，毫无食欲，随便扒了几粒米饭就恹恹地盖上了盒饭盖子。

朱义彪已经联系了白珠秀，白珠秀说下午三点会来学校。

钟听尚不知道白珠秀听说这件事会如何反应。

是将信将疑？

还是大发雷霆？

先前在医院，钟听为沈珈述和白珠秀吵了一架，原本没什么，但两桩事放在一起，很难不引起她的疑心。

而白珠秀本就非常看不起沈珈述这种成绩差，还有些痞气的男生，到时候场面说不定就是火星撞地球，难以控制。

一想到这个画面，钟听忍不住攥紧了拳头。

转眼就到了下午两点四十五分。

窗外的太阳依旧是明晃晃的热辣，但教导处的空调温度开得低，钟听坐

在里面等着等着，身体不自觉便开始微微颤抖。

她低着头，但余光一直关注着房门的方向，好像下一秒，那里就会出现一个妖怪一样。

三点整。

朱义彪一脸严肃地领着白珠秀走进教导处。

钟听怯怯地站起身。

白珠秀来得匆忙，脸上的汗渍未消，很有些风尘仆仆的模样。

她一眼都没看钟听，只是客客气气地朝教导主任问好："老师您好。"

这会儿，其他老师都已经离开。

教导主任见到学生家长，也换了副面孔，和白珠秀握了握手："辛苦家长跑一趟了。"

白珠秀说："具体的情况我已经听朱老师说了，但我女儿我知道，应该不会犯这么严重的错。老师你也看到了，她不能说话，原本就和普通学生不同，和人交流起来也不方便，早恋之类的，可能实在有些为难她……不知道还有没有其他我没有了解到的情况？"

教导主任点点头："是是是，我了解情况之后，也觉得可能性不高。不过，就在十分钟前，我们广播站的电脑里又出现了一张照片，我觉得有必要拿出来让家长了解一下。"

说着，他走到打印机旁，将打印好的A4纸拿出来，轻轻放到桌面上。

这个位置，刚好能让在场所有人都能看到。

而且是看得清清楚楚。

照片上正是钟听和沈珈述。

背景是红墙弄堂那破破烂烂的褪色砖墙，钟听骑在自行车上，沈珈述站在她旁边，微微屈身，和她离得很近。

拍摄者和两人的距离不近，但角度十分刁钻，单看图，两人一站一坐，钟听就像是倚在沈珈述怀里一样，脸几乎要贴在他胸口。

只扫过一眼，白珠秀脸色突变，勃然大怒。她一把抓过钟听，将钟听从朱义彪斜后方拉出来。

"啪！"

一个清脆的巴掌声。

白珠秀力气大得将钟听整个脑袋都扇得侧了过去。

她怒不可遏："好啊，钟听！你们俩在干什么？简直是不知廉耻！亏我还在你们老师面前帮你说话！你们还要不要脸了？"

钟听怔了一瞬。

脸颊上火辣辣的疼痛感很快又令她清醒过来。

她捂着脸，怔怔地望着白珠秀，刹那间，潸然泪下。

谁也没料到白珠秀会突然出手打人，两个老师也都愣了一下。

朱义彪率先反应过来，立马拦住白珠秀，而后又将钟听往后推了推，推得离白珠秀远了些。

他这才开口："钟听妈妈，事情尚没有定论，你先冷静一点，不能随便动手，还是先听听钟听怎么说。"

白珠秀怒气未消，满脸狠厉地指着钟听："行，钟听，当着你老师的面，你解释一下。我这么信任你，每天让你自己安排时间，你就是这么对我的？偷偷溜出去和这种人搂搂抱抱？"

委屈的感觉在胸口发胀，好像快要溢出来，钟听脸上疼痛不止，低着头一言不发，兀自垂泪。

因着皮肤太白，白珠秀刚刚那一巴掌将她半张脸都扇得通红，像是就快要高高肿起。

再加上她眼泪一直止不住地往下掉，眼圈和鼻头也都是红红的，整个人看起来好不可怜的模样。

只是此情此景下，无论她多么凄惨，都很难得到老师和家长的心软怜悯。

他们只会觉得她心虚，心虚得说不出话来。

事实上，钟听确实也无力解释。

照片就摆在办公桌上，铁证如山，她就算说这是借位拍摄，一切都是巧合，也无法否认自己确实和沈珈述一起去骑自行车这件事。

他们的交集不止于此。

但交情无关爱情。

如今被指责诟病，这实在令人啼笑皆非、唏嘘不已。

想到自己之前还被渠令给了一巴掌，辱骂了一顿……可是这一切还没有和沈珈述通过气，她全部不能说。

沉默良久，钟听吸了吸鼻子，咬了咬唇，将脸上的眼泪擦干，而后拿起笔，一笔一画地写字。

——我们绝对没有早恋。

眼见着白珠秀又要开口训斥，朱义彪推了下眼镜，抢先开口："那这张照片是怎么回事呢？是电脑合成的吗？钟听，你别怕，如果是别人想冤枉你们，你就告诉老师，老师一定会查清真相，还你们一个公道的。"

闻言，钟听感激地看了朱义彪一眼，却摇了摇头。

照片是真的，这个撒谎也没用，等他们找到渠令查一下图片文件，很容易就会被戳穿。

朱义彪又问："照片是真的，但你们不是在恋爱，而是有其他缘由才被拍到了这样的照片，对吗？"

钟听点头。

朱义彪："是什么原因呢？是借位？"

这下，钟听才用力点点头。

朱义彪与教导主任对视了一眼，没立刻说话。

顿了顿，他叹口气才重新开口："那你把当天发生的事，前因后果都告诉我们。钟听，你的态度要端正严肃一点，今天这件事是很严重的，你要是消极以待，不认真辩解，学校是有可能会对你们做出劝退处理的。"

朱义彪话音刚一落，门口就传来一道懒洋洋的声音："是我干的，劝退我好了。"

霎时，所有人的注意力都转移到来人身上。

钟听第一个认出沈珈述的声音，在他开口的瞬间，就猛地抬起头，愣然瞪大了眼睛。

他怎么来了？

早上发生的事……他已经都知道了吗？

沈珈述闲庭信步地走进来，在朱义彪面前停下脚步。

他像是刚睡醒，眼皮半耷拉着，头发还有些微微翘起，长身玉立，却一副散漫不羁的架势。

朱义彪："沈珈述，你总算来……"

沈珈述干脆利落地打断："我可不是来受审的。"

沈珈述个子高，在场的人都得仰头才能同他对上视线。

朱义彪和教导主任亦不例外。

这样的位置关系，令人很难摆出老师的架子。

当然，在沈珈述这样的刺头面前，确实也不存在什么架子可言，因为沈腾飞给海城实验中学赞助的钱不是一笔小数目。

沈珈述全程一个眼风都没给别人，只在开口前随意地扫了朱义彪一眼，声音懒懒散散的："照片是真的，另一个女同学借位拍的，她因为我不想和她当朋友了不爽，为了给我找点麻烦。至于钟听同学嘛，是被我强迫叫出来的。她每天装模作样地装乖，我看她不爽，逼她放学之后出来陪我玩玩。就这么简单一回事。"

钟听愣愣地看着沈珈述，不明白他为什么要这么说。

他想干什么？

但白珠秀听完这番话，颇有点松了口气的样子，小声嘟囔："我就说嘛，我对钟听千叮咛万嘱咐，她怎么会……朱老师，如果我女儿是受害者，应该不会受处罚吧？孩子现在都高三了，一天都耽搁不起的。"

朱义彪摆摆手，对沈珈述说："沈珈述，口说无凭，事情闹得这么大，不是三言两语就可以解释过去的。"

沈珈述嗤笑了一声，从口袋里摸出手机，随便滑了两下。

接着，他将手机举起来给所有人看。

屏幕上是渠令的照片。

渠令确实非常漂亮，气质明艳夺目。

确定朱义彪看清楚之后，沈珈述不紧不慢地继续道："就是她。"

朱义彪还没开口，他又说："漂亮吧？老师，你还要再看看更漂亮的吗？

和我玩的女同学都是这么漂亮的，你觉得我能看得上钟听这个小哑巴？还和她谈恋爱？啧，我就是逗她玩玩而已咯。”

沈珈述的话半真半假。

钟听比谁都清楚。

到这会儿，她大概已经能猜出来，沈珈述是想将她撇出去，自己一个人把这件事扛下来。

纵然如此，在听到他说出看不上她这个小哑巴的时候，钟听还是觉得心脏好像破了一个洞。

夏季的风，夹杂着潮气，从洞中穿过去，引起钻心的痛感。

这种痛已经超过了白珠秀刚刚的那一巴掌，疼得人浑身直发抖。

钟听拼命摇头，想叫沈珈述不要说了，不要用这种方法来和她划清界线，她就算受处罚，也不愿意他这样。

但没有人注意到她的表情和动作。

钟听发不出声音，只能任凭泪意重新上涌，一滴一滴砸落到地上。

三点五十分，下午第四节课的上课铃响起时，钟听被白珠秀推出了教导处。

“……行了，你快点先回去上课，别开学第一天就跟不上了，你们老师说这里没你的事了。”

沈珈述还在里面，钟听不肯走，直愣愣地杵在原地，像一棵沉默倔强的树。

见状，白珠秀指了指她的脸：“还不快去？回家再找你算账。”

刚刚白珠秀没把之前和沈珈述的交集说出来，她心里知道，钟听和沈珈述绝对不会只是沈珈述说的那样。

做父母的，自然了解自己的孩子，白珠秀刚才只是想顺着话把钟听摘干净而已。

所以沈珈述那样说，她当然全盘接受，迫不及待就让朱义彪放人，先让钟听回教室上课去。

钟听向来拗不过白珠秀，没办法，只能一步三回头地挪腾着，独自回了A 班教室。

进入高三后，教室也从三楼搬到了六楼，美其名曰这样可以不受底下噪声的打扰。

教学楼装有电梯，平常只给高三学生用，好让他们早点到教室。

钟听浑浑噩噩地坐上电梯，游魂般回了教室。

她出现在教室门口的那一瞬间，所有人的目光齐齐投向她，其中不乏好奇、惊异、揣测的神色。

幸好任课老师倒是很淡定，看到早上闹出惊天大新闻的当事人钟听，也只是点点头：“回来了？回座位去……行了，都别看了，没见过啊？我们继续上课。”

钟听回到最后一排坐下。

身旁的一个座位空着。

另一个座位上，董西侧着脸，神色明显有几分担忧。

不多时，董西扔了张字条过来。

钟听心不在焉地看了一眼。

——听听你怎么样了？是没事了吗？彪哥怎么说？对了，沈珈述来了吗？我下午给他发了消息，这惹事精应该没让你一个人面对老师吧？

这会儿，她才知道，沈珈述突然恰好出现，原来是董西通风报信。

若是这样，那前因后果沈珈述应该全部知晓了，连应对之法也是提前想好的，所以那些明明不是他的真心话，为什么一定要那么说？

明明只要把措辞稍作美化，再把真相据实相告，两人都可以没事的。

他们本来就是清清白白。

……还是说，那根本就是他的真心话？

钟听用力咬着唇，回想到刚刚沈珈述有些刻意的态度，不自觉攥紧了字条。

二十分钟前，沈珈述大爷似的坐到了教导处空余的沙发上。

他在学校内一贯飞扬跋扈，对教导主任也无所畏惧。

“是要请家长吗？主任，沈腾飞的联系方式你应该有吧？毕竟每次大考小考你都第一时间给他通风报信，汇报我的成绩，不是吗？那你联系他来吧。

“这事学校如果非要处理，那就跟沈腾飞说，让我退学好了。

“老子本来就是个小混混，反正早就不想上学了。”

字条被捏得皱皱巴巴的。

钟听几乎要控制不住情绪，顾虑到这是在课堂上，指甲用力掐着手心才勉强忍了下来。

想了想，她在董西字迹的下一行写了回复。

——嗯，他已经过来了。

只是笔画有些歪歪扭扭，不复往日的端正清秀。

董西看着字条，蹙了蹙眉，若有所思。

钟听第一次觉得一节四十五分钟的课是那么长、那么难熬。

椅子上像是长了倒刺，扎得人坐立难安。

老师的话也好像流水一样，从耳边涓涓淌过，径直转向耳后，半点没能钻进脑袋。

她按捺着性子，还是忍不住频频扭头去看教室后面的挂钟。

沈珈述还在教导处办公室里……

他现在怎么样了？

沈爸爸真的会来吗？

如果沈爸爸知道了这件事，会不会又在暴怒下揍他呢？

还有，他这个无所顾忌的态度，会不会真的被学校劝退？

钟听脑子里一团乱麻，已经顾不上其他，只迫不及待地想要知道沈珈述的状况。

等了又等，总算挨到下课铃响。

钟听今天一整天都没能好好上课，书包还保持着到校时的模样。

刚好，这样收拾起来更方便。

她把这节课的课本连同笔袋一起胡乱往包里一塞,再朝着董西挥挥手机，示意网上联系后，飞快跑出了教室。

顷刻间，她将一屋子异样的眼神抛在了身后。

待钟听消失了两三分钟后，班上才有人小声说起今天这件事。

“钟听和述哥吗？到底是真的假的啊？”

“平时他们俩不就关系很好嘛，我猜应该是真的……按照述哥一贯的风格，有一定概率。”

“真有点看不出来……”

之前运动会上被沈珈述教训过的马成俊终于找到了他发挥刻薄的时机，站起身，手舞足蹈地说道：“肯定是真的啊！要不然沈珈述能那么护着钟听？不欺负她都不错了。也不知道沈珈述什么时候眼光下降成这样了……啧啧啧……”

他的声音有点大，虽然坐在前排，但还是精准地传到了最后一排的董西的耳朵里。

董西站起身,重重地拍了一下桌子,怒喝道:“马成俊！胡说八道什么啊！你也不去厕所看看自己什么尿性,居然好意思说别人？一个男人,嘴这么碎，小心被人打死！你再敢说钟听一句，我现在就录个音发给沈珈述，让他来教教你做人的道理。”

马成俊被她吼得吓了一跳，一缩脖子，不作声了。

沈珈述到底是威名在外，绝大部分人觉得学校应该会轻拿轻放，毕竟他是学校捐赠人的儿子，不能拿他怎么样，最多只能在另一方身上下手。

不过，纵然如此，董西依旧没能绝了教室内三三两两的众说纷纭。

讨论了半天，总算有人想起来班上还有几个和沈珈述形影不离的男生。

首先被问的当然是陈天皓。

“皓哥，你怎么说？”

作为少数知道一点点内幕的人，在这件事上陈天皓难得低调，一整天都没怎么说话，生怕被沈珈述知道了之后来找他算账。

所以他只是摆摆手，三下五除二收拾了东西，脚底抹油飞快溜走。

此举成功留下数道嘘声。

“行不行啊，皓哥！”

“菜狗！”

在钟听眼里，纷纷扰扰似乎已经都不重要了。

不过是局外人的妄议，若是太过在意，那她这一生恐怕都要陷入旁人的眼光中难以挣脱。

毕竟她与普通人不同。

这是无法改变的现实。

同样，换到渠令闹出的这桩事上来说，她也可以努力让自己不在意。

这么想着，钟听径直奔下楼，往教务处所在的楼栋跑去，只是跑到半道，刚好被迎面走来的白珠秀拦截。

白珠秀明显是在等她，见到人立马说："钟听，回家。"

钟听驻足原地，脚步迟迟不肯挪动。

白珠秀盯着她的脸颊看了会儿，确定掌印已经消退得差不多，两边垂下来的头发挡住的位置也没什么伤，这才暗暗放下心来。

顿了顿，她冷声开口："……我知道你要去找那个小混混，他早就走了。"

钟听一愣。

刚开学，夏天的燥热尚有极强的余威，这么两三句话的工夫，母女俩脸上都浮起了薄薄一层汗。

白珠秀不耐热，也不想在学生来来往往的校园里久留，直接拉住了钟听的手臂往自己身边一带，低声警告："回家说……再找事，看我怎么收拾你。"

钟听无可奈何，只得讪讪地跟着白珠秀离开学校。

回弄堂的二十分钟时间，因为两人的沉默，平白被拉得老长，好像望不到底一样。

走进家门，白珠秀将包和钥匙往一楼走廊的边柜上重重一拍，指着钟听："你跟我上来。"

钟听点点头，踩着"吱呀吱呀"的楼梯，跟着白珠秀上楼。

白珠秀打开空调，转过身，单刀直入地说："我再问一次，钟听，你们俩什么都没有发生，是不是？撒谎是比犯错严重一百倍的错，你考虑清楚。"

纸和笔都在书包里，但钟听没去翻包，只是直挺挺地站着，非常郑重地摇了摇头。

白珠秀缓了口气，眯起眼，下结论："那就是你喜欢他。"

闻言，钟听瞳孔不受控制地一缩。

白珠秀摆摆手，示意她无须辩解："我不想听那么多废话。钟听，你现在是大人了，从小到大妈妈对你是很严厉，但从来没有打过你吧？你应该知道今天这是一件多严重的事。

"高考还有一年不到，加上寒假，满打满算也只有十个月了，你居然还把精力浪费在这种事情上，看来之前我对你太放松了。

"从今天开始，手机交给我，到高考结束前不许再用。有什么要联系的事，之前家里还有台十多年前的手机，我等会儿找出来试试，不行就买个老年机，只要能打电话发短信就够了。”

白珠秀想了想，继续安排：“放学后第一时间回家，我每天都会准时打电话回来，你要是不接，我就给你们班主任打电话了。”

红墙弄堂这边都是老房子，几乎每家每户都还留有座机。

这像是岁月的遗物，长久地被潜藏在这个城中村一般的弄堂里，倒是方便了查岗。

钟听点点头，将这些要求全数应允。

她只想等，等白珠秀说起沈珈述的情况。

果然，白珠秀啰唆几句，话锋还是不可避免地绕到了沈珈述身上：“那个沈珈述，上回还没来得及谢谢他，这次又要谢谢他了。要不是他，你这会儿档案里已经带着处分了。

“不过，无论如何你也不能再和他有什么联系。感谢是感谢，别的事，我都不会答应的。”

说完，白珠秀不再废话，直接将钟听赶回了房间。

钟听交了手机，又没法说话，回到房间独处也联系不上沈珈述，急得咬着手指团团转，完全静不下心来。

偏偏想了一万种法子还是无可奈何。

她只得哭丧着脸，坐到桌前，翻出随记本，思忖片刻，又觉得实在没心思写什么悲秋伤春的抱怨，又默默合上。

转眼，到了寂静的午夜。

十二点，钟听躺在床上，依旧了无睡意。

她坐起身，没有犹豫地下了床。

确认隔壁的白珠秀已经熟睡，钟听故技重施，再次蹑手蹑脚地离开了家。

时间紧迫，她跑出弄堂，直接打了辆车。

虽然钟听手机上交，看不到聊天记录，但沈珈述家的地址她早就牢牢记在了脑中。

深夜马路空旷，没多久，出租车驶入别墅区。

钟听没有登记，保安室不肯放行，还是得和业主联系。

不得已，她只能付了车费，独自站在大门口等待。

大约三四分钟后，保安大叔挂了内线电话，转头对钟听说：“业主说家里没人，不方便请你进去。小姑娘，你还是早点回去吧，有事明天早上再说，这大晚上的……”

闻言，钟听有些难以置信地瞪了瞪眼睛。

这么晚了，沈珈述居然不在家？

怎么会？

难道他又和他爸爸吵架了，所以没回来？

想来想去，钟听依旧不明白。

但除了来这里，她也不知道该如何才能见到沈珈述一面，只能比画两下，又收回手，重新拿笔写字给保安大叔看。

——实在不好意思，可以再打个电话进去问问吗？我真的有很急很急的事情，必须马上见到他。

保安拗不过她，只能又打了一次。

但结局并没有改变。

钟听没办法，有点颓然地垮下肩膀，转身离开。

夜色浓重。

路灯照不到的地方，风把灌木丛吹出影影绰绰的效果。

此刻，更深处的角落里，有一道修长挺拔的身影。

少年手里玩着一个打火机。

明明出来的时候跑得很急，但这会儿，沈珈述的动作倒是悠然，一举一动都看不出分毫情绪。

他一直记得，钟听说过抽烟不健康。

无关说教，只是在意，所以并不会讨厌，还会令人心头一软，忍不住对这根瘦瘦弱弱的豆芽菜心生怜爱。

沈珈述就是中了邪，所以才只是站在这处阴影里，目送钟听离去。

没多久，小姑娘的影子消失不见。

沈珈述拿起手机。

社交软件里，消息一条一条地往外冒，这么晚了都不见消停。

首先就是渠令，连续给他发了几十条消息。

渠令：阿述，我真的知道错了，我就是一时不甘心，求你别让学校开除我！要不然我爸妈会杀了我的！

渠令：阿述！看在我们过往的情面上，不能放我一马吗？我回学校去给老师和同学解释可以吗？

渠令：你在哪儿？我们当面聊聊好不好？

…………

沈珈述懒得细看，直接将她拉入黑名单。

买通黑客，非法入侵校内设备，IP 地址清清楚楚，还被人指证……随便哪一点，都够她喝一壶了。

要不是看在过往的情分上，他也不会只是让她没学上。

而后，沈珈述指腹在屏幕上滑动几下，点开了陈天皓的对话框。

陈天皓：述哥，你真要退学啊？这件事有这么严重吗？你们不是……不是没发生什么吗？

沈珈述未置可否，随手按了个“嗯”字上去。

最后，他才看到了董西的消息。

因为董西只发了一句话，无须打开就能看到。

董西：沈珈述，你喜欢钟听。

还是斩钉截铁的语气。

沈珈述盯着这行字看了好久，低低嗤笑了一声，一个字一个字地往上按。

S：你想多了。

他知道，这句话一定会转到钟听那里。

这个她妈妈看不上的浑蛋，不会再缠着她不放，她马上就可以不再为此挨骂挨打，马上就可以解脱了。

最终，沈珈述还是决定不要任何人站在他这一边。

海城实验中学一贯注重校风校纪，钟听和沈珈述这件事很快就有了处理结果。

没有切实的证据证明两人早恋，但异性同学间肢体接触过界，有照片为证，单凭言语解释很难令人信服，故而学校给了钟听一个警告处分，视之后在校表现决定是否能在毕业前消除。

事件的始作俑者是渠令，但她已经毕业。

沈珈述倒是坦坦荡荡。

最后，碍于校内影响太坏，在知会沈腾飞过后，学校让沈珈述停课，留校察看。

告知书就贴在食堂门口的公告栏上，人人路过都能看到。

钟听多次在公告栏前驻足，眉心几乎要拢成一座山峰。

她本就生得瘦弱，像是摇摇欲坠快要倒下去一样。

终于，董西看不过眼，拿出了自己的聊天记录，硬塞到钟听手上，让她看清沈珈述的真面目。

“……这叫什么事啊！沈珈述净给人找麻烦。”

董西愤愤不平，低声碎碎念了几句。

可惜，钟听什么都没听清。

她的注意力全部集中在屏幕里“你想多了”那四个字上，心中陡然浮起荒诞又滑稽的念头。

事实上，钟听从来没有多想过。

她从来不觉得沈珈述会喜欢她。

她一直都觉得沈珈述只是逗她玩玩，想看她变脸的样子，以此取乐。

从那日起，沈珈述就没在学校露过面了，钟听一直在担心他。

就算手机被没收，她也偷偷借了董西的手机好几次，登录自己的 QQ 号，给他留了许多言。

沈珈述一条都没回过。

两人好像就这样莫名其妙断了联系。

这也导致钟听每日越发忧心，又没法将沈珈述家中的情况说给别人听，只能闷在心里，前思后想，焦躁不安。

但沈珈述明明好好的，因为他会回复董西，想必也会回复其他人，应该是唯独不愿意回复她而已。

网盘里的音频也没有再更新了。

为什么呢？

明明暑假那会儿还好好的。

是因为觉得她没意思了，所以就不想再搭理她了吗？

还是说，因为她给他惹来了麻烦，他不高兴了？

钟听脑中闪过一万种猜测。

沈珈述就像一道没有标准答案的阅读理解题，她太害怕错误，所以反倒畏手畏脚，不敢落笔，只能傻傻地让自己陷入两难的境地。

唯有一件事可以确认——

钟听不想沈珈述退出她的考卷。

她愿意模拟一千个一万个答案，只为靠近他一点点，哪怕只是一毫米的距离，也弥足令人高兴了。

"……听听？听听？你怎么了？想什么呢？"董西见钟听拿着手机发愣半晌，连声将她的注意力唤回来，"马上就要上午自习了。"

钟听怔了怔，愣愣地点了下头，将手机还给董西，打了句"我们走吧"的手语，而后又腼腆地朝她笑了笑，率先迈开步子。

校区够大，食堂到教学楼还有一段距离，路上董西偷偷觑了钟听好几次，直到走进楼里才憋不住问道："你还好吧？"

钟听不明所以，扭头看董西，认真地点点头。

董西说："没事就好。那件事……唉，不说了。"

钟听了然地笑了一下，只是笑意始终未达眼底。

九月，作为新学期的第一个月，堪称兵荒马乱。

特别是对钟听而言。

先是开学典礼上尴尬的闹剧，让她成了学校里的名人，走到哪里都会引起异样的注视。

这种情况在钟听小时候也发生过很多次，只不过从前的关键词是"小哑巴"之类的，如今关键词变成了"沈珈述"。

也不知道这是进步还是退步，实在令人哭笑不得。

九月的下半个月，海城秋老虎肆虐，高温天返场，联合着高三第一次月考，一同叫人冒汗。

因着沈珈述的事，钟听心神不宁，月考前的几次随堂小测都发挥得不好。

白珠秀管她管得更严了，每天都坐在她旁边盯着她写作业、背书。看到小测卷，发了一顿火，差点闹到朱义彪那里，还是最后得知沈珈述已经停课，一个月没有去学校了，这才讪讪作罢。

“……钟听，下个月你就虚岁十八岁了，半个大人了，该干什么不该干什么，自己心里要有点数，月考可千万不能这个成绩了啊。好好考，到时候国庆假期刚好你过生日，妈妈带你去普陀山拜拜，顺便玩两天，就当放松了，行吗？”白珠秀一通教训完，又转变策略，开始循循善诱。

钟听只能乖乖点头。

转眼，时间来到月考前一天。

晚上睡觉前，钟听喝了一杯酸奶。

虽然仔仔细细地刷了牙，但睡到一半，她还是突然被一阵牙疼惊醒。

正好时隔一整年，她的智齿再次开始作乱。

这一回，在考场里，后排没有人再会问她是不是不舒服、为什么出了这么多汗。

她的沈珈述不见了。

生长痛依旧和智齿疼一起到来，好像互相交缠的藤蔓，交错缠绕，生生不息。

钟听忍耐力还算不错，依旧扛到了几科考完才倒下。

这回比上回好，因为会考已经结束，现在高三只需要考大三门加小三门，科目比去年少了很多，时间也短，只有三天，挨一挨确实也能过去。

月考最后一天，也就是国庆假期前一天，钟听婉拒了董西的邀约，独自回家，倒头就睡。

因而，她没接到白珠秀的电话。

等白珠秀请假回家，钟听已经烧到 39℃，整个人闷在被子里，满脸通红，不省人事。

见状，白珠秀吓了一跳，连忙摸了摸钟听的脸颊，轻声喊道：“听听？听听？你还好吗？药吃了吗？要不要去医院？”

白珠秀一连叫了好几声，钟听才终于迷迷糊糊地睁了睁眼，嘴唇翕动，很轻很轻地摇了下头，表示不去医院。

她讨厌死医院了。

也讨厌死自己说不了话的声带和治不好的耳朵了。

白珠秀担忧不已，又问：“吃药了吗？”

钟听勉强点点头。

白珠秀：“吃过了？那怎么这么久了还退不下去呢？听听，妈妈后天要去单位值班，没法在家照顾你，我们还是去医院吧？好不好？”

钟听还是摇头。

白珠秀没办法，叹了口气，替她压好被角，又倒了一杯温水，放在床边的写字桌上。

“那你先睡觉，晚点再看看能不能好点。”

说完，白珠秀转身关了房间里的灯，带上门走出去。

瞬间，整个卧室恢复到了之前的安静。

夏天就快要过去了，黄昏肉眼可见地开始日渐缩短。

这个点，窗外已经有了几分夜色，透过陈旧、不甚密封，却擦得干净透明的玻璃窗里钻进来。

隐隐约约间，像是故事的终篇。

而巷子的另一头，同样沐浴着晚昏的少年正坐在厨房里，冷着脸拿出手机，给备注名为“耳朵 emoji”的好友发去几条消息。

相燃：这几天你出门吗？小心一点，我今天在路口看到了几个奇怪的人。

相燃：其中一个和之前被送到警察局的人有点像。

相燃：如果有人找你麻烦，给我打语音，我会马上过来。

只可惜，钟听的手机已经被白珠秀无情地没收。

自然，她压根没能看到这些消息，更谈不上回复。

相燃等了一会儿，没等到回答，冷冷扯了扯嘴角，一把拉上了厨房的窗户。

阿婆恰好从外面进来，见到这一幕，笑了下：“谁惹我们阿燃不高兴了啊？难得看你生气。”

事实上，相燃还是那张没什么表情的冷淡脸，丝毫看不出高兴与不高兴的差别。

他动作顿了顿，硬邦邦地应着外婆的话：“没有的事。”

某些人不领情，那就拉倒，他有什么好不高兴的？

10 月 2 日。

外头天空阴沉沉的，还刮起了风，带来些许凉意，但那种黏糊糊的闷热感依旧未退。

天气预报说台风正在靠近沿海地区，明天起全市有雨，会持续一周。

待雨水击退秋老虎的余威，而后就正式入秋了。

钟听高烧反复了两天，至今未退，还躺在床上起不来。

白珠秀要去值班，要赚三倍工资，没办法，只好给钟听喂了点退烧药和消炎药，仔细写了条子，拿了钱，一起留在桌上，把她一个人放在家里。

上午十点多，退烧药开始起效。

钟听爬起来简单洗漱一番，又随便吃了点东西，翻了两页书。

到下午，又烧起来。

她不得不再吃了颗药，躺下去，陷入沉睡中。

退烧药有安眠成分，因而之后发生的一切明明嘈杂混乱、明明危险重重，她全部没有知觉。

再睁开眼时，眼前是一张熟悉的、令人无比思念的脸。

少年的脸不如往常那般白皙，有黑黑的污渍，但眼睛始终明亮如星。

倏地，他似乎感知到钟听醒来，低下头，对躺在他怀中的她说：“豆芽菜别怕，老子会带你出去的。”

而他的身后，是熊熊烈火，正无情吞噬着房梁。

一切都宛如梦中的场景。

事实上，沈珈述哪里都没去，也没有发生什么意外，只是提不起劲儿，干脆借着停课的借口，在别墅里百无聊赖地躺了大半个月，堪称名正言顺。

到九月最后几天，沈腾飞终于短暂结束了手头的工作，从国外飞回来。

这一次，一向脾气暴躁、一点就炸的沈总竟然一反常态，并未抄起手中的铁棒再次践行他“棍棒底下出孝子”的至理名言，只是让阿姨将沈珈述叫下楼，然后沉默地望着沈珈述。

面对这个唯一的儿子，沈腾飞眼中的失望实在难以掩藏。

他这一生，事业上可以算是顺风顺水。

无论是当时放弃深造，投身到钢材业，还是之后在钢材生意热火朝天时毅然决然转型，卖掉工厂去做医药，沈腾飞的每一步都走得极具眼光，赶上了最好的时机，这才成就了他如今的事业和地位。

唯一的挫败，可能就是与薛斐斐的婚姻。

薛斐斐那些行径等同于给了沈腾飞一巴掌，将他从意气风发、不可一世打回原形，将他的面子里子全部扔到地上又碾又踩。

沈珈述是薛斐斐的儿子，也是他沈腾飞的儿子，身体里流着他的血。沈腾飞想要把沈珈述教好，以后继承自己的衣钵，至少绝对不能输给薛斐斐后来生的那个小儿子。

为此，沈腾飞用了不少极端的手段，直到造成今天的结局。

他终于意识到，沈珈述不是可以随便捏的泥人，不是他的所有物，不可能按照他的心意长大。

他掌控不了自己的儿子。

思及此，沈腾飞终于忍不住长叹了口气，揉了揉鼻梁，沉声开口：“沈珈述，薛斐斐和你联系过了吗？”

沈珈述懒洋洋地坐着，低垂着眼，却是一声不吭。

沈腾飞压着脾气，继续说：“你们老师给我打电话的事，我已经和她说过了。总之，我是管不了你了，下个月你就滚到香港去，以后就让她来管你。

“不管你认我这个爹也好，不认也好，钱总归少不了你的。以后你想怎么样、想干什么、到什么地方去晃悠，打算死在外面还是怎么样，都随便你吧。”

说完，沈腾飞站起身，拂袖而去。

他那原本强势硬朗的身形，竟也在不知不觉中流露出几分疲态来。

霎时，偌大一个客厅，只剩下沈珈述一个人。

他的背影高大却清瘦，孤零零地坐在那里，在冷冷的灯光下，平白显出几分脆弱意味来。

这么多年的折磨总算告终。

算是解脱了吗？

但此刻，沈珈述的心情好像也称不上解脱。

因为少了点欣喜若狂。

他很清楚的一点是，薛斐斐不会欢迎他的到来。

后续安排都由沈腾飞的助理来完成。

助理效率很高，不过两三天工夫，赶在国庆假结束前，就将沈珈述的机票和行程全部定好，并抄送三份，用邮箱发给沈珈述、沈腾飞，以及薛斐斐。

机票定在了七号，也就是一周之后。

至于海城这边的收尾工作，包括沈珈述在海城实验中学的学籍、档案等，等假期结束，也会有人去办理，无须沈珈述操心。

一切安排完后，沈腾飞直接飞去了国外，连一天都没有多待，明显是不想再看到沈珈述这个不争气的儿子。

幸好，沈珈述也不甚介意。

国庆来临，学生开始放假。

不少人发消息来约他出去打球、唱歌，要是全部应邀，基本能把他离开前这周的时间通通填满。

“……走啊，述哥，咱们哥几个都好久没见了。听说你们学校找你麻烦，要不要陪你喝几杯？”

说话的人是台球馆的常客，名叫张强，和沈珈述认识有两三年了。

早先沈珈述在台球馆熬夜通宵，他就在对面网吧上网，还给沈珈述带过几次早饭。

两人闲来也约过几次球，关系算是不赖。

张强是红墙弄堂旁边那所职校的学生，比沈珈述高一届，六月毕业之后就没再念书了，一直在附近游手好闲地混日子。前一阵他还动过脑筋，想在弄堂里开一家按摩店，游说沈珈述出点钱，跟他合伙。

那会儿是七月底，暑假刚开始，天气极热，沈珈述忙着给钟听录英语听力，有一阵没出门。

他接了张强的电话，听到说开按摩店后的第一反应就是不靠谱，虽然很给面子地听对方介绍了半天，到底还是借口推拒了，没跟着一同去做什么实地考察。

这回张强再来约，想到自己马上就要离开海城了，沈珈述便很爽快地应了下来。

一号下午，几人在台球馆碰面。

除了张强，还有几个男生，都是一起打过球的朋友，大多是熟面孔。

开了两台后，沈珈述把球杆放到一边，下来休息。

没一会儿，张强也下了场，凑到他旁边轻声开口：“述哥，上回我说的那个事，你觉得怎么样啊？”

张强还没有死心。

他是红墙弄堂的居民，打小就生活在这里，接触的都是这座城市里最普通的，甚至是有点穷困的人。

沈珈述是他遇到的人里最有钱的。

加上沈珈述年纪小，出手又一向大方，他很难不把主意打到沈珈述身上。

这一片的店面租金便宜，那点押金和启动资金对沈珈述来说应该就是一个月的零花钱而已。

“……到时候找两个技师，述哥你先试试，怎么样？”

沈珈述嗤笑一声：“免了，嫌脏。”

张强的脸色有点不好看了，讪讪道：“也是……但你信我，这个生意绝对有钱挣。等店开起来，看店什么的都交给我，述哥你就每个月拿分红，就当整点零花钱，有什么不好的？”

沈珈述没再说话。

他要走的事，还没告诉任何人。

张强自然也不知道。

加上两人不过是泛泛之交，也没有到交心的程度，张强只知道沈珈述有钱，却不知道他家的具体情况。

张强说的分红那点零花钱，或许还没之前沈腾飞顺手抄起来的木棍贵。

见沈珈述不说话，张强心里有了数，干脆也不再管他，直起身，自顾自地上台去打球了。

一行人在台球馆消磨到傍晚，又转道去 KTV 通宵，还点了七八箱啤酒。

当然全程都是沈珈述买单。

沈珈述心情不好，但也不会计较这些，坐在 KTV 包厢的角落，和他们一起打牌。

后半夜，包厢门被几个新面孔推开。

几个黄毛走进来，喊了一声：“强哥，来了来了。”

张强喝得多了些，这会儿已经瘫在沙发上醉生梦死，听到自己的名字，勉强唤回了些许神智。

他带着领头的那个黄毛去找沈珈述。

“述、述哥，这个、这个兄弟，就是之后打算和我一起干的……你看、看看，是不是还挺靠谱？我、我跟你说，他家在附近还算有点门道……”

沈珈述懒洋洋地靠着沙发背，手里拿着一把牌，眼睛都没抬一下，是有点欠揍的架势。

不过在场的人都知道他是个狠角色，没人敢拿他怎么样。

新来的那个黄毛也是毕恭毕敬，非常有求人的态度：“述哥，我们之前见过一次，不知道你还记不记得我……”

闻言，沈珈述抬头瞥了对方一眼。

刹那间，他表情冷下来：“是你。”

黄毛摸了摸脑袋，嘿嘿直笑：“对对对，是我！一直想找机会跟述哥解释一下上回……”

他话音尚未落下，沈珈述就摔了手中的牌，站起身，居高临下地看着他。

“你还敢出现？”

这个黄毛，就是去年六月份在红墙弄堂堵了钟听的那个混混。

沈珈述甚至不等他反应过来，陡然出手，一拳砸在他鼻梁上，将人直接打倒在地。

顿时，场面变得一团乱。

KTV 本就光线昏暗，在场的几个男生都喝了不少，动作摇摇晃晃，想上来拉架也有些心有余而力不足。

最终还是张强撑着精神，把黄毛给架开，拉出了包厢。

沈珈述替钟听出了气，心里却没多少爽快。

今晚他一口酒没喝，就算熬到了后半夜，思绪也清楚得不得了。

他和钟听的关系已经完蛋了。

这一切，他就是始作俑者，做出自以为是的决定，用那几句话刺伤了钟听，也断了自己的路。

沈珈述当然看到了钟听给他发的消息。

那个手机被他砸碎后，他又换了个新手机，重新浏览了他们俩的聊天记录，这一个月里，反反复复一句一句看了无数遍。

可是他不敢回复。

他怕只要说上一句话，自己就会后悔。

白珠秀说得没错，他会害了钟听。

沈腾飞说得也没错，他这样的人，不配和钟听做朋友……

等沈珈述回过神来，看了眼手机，凌晨两点多。

张强带走了那个黄毛，至今还没有回来，剩下的就是几个在鬼哭狼嚎的酒鬼，拿着话筒，或坐或趴或躺，横七竖八地倒在沙发上。

之前打牌的伙伴也不见了。

他实在意兴阑珊，站起身，头也不回地离开 KTV，打车回家睡觉。

沈珈述再睁开眼时，已经是次日下午。

他睡眼惺忪地坐起身，目光在房间里逡巡一圈，难得生出了一点空虚茫然的感觉。

直到注意力渐渐被架子底下的书包吸引过去。

那只黑色书包，沈珈述平时几乎不用，阿姨收起来之后，就一直放在了架子那里。

之前他从钟听家的阁楼里顺了一只挂件小狗出来，也没太在意，随手就挂到了这只包的拉链上。

或许是他凌晨上床前没注意，撞到了架子，此刻，那只小狗从阴影中露出了真容，十分乖巧的模样。

和制作它的人一样。

沈珈述盯着挂件小狗看了会儿，想象着某人做玩偶时可能会摆出的认真的表情，默默叹了口气。

突然，他的心底浮起一个在黑暗里徘徊了许久的念头——

在去香港之前，至少再见钟听一面吧？

说见就见。

就在下午去打篮球之前，偷偷的，不打扰她。

思及此，沈珈述立刻翻身下床，洗漱后换了出门的衣服，又将那只黑色书包从架子后面拿出来，单肩背在身上。

走出家门，他打了辆车，直奔锦西路而去。

放假时的红墙弄堂比往常热闹不少。

老房子隔音效果有限，邻里邻外的说话声交错起伏，很有烟火气。

沈珈述走过第一个巷口，脚步悄然放慢，直至停下，驻足不前。

真的要去吗？

万一被钟听发现了，会不会徒生事端呢？

难得他也会有踟蹰不决的时候。

犹豫了七八分钟，沈珈述蹙了蹙眉，默默转过身，打算离开，小狗挂件随着他的动作上下晃动，敲着包侧。

也像是敲着他的心脏。

只是，他迈出去没几步，身后突然传来急促的脚步声。

两个男人从旁边挤过，还在轻声交谈着。

“会不会出事啊？”

“吓唬吓唬他们而已。再说了，这种破地方，路上烟头那么多，被风吹进屋子里不是很正常的事吗？谁知道会烧起来啊？”

“虽然是这么说……”

沈珈述听力很不错，虽然那两人很快就走出老远，他还是把他们的话听了个七七八八。

说不上什么原因，明明是完全无关紧要的对话，沈珈述却反常地心里一跳。

他再次改变主意，掉头，重新往钟听家的方向大步走去。

走过巷子的一半，沈珈述闻到了一股浓烈的烟味。

是某种布料烧着的味道。

不仅如此，前方的半空中已然飘起了黑烟。

弄堂两边的居民也纷纷出来，顺着黑烟方向，三三两两地过去看热闹。

“哪里着火了吧？”

“哦哟，这么吓人？ 119 有人打了没啦？”

“肯定打了呀……不过这地方，消防车开不进来吧？”

“会不会烧到我们家这边哦？”

沈珈述一怔，顾不上想太多，迈开步子，径直往巷子里冲。

等沈珈述跑到钟听家楼下时，破旧的老楼已经处在滚滚浓烟之中，丝毫看不出往日的样貌。

离得近了，那股奇怪的味道也变得明显。

是她们家阁楼里放的那些毛绒制品烧起来的味道。

此刻，因着毛料和布料太过易燃，火势已经快要从楼里蔓延到两边，邻居们都站在十几步外议论纷纷。

“有人通知珠秀了吗？她不在家吗？这样下去，这一排房子都要被烧掉咧！”

“我今天早上看到她出门上班去了呀！”

“今天不是放假吗？那她女儿呢？”

“她女儿前两天生病了呀，不会还在屋子里吧？这么大的烟，应该早就跑出来了。”

沈珈述听得心惊肉跳，眼神飞快地在周围人脸上打转，却没看到钟听。

“豆芽菜？豆芽菜？你在哪里？”

“钟听！”

“钟听！”

消防车的鸣笛声由远及近，正高速朝弄堂这个方向靠拢。

阴云乌压压地盖在半空。

空气沉闷，像是马上就会降下一场雨，带来秋意凉爽。

但时间仍旧未知。

老房子内里结构大多是木头，再加上钟听家处处堆着布料，一碰到火源，立刻就会燃起来。

因而，火势蔓延速度极快。

不多时，透过冲天浓烟，已经能看到熊熊明火，且肉眼可见地在往两边蔓延，卷噬着隔壁楼栋斑驳的外墙。

围观邻居也退得更远了些，生怕被殃及，回头来不及跑。

然而，就在这种情况下，某处倏地爆发出几句惊讶的声音。

一道人影从人群里冲出来，不顾旁人阻拦，如同离弦的箭一般，随手扔了包，冲进了浓烟滚滚的老楼里。

沈珈述进过钟听家。

虽然只有一次，但好在他记忆力相当不错，空间想象力也不赖，对屋子里面的构造依然很清楚。

故而，哪怕是被烟雾遮挡住视线，他还是能准确地找到方位。

此刻，进出的大门已经被火堵住。

沈珈述记得钟听家有个露台，可以直接从一楼外面翻上去。

露台连着阁楼。

而钟听的房间在二楼。

如果钟听还在里面的话……最大的可能性就是在房间里。

这房子小，火是一点点烧起来的，如果她清醒，这会儿早就该跑出来了。

所以，最大的可能性是她在睡觉，火势变大之后，她在睡梦中吸入太多一氧化碳，失去了意识。

……已经来不及叫消防队了。

沈珈述没有再犹豫，动作敏捷，飞快地在黑烟中找到能上露台的外墙，扒着砖，斜踩着墙，三两下跳了上去。

站到露台上，他才发现阁楼的窗户也在往外飘浓烟。

他心中一惊，立刻顺着冲进去。

“咳、咳咳咳……”

整栋房子到处都是黑烟，还有火的味道，刚一进去，沈珈述一连咳了好几下，摸索到下楼的位置。

楼梯是木头材质，这会儿已经烧了起来。

他干脆利落地从阁楼跳到二楼，一边咳嗽一边喊：“钟听！钟听！咳、咳……钟听，你在里面吗？”

无人响应。

钟听说不了话，无论在何种险境中，都无法呼救。

沈珈述曾经还借此调侃过她。

虽说他本意是开开玩笑，但放到现在这般情形下想起来，未免很后悔。

他咬咬牙，摒弃杂念，弓着腰，继续贴着墙根往钟听的房间去。

氧气不足，呼吸也渐渐开始不畅。

幸好屋子够小，在可见度几乎为负数的情况下，沈珈述顺利碰到了卧室门。

他直起身，一脚踹开了房门。

“……钟听！咳！”

钟听的房间实在小，两步就能走到头。

沈珈述摸到床上有一个鼓包，扯开被子，碰到了少女发着烫的皮肤，感受到她灼热的呼吸后，一下子松了口气。

还好……

还好钟听没出事。

现在只要带她出去，就真的没事了。

思及此，沈珈述将钟听打横抱起，牢牢地搂在自己怀里。

许是因为迷迷糊糊感觉到身体的异样，钟听睁了下眼睛，因高烧而干涩起皮的嘴唇微微翕动了几下。

沈珈述将她抱得太紧，她稍有一点点小动作，他就能第一时间感知到。

生怕钟听恐惧担忧，他憋着咳嗽，故作轻松地安慰了几句，继而才沉下心来，专注地寻找着离开的路线。

上阁楼的楼梯已经烧断，他带着人，没办法从原路离开，钟听房间的窗户太小，又不足以通过一个人。

唯一的出路，只有从一楼走。

但这次起火点应该就在一楼，那些布料、棉花、线团都被白珠秀堆在一楼狭窄的走道两边，这会儿应该已经都烧得差不多了。

厨房和厕所都在一楼，二楼没有水管，连弄点水打湿衣服冲出去都做不到。

沈珈述低头觑了觑怀里的钟听，意识到她可能支撑不了太久，咬咬牙，抱着她再次一头扎进浓烟中。

火势已经卷到了二楼。

老房子无比脆弱，到处都在发出“吱呀吱呀”的恐怖声音，与越来越近的消防警笛声交错，如同硬生生划出了两个时空。

沈珈述思忖半秒，果断掉转方向，踹开白珠秀的房间门。

果然，白珠秀这间里面有窗。

因为构造不同，这扇窗比钟听那间的大了许多，稍微缩一缩身子，是有可能穿过去的。

只是着火的位置好像就在这间的正下面，屋里的地板发烫，看起来坚持不了多久。

沈珈述从衣架上随便拿了一件衣服，护住钟听的头，“咚”的一声，将窗户玻璃踢了个稀碎。

“哗啦啦——”

玻璃碴飞溅，落到一楼。

这扇窗和大门是反方向的，但下面也有弄堂另一边的居民在三五成群地围观。

听到动静，几个眼尖的阿姨立马惊声尖叫起来：“那里！那里！二楼那里还有人！”

沈珈述从窗户里探出半截身体，大吼了一句：“有人受伤了！”

“有人受伤了？怎么办？消防队呢？还没来吗？”

“可能是车卡在弄堂外面进不来吧……”

“老吴！过去接一下接一下！搭把手！”

见状，两个男人上前，朝着探出身的沈珈述招招手：“谁受伤了？快点跳下来，我们接着你！”

“是啊，这个楼好像马上要塌了！快点！”

弄堂里的人相当热心，还有不少人在后面七嘴八舌地出主意。

沈珈述缩回身，扶着钟听的肩膀用力地摇了几下：“豆芽菜？豆芽菜？醒醒！你还好吗？我们要来不及了。”

钟听整个人都压在沈珈述身上，这样他只能把她从窗户扔下去，虽然是二楼，但是如果一个不小心底下的人没接稳，她头着地就出大事了。

他不敢冒险，只能试图叫醒钟听。

还好，钟听肩膀被他握得生疼，竟然真的恢复了一点意识。

沈珈述松了口气，仔细叮嘱道："你听好！现在我要把你从窗户弄出去，下面是瓦片，你尽量在瓦片上坐稳，然后慢慢滑下去。下面有人会接住你的，别害怕，知道了吗？"

钟听听得不太清楚，只勉强点点头。

沈珈述又说："窗户两边的玻璃碎屑没弄干净，来不及了，我给你包住头，你自己小心一点。闭眼，我说睁开才能睁开。"

说完，不等钟听回应，他将她头上的衣服拉紧了点，随手打了个结，再将她抱起来，小心翼翼地往窗户外送，直到她的脑袋从窗户里完全探出去。

"睁眼。还有力气吗？有力气的话抓紧瓦片。"

风一吹，新鲜空气涌入鼻腔，钟听又清醒了一点。

她依着沈珈述的指挥，一点一点爬出了房间，坐到墙瓦上。

瓦片太过倾斜，又不够宽，实在不好受力，钟听勉强坚持了十秒钟，就因为脱力往下掉。

最后还是后面出来的沈珈述拽了一下她的衣服，减缓了她下落的速度，让她稳稳地被楼下帮忙的人接住。

"好了好了！小姑娘下来了！"

沈珈述松了口气，彻底放下心来。

没了牵挂，他轻轻松松地跳出窗，踩着瓦片，干脆利落地往下跳。

对沈珈述来说，从露台跳下来都没问题，这点距离实在不算什么。

谁承想，意外就在这一瞬间发生。

就在沈珈述落地的刹那间，二楼的木板再也坚持不住火燎，"哗啦哗啦"几下断裂开来，往一楼下面砸。

屋子的横梁也吃不住这个力，重重下落。

"咚！"

猝不及防间，被横梁砸开的木板砸到了沈珈述背上，还有一部分敲到了后脑勺。

他闷哼一声，一下子跪倒在地。

"不得了！房子要塌了！"

"快快快，快点把那个男孩子拉出来！他那个地方会被房子压到的！"

沈珈述被人七手八脚地扶了出来。

这会儿，他头痛得像要炸开，已经有点头晕目眩，强撑着力气，哑着嗓子问道："钟听呢？"

旁边的阿叔愣了一下："你说那个和你一起的小姑娘？她没事，喏，就在那边呢……"

阿叔话音尚未落下，沈珈述就已经朝着他指的方向跑过去。

钟听正被一个阿姨扶着，眼睛一睁一闭的，很不舒服的样子。

沈珈述跑到钟听面前，上下检查了一番，确认她平安无事，只是高烧，没有受伤。

而后，他一把抱住了她。

“还好……还好……”

怀里的人是有温度的。

失而复得的后怕，令沈珈述嘴唇发颤，声音也有点抖。

还好钟听没事。

他放松下来，眼皮一重，整个人倒了下去，骤然失去意识。

不知过了多久，钟听在充斥着消毒水味道的病房里醒来。

她一向讨厌医院，闻到这个味道，眼睛还没完全睁开，先是不由自主地蹙了蹙眉。

只是，下一瞬，意识很快回笼。

钟听瞪大眼睛，猛地坐了起来。

床头，白珠秀正在打电话，余光瞥见她的动作，当即挂了电话，出声训斥：“干什么？冒冒失失的，都要把吊瓶拉下来了！”

话虽如此，但钟听眼尖地看到了白珠秀红红的眼眶，像是刚刚哭过。

她心里倏地一软，朝着白珠秀笑了一下，用口型说：我没事。

白珠秀摸了摸她的脑袋，语带哭腔：“……你要吓死妈妈了！”

白珠秀赶回来的时候，火已经灭了，房子成了断壁残垣。

邻居说钟听被送到医院去了，她压根顾不上清点屋内没烧干净的东西，掉头就来了医院。

直到钟听醒来，一步未离。

“还好你没事，要不然你让妈妈一个人怎么办？你怎么这么笨啊，着火了都不知道往外逃！”

此刻，白珠秀仍旧觉得心有余悸，忍不住用念叨来缓解浑身的紧绷感。

钟听还是好脾气地笑着，任由她碎碎念。

等白珠秀说累了停下，钟听才拉过她的手，在她的掌心一笔一画地写字：沈珈述呢？

不是做梦。

也不是烧迷糊之后产生幻觉。

这么一会儿工夫，所有的感官归位，记忆回笼，钟听终于可以确认，那个拥抱不是臆想出来的。

沈珈述脏兮兮的脸颊，还有如阳光一般璀璨的笑，也不是臆想出来的。

它们曾经切切实实地发生过。

——沈珈述又救了她一次，从火场里。

钟听目光炯炯，神情却不自觉露出一丝怯懦。

顿了顿，她在白珠秀的手心里继续写：他还好吗？

白珠秀没有沈珈述那种凭感觉识字的能力，钟听在她手掌上一笔一画写了好几遍，她总算才明白是什么意思。

白珠秀的表情有些不好看，撇了撇嘴，避而不谈，只是反问道：“你们还在联系？”

钟听没回答，目不转睛地盯着她。

白珠秀轻咳一声，调整表情，好整以暇地回答：“总归还活着就是了，别的你别管。”

闻言，钟听难以置信地瞪大了眼睛。

沈珈述应当是受了伤，且这次完全是因为她。

要是没沈珈述冲进屋里，她这会儿说不定早就因为缺氧窒息死掉，或是跟着坍塌的楼一起被砖块掩埋，怎么还能完好无损地坐在这里呢？

大多数情况下，钟听可以试图去理解白珠秀的偏执与强势，但与沈珈述有关的事上，她就会忍不住反抗、争论。

这次更不例外。

钟听动了动嘴唇，气鼓鼓地扭过头，目光到处搜寻着手机的踪影。

白珠秀冷冷开口：“别找了，东西都没带出来，都被烧了。”

钟听愣了愣。

停顿数秒，白珠秀继续说道：“钟听，你是不是觉得我不让你打听沈珈述的事，是忘恩负义的行为？这次他能把你救出来，我感谢他还来不及，我不告诉你，肯定是为你好。妈妈做的每一件事，都是为了你啊。”

钟听一动不动。

“你要是不相信，这回你就自己去看吧。等找到他，你就会知道，我现在是想要保护你。”

语毕，白珠秀从旁边拿过包，找了一张半旧的字条出来，放到病床边的床头柜上。

“这是沈珈述所在的医院。你睡了一天一夜，我已经去探望过了。你还要去的话，等打完点滴，医生说可以出院了再去，别影响后面上学。”

钟听愕然。

病房是多人间，此时每个床位边都拉了床帘，将光线密密实实地挡住，只留床头的一盏小灯。

她侧了侧身，将布帘拉开一条缝隙。

这个位置恰好靠窗，能看到窗外的天色。

夜空黑得像墨一样，应当正处于黎明破晓之前。

这一刻，钟听陡然意识到，为了陪她，白珠秀应该是一夜没睡。

刚刚她应该不是在打电话，而是在听语音。

毕竟，哪有这个点还醒着的人。

须臾之间，钟听心中生起满满的愧疚，眨眼时，瞳孔中好似有流光划过。

她朝着白珠秀伸了伸手。

白珠秀问："干吗？想喝水？还是上厕所？再忍忍吧，这瓶马上挂完了。你那个牙还疼吗？医生说你身上有炎症，消炎药和退烧药一起吊进去，炎症消了之后就赶紧把那颗牙拔了，别后面要高考了又疼得受不了……"

许是怕打扰其他病人，她声音不大，语速飞快地絮絮叨叨着，好似不曾把几分钟前的别扭放在心上。

过去的每一秒钟，钟听都可以确信，白珠秀是很爱很爱她的。

所以，等白珠秀顺着她手臂的方向靠近之后，她用力抱了抱白珠秀。

——谢谢妈妈。

她用口型说。

惊魂的一天过去，三号下午，钟听没有复烧，血液各项数值也在正常范围内，被允许出院。

只是，回家……

家好像已经被一把火烧没了。

凌晨的时候，白珠秀就是在听房东的语音。

这次火灾的主因还没调查清楚，警察那边初步判断是烟头接触到可燃物造成的。

他们家中没人抽烟，故而具体情况要再等等。

但在此之前，房东和左邻右舍的损失都得来找白珠秀解决。

不仅如此，房子塌了，她们母女俩无处可去，还得再想办法租一套新房暂住。

桩桩件件，都令人焦头烂额。

傍晚，白珠秀先一步回弄堂，去和房东沟通赔偿事宜。

在她的默认下，钟听独自出发，前去探望沈珈述。

事发后，沈珈述和钟听一起被邻居送上救护车，送到了最近的三甲医院治疗，但当天晚上沈家来了人，给他办理了转院手术，将人带走。

钟听看了看字条上的地址。

是一家私立医院。

网上说，这家医院以服务好、价格昂贵闻名。

到底是伤得多严重，才需要转到这样的医院呢？

钟听强忍着心中的惴惴不安，按照地图导航下了地铁，再换公交车坐两站，摇摇晃晃地抵达目的地。

来到医院大门外，正是暮色四合时分。

钟听抱着一束花，拎了一篮水果，快步走进去。

私立医院里静悄悄的，和公立三甲随处可见的喧闹不同，看起来倒更像是个幽深花园，很适合休养。

她摸索着找到一楼问询台，将那张字条出示给护士，又指了指纸上的病房号，表示自己要去这里。

护士脸上挂着笑意，温温柔柔地说道："抱歉，如果没有家属的允许，我院不接受外来客人的探望。需要我帮您联系这间患者的家属吗？"

钟听先是愣了一下，继而点点头。

护士背过身，打电话上楼。

不过几句话工夫，她挂了内线，转身朝着钟听抱歉地笑了笑："不好意思，暂时不方便探视。"

钟听不死心，立马将花和水果都放到一边，借了问询台的纸笔，开始"唰唰"写字。

——拜托了，姐姐，能不能通融一下？或者再联系一下他们可以吗？里面的患者是为了救我才受了伤，我真的很需要知道他的情况。

护士很无奈，但依旧还是摇头。

私立医院就是主打服务和私密性，如果随便让人上去，会坏了自己的招牌。

钟听反反复复写了很多话，直到将一张纸的正反面全部写满，对方才终于松口，愿意再打个电话上去帮忙沟通。

这次，许是因为知道了钟听的身份，沈家派人下楼来接她。

来人是上回在别墅见过的阿姨，给她泡过热可可的那个。

阿姨知道钟听不会说话，在她焦急的目光中主动开口："珈述还没醒。医生说他皮外伤不严重，最严重的问题是被木板敲中头部昏迷。CT 都已经拍过了，看不出什么问题，但脑袋是精密的部位，一点点小伤都有可能会有巨大影响，如果醒不来的话，就很不好说……"

阿姨很早就在沈家工作，算是看着沈珈述长大的，说起沈珈述的伤势，担心也是实打实的，不会有假。

钟听没想到会是这样的情况，一时之间，整个人愣怔在了原地。

与此同时，"叮"的一声，电梯抵达病房所在的楼层。

阿姨没有再多说什么，领着钟听径直往里走。

私立医院的病房和钟听昨天待的那个完全是天差地别，更像是豪华酒店的套间，每个病房里里外外都有好几间，面积加起来，约莫是钟听家的三四倍都不止。

钟听还是第一次来这种病房。

本该觉得惊讶一番，偏偏她的思绪已经完全被沈珈述的情况牵挂住，压根没有心思四下打量。

最外面那间是会客室，长长的 U 形沙发上坐着一个女人。

听到钟听的脚步声，对方定定地转过头来，看向她。

女人穿着很随意，踩着一双平底拖鞋，垂到脚踝的宽松长裙上有各种色块的花样，再往上，是鹅黄色的针织开衫，虚虚套着，弥足慵懒的感觉。

因穿着和气质，还有她姣好的容貌，模糊了岁月的界限，令人难以判断她的具体年龄。

薛斐斐朝着钟听客套地牵了牵嘴角，终于开口：“你是钟听吧？你好，我是沈珈述的妈妈。谢谢你特意来看阿述，先请坐。”

一时之间，钟听连手脚都不知道该怎么放了，朝着薛斐斐点头致谢，这才捡了个沙发角落，正对着薛斐斐，小心翼翼地坐下。

相比之下，薛斐斐就非常松弛，撩了撩长发，在茶几上拿了只玻璃杯，给钟听倒了杯水，推到她那边。

顿了顿，薛斐斐又开口问道：“伤不严重吧？都恢复好了吗？”

举手投足之间都是赏心悦目的涵养，一看就是出身在富贵人家。

钟听越发怯场，正襟危坐，向着薛斐斐打手语：谢谢您，我没事。

薛斐斐笑了笑，比手势：“抱歉，我看不懂手语。不过没关系，你听我说几句就好。”

闻言，钟听立马点头。

薛斐斐语速不紧不慢：“阿述现在的情况，阿姨应该已经和你说了吧？具体是怎么回事，我昨天已经找人打听过了。你妈妈昨天过来，我也向她表达了我作为阿述母亲的立场。

“阿述是一个很真诚很善良的孩子，面对陷入险境的同学，他不可能视若无睹，所以多余的道谢就不必了。这毕竟是一场意外，你们家也是受害者，不能怪你们。

“但我不希望你再出现在这里。钟听同学，很抱歉我冒昧提出这个请求。作为孩子的家长，就算理智上清楚，情感上也很难不迁怒于你。

“阿述马上就会转学和我去香港……”

说着，薛斐斐注意到钟听有些惊讶的眼神，启唇一笑：“他要走，没告诉你吗？可见你们也不是多么重要的朋友。

“嗯，阿述这个孩子确实不容易和人交心，这也都怪我们。

“既然发生了意外，我也不想再继续留在海城耽搁，不管期间阿述能不能醒来，下周我都会帮他转院，和我一起回香港。

“我不希望他再和之前的同学朋友有什么纠葛。他在这里过得不好，我希望他能去一个新地方开始新生活，永远不再回来。他连马上要走的事情都没有告诉同学们，想来也没有关系亲密的朋友割舍不掉的。

“哦对了，至于阿述的伤，你不用担心，也不用自责。医生说，他应该很快就会醒来的。

“……你可以明白我的意思吗？钟听同学？”

钟听当然听得明白。

她又不是傻子。

薛斐斐语调温柔，客客气气的，但字字句句里都并不能看得上钟听。

不，也不仅仅是钟听。

应该还看不上沈珈述在海城的过去。

钟听总算明白先前白珠秀为什么会说只要她来就知道了，想必也是与薛斐斐说过几句话的。

薛斐斐的一言一行、一举一动，都像是在高高在上地提醒着她，他们有着云泥之别，只不过短暂产生交集，并没有继续接触的必要。

沈珈述不需要她的感激，也不需要她的抱歉。

在薛斐斐看来，最好的答案是陌路。

她居高临下的态度，藏在每个神情里，比沈腾飞更甚，明明没说什么带有嘲讽的话，却令人感受到了赤裸裸的羞辱。

钟听脸颊通红，手足无措，蜷缩着手指，张了张口，又败下阵来。

在薛斐斐“还不走吗”的目光中，她朝着对方鞠了一躬，起身，落荒而逃。

十月，白昼时间已经开始日渐缩短。

昨夜应该下过雨，地面潮湿未消，只是钟听来时太过专注，一直在担心沈珈述，所以没有察觉。

但走进红墙弄堂，石板路凹凸不平而产生的水洼，实在叫人难以忽视。

这几天过得好像做梦一样，一桩桩一件件接踵而至，不真实感实在太过强烈。

某一瞬间，钟听陡然生出无边无际的绝望来。

那个雨天的奇迹，留下漫长的余韵，将她困在迷宫之中，至今仍旧找不到破解之法。

“……钟听？”

蓦地，耳边响起一道低沉的声音，将钟听的沉思打断。

她脚步一顿，抬起头，不甚意外地冲着相燃勉强笑了一下，算作打招呼。

相燃是从后面快步追上来的。

但这个方向不是离开弄堂的方向。

很显然，他是特意来找她的。

“外婆让我去看看你们有没有什么需要帮忙的。”相燃像是猜到了钟听的心声，冷冷淡淡地解释了一句。

钟听手边没有手机，也没有纸笔，只能打手语道谢。

也不管人家能不能看得懂。

幸好，相燃并不在意，只是微微颔首，便跟到她斜后方。

两人默不作声，一同往钟听家的方向走去。

远远地，已经能看到些许破败的轮廓。

狭窄的小楼被烧烂，二楼的一半都坍塌下去了，不复原样，外墙的红砖也染上了黑色的烟灰，在路灯下，越发显得残忍。

这会儿，白珠秀就站在楼前，正同两名警察说着话。

钟听听力不好，靠得近了也听不太清，只看到警察将一袋东西交给白珠秀。

看模样，应该是昨天消防队从屋子里拣出来的一些残片，因为白珠秀不在，所以才暂时交给警察保管的。

侧身时，白珠秀余光瞟到钟听，朝她招了招手："听听，正好，你过来一下……哦，相燃也来了啊。"

相燃点点头："阿姨，外婆让我来看看有什么需要帮忙的。"

他还是这副说辞。

不过白珠秀听了倒是十分高兴，连忙回道："要谢谢阿婆。正好我确实也有事想找你帮忙，听听的课本试卷都没了，没烧掉的部分也被压在底下了，现在暂时还没法马上清理。我怕耽误她复习写作业，能不能先借你的去复印一下？你们俩的教材和卷子是一样的吧？"

相燃点头："没问题。"

说话间，钟听已经走到了白珠秀身前，扯了扯她的衣袖。

白珠秀这才收了话头，将手上的大号密封袋交给钟听。

"警察说这里变成了危楼，现在不能进去了。这是消防员清出来的一些东西，你看看有没有你的。我要去一趟派出所，今晚我们住宾馆，就在对面，锦西路拐过去那家，你认识吧？房卡在这里，你先过去吧。"

交代完，白珠秀和警察一同离开。

钟听拿着那个密封袋，直接在原地蹲下，把里面的东西倒出来，一件一件翻找着，却不知道究竟要找什么。

消防员帮忙拿出来不少零零碎碎的东西，除了一些破损的证件，还有电子产品，例如平板电脑和手机之类的。

平板电脑已经打不开了。

老年机倒是质量惊人，不仅能开机，甚至还有一格电量。

钟听检查许久，并未找到什么新信息。

顿时，她只能讪讪地放弃。

沈珈述还在昏迷，怎么可能给她发消息呢？

……但是，他昨天突然过来找她，是不是有什么事？

明明两人都已经很久没有联系了，开学典礼之后，也没有再见过面。

钟听心里不抱希望，但依旧期待着自己发烧昏睡的时候，沈珈述改变了主意。

事实并没有。

他早就做好了离开的准备。

并且是不告而别地离开。

在沈珈述的妈妈说话之前，钟听压根不知道沈珈述要转学离开海城。

他那么坚定地认下渠令的事情，有可能也是因为早就打算要走，所以被劝退也无所谓。

他来救她，只是因为他就是这样一个人，就像去年向她伸出援手时那样——那会儿他们也只是陌生人而已。

钟听的大脑飞速运转，试图剖析沈珈述的想法，而后又一个一个推翻。

那些细枝末节，被她反复琢磨了千万遍。

但最终依旧抵不过一句话——

“他要走，没告诉你吗？可见你们也不是多么重要的朋友。”

或许真的只是无关紧要的朋友。

钟听又翻了翻那堆零碎，忽然意识到自己用了很多年的随记本没有拿出来。

它们都变成灰烬了吗？

还是被压在暗无天日的木头砖瓦之下，等待着被清理？

钟听眼睛不自觉发烫，下一刻，立马将脑袋埋到了膝盖间。

皎洁的月光下，她蹲在地上，缩着身体，纤瘦单薄的影子投射在青石板路上，小小的一团，像只无家可归的小狗，看上去好可怜。

相燃静静等了许久。

直到钟听无声地哭完，他才开了口：“该走了。

“钟听，你不是这么软弱的人。”

听到这句话，钟听擦了擦眼泪，一下子站起身，水光涟漪的眼睛怒视着相燃，像是在质问“你知道什么”。

相燃垂眸看她一眼，不再废话，将她丢在地上的那些东西全数装回密封袋里，拎在自己手上：“走。”

说完，他转身就走。

钟听跺了跺脚，无可奈何，只能跟着他往外走去。

只是才踏出去两步，她感觉好像踢到了什么东西，以为有什么掉了，便条件反射地低头去找。

路灯昏暗。

一只毛茸茸的小狗挂件孤零零地躺在她脚边。

钟听盯着看了会儿，眼神逐渐变得诧异起来。

那是沈珈述从她家阁楼拿走的小狗挂件。

为什么会在这里？

他把它丢了吗？

还是说，昨天他到红墙弄堂来，其实是特意来把这个还给她的？

是再不要有纠葛的意思吗？

钟听的十八岁生日，是在宾馆里度过的。

白珠秀给她买了蛋糕放在冰箱里，而后就外出去找房子，说晚上才能回来，让她先写作业。

白珠秀做副业的材料和设备全部付之一炬，还引发了大火，实在令人后怕。再加上钟听只有几个月就要高考了，白珠秀也不想再让她折腾，决定搬到距离海城实验中学近一点的小区去，尽可能缩短上学放学路上的时间，能让她

全力备战。

宾馆住不了太久，必须得赶在假期结束前把住处落实下来。

家中的东西都烧光了，还得选那种可以拎包入住的地方。

白珠秀已经在外面跑了两天，每天早出晚归看房子，一点休息时间都没有。

因而钟听实在没法再要求什么。

她过了个简单朴实的生日，两碗面，加上一只小蛋糕。

和过去那些年一样，再没有其他。

国庆假期结束后，海城实验中学高三的学生重新投入紧张的学习中。

对钟听而言，唯独不同的，就是身边那个空座位，还有上走班课时又变成了孤身一人。

为此，她甚至没有太多时间难受。

考试一场接一场，试卷一张接一张，榨干了她的所有空当。

只有在睡觉前闭上眼睛的一刹那，沈珈述好像才会重新回到她身边。

不知道他醒了没有？

如果醒了的话，应该也不会联系她吧？

十一月初的时候，学校里终于出现了沈珈述的传言。

“喂，你们听说了没？沈珈述从海城实验中学转走了。”

“他不是上次那件事还在留校察看吗？”

“述哥什么家庭，察看什么啊！听说是直接出国了。”

“不是出国，是去香港了吧？”

“这么爽，那岂不是不用高考了？”

“你一个国际班的学生，本来也不用高考，爽什么啊？真是的……”

董西消息来得快，第一时间将这件事告诉了钟听。

钟听表情未变，只点了点头，表示知道了。

董西觑了觑她的神色，有些讶然：“听听，你是不是之前就知道了？”

钟听点头。

董西一拍桌子：“沈珈述这个家伙，保密工作居然搞这么好，连陈天皓都是刚刚知道的！”

闻言，钟听很想笑一下，但实在笑不出来，只好站起身，打手语：我出去一下。

顾不上董西的呼唤，她兀自跑出了教室，一路跑进海城实验中学的小树林。

这个地方，钟听上回来，也是因为沈珈述。

他逼着她回扇渠令。

这种事也只有沈珈述干得出来。

……沈珈述就是个浑蛋！

这么想着，钟听还是忍不住，在没人的小树林里，靠着树干，泪流满面，任凭泪光模糊了视线。

她的青春,以夏日的一场奇遇开场,最终还是走到了兵荒马乱的惨淡结局,什么都没有抓到。

原本不该迁怒责怪这个夏天。

如果天气没有闷得人喘不过气来的话，就好了。

第七章
走到宇宙末日

到了那年夏天，我又成了过去的那个我。

——珍妮特·温特森《橘子不是唯一的水果》

对于曾经留下遗憾的事情，你都已经放下了吗？

面前的女生一脸认真，用不太熟练的手语磕磕绊绊地比画出一句话。

想了想，她似乎觉得哪里不太准确，又试着更换了描述的方式——

或者说，你想要弥补吗？后悔吗？这样问意思传达得会不会更清楚？

手语没法展现语气，对非聋哑人来说，平时习惯了正常说话的感觉，就会觉得只把意思排开的表达方式太过生硬，字里行间难免会琢磨措辞。

特别是像李欣欣这样的初学者。

只是，钟听有点出神，并未第一时间感知到对方的踟蹰不定。

李欣欣跺跺脚，终于没忍住开口提醒："钟听？你在听吗？"

钟听回过神来，点点头，深吸一口气，重新回到聚精会神的状态。

大三刚开学的那段时间里，李欣欣为了获得实践分，跟着学校的志愿者一起去社会福利院帮忙。

回来后，她突然对手语迸发了极大的兴趣。

据李欣欣说，是因为福利院里有个特别帅的社会志愿者，看他和那些聋哑小朋友打手语沟通，实在是赏心悦目的画面，让人也想跟着学上几句。

钟听和李欣欣虽然不是室友，却是同专业的同学，还算熟稔，有钟听这个现成的老师在，她完全可以"近水楼台先得月"地跟着学学练练。

这样她也好下次再遇上那个福利院帅哥的时候，好好露一手。

断断续续学了将近两个学期，到这会儿，李欣欣基本已经能熟练运用常用的手语手势和钟听无障碍沟通了。

帅哥是没再能见第二次，但她这个无心插柳的举动，奇异地反馈到了求职上。

江大强制要求本科生大四时实习一学期，如果没有实习证明的章，毕业不给发毕业证。

如果学生拿不到学校推荐企业的实习名额，也跟不了校内实验项目的话，只能自己去找实习单位。

李欣欣海投了一波，结果因为简历上写了会手语，出乎意料被一家中型企业看上，询问过她的手语水平后，给她发了面试通知。

今天钟听就是受李欣欣所托，特地来陪她练习，避免面试露怯。

突然神游天外、浪费别人的时间，实在不是钟听的习惯。

但幸好李欣欣没有再继续追问刚才那个问题，而是回到了比较常用的对话练习中。

——你以后想做什么？

钟听想了想，十分谨慎地用手语回答她：应该会继续在本专业学习。

李欣欣笑了一下，放下手，说道："就到这里吧。"

钟听愣怔半秒，比画着问道：怎么了？

现在明明时间还早。

李欣欣摇摇头，叹气："突然觉得自己好惨啊，学了三年生物，脑子不好干不了科研就算了，最后居然还要靠另辟蹊径找工作。唉，算了，等实习结束我就准备考教师资格证去，以后当个生物老师也挺好。"

两人就读的是江大较为冷门的生物科学专业，根据学长学姐们所说，这个专业如果后面不一路读到博士，压根就从事不了和专业相关的工作，最好的出路就是当生物老师，属于典型的难就业。

李欣欣又说道："要知道，我小时候的梦想就是穿白大褂在实验室里做实验，感觉那样特别有知性美，所以当初才放弃计算机，毅然决然报了这个专业。哪知道找工作那么难啊！果然是梦想很丰满，现实很骨感，一步错，步步错啊！"

钟听是调剂过来的，落差感还没李欣欣那么大。思忖数秒，她轻轻拍了拍李欣欣的手臂，算作安抚。

好在李欣欣大大咧咧，没低落几分钟便直起身，随意一摆手："算了，能找到实习就好。钟听，还是你好，成绩好，保研稳了，还被教授选去实验室，都不用离校跑实习。好羡慕哦！"

钟听笑了笑，没回复什么，只是默默抿了口李欣欣请她喝的奶茶。

李欣欣确实就是随口一说，很快就转开了话题："希望那家公司能继续搞社会福利计划，至少坚持到我拿到实习证明。"

听说给她发面试通知的那家公司最近接了政府的一个项目，为了配合政府工作，也为了一些宣传效果，公司特地招了一批聋哑人员，用以表现企业的社会责任感。

李欣欣的实习职位是助理，会手语的话，确实方便和聋哑员工沟通。

钟听又打手语：祝福你。

李欣欣："别说我了。对了，暑假你不回家吗？"

钟听摇摇头。

江大地处江城，和海城距离不远，高铁不到一个小时就能抵达。

高三填志愿那会儿，钟听把大部分学校都填在海城本地。

但保险起见，在彪哥的建议下，她最终还是在志愿表中加了一些临省市的学校，江大就在其中。

没想到，海城那两所TOP2没挤得上，最后却进了相差无几的TOP院校江城大学，哪怕专业不是首选，但学校排名十分漂亮，也算是意外之喜。

加上那会儿钟听状态非常不好，心情低落到无以复加，收到录取通知书后，勉强过了个浑浑噩噩的暑假就立马收拾行李来了江城。

白珠秀看到学校名字乐开了花，也不在意钟听是不是待在本地了，只恨不得告诉全世界自家女儿考上了国内排名前几的高校。

两个城市距离不远，钟听就算要周末回家也非常方便。

另一方面，因为钟听不在家，白珠秀干脆把房子换到了距离她单位比较近的海城近郊，上下班方便，还省了一大笔租金，堪称两全其美。

或许，所有人都得到了满意的结局。

或许……

钟听和李欣欣聊了许久。

下午四点多，李欣欣还要去兼职，两人就在原地分别。

钟听回了实验室，洗过手、换了衣服，继续去盯她的珊瑚礁形态变化。

她现在待的这个实验室，牵头的是他们专业课教授。

从大一入学开始，钟听依旧保持着高中时候努力学习的状态，从不摆烂，成绩自然一直稳固地保持在前列。

江大经费充裕，校内奖学金给得很豪爽，只要她每学年都能拿到奖学金，就能用作学费和部分生活费，给白珠秀减少压力。

教授觉得钟听踏实听话又肯努力，脑袋也不笨，干脆就将她领到了实验室打杂工。

要是钟听保研成功，也可以继续跟着他。

并且，他名下还有一个博士名额，只要钟听表现得好，之后也可以一直深造下去。

教授的研究方向主要是海洋生物，钟听思考了一夜，觉得还算有兴趣，便飞快地答应了下来。

她这种情况，将来要是能进实验室，实在是再好不过的选择。

毕竟，面对珊瑚礁，至少可以不用说话。

江城和海城地理位置接近，气候也相差无几。

五月末，两边都已经进入春末夏初时节，只是相对来说，江城没有海城那么闷热。

晚上七点半，钟听和旁边的学姐学长们道别，独自走出实验室。

她在实验室戴着手套，不方便拿手机，这会儿再看，已经有好几条未读消息了。

聊天框最上面的当然是董西。

时光荏苒，她还是和上高中那会儿一样热情，半点没变。

钟听抿唇笑了一下，抬手点开。

董西：听宝，下个月放暑假，你是不是要留校？到时候我到江城来找你玩好不好？

董西：我还约了相燃！到时候我们一起过来！

董西：这次，绝对绝对绝对！是我最后一次表白了！大学毕业前要还不能成功，我就彻底死心。

董西：你帮我找个江城比较浪漫的地方呗？行吗？

高三毕业之后，没了压力，董西立马暴露本性，主动对相燃嘘寒问暖、死缠烂打起来。

相燃一直住在红墙弄堂。

暑假里，相燃去打工兼职，董西无所事事，就摸过去找阿婆，陪着阿婆聊天买菜，十分热络。

因为她并未挑明，相燃也没法直接拒绝她。

最终，两人硬生生磨出了一点能说上话的交情。

再加上他们俩都留在海城本地上学，并且学校离得不远，来来往往间，倒是也成了朋友。

钟听看董西话里话外的意思，她应该是不想再继续用朋友关系掩饰自己的感情了。

这样挺好。

不管结局如何，至少不用再自我折磨。

钟听笑了下，低头打字。

Listening：好，我帮你留意。

董西：最爱听听了！我真的当够女闺蜜了！祝福我吧！

Listening：祝福你。

打下这几个字，发送出去的刹那，钟听脑海中不可抑制地浮现出了一个名字。

对于曾经留下遗憾的事情，你都已经放下了吗？

钟听停下脚步，仰头望着夜空。

江城比海城环境稍好些，初夏的天空好像也更加澄澈，加上学校绿化面积大，空气又清新，走在小道上，有点心旷神怡的舒适感。

只是……再舒服再惬意，依旧比不上记忆里的夜。

与沈珈述创造的那些回忆，就像藤蔓一样，死死缠绕着钟听，让她没有一天能够放下。

甚至连提到这个名字，心脏都会隐隐作痛。

她与沈珈述，已经整整四年未见。

但他的模样，在钟听的宇宙里，没有一点点褪色。

仿佛没有他的这些年，她一直在时间缝隙里漂流，一步都不曾往前迈出。

董西的消息来得不算突然。

江城和海城离得近，这三年里，董西也不是没来玩过，曾经还借住过钟听的宿舍。

董西性格开朗，不过半个小时就和钟听的室友们打成一片，熟稔程度直逼不能说话交流的钟听本人。

对于江城各个景点，董西早就做过好几次攻略，再实地逛过一遍，也能称得上轻车熟路了。

她其实没什么需要钟听帮忙的。

说到底，董西也就是找个借口把这件事告诉钟听而已。

对于董西和相燃这两人，钟听的感觉很复杂。

一方面，她不觉得相燃是个好接近的人，忍不住会为董西的一腔孤勇担心，担心董西得不到自己想要的结果。

另一方面，高三那年在沈珈述不告而别之后，相燃曾经出言安慰过她，还给她送过两次冲刺班的笔记。

或许能算得上有恩于她。

但钟听郑重道谢过后，依旧对他敬而远之，连联系都不常有。

相燃实在太冷太阴郁了。

她无法与这样冷冰冰的人相处，好像随时会跟着他一同坠入深渊一样。

这绝对不可以。

在钟听看来，相燃和沈珈述就像两个极端，一个炙热阳光，另一个压抑沉默。

但大部分动植物都愿意向阳而生。

这好像是一种本能。

偏偏炙热的人毫不留情地将她灼伤，伤口至今仍未愈合。

钟听越想脑子越乱，忍不住痛恨自己为什么要拿相燃与沈珈述对比，为什么又要想到这个名字。

黑暗中，她无声地叹了口气，翻过身，将被子拉过头顶，默默合上眼。

不要再想了！

反正只是永远不会再见面的老同学而已！

快睡觉！

六月中旬，江大各个专业开始期末考试。

钟听大三下学期已经没什么公共课了，基本都是专业课考试。

除了闭卷考，还有一些需要交实验结果和报告的科目，算是非常时间紧任务重，一点都没有大三该有的悠闲随意。

迎着日光，踏着月光，她每天实验室、图书馆和宿舍三点一线。

因为太过忙碌，找不到喘息空间，自然也就少了许多胡思乱想。

直到六月末，所有考试结束，又一个学年顺利收尾。

钟听先和店长说了自己放假的事。

江大虽然不在江城的市中心，但因靠近旅游景点，周围也算得上繁华，商场林立。

大一入学时，她在附近商场的无印良品找了份兼职，每周三和周日去理货，用来赚生活费。

无印良品的学生兼职时薪不低，而且时间灵活，理货又不需要和顾客对话，实在是相当适合她。

后来钟听进了实验室，空闲时间被急剧压缩，每个月只能勉强混到最低兼职时间。

好在店长看她做事不偷懒，并没有将她开掉，还是会经常给她排班。

这次放暑假，钟听要留在学校跟实验，剩下的时间就打算做兼职。

钟听所在的实验室是有补助的，教授也不是小气的老板，但本科生到底只是打杂的角色，每个月能拿到的补贴十分有限，也就勉强能充个饭卡。

那家商场和江大只有几条马路的距离，从宿舍楼下骑自行车过去，大约十分钟就能抵达，非常方便。

钟听依旧需要这个工作。

店长应得很快。

店长：好的！晚点我把排班表发给你，你自己选方便的时间告诉我吧。

钟听笑了一下，发了个可爱的表情包过去，而后飞快地打字回复。

Listening：谢谢店长。

做完这一切，钟听松了口气，又切出 APP，找了之前刷到的几条本地美食安利，一齐转发给董西。

董西秒回，选择了其中的一家。

董西：这家好！

钟听怔了一下。

这家店……是当初沈珈述过生日的时候，请她去吃的那家网红店。

这家网红店在海城火了两三年，今年才开到江城来。

钟听刷到别人的推荐，想到往事，免不了失魂落魄。

大概就是走神时，她随手点到了收藏，才连带着其他测评安利帖一起转发给了董西。

没想到董西会选这家。

钟听抿了抿唇，垂眸打字。

Listening：价格会不会有点高？

董西：不高！表白还是要有仪式感的！失败也不会后悔嘛！

董西：没事的，我有钱！听宝你放心吧！
董西：周末见！

周五。
江城迎来今年第一个35℃的高温天。
下午三点多，钟听在高铁站接到了董西和相燃。
“听宝！几个月没见了！想死我啦！”
董西上来就是一个拥抱。
钟听笑得眼睛眯起，拍拍董西的手臂，用手语回她：我也想你。
董西的手语水平依旧停留在高中那会儿，只能看懂一些简单的日常对话。
不过，比起高中，她的模样变化倒是不小。
她整个人明显长开了一些，虽然五官依旧圆润，但身体和脸颊都消瘦了一些，再踩上有跟的凉鞋，和钟听差不多高了，有点亭亭玉立的意思。
旁边的相燃则还是那副样子——
雌雄莫辨的精致容貌，戴一副墨镜，冷淡得让人好像置身寒冬腊月。
钟听朝他点了点头，算作打招呼，继而便率先带着董西往地铁站的方向走去。
两个女生在前面，说悄悄话也方便许多。
钟听用手机打字。
——相燃怎么了？
董西回头瞥了相燃一眼，压低声音：“你真是完全不关注他呀……他签公司了，估计下半年就要出道，公司要求他最近必须低调，出门不能被拍到。所以我才急着表白呀！现在不成功，以后就更加没机会了。”
出、出道？
钟听难以置信，不自觉愕然瞪大了眼睛。
见状，董西叹气：“你……哎呀，我之前不知道怎么跟你说，毕竟是别人家的事情……就是四月份的时候，相燃的外婆生病了，然后他就答应了人家娱乐公司，拿了一笔签约费，给他外婆治病。”
闻言，钟听连忙低头敲字。
——阿婆还好吗？
她五一放假没回家，是白珠秀来江城看她的。
她上次回海城，还是清明时候的事情，所以什么都没听说。
董西摆摆手：“放心，已经治好了，现在精神得很呢。”
钟听舒了口气。
——那我改天回海城去探望她。
两人小声聊几句，相燃就走了上来。
他低下头，清清冷冷地看着钟听：“到了。”
钟听愣了愣，这才猛然意识到，他们已经走到地铁站了。

她比画了一下，示意两人跟着她。

这次董西和相燃一起过来玩，肯定没法去挤她的宿舍。

她便帮忙订了宾馆，在市中心附近，距离董西预定的那家饭店也不远。

为此，她还特地做了攻略，比如从宾馆到几个景点的距离，好让董西明天带相燃去逛逛。

表白安排在周六晚上，白天还能再培养培养感情嘛。

很快，钟听把两人送到宾馆，功成身退，打算回学校。

相燃脚步一顿，皱了皱眉，扭头看她："……你不和我们一起？"

钟听摆摆手，拿出手机打字。

——我晚上还有兼职。

相燃："这么晚？"

钟听点头。

顿了顿，她瞟了一眼屏幕上的时间。

现在才五点，不算晚吧？

她六点开始的班，四个小时，上到十点无印良品关门，也完全称不上太晚。

相燃："我送你过去。"

钟听连忙摆摆手，又看了眼董西，示意她快点拦住相燃。

董西了然，点点头，立马开口："听听都在江城上了三年学了，哪还需要我们送啊！说不定她等会儿还要送我们回来，更麻烦……别打扰她了，要不我们先吃饭去吧？我都快饿死了！"

宾馆门口有公交车站。

钟听查了地图 APP，发现有一辆车可以直达商场。

算了算时间还算充裕，也省了地铁换乘的麻烦，她便决定搭公交车。

现在尚未到下班最高峰的时间，车上还不算挤，没过几站，还有个靠窗的位置空出来。

钟听想着一会儿得站四个小时，还是坐到了空位上。

窗外，暮色四合，夜光初现。

车辆川流不息，车灯从眼前掠过，在瞳孔中央落下一连串的光影。

一切都好似电影里的场景。

莫名地，钟听突然心跳加速，像是预感到了什么一样，不由自主地坐直了身体，又往车窗玻璃靠近了几分。

下一个路口，路灯转红。

公交车摇摇晃晃，慢慢刹车。

而后旁边的非机动车道上，电动车和自行车也依次停下，一张熟悉的脸猝不及防地闯入她的眼帘。

钟听缓缓睁大了眼睛。

……是四年没见的沈珈述。

他骑着一辆山地车，停在旁边等红灯，目不转睛地注视着前方，只给钟听留下一个消瘦分明的侧脸。

钟听几乎整个人都趴在玻璃上，怔怔地望着他。

她想开窗喊一声，看看到底是不是他，是不是只是一个很像他的人。

或者，压根只是她的幻想。

这世界上哪有这么巧的事情呢？

但是没办法，她压根发不出声音。

好像只是眨眼间，红灯转绿，公交车继续往前行驶。

钟听猛地从座位上跳起身，奔到前方，在司机旁边手忙脚乱地比画，示意她要下车。

司机瞥了她一眼，开口："还没到站呢！下不了哈！"

闻言，钟听的眼睛不受控制地发酸。

只是等她转变想法，再去车门前透过玻璃往外看的时候，那张脸早已消失不见了。

刚刚的外卖小哥还在，骑电动车的阿姨也追了上来，几个放学的高中生也在……唯有那个放在脑海里想念了千万遍的身影没有出现。

果然只是霞光里的错觉一场。

他怎么会在这里呢？

他早就到香港上学去了。

不仅如此，为了划清关系，他特意丢了小狗挂件，删掉了所有人的联系方式，电话也变成了空号。

曾经，钟听是个躲在角落里的窥视者，在夏天的每一场雨里、在余光的每一个缝隙里，小心翼翼注视着他，无论多么落寞难受，都不愿喊停。

但时过境迁，想来应该是永远不会再见了。

还有她记忆里的盛夏。

钟听垂下头，默默捂住了脸。

因为这个莫名其妙的走神小插曲，钟听一晚上都有些心不在焉。

早知道就不该坐公交车，搭地铁不就没那么多幻觉了吗？

窗外一片黑漆漆的，窗户玻璃上只能看到自己的脸。

她忍不住叹气。

虽然心神不宁，但从小做惯了家务，兼职这些工作也差不了太多，钟听自然完成得非常顺手，并未耽误分毫。

晚上十点，商场准时关门熄灯。

钟听跟着另外几个兼职的学生从后门绕出去，因着无法加入他们的闲聊，便渐渐落到了最后。

"走了啊，我坐地铁。"

"行，拜拜，下次再见。"

“钟听，拜拜啊。”

几人回头同她道别。

钟听正在摸手机，听到声音，连忙抬起头，笑着挥挥手，用口型说了一句：再见。

客套过后，几人各自四散而开。

钟听一贯骑车回学校，熟门熟路，径直往停着共享单车的路边走去。

兼职不能带手机，骑车也不方便用手机，她要先到一边检查完信息，再过去扫车。

按照惯例，至少要确认实验室那边没事找她。

只是她刚一解锁屏幕，入目皆是董西的消息，不停歇地往外跳。

钟听吓了一跳，还以为董西有什么急事，立马点开。

董西：对了，听宝！今天有个很重要的事忘了告诉你！

董西：沈珈述回来了！

董西：早上我才从康芝那儿听到的消息，说他现在可牛了，不知道用什么法子念了个名校，好像还是QS（世界大学排名）前一百的学校……听说这回还是带着女朋友一起来过暑假的。啧啧，这算什么？衣锦还乡？

董西：你是不是好久没有看班级群了？陈天皓说，他早上还问起你呢。

董西：你俩是不是高三就没再联系了？

…………

一连串文字，还是董西一贯啰啰嗦嗦的八卦口气。

可这一回，字符好像变成了魔咒，刹那间，钟听如遭雷击，整个人僵在原地，动弹不得。

好半天，她才回过神来。

以为自己看花眼了，又把对话拉到最上面，从第一条开始一个字一个字默念。

沈珈述……回来了？

所以，刚刚产生的幻觉，或许正是某种预兆？

预兆着她即将再次回到过去的那个夏天？

钟听的指腹在屏幕上无意识摩挲了几下，恍恍惚惚地打字。

Listening：啊……是好久没登QQ了。

高三那年，白珠秀将她的手机换成了老年机，用不了任何社交软件，只能打电话和发短信。

等到她高考结束，再用回智能机的时候，沈珈述已经离开许久。

恍如隔世那么久。

那时钟听点开APP，翻了翻之前和沈珈述的聊天记录，试探着给他发了条消息，才发现自己已经被单向删除好友。

自此，她卸载了QQ，再没勇气登上这个软件。

后来也就渐渐习惯用微信了。

等钟听从愣怔中抽离出来，才发现董西已经回复了。

董西：无所谓，反正就是无关紧要的一个男同学而已！你当个乐子听听就好啦！

钟听发了个大笑的表情包。

表情包在屏幕里笑得轻松随意。

但她一点都笑不出来。

此刻，时间已然不早。

江大女生宿舍没有门禁，只是楼下的宿管阿姨十一点左右就会锁大门，再要进宿舍楼，得打电话叫醒阿姨。

这对钟听来说是件难度很高的事情。

一是她不太愿意麻烦别人，把人大晚上吵醒。

二是她也无法完成“叫醒”这件事。

所以，眼见着屏幕上的时间快要跳到十点半，她耽搁不了了，便没有再继续愣神，飞快检查了一下信息，确认没其他急事后，随便扫了辆共享单车，往江大的方向骑去。

六月末，连深夜的微风都带着暑气。

十点四十分，钟听将共享单车锁在校门外的停车点，小跑向宿舍楼。

到楼下时，她脸上已经出了汗，呼吸也变得急促起来。

然而，就是在这样的情况下，傍晚看到的那张脸又一次出现了。

沈珈述还是一身黑衣，抱着手臂，靠在宿舍楼下的那棵大树底下，一派悠闲又随意的架势。

来来往往的女生纷纷向他投去异样的目光。

钟听注意到他的时候，也看到了他旁边站着的两个女生。

忽然间，她只觉得手脚冰凉，驻足原地，动弹不得。

好似梦境重现。

那真的是沈珈述吗？

他为什么会在这里？

难道又是幻觉吗？

倒是沈珈述，余光瞥到她，立马低头同那两个女生说了句话。

两个女生回头看了钟听一眼，讪讪离开。

沈珈述大步走来，在钟听面前站定。

他打量了钟听几秒钟，笑着开口：“豆芽菜好像胖了点，不错嘛。”

钟听有些不知所措。

钟听确实比高中那会儿胖了一点点，因为高三的时候被白珠秀逼着补身体。

但真的只有一点点，大概不到五斤。

她一米六四的个子，增加这点重量，几乎是不可见的，视觉上应该依旧还是比较消瘦。

钟听不能确定，沈珈述是真的看出来她胖了点，还是以此作为寒暄的开头。

但是这个瞬间，她心中警铃大作，第一反应就是要逃跑。

纵然她此刻仍旧未走出年少时情感的阴霾，但沈珈述已经有了女朋友。

她还要在江大读研读博，要跟着教授做科研，未来的计划不能再被人扰乱。

她也不能再一次犯傻。

至少要再想想，再考虑点什么，才能决定要不要随着本心下坠。

思及此，钟听毫不犹豫地转过身，大步往楼里跑去。

沈珈述："喂！豆芽菜！"

回应他的，是钟听冷漠无情的背影。

这一夜，毫无疑问，是让人辗转反侧的。

钟听一直失眠到凌晨四点，脑袋里依旧是一团乱麻，就像是被猫抓乱的毛线球，一时半会儿找不到线头在哪里。

不过沈珈述突然出现的实感倒是有了。

她翻来覆去半晌，犹犹豫豫，点开了董西的对话框。

Listening：我刚刚见到沈珈述了。

没有回音。

这个点，董西显然已经入睡。

钟听想了想，深吸一口气，重新将 QQ 下载，久违地登录了自己的账号。

高二之前，她一直没什么朋友，聊天软件也不常使用，这么多年没登录过了，又没有开会员，历史记录已经不能再看。

但近期的群聊还是可以看到。

比如，海城实验中学 A 班群 99+ 的消息。

她抿了抿唇，在漆黑中，小心翼翼地点开了群聊。

康芝：那就把沈珈述拉进群来呗，好歹也当了两年同学。

陈天皓：他不乐意，别管他。

马成俊：装什么啊？

陈天皓：我们述哥还需要装？人家就是怕遇见你这样阴阳怪气的。

康芝：群里别吵架！

放眼望去，都是细碎的闲聊。

时间一直拉到昨天早上十点，才有关于钟听的内容。

陈天皓：对了，有人知道钟听最近在干什么吗？她是不是从来没在群里讲过话啊？述哥找我问，我都想不起来。她是不是最后考上江大了？

陈天皓：@董西

董西：学校外面的光荣榜不是贴着吗？你没看见过？

陈天皓：都三年前的事了，早忘了好吧！那她现在在哪里？回海城了吗？述哥回来，要不要一起聚一聚？他们俩以前关系不是很不错嘛！述哥还为了

保她退学了，钟听同学是不是该表示表示？

董西：拉倒吧，沈珈述不是自己要去香港所以才退学的吗？

陈天皓：这话你就说得不地道了，要不是为了保钟听不被处分，述哥难道非得高三的时候去不可吗？明显是先发生了那件事，述哥才突然决定去香港的好吧！

董西：你少给沈珈述脸上贴金了！

为此，两人在群里争执了好久。

直到旁人出来打圆场，才把这个话题扯开。

钟听眨了眨眼。

看来，没人知道后来她家着火的事情。

要不是薛斐斐告诉她，或许她也会和陈天皓想的一样，自作多情地以为沈珈述是为了把她从风波中摘出来，才全部扛下的。

事实上，他早就打算要走了。

甚至不愿意提前告诉任何人。

那他现在还回来做什么？

荣归故里也应该回海城啊，来江城干什么？

莫名其妙。

总不能是为了向她炫耀他的新女朋友吧？

想到这种可能性，钟听咬着下唇，缩进被子里，用力捶了几下枕头。

按灭手机，她又兀自出神了许久，一直到天光乍亮，才总算缓缓睡了过去。

周六，按照计划，董西上午带相燃去江城最有名的寺庙上香，下午去几个景点逛逛，晚上吃饭。

钟听则是还要兼职。

时间排在下午，她晚上没睡好，干脆就在床上赖到十一点才起床出门。

江大的暑假已经开始，钟听宿舍里还有一个室友没回去。

见到她下床，室友喊了她一句："钟听。"

钟听抬头。

室友："昨天李欣欣来找你，说自行车钥匙给你放桌上了。"

钟听没有自行车，平时去兼职要么借李欣欣的，要么就去学校门口找共享单车。

闻言，她点点头，朝着室友感激一笑。

室友顿了一下，语气变得意味深长起来："哦，对了，昨天晚上楼下有个好帅的帅哥找你。他是谁啊？是你男朋友吗？我们学校还有这么帅的帅哥吗？我怎么之前没见过？"

钟听愣住了。

因为这个问题太过干扰人心，钟听反应变慢，出门就稍晚了些。

幸好李欣欣的车一直停在老位置，很容易就能找到。

钟听弯腰，将车钥匙插进孔里，打算将车推出来。

此时，耳边忽然传来一声轻笑：“原来你已经会骑自行车了啊。”

一时间，世界变得万籁俱寂，只余男生清朗悦耳的尾音不绝于耳。

听到沈珈述声音的一瞬间，钟听一下子好像变成了机器人，身体一点一点僵硬起来。

她压根不敢回头。

沈珈述好像对此刻的情景毫无察觉，依旧若无其事地说：“你要去哪儿？我送你。”

时空回溯，宇宙倒转，他话音落下的刹那，两人仿佛重新变成了十八岁的模样，不是在江大，也不是在江城，而是海城的贫民区。

红墙弄堂早已不复它名字里的颜色，墙砖褪色，变成了黯淡的灰红，像没有擦干净的铁锈色。

但灰扑扑的巷子里站着一个耀眼夺目的少年。

再破旧的背景都挡不住他的光芒。

在没有遇到沈珈述之前，钟听一贯对罗曼蒂克的故事不感冒，也并非嗤之以鼻，只是单纯觉得遥远。

她本来是个不相信奇迹的人。

直到沈珈述降临。

可是，现在，他们都已经不是十八岁了。

钟听在心里叹了口气，颤颤巍巍地转过身，压根不敢直视沈珈述的眼睛，低着头用手机打字。

——我要去兼职。

——马上就要迟到了。

——我先走了。

沈珈述瞥了一眼手机屏幕，脚步不动，依旧挡着她的去路，似笑非笑地“哦”了一声。

顿了顿，他又问：“这么着急？都没时间和多年没见的老同学打个招呼吗？”

钟听重重点头。

确实着急。

她是个几乎不迟到的人，以前上学就是班上第一个到校的，现在是去兼职，那更加不能晚了。

但如果来的不是沈珈述，而是其他老同学的话，倒也不至于连问候的几分钟都抽不出来。

她只是、只是……

还没有做好准备面对他而已。

沈珈述被钟听这个斩钉截铁的动作逗笑了，像煞有介事地又“哦”了一声，想了想，开口：“好，那你先去，我等你。”

钟听有点蒙。

“暑假才开始，后面肯定有时间说话的。”沈珈述掏出手机，在钟听面前晃了晃，“先加个联系方式，保持联络。”

他话音刚落，钟听眼睛一下子就热了。

他们本来是有联系方式的。

如果不是沈珈述删了她的好友，手机号也注销成空号，他们原本是能一直保持联络的。

钟听为此煎熬了无数个日夜。

连在高考考场外，她都不受控制地想到了沈珈述，试图在人群中寻找他的身影。

然后不出意料，得到一个令人失望的结果，一路失神到被开考铃声唤醒才作罢。

那会儿，沈珈述的离去，就好像一场雨，只要想到他的名字，钟听的整个世界就会霎时变成湿漉漉的。

她深陷一片泥泞，无处可逃，却又难以自拔。

此刻，沈珈述怎么还能这么理所应当地出现，再随心所欲地说出这样轻松的话呢？

思及此，钟听的心脏传来一阵刺痛，只觉得整个胸腔都泛起了酸楚。

她咬了咬唇，紧紧地捏住手机，一动不动。

沈珈述的耐心比少时明显好了不少，见状竟然也不恼怒，依旧好整以暇地看着她。

对峙良久，最终到底是钟听要赶时间，败下阵来。

沈珈述堵着她的去路，他要是不让开，自行车也推不出去，再耽搁一会儿，她肯定要迟到。

扣半小时钱还是小事，原本属于她的工作就要麻烦别人来帮她做，实在叫人过意不去。

她眼睫飞快地上下扇动几下，拿出手机，和沈珈述交换了微信。

沈珈述笑吟吟地后退半步，比了个手势：“豆芽菜，晚点见。”

他的举手投足间，依旧有点从前那种混不吝的痞气。

钟听不敢多看他一眼，蹬上车，逃也似的骑远了。

女生宿舍楼前面有个岔口。

这个位置，只要转了弯，从里面看过来就是视觉死角。

钟听拐了弯，脚尖在地上蹭了两下，将自行车速度放缓，这才再次回过头去。

沈珈述还站在原地，像是望着这边，目光正一路追随着她。

此情此景，自始至终，恍惚如梦。

今天实验室休息，钟听的兼职排班排了个八个小时，从下午一点到晚上八点。

结束之后，她第一时间拿出手机。

微信里，黑色头像出现在前列。

S：下班了吗？

消息接收时间是一个小时前。

钟听抿了抿唇，没有立刻回复，先切出去看董西的信息。

董西给她发了很多。

前半部分都是关于昨天半夜她发的那条，还是早上回的。

但因为她赶着兼职，醒来没注意看手机，便和各种群消息一起搁置了。

董西：啊！真的假的？沈珈述来找你了？

董西：他怎么会来江城的？是陈天皓给他通风报信的？

董西：女朋友呢？女朋友一起来了吗？

再往后就是不久之前的。

董西：听听，你现在方便过来一下吗？

然后是一个定位。

钟听看到位置是那家餐厅，就知道情况不妙，立刻回复。

Listening：我下班了，马上来，大概二十分钟，你别着急。

她飞快地回到休息室，换掉工作服，将东西胡乱往书包里一塞，继而飞奔下楼打车。

时逢周末，又是这个点，商场楼下不少出租车在揽客。

钟听很顺利拦到了车，跳上去，把地址出示给司机，又挥手比画了几下，表示自己很着急。

司机点点头：“好嘞！马上到！”

沈珈述追上来时，看到的就是出租车绝尘而去的背影。

他低声叹了口气，把手里已经拎了半个小时的奶茶扔掉，也跟着打车追上前去。

是夜。

江城的天空是清澈无瑕的深蓝色，市区内有景区保护，没有海城那样高楼林立，越发显得视野很好，一望无垠。

路上也不算堵。

八点四十分，钟听急匆匆赶到那家餐厅。

江城分店和海城是差不多的装修风格，只是比海城生意好了不少，不至于像她和沈珈述去的那次一样，只有他们一桌客人。

她循着董西发过来的桌号，一路摸索过去。

许是因为提前订了位置，两人恰好坐在窗边，正对着横跨江城的大江。

江面映衬着两边的霓虹，波光粼粼，风景极好。

只是，董西和相燃两人之间的氛围可算不得太好。

董西一贯是笑语盈盈的表情，但此刻圆眼睛垂落下去，嘴唇也紧紧抿着，像是正生着气。

钟听犹豫了一下，坐到她旁边，打手语问：怎么了？

董西回过神来，冷淡开口："钟听，你来了，你让相燃说。"

钟听不明所以地看向相燃。

这回在室内，相燃没有戴墨镜。

他丹凤眼微微上扬，哪怕面无表情，也很有种凌厉的气势。

明明是明眸皓齿的美少年，但他一开口就是冰冷刺骨的淡漠感："没什么好说的。董西，我的态度从来没变过。"

闻言，董西的眼泪一下就落了下来，冲他吼道："你就算不喜欢我，也不能喜欢钟听啊！听听是我最好的朋友！你这样还是人吗？"

她似乎完全没有意识到，自己丢下了一个怎么样的重磅炸弹，炸得钟听一脸错愕地顿在原地。

但既然开了这个口子，董西也没有必要再遮遮掩掩，继续控诉起来："你不喜欢我就算了，这几年和我联系、愿意回我的消息、让我去你家看阿婆，是不是都只是为了知道听听的事情？相燃，你凭什么这样利用我的真心？"

她的声音嘶哑，字字泣血，又被哭腔融化。

相燃却好像并未被这种心情感染到，表情依旧冷静得可怕。

他不回答，就算作默认了。

董西："你以为这样，钟听就会喜欢你吗？我叫她过来，就是要让她看看你这人的嘴脸！"

这下，相燃总算有了点情绪波动，微微蹙起眉，沉声开口："董西，你不可理喻。"

董西提高声音："你才不可理喻吧！你明知道我一直喜欢你，还能一直装作不知道的样子，从我这里打听关于钟听的事。你这种人根本不配得到喜欢！我讨厌你！我讨厌死你了！"

说完，她也顾不上仪态，用手背抹了抹脸，起身就往外跑。

钟听拦了一下，但没能拦住。

不得已，她也跟着起身，准备追出去。

这大晚上的，加上董西现在这个状态，又是在陌生的城市，要是不小心出点什么事……至于要如何处理两人对话里提及的问题，钟听脑子里乱七八糟的，实在还没想好怎么面对董西的委屈，只得走一步看一步了。

只是钟听才迈出去两步，手腕就突然被人牢牢握住。

她诧异地扭过头，与相燃对上视线。

此刻，相燃的眼神里总算有了温度。

他的眼底像是一潭深不见底的湖水，要将人吸进去一样。

他语气都变得缓和了许多："……董西说你刚兼职结束，没吃饭的话，就先坐下吃一点吧。”

听他这么说，钟听越发惊诧，瞪圆了眼睛，颇有些难以置信的意思。

钟听依旧留着高中时那个平刘海妹妹头，半长不短的头发压在肩头，很好打理，只是刘海剪断打薄了一点点，多了点空气感，削弱了她身上的忧郁气质，使得眼神更加分明了。

相燃似乎看出了她想表达的意思，很坦然地点点头：“她说得没错，我喜欢你。”

钟听身体有些僵硬。

相燃继续说道：“我本来就是这样自私自利的人，为了能离你近一点，用了些方法。她如果有什么怨气，朝我发泄就行了，你没必要去听她的抱怨。”

这话一出，钟听的神情变得有些异样，好像是第一天认识相燃一样。

事实上，她原本就与相燃不甚熟悉，要说有什么交集，也就是住在红墙弄堂那一年当了一年邻居，见义勇为帮他叫了两回警察。

但因为这个事儿，钟听被那群催债的泼皮无赖记恨上，后来的失火案件警察查了一阵，也查到了那群人身上。

警察通过弄堂外沿街的监控找到了丢烟头的那个人，就是那群催债的其中之一。

他们这群人一直帮忙催收，自己身上又没多少钱，赔不了白珠秀的损失，进去吃了几年牢饭，现在还不知道放没放出来。

这件事弄堂里应该无人不知。

相燃是因为这个才喜欢她的吗？

钟听不明白。

她摇摇头，用力将手腕从相燃的桎梏里抽出来，拿手机打字。

——可是我不喜欢你。

相燃很小幅度地牵了下嘴角，语气不紧不慢：“我知道，你喜欢沈珈述，一直喜欢沈珈述。”

钟听一惊。

“没关系，我可以等。”

闻言，钟听感觉那种阴冷又从后背冒了上来，令人不知所措。

——可是你为什么喜欢我啊？我们明明一点都不熟悉。董西那么好，又那么喜欢你，你就算想要拒绝她，也不必找这种借口伤害她的。

相燃瞟了一眼屏幕，反问道：“那你之前为什么喜欢沈珈述？”

钟听怔了怔。

那个潮湿闷热的夏日再次重现。

自从沈珈述将她从阴影里、从那几个可怕的小混混手下拎出来那一刻起，她的目光就再也无法从他身上移开了。

变得像个傻子一样。

她知道。

过了这么久，往事也没什么不好承认的。

——因为沈珈述救过我啊。

相燃：“你也救过我，不记得了吗？”

——那只是因为我刚好经过那里。当时无论是谁，我都会那么做，举手之劳而已，你不用放在心上的。

相燃依旧很平静，颔首：“难道沈珈述就不是顺手了吗？如果因为这点事你就对他念念不忘，为什么我不能为这点举手之劳一直喜欢你？钟听，这不公平。”

相燃永远记得那天，钟听从小巷跑出来，挡在他身前，那样神情坚定。

从来、从来没有人会这样对他。

他的父母从他一出生就离家逃债，从未把关注分到他身上分毫，而他也因为家中欠债一直明里暗里地受人鄙夷，认为自己将来必将走上爹妈的老路，成为一个流浪在赌桌上的废物。

因为父母成了他的原罪。

相燃不想用“恨”这种带有文艺气息的字眼来表述任何客观存在的感情，但他确确实实非常憎恨这个世界。

钟听出现的那一刻，他第一次见到了月亮。

他的心情，就像他守在厨房的窗边等候月亮回家那样虔诚。

一直不曾改变分毫。

很显然，因为董西的存在，钟听对相燃的感情已经变得相当复杂，完全听不进去他的话，只觉得他十分强词夺理、莫名其妙。

归根结底，人永远不能体会旁人的爱与恨。

或许在相燃看来，钟听是他的主角，而在钟听眼里，他不过是擦肩而过的路人，短暂交集过后，还是要走向陌路。

就像她之于沈珈述一样。

他们的心情，可能没什么分别。

故而钟听长叹了一口气，咬了咬唇，打字给相燃道歉。

——抱歉。

相燃眼中的深渊，霎时变成了浓重到化不开的黑雾。

他冷着脸开口：“你有什么好道歉的？吃点东西吧。”

说着，他抬手就要喊服务生。

钟听立马按住了他的手背，摇摇头。

——不必了，我要去找西西。

——相燃，请你以后不要这样了。我没什么好，也压根不是你想象中的样子，但是西西是真的很喜欢很喜欢你。

——在我们还不认识的时候，她就已经喜欢你了。这话不是道德绑架的意思，而是在你伤害她之前，至少应该想想这几年她是怎样对你的。

——我只是为你化解了一次危机，但是她每个月都会去探望阿婆、陪阿婆说话，不论什么节日都记得你，给你寄礼物，给你发祝福。她只是没有恰好在那个时间出现，如果当时是她的话，应该不仅仅会帮忙报警，还会愿意为你做很多事，可能还会替你挨打。

——就算你不喜欢她，也不应该用那种话刺她。

真心被辜负是什么样的感觉，没有人比钟听更清楚了。

没想到，暗恋的下场，是把每个人都变得那么惨。

钟听不能说话，打字又需要别人等她很久，所以她一向是不爱长篇大论的。

这是她对相燃说得最长的一段话。

一句一句，颇有点声嘶力竭的意思。

直到最后一个字打完，她确认相燃已经全部看完之后，才重新换行写。

——我先走了。

这次，相燃没有阻拦。

外头，夜色茫茫。

对江城这种大城市来说，霓虹不会熄灭。

但路灯再明亮，钟听不知道董西去了哪里，也只能像无头苍蝇一样四处乱撞。

没有、没有……哪里都没有。

和相燃说话耽搁了太久，这点时间已经够董西打车往高铁站走了。

思及此，钟听越发着急，立马拿出手机给她发消息。

Listening：西西，你在哪里？我来找你。

Listening：这么晚了，你回宾馆了吗？

Listening：别哭。

Listening：拜托了，回消息好吗？

只是，一连串的信息悉数石沉大海。

钟听无奈，只得打电话过去。

这下倒是很快接通。

电话那头，董西明显还在哭："……你别来找我。"

那怎么行！

钟听想表达自己的意思，但又没法说话，只能用指尖轻轻叩击着话筒。

董西恍若未闻，自顾自继续宣泄着情绪："其实我早就猜到他喜欢你了，以前就看出来了，但是我一直装傻，一直不说，自己骗自己。没想到他会直接说出来，用这个方法来劝退我。呵，居然还是在我表白的时候，好笑。"

钟听敲击手机的频率加快，叩击声变得急促，表示她的心情也开始变得越发急躁起来。

董西："我感觉自己就像个小丑。钟听，凭什么呀？他能不喜欢我，也能去喜欢任何人，他怎么能喜欢你呢？你可是我最好的朋友啊！"

这种感觉，就像是同时被暗恋对象和最好的朋友背叛。

哪怕董西心里知道，钟听完全没有给过相燃任何暗示，但就是不舒服，好像全身都在被刺到一样，难受得她喘不过气来。

“……总之，我们暂时先不要联系了，我要先缓缓，以后的事，以后再说吧。”

说完，董西毫不留情地切断了电话。

钟听张了张嘴，试图发出一点声音来阻止董西挂电话的动作。

但无论她多么拼命，也永远无法对抗命运的安排。

最后只能无功而返，眼睁睁看着屏幕上跳出“通话结束”的字样，无可奈何。

眼泪砸到手背上。

猝不及防、不受控制。

泪滴的温度像是要将皮肤灼伤。

钟听用力咬着唇，但依旧无法止住委屈，只能低下头，任由肩膀自顾自地颤抖不停。

时间在这一刻好像被按下静止键。

混沌的、燥热的、月光黯淡的夏夜，眼前的一切被泪意遮挡，变得模糊不清。

直到一道身影劈开黑暗与混沌，坚定地朝她走来。

沈珈述穿过马路，大步走向钟听，在她面前停下。

他低头，伸出手，替她抹了两下眼泪：“豆芽菜，别哭。”

钟听愕然不已，猛地抬起头，难以置信地与他对上视线。

沈珈述还是中午那身装扮，年纪虽然比高中时略长了几岁，但身上依旧保留着很随意的少年气。

他扬眉一笑：“哭什么？手机给我。”

钟听呆呆愣愣的，大脑失去思考能力，就这样被他抽走了手机。

沈珈述点开她的通话记录，瞟了一眼，将董西的号码记下来，换成自己的手机拨过去。

“喂？董西吗？我是沈珈述。

“对，钟听就在我旁边。你们要吵架的话，不要用打电话这种方式。她不能说话，这样对她不公平。

“你人在哪儿？”

钟听和沈珈述站得近，董西的声音断断续续从沈珈述的手机听筒里传出来。

只可惜，钟听的听力比一般人差上许多，就算离得这么近，也听不清董西具体说了什么。

她不由自主地又靠近沈珈述一点，侧着头，几乎要凑上前去。

沈珈述察觉到这一点，低声笑了笑，也不点破，任由她踮起脚靠过来。

这会儿，董西的情绪已经好了一些。

她听到沈珈述的语气，从前怼他的精神劲儿再次被拿出来，忍不住怒吼了一句：“这关你什么事！”

沈珈述抬眉：“旁边的酒吧？”

董西惊讶：“你怎么知……你跟踪我？”

沈珈述嗤笑一声：“想多了吧？刚在外面看到你跑过去。这么些年没见，你倒是比以前自作多情了点。”

董西分毫不让，也跟着冷笑：“你还好意思说我？沈珈述，你这个死渣男，你以为你和相燃有什么不一样吗？你不是也喜欢钟听吗？高三那会儿跑那么快，是不是觉得自己跟小说里的男主角一样特别酷，做了件特别牛的事，能让钟听念念不忘？说到底，你也就是个胆小鬼而已。你现在怎么好意思再回来，一副要帮钟听出气的样子？要滚就滚得干脆点！或者自己说说这几年换了几个女朋友啊！”

这几句话，她已经近乎咆哮。

毫无疑问，钟听也听到了。

她怔怔地张了张嘴，看了沈珈述一眼，一时之间，手脚都不知道该怎么放，整个人僵硬得像根木棍。

董西在说什么？

沈珈述……其实也喜欢她吗？

——钟听后知后觉，再次挑中了董西一长串吐槽中最不重要的一点，但这却是对她来说最重要的一点。

相比之下，沈珈述倒是平心静气，一双漂亮的桃花眼微微眯起，沉吟半秒，薄唇轻启：“你现在是开始无差别咬人了吗？”

说完，他顿了一下，视线停留在钟听脸上，一字一句地问：“这几年，我没有交过女朋友。董西同学，这个答案，你还满意吗？

“行了，没什么事早点回去，别让人担心你。”

不等董西回答，沈珈述干脆利落地挂了电话。

钟听还没反应过来，见他动作雷厉风行，眉心微蹙，伸了伸手，像是要去抢手机一样。

沈珈述问：“不想我挂？我和她没什么好说的。况且她也不是傻子，这么大个人了，还不至于走丢。”

钟听愣了愣。

“倒是你，钟听，你是笨蛋吗？别人的爱恨情仇，你一个人躲在这里哭什么？”话音落下，他皱起眉，手掌用力揉了揉钟听的脑袋。

这会儿，钟听的眼圈依旧是红红的。

在路灯光线下，她像只小兔子一样，还一副傻傻呆呆的表情。

沈珈述叹了口气，转而抓住了她的手腕：“走，先去吃饭，边吃边说。”

钟听终于回过神来，连忙别过头，将沈珈述的手拉开。

手腕那一圈，依旧停留着酥酥麻麻的痒意，连带着心脏也生出了些许绵密的悸动感。

只可惜理智尚存，她咬了咬牙，颤着手打字。

——我要回学校了。

沈珈述笑了笑："兼职结束了，还有其他事要忙吗？"

钟听点头。

沈珈述循循善诱："是什么事呢？"

——实验室还有事情要忙。

钟听随便编了个理由。

事实上，她还是打算去找董西。

无论沈珈述怎么说，董西毕竟是个女孩子，不可能让她一个人深更半夜待在酒吧里。

至于沈珈述这边……钟听还是想继续拖一拖，拖一拖再说。

她后退几步，掉头欲走。

这回，沈珈述没有拦她。

后面响起了打火机盖开合的声音。

"噌……"

"噌……"

"噌……"

一开一合间，像是有细密的线缠住了钟听前进的脚步。

她动作微顿，到底还是不由自主地回头看了一眼。

沈珈述没有点烟，只是低垂着双眸，长指翻动，漫不经心地玩着手中的打火机，有点浪荡子玩世不恭的模样。

那只黑色打火机……

是钟听当年送给他的生日礼物。

他居然还留着？

钟听愣了愣。

接着，她听到了沈珈述开口喊她："钟听。"

咒语生效。

再次将她定在原地。

沈珈述："那个相燃刚刚说，你喜欢我，你没有否认。"

钟听大脑一片空白。

"现在呢？现在还喜欢吗？"

他果然听到了。

钟听心想。

看来董西猜得没错，沈珈述确实是一直跟着他们，所以才能精准知道董西去了哪里。

他是从什么时候开始跟着的？

中午在学校就开始了吗？

那么……刚刚她和相燃的对话，他听到了多少？

钟听回想了一下，自己一直在打字，沈珈述如果在旁边，必然不可能看到她的手机屏幕。

但相燃说的话，他是能听到的。

从相燃当时的反应，沈珈述或许差不多能倒推出她回答了什么。

怎么办？

现在，该做出什么样的反应？

他明明毫不留情地丢掉了小狗吊坠，却留着这个打火机，还在这个时候拿出来，让她动摇。

沈珈述到底是什么意思？

钟听开始头脑风暴。

许是因为钟听迟迟没有回答，沈珈述按捺不住，再次拉住她的胳膊，开口：“换个地方说。”

这里人来人往，又是马路边上，还时不时有汽车飞驰而过扬起灰尘，嘈杂又脏乱，实在不是聊天的好地方。

而且钟听忙碌了大半天，还没吃晚饭。

这一回，沈珈述下定决心要带她走，她就挣不开了，只能懵懵懂懂地被他带着往前。

沈珈述昨天才回来，还没有内地的驾照，抬手拦了一辆出租车。

两人一起坐进后排。

沈珈述拉上车门，说道：“去江大。”

钟听侧头看他一眼。

沈珈述笑起来：“不是说急着回学校吗？”

钟听犹犹豫豫地点点头。

“正好，带我去参观一下你们学校。”

说完，沈珈述变魔术一样，从口袋里掏出两块士力架，放到钟听的掌心。

顿了顿，他又补上一句：“先吃点垫垫肚子。”

他倒还是没什么变化。

就算经年未见，说话做事也依旧强势。

钟听手指微微蜷缩了一下，默默将手收回来，顺从地拆开一条，咬了一口。

士力架的甜味从口腔一直弥漫到胃里，她后知后觉地意识到，自己确实有点饿了。

沈珈述觑了觑她的脸色，漫不经心地解释：“我是怕在陌生的地方说话，你更没安全感，才想着回你学校附近。要是觉得饿了，要不要现在停车下去看看有什么店？”

闻言，钟听连忙摆摆手，表示不用折腾。

沈珈述还是笑：“不用？那正好，路上我们说说话。”

说什么？

钟听不知所措地看向他。

沈珈述："四年没见，你都没什么想问问我的吗？"

钟听眨了眨眼，将嘴里的巧克力咽下去，摇头。

她能问什么？

又该站在什么立场问呢？

一个失败的暗恋者吗？

事实上，对沈珈述离开的这四年，钟听心里有一万个问题想问，但算来算去，到嘴边的话，一句都问不出来。

他们俩应当不是现在能坐下来和平叙旧的关系。

至少钟听觉得不是。

要不然，她之前心底的那些委屈算什么？

沈珈述见钟听这么不配合，佯装无奈地叹了口气，摸出手机，又给董西拨了过去。

"喂？嗯，你回酒店了吗？

"在路上了？回去就好，我会转告钟听的。改天再聊。"

寥寥数语，顿时成功让钟听悬着的心放了下来。

沈珈述挂了电话，问她："放心了？"

钟听不作声，只是不安地抠了抠手指头。

沈珈述继续说道："豆芽菜，你好像比之前冷淡了一点。"

听他这么说，钟听瞪大眼睛，怔了怔。

"当年，是我不好。"

沈珈述话音落下时，出租车刚好抵达江城大学校门口。

这个点，食堂早就关门了，但学校外的各种小店和路边摊都还开着。

店里灯火通明，依稀能看到三三两两的学生在吃夜宵。

沈珈述付了车费，带着钟听随便进了家面点店。

这几年，手机支付高速发展，这些大学生聚集地的店都改成了扫码点单，和当年在海城实验中学外头翻菜单吃米线的时候已经大不一样。

故事是故事，人生是人生。

对沈珈述来说，故事就像数年不曾翻过的页码，时间却不会因此而停滞不前。

他随便点了几种点心，又把手机递给钟听，让她看着加，笑着顺口说："我记得第一次去你家，你给我炒了碗面加饭。

"当时我就想，这小姑娘怎么这么好玩。"

因为这个姑娘，他第一次萌生了要结束放纵，从浑浑噩噩、自暴自弃的生活里走出来的念头。

如果不是为了足以与她相配，他怎么可能留在香港几年不回来？

在沈珈述看来，年少的钟听身上，同时具有兔子和砗磲的特性。

她美丽柔软，又坚硬不屈、刀枪不入。

她试图主宰自己的小世界，不被任何曲折打倒。

因而在面对沈腾飞的质疑和白珠秀的蔑视的时候，傲气骄矜的沈珈述才会人生第一次陷入犹豫和不自信当中。

若非如此，就算薛斐斐再强硬，也阻挡不了他回来的决心。

现在看来好像还不晚。

这还得多谢相燃刚刚点醒钟听，给了沈珈述立刻挽回的念头。

要不然，来江城之前，他原本还打算再循序渐进一阵呢。

“……这几年，我没有交过女朋友。”沈珈述想到什么，轻轻笑了一下，“先是在医院躺了小半年，又去复读了一年高三。豆芽菜，现在你是学姐了。”

钟听张了张嘴。

恰好，服务员端了两个蒸屉上来。

沈珈述掀开盖子，给钟听夹了个小笼包，然后放下筷子，继续将独自走过的时光娓娓道来：“后面两年都在上学。早先就想回来，又担心回来了就不想回去了，只能忍着。

“下个学期，我申请了交换生的名额，会到海城交换四个月。没想到你会考到江大来。”

无论何时，无论在说什么话题，沈珈述身上总有一种松弛与懒散兼具的散漫气质，好像永远不急不缓，尽在掌握一样。

他甚至还记得给钟听的碟子里加了点醋。

“……如果你的面前有一扇上锁的门，只要愿意耐心地敲上一千次，那扇门就一定会为你打开。”

他抬起手，熟练地比出了一句手语。

那是那个夏夜的雨里，钟听比过的那一句。

一模一样，分毫不差。

这句手语的意思是“我喜欢你”。

“钟听。”

他喊了她一声，又继续比画。

——从此以后，我能看懂你的意思了。

——所以，你还能继续喜欢我吗？

钟听呆愣住了。

狭小嘈杂的店面，空调开得很冷，吹得人浑身发凉，丝毫感受不到室外属于夏天的闷热感。

钟听盯着沈珈述看了很久很久，直到今晚第二次红了眼眶。

沈珈述也又一次屈身，替她擦掉了脸上的泪滴。

“……哭什么？”

半是叹息半是无奈的语气，听得人耳尖泛红。

钟听动了动嘴唇，想去拿手机，又想到了沈珈述说的话，犹犹豫豫地比画了一句手语。

——这个玩笑不好笑。

只是，她第一个动作才出来，沈珈述就已经眼疾手快地捂住了自己的眼睛："如果是拒绝的话，我不想看。"

对于口不能言的哑巴来说，只要对方闭上眼，这场交流就会被迫中止，没有任何转圜余地。

钟听气呼呼地鼓了鼓脸。

很快，沈珈述继续说道："如果是答应的话，就碰一下我的手。"他一只手挡着眼睛，将另一只手放到桌上，手掌向上摊开。

闻言，钟听再次抿起唇，不知所措地眨了眨眼。

事实上，从昨天下午得知沈珈述回来，到今天相燃和董西发生争执、沈珈述突如其来的表白，前前后后不过短短三十个小时。

而就是这段时间里，却发生了那么多事，叫人目不暇接。

钟听从小就明白，自己不是一个脑筋灵活的人，悟性也不够，再加上先天的缺陷，白珠秀又强势，使得她做什么都有些束手束脚，心思敏感偏又患得患失，显得十分不讨喜。

或许也是因为性格的原因，才能让她以年为单位，进行漫长的、无法言说的暗恋。

现在，喜欢了很多很多年的少年说希望她继续喜欢他。

这好像是一个突如其来的惊雷，在头顶炸开，刹那间，只会令人茫然无措。

个中深意，以钟听此刻的心情，总觉得难以参悟。

她迟疑地注视着面前的沈珈述。

就在刚刚，服务员又端上来两碗小馄饨，放在两人面前，热气腾腾的。

水雾缭绕，使得沈珈述整个人也变得有些模糊不清起来。

好像只是脑海中的幻境。

一想到这个可能性，钟听心里陡然一跳，试探性地伸出手，轻轻摸了摸他摊开在桌上的手心。

还好，是温热的、柔软的、具有实质的存在。

并不是她的臆想。

钟听暗暗松了口气。

等她再回过神来时，手指已经被沈珈述牢牢捉住，包进了掌心之中。

她抬起头，对上了沈珈述含笑的桃花眼。

沈珈述开口："你答应了是吗？"

钟听咬了咬唇，晃了晃被他抓住的手，示意他先松开。

而后，她缩回手，打了句手语：你闭眼。

沈珈述没问原因，从善如流地再次闭上眼。

没有了他的注视，钟听放松了一点，倾身扯过他的手，一笔一画地在他掌中写字。

沈珈述。

你喜欢我吗?

纵然只是写出这几个字，都使钟听害羞得红了耳尖，脸颊也不由自主地发烫。

沈珈述倒是没半点心理负担，立马回答：“喜欢的。

“我喜欢你。

“沈珈述喜欢钟听。”

这样就够了。

对钟听来说，这几句话就是她整个青春年代里，最想得到的答案。

好像别的都没有那么重要。

所有的伤害、痛苦、悲伤、绝望，悉数一笔勾销。

喜欢一个人是那么简单，比讨厌简单一万倍。

无论沈珈述是拿她取乐也好，还是想弥补年少的遗憾也好，都不如他这个人来得重要。

钟听用力握了握他的手。

好。

我会一直喜欢你的。

沈珈述。

两人走出面点店时，夜已经很深了。

钟听往外踏了两步，脸颊突然被水滴敲了一下。

她讶然地抬起头。

下雨了。

这是今年夏天江城的第一场雨。

在过去的四年里，钟听一直讨厌下雨天，好像她和沈珈述的交集，每一次都是在雨天发生。

只要一下雨，往事就像电影一样在脑中重映，让她反反复复地想起过去的画面。

但今天是全新的开始。

钟听转过身，对着非要送她回宿舍的沈珈述笑了一下，抬起手，再一次打出了那句手语。

——我喜欢你。

周日清早，董西坐第一班高铁离开江城。

这件事还是相燃告诉钟听的。

他虽然对董西无意，但毕竟两人是一起来的江城，也不至于将她丢下，当然要跟着一起回去。

至于他们两人后来是怎么说的、怎么重新联系上的，钟听怕董西误解加深，

不愿再过问。

她只简单回复了一个“好”，然后就屏蔽了相燃的聊天消息。

有些事生硬地戳破之后，就像被打破的镜子，无论怎么弥补都无法恢复原样了。

除非它原本就不是一面镜子，而是清澈的湖泊。

就像钟听的暗恋一样。

无论往里倒什么样的杂质，最终都会被流动的湖水净化，过不了太久，便能重新变得清澈见底。

沈珈述的消息就是这时候发来的。

纯黑头像右上角跳出了一个红色的数字角标。

S：豆芽菜，醒了吗？

虽然两人在昨天晚上非常突如其来地互相剖白了心迹，但钟听依旧有点踩在云端的、不切实际的感觉。

这样就算是在一起了吗？

她第一次喜欢一个人，也是第一次谈恋爱，不太能确定。

迟疑了一会儿，她才打字回复。

Listening：嗯。

S：今天有兼职吗？

Listening：没有，但是要去实验室。

S：一起吃早饭？

S：这个总不能拒绝吧？女朋友？

钟听的两颊飞上红晕，仅仅是看着屏幕上的这三个字，好像就能让她整个人烧起来。

她放下手机，无措地在宿舍里来回踱步，思索着合适的回应。

直到室友从外面进来，想到什么，开口喊她：“哎，钟听！”

钟听回眸看过去。

室友：“昨天那个大帅哥送你回来的？”

钟听红着脸点了点头。

“你还说不是男朋友！干吗藏着掖着呀！”

室友语带埋怨。

顷刻间，钟听顿悟过来，忍不住在心里暗骂了沈珈述一句“祸害”。

她拿起手机，打字给室友解释。

——昨天才变成男朋友的。

室友错愕不已：“才一天就确认关系了？这么快？钟听，你该不会是遇到杀猪盘了吧？”

钟听笑起来。

不是一天。

从她第一次见到沈珈述到现在，已经过去五年了。

原来已经那么久了啊。

漫长的光阴，不曾磨灭她的妄想。

既然如此，就没必要顾虑太多。

思及此，钟听下定决心，切回微信回复沈珈述。

Listening：好，一起吃。

沈腾飞已经半移居国外，薛斐斐也随着现任丈夫长居香港，其实沈珈述早已没有回海城的必要。

他这次暑假回来，就是为了见钟听。

故而他闲得不行，每天准时准点约钟听吃饭，陪她去食堂、去实验室，陪她一起骑车去兼职。

这架势好像要把当中缺失的分别时间一口气补回来。

事到如今，钟听才意识到，数年的间隔，确实让两人变得陌生。

她还是那个与沈珈述分享秘密的人，能坚定地和沈珈述站在一边，却不知道沈珈述上的什么学校、念了什么专业、之前经历了多少辛苦等。

就像沈珈述也不知道她跟的实验室研究的项目是什么。

“……海洋中的……这是什么意思？等一下。”

沈珈述看着钟听复杂的手语，犹豫片刻，从口袋里摸出了一本书，飞快翻阅起来。

钟听视力还不错，窥见那本书的书名时，怔了一下。

——《手语大全》。

手语书明显不是新买的，两边的书页都已经有些卷边，像是翻了无数次。

只是钟听的专业解释起来比较复杂，“珊瑚礁”这种词也不是常用语，所以沈珈述吃不太准，才去翻书。

钟听鼻子酸酸的，伸手压住了他手中的手语书。

沈珈述扬眉一笑，问：“怎么了？”

钟听比画手语：我打字给你解释。

七月中旬，沈珈述已经在江城逗留了将近两周。

钟听知道他在江大旁边租了个房子，嫌他浪费，就催着他先回海城去做自己的事。

本来她也忙，能陪他的时间少得可怜，这样也太浪费了。

沈珈述不愿意，干脆装作看不见。

他本来就是有点强势的性格，年纪渐长之后也不见有什么改变。

钟听拗不过他，只能随他去了。

他们俩尚在磨合期，总不好一直将自己的想法强加于人。

况且她虽然不说，但心底确实希望可以每天见到沈珈述。

高二那会儿，她每天上学都会忍不住扭头寻找沈珈述的身影。

现在倒是出乎意料地了却夙愿。

“……然后呢？董西怎么说？”

江大三食堂二楼，沈珈述坐在钟听对面，单手撑着下巴，顺着她的话，慢条斯理地往下问。

钟听愣了一下，比画手语：还没理我。

她算着时间，觉得董西差不多该消气冷静下来了，昨天下午便给董西寄了一束玉兰花。

玉兰的花语是友谊长存。

这还是之前董西告诉她的。

只是一天过去，董西依旧没有回她的信息。

钟听实在不想失去董西，心里不免打鼓，才趁着吃饭同沈珈述说了这件事。

沈珈述说：“再等等吧，让她自己处理他们的事，她会想通的。”

也没有别的办法了。

钟听颔首。

沈珈述笑了一下，又问：“下周末有时间吗？”

钟听想了想，点头。

下周末她没有兼职排班，实验室这边也是休息。

沈珈述：“江城有个音乐节，一起去吗？”

七月底，正是一年中最热的时间。

音乐节就定在江城的市郊公园举办。

前些天，沈珈述去换了内地驾照，又让司机把车从海城开过来。

中午十二点多，他开车到江大的女生宿舍楼下接上钟听，载着她先去市里吃了顿饭，再驱车往市郊公园走。

钟听从来没参加过这类活动，路上已经免不了露出期待的神色。

沈珈述从后视镜里窥见她的表情，忍不住笑了：“这么高兴？”

钟听用力点头。

沈珈述：“挺好，你应该不会觉得吵。”

闻言，钟听又不解地眨眨眼，明显是想问为什么。

沈珈述牵了下嘴角，不紧不慢地开口：“你不是听力不好吗？音乐节的音响声音大，对你来说刚刚好。”

钟听愣了一下，连忙比比画画地问：你怎么知道的？

沈珈述：“早就知道了啊。这是秘密吗？”

钟听摇摇头。

听力弱并不是什么秘密，只是在她不会说话的前提下，很少有人会关注到其他的问题。

她自然也不会到处宣扬。

就算是董西，也是相处久了才发现一点点端倪。

沈珈述居然知道吗？

恰好，路口的指示灯跳成红灯。

沈珈述将车停到车流末尾，抬手用力揉了揉钟听的头发。

“那时候我们每天都一起上课，豆芽菜，你有什么事是我不知道的？”

钟听瞪了瞪眼睛。

停顿片刻，沈珈述才继续说：“不过，一会儿进去之后，一定要跟紧我，免得我喊你你听不清，到时候被挤散了。知道了吗？”

结果一语成谶。

没想到这次的音乐节规模很大，最后结尾时间居然还特批了烟花许可。

第一朵烟花伴随着如擂鼓的乐声在夜空炸开时，场地内传出了观众的欢呼声，所有人都开始往前挤。

钟听和沈珈述原本是并肩站立，恰好这时她感觉到了手机振动，便低头去包里找手机。

果然收到了两条新信息。

来自董西。

董西：花我收到了！

董西：果然还是最喜欢听宝了！

钟听怔了怔，终于长长地松了口气。

只是，再一抬头，沈珈述已经不见踪影。

烟花在头顶接连升起，“咚咚咚”地炸开，彻底将夜空点燃，音乐的鼓点与之一唱一和。

仿佛所有人都身处另一个喧闹的世界之中，灵魂抽离。

钟听被人群挤来挤去，前进不了，也退不出去，颇有些无措地皱了皱眉。

她听不到沈珈述的声音。

想了想，钟听还是低下头，准备发消息给他。

她编辑到第二个字时，突然，另一只手被人紧紧握住。

沈珈述逆着人流，率先找到了她。

来人依旧是初见时的那般模样，俊朗的容貌，玩世不恭的气质，桃花眼里满是笑意。

他的手掌温热，像是夏天的烈阳，但并不潮湿。

只有干燥清爽的暖意从两人的皮肤相接处一路传递到钟听手上，再流淌到心脏，漫布四肢百骸。

钟听仰起头，看到沈珈述动了动嘴唇。

“走丢了也没关系。

“我会先找到你的，钟听。”

伏天未过，江城炎热未退，连续数日都是35℃以上的高温天气。

一季又一季，一年又一年。

四季如此轮转，每一年都是如此循环往复。
而钟听悄然静止的时间再次开始流动。
她的暗恋，开始在夏季，又与夏日一起延续。

沈珈述，从此以后，我住进了有你的夏天。

– 正文完 –

番外一 – 今天开始我们

命里注定，他们终究要相爱。

八月末，沈珈述返回香港，去学校办理交换生的手续。

两人将近一整个暑假每天待在一起，骤然与钟听分别，沈珈述总觉得哪里都不适应，心情也免不了暴躁几分。

从下飞机那一刻起，他就一反常态地一直给钟听发消息。

而事实上，沈珈述就不是一个喜欢在网上聊天的人，大多数情况下都是有事说事。高中那会儿他班级群不加，连几个兄弟弄的小群，他也从不在里面插科打诨，要想说话，那就约出来打球吃饭，整天摆弄手机打字实在没意思。

要说那会儿和他聊得最多的人，那必然就是钟听无疑。

钟听不能说话，在科技高速发展并普及的时代，打字和写字一样，是她对外界表达自我的桥梁。

沈珈述要给她录英语音频，也会时不时点开 QQ 看看她有没有什么小心翼翼的留言。

这种乐趣，在当时看来就是件微不足道的小事，顺手点几下屏幕的事情。

如今再回想起来，未尝不是心动的前兆。

毕竟在少年时的人际关系中，沈珈述习惯了高高在上、众星捧月，从未放下过身段，都是旁人在迎合他。

但等待信息这种事，归根结底，主动权确实是在钟听手上的。

偏偏那会儿两人都毫无察觉。

斗转星移，时过境迁，沈珈述的性子没怎么改变，但早早认清了自己的心意。

对别人，他依旧不爱有一搭没一搭地聊天，有事找他最好打电话。

但对钟听，他一分钟能发二十条信息。

而且如果钟听一段时间不回复，沈珈述就会陷入一种百爪挠心的状态，好像生怕她失联一样。

……他是真的讨厌异地恋。

然而，临近开学，钟听实验室的教授刚好要去开行业会，还带上了几个研究生一起，实验室里的劳动力一下少了好几个，观测仪器却不能停，各种杂活儿就堆到了剩下的几个学生身上。

钟听自然也无法幸免，毕竟还得教授给她开实习证明呢。

实验室里干什么都要戴手套，写实验记录都得戴着，她把手机塞书包里，有时候一整天都没工夫拿出来看一眼。

兼职的时候更是没法玩手机。

往往等钟听闲下来点开微信时，沈珈述已经快要抓狂了。

S：豆芽菜，你怎么还没下班呢？

钟听好脾气地笑了笑，将聊天界面拖到最上面，一条一条回复他的信息。

她总觉得自己好像批阅奏折的皇帝。

但只有这样，沈珈述才会满意。

等她刚刚依次回复完，新的信息急不可待似的映入眼帘。

S：下周我就回来。

钟听算了算时间。

Listening：下周你们已经开学了吗？

S：没。

S：我先来陪你几天。

香港到江城有直达航班，不到三个小时，着实算不上远，就算加上候机之类的，也不会超过五个小时。

看到这行字，钟听却不自觉蹙起了眉。

Listening：不要这么麻烦，九月底很快就到了。

他申请的院校交流时间是从九月下旬开始。

要是他下周回内地，待不了几天又要过去准备开学的注册手续之类的，实在太折腾。

S：不麻烦。

S：豆芽菜，我想见你。

钟听实在架不住沈珈述这样说话。

就算时至今日，她依旧觉得应当是自己更喜欢沈珈述一点。

当初，薛斐斐话里话外、明里暗里的暗示，是连钟听这样一个不谙世事的高中生都能听懂的意思，说到底，就是觉得她和沈珈述不够相配，他们俩有着云泥之别，沈珈述看不上她，希望她不要自作多情。

甚至在很长的一段时间里，连钟听自己也认为沈珈述是她的镜中花水中月，是她一直仰望一直窥视的天上星，永远都那么高不可攀。

这种念头已经深入骨髓，就算如今两人发展成恋人关系，观念也已然根深蒂固，一时半会儿很难拔除。

所以，毫无疑问，她压根拒绝不了沈珈述，败下阵来。

Listening：那到时候我去接你。

后一周，沈珈述并未依照计划直飞江城，而是提前一晚回到了海城。

陈天皓和班上几个玩得比较好的男生约着说要聚一聚，吃个饭。

海城教育水平高，家长和学生都不怎么愿意往外考，大多留在本地，但像海城实验中学 A 班的学生基本都是 985 和 211 的苗子，如果够不上本地那两所 TOP 院校，去其他地方念书的话，学校档次很有可能能提升一档。

高中毕业之后，大家考到不同的地方，各自有了新同学，有了不同的安排，连寒暑假想聚起来都有些不容易。

这次好不容易用他们的述哥找到一个机会，而且此时各大高校都尚未开学，人还能来齐，自然不能错过。

沈珈述知道钟听今天要在实验室抄记录，想了想，便答应下来。

这边聚一聚花不了多久，结束之后再让司机开车送他去江城，还能提前几个小时见到女朋友，非常完美的一举两得。

小聚的地点定在市里一家新开的清吧，距离海城实验中学高中部不算很远，也是一行人从前经常活动的区域。

略显中二的青春期早已结束，但几人的性子倒是变化不大，依旧有点唯沈珈述马首是瞻的意思。

见到人，他们也还是上前碰拳打招呼，一口一个“述哥”。

沈珈述嘴角噙着笑，还能非常准确地叫出每个人的名字。

见状，陈天皓忍不住乐了，调侃道：“还以为咱述哥半道转学去香港，早把我们哥几个忘了呢。”

沈珈述挑了挑眉：“怎么会？”

陈天皓：“你都不知道，那会儿你把大家都删了，我们可生气了。今天总算再见到，不得喝两杯？”

沈珈述晃了晃杯子，微微仰头，将杯中的酒一口饮尽。

他没有解释当时的情形，也没有解释删好友、注销手机号这些都是自己昏迷时薛斐斐替他干的好事。

丢脸的往事，实在没必要再提起。

一切内幕，只有钟听知道。

从十七岁开始，他们就是能共享“秘密”的同犯。

如果这个世界即将毁灭，沈珈述也相信，钟听会和他站在一边。

只要是她说过的话，他就愿意相信。

哪怕她想要反悔，沈珈述也不会给她这个机会。

几杯酒下去，气氛逐渐变得活跃起来。

沈珈述眉梢眼角的痞气尚存，却变得比以前看起来好说话了一些，话题自然围绕着他打转。

“述哥之后毕业就留在香港吗？”

沈珈述抿了口啤酒，笑着摇头：“毕业就回来。”

除非钟听想去香港。

不过从暑假这些日子的相处中可以看出，她虽然没有明说，但沈珈述已经猜到她大半是要在江大一直念书，念到博士后，再去研究所。

沈珈述觉得这个专业确实非常适合钟听，她耐得下性子，意志力又坚定，愿意吃苦耐劳，实在是搞科研的不二人选。

沈珈述也知道她是滑档进的这个专业。

这完全算得上是冥冥中的注定。

既然钟听不走，那他必然是要回来的。

陈天皓作为在场的第二知情人，喝多了几杯，嘴上就没了把门的，直接将沈珈述的老底都抖了出来：“那个什么……钟听还在内地呢……述哥怎么会不回来呢？哈哈、哈哈哈……”

话音落下，在场所有人都有些惊讶。

“述哥和我们班那个钟听？这么说来，高三那个事……”

是真的咯？

男生私底下一样八卦。

几道好奇的目光纷纷落到沈珈述身上。

沈珈述表情很平静，又举了举杯子，一饮而尽。

无须解释。

散场时，陈天皓已经有点喝高了，那么大个身板硬要架在沈珈述身上，嘴里嘟嘟囔囔：“述、述哥……真看不、不出来……嗝……你还是个情圣呢……说真的……我观察过钟听……实在、实在没看出来这姑娘有什么特别的……”

沈珈述无语地瞥了他一眼。

恰好，家中的司机开车抵达。

沈珈述把陈天皓塞进车里，又报了陈天皓家的地址。

“张叔，麻烦你绕一下送他吧，送完他再去江城。”

“好嘞，没问题。”

轿车行驶在深夜的马路上。

陈天皓已经靠着头枕合上眼，剩下沈珈述兀自看向窗外。

今晚他也喝了不少，但神智还算清醒。

至少还记得从前发生的事。

譬如钟听半夜跑来探病。

譬如钟听用单薄的肩膀义无反顾地挡住沈腾飞，试图不让他伤害自己。

钟听到底哪里比别人好，这对沈珈述来说，没什么需要对旁人解释的，最好能永远只让他感受到她的好。

免得被人觊觎。

思及此，沈珈述拢起眉，若有似无地“啧”了一声。

次日清早，钟听走出宿舍楼，打算先去买早饭，再到实验室签个到，再去机场接沈珈述。

宿舍楼下停了辆车，她走过去两步，车门就被人从里面推开。

原本应该还在飞机上的某人走到她跟前，笑吟吟地望着她。

钟听一怔，瞪圆了眼睛，比画手语发问。

——你怎么已经来了？

海城到江城开车也就三个来小时，沈珈述后半夜就到了，已经在车里坐了几个小时。

他身上的酒味已经散去大半，只留一点点微弱的气味，凑近了才能闻到。

钟听又问：喝酒了吗？

沈珈述笑着点点头：“昨晚回来的，抽时间和陈天皓他们聚了聚。”

说完，他整个人往前一倒，脑袋精准地靠到了钟听的肩膀上。

钟听怕他摔倒，连忙手忙脚乱地接住他。

耳边传来沈珈述低沉的轻笑声。

下一秒，他侧过脸，猝不及防地亲了下钟听的脖子，还小声嘟囔道：“豆芽菜，好想你啊。”

钟听愣在了原地。

十一长假前夕，沈珈述顺顺利利地回到海城上学。

他交换的院校是排名 TOP3 的顶级高校。

事实上，就算是海城实验中学冲刺班那些人，也没有把握一定能稳进这所学校。但沈珈述这个当年声名狼藉的差生进了这所学校交换，想来实在令人唏嘘。

与此同时，钟听也拿到了学校的保研名额。

她一贯努力，绩点异常漂亮，年年都拿着奖学金，哪怕综合成绩够不上第一，也是专业前列，保研是理所当然的事。名单公布之后，系里基本没有人有异议，也没有人私下多嘴“学校关照残疾人”之类的说法，倒是让人长长松了口气。

只不过因着钟听成了板上钉钉的学妹，实验室里让她干的事反倒比之前更多了起来。

再加上还有毕业论文要准备，她每天忙得焦头烂额、脚不沾地，实验室、图书馆两点一线，几乎连食堂都省略了。

早出晚归之下，宿舍都待得少了许多，更遑论兼职。

因而钟听不得不和店长道歉，麻烦对方结束给自己的排班。

还是李欣欣回学校拿材料，约她吃饭，才顺利将她从忙碌中拉出来，让

她得以喘息片刻。

“……所以说，你和你暗恋的男生在一起了？都谈了快三个月了？钟听！这么重要的事，你怎么不早点告诉我？”

食堂三楼本就空荡，李欣欣不由自主拔高了声音，将桌子拍得“砰砰”作响，成功引来数道目光。

钟听脸颊发烫，连忙扯她的衣袖，示意她冷静一点。

钟听细瘦的手臂上下摆动，同李欣欣打着手语：实在不知道怎么开口。

况且李欣欣从暑假开始一直在实习，每天忙着给领导跑腿，连朋友圈都是喊累，钟听哪好意思再同她说这些琐事。

到这会儿，李欣欣缓了口气，也回过神来。

她想了一下，压低声音重新问道：“帅吗？”

钟听瞪了瞪眼睛。

李欣欣：“是不是之前那个大帅哥啊？就是暑假前到学校来找你的那个？我听你室友说了，第二天咱们学校的表白墙就榜上有名了。”

钟听点点头。

她倒是不关注什么表白墙之类的，但暑假期间，沈珈述确实频繁出入江大校园找她。学校里留校的学生不少，以沈珈述这个颜值，引起注意也是正常的。

见钟听点头，李欣欣“啧啧”感叹了几声，竖起大拇指：“干得漂亮！暗恋就得暗恋帅的！帅的才有拿下的意义！这样才不亏嘛！”

某个角度而言，李欣欣确实和董西很像，至少是一模一样的口无遮拦。

李欣欣又问：“改天带我见见？他不是我们学校的吧？现在在哪个学校上学啊？”

钟听又打手语：在香港上学，见面可能还得再等等。

虽然沈珈述马上就要回海城当交换生，但她暂时还没做好带他见自己朋友的准备。

那种“和暗恋了很多年的男生谈恋爱”的虚幻感依旧缠绕在心尖，经久不消。

她总觉得沈珈述是不切实际的存在。

现在依然这么觉得。

可能还是要再等等，等四年分别的陌生消弭殆尽，等两人变得更亲密些，才能理所应当地做他女朋友吧？

钟听皱起眉，忍不住这样想着。

国庆假期，实验室总算也跟着放假了。

10月2日，钟听收拾收拾，等着沈珈述开车来接她，再一起返回海城。

白珠秀还不知道她又和沈珈述搅合到了一起。

钟听千劝万说，才阻止白珠秀去高铁站接她。

从前，白珠秀因为沈珈述成绩不好、看起来太不着调而看不上沈珈述，后来家里火灾出事，沈珈述救了自己，白珠秀态度要缓和的时候，又在薛斐斐那儿被明里暗里贬了一顿，很难不因此迁怒到沈珈述身上，所以钟听觉得她和沈珈述的事，暂时还是不要让白珠秀知道的好。

毕竟沈珈述回海城交换几个月，后头还得再回香港上学。

之后他们俩会怎么样，谁都说不好，还是先不要闹得太广为人知的好。

因着心思过于敏感，钟听似乎从小就有点悲观主义，以前不显，随着年纪增长，这种特质反倒变得清晰起来。

沈珈述是一个活生生的人，有自己的行动和想法，不受任何人控制，他是钟听再努力再用功再拼尽全力也无法掌控的存在。

要不然，他们也不会分别四年。

一切都只能顺其自然。

“……豆芽菜？想什么呢？”

放假期间，高速比往常更堵，一路都在走走停停。

临近海城，前面不知道是不是又发生了事故，车流再次排起长龙。

沈珈述将车停到末端，余光注意到钟听愣愣的表情，嘴角忍不住染上笑意，一连喊了她好几声。

他不是个好脾气的人，开车虽然稳当，但耐心一向不足，遇到这种大堵车，就算不冷脸，也是笑不出来的。

可是看到钟听乖乖巧巧地坐在旁边，他立马觉得什么烦恼都好像瞬间烟消云散了。

沈珈述忍不住想逗她：“……怎么眼神这么呆？昨天晚上干什么去了？是不是想我没睡好？”

钟听回过神来，怔了怔，脸颊一下就烧了起来，手忙脚乱地比画：没有，我在想我妈妈的事情。

“呵。”

她这样一板一眼，实在太好玩了。

沈珈述眼睛弯出一道愉悦的弧度，猝不及防地伸手揉了揉钟听的脑袋，将她的头发弄乱，复又自顾自地替她整理好。

接着，他慢条斯理地开口问道：“逗你呢。阿姨最近怎么样了？”

这一路上，钟听怕干扰沈珈述开车，基本没怎么跟他说话，无论是打手语还是手机打字，好像都得令他分神。

不过，既然这会儿堵车了，自然就少了些顾忌。

她眨了眨眼，比画着：挺好，还在上班，之前我们家烧起来的那些毛绒布料，她又在做。

火灾之后，她们搬去了更靠近学校的小区，那里房价高，地方又小，没有条件摆放缝纫机。

白珠秀也怕影响钟听，就没有继续做这个副业。

到钟听去江城上大学之后，白珠秀在家里歇了两年，到底是闲不住，便开始重操旧业。

哪怕钟听跟她说自己有兼职，还有奖学金，让她别做这些，好好休息休息养身体，她也不肯听。

沈珈述："可能是因为你不在，阿姨有点无聊……也别太担心了，每年带她体检就好。"

当然也没有别的办法。

白珠秀性格强势，自己决定的事，哪能容得下旁人置喙。

钟听抿了抿唇，默默点头。

沈珈述又说："别墅里还有几张体检卡，过几天拿给你。"

钟听摆摆手：不用的，我有钱。

沈珈述侧过脸瞅她，假装叹气："这是钱的问题吗？是我的心意。豆芽菜，不许拒绝。"

钟听只好点点头。

沈珈述这才笑起来，手指有一下没一下地敲着方向盘，像是在盘算什么。

半晌，他再次开口："后天有时间吗？陪我搬家。"

钟听愣了一下，不明所以地看向他。

后视镜里，沈珈述的下巴微微扬起，下颌弧线优越，是一副标准的颠倒众生的祸水长相。

他说："前些日子让人弄了套学校附近的房子，里面什么都还没买。"

至于那栋他从小住到大的别墅，这四年里，沈腾飞也几乎没有回去住过，便渐渐地弃置不用。

现在里头只剩下几个阿姨和司机张叔住着。

他们毕竟是为沈家效力多年的人，知根知底的，不好随便打发走，就当是帮忙照顾屋子了。

沈珈述不想回去，才重新弄了一套房子。

他想和钟听一起布置。

以后学校放假，回到海城，两人也可以有地方落脚，不必受旁人拘束。

钟听倒是没想到沈珈述考虑了这么多，听他说在学校附近，知道这大概是公子哥儿挑剔的做派，爽快地点头答应下来。

得到想要的答案，沈珈述笑了起来，抬手轻轻搓揉着钟听的耳垂，是亲昵无比的动作。

"乖。"

这时恰好前面的车尾灯熄灭，开始缓慢移动。

没等钟听害羞地推开，沈珈述就已经自觉收回手，重新握住方向盘。

车辆重新启动。

赶在中午前，两人到达海城。

钟听怕晕车，早上没吃多少东西，这会儿已经有点饿了。

想了想，她从包里翻出一袋软糖，拿了两颗丢进嘴里。

甜腻的水果香气在密闭的车厢里弥漫开来。

沈珈述睨她："给我一颗。"

钟听依言又拿了一颗糖，喂给沈珈述。

指腹与他柔软的嘴唇相触。

霎时，她像是触电一样，飞快地缩回手。

这个动作换来沈珈述的低笑声。

"手套箱里有纸巾。"他指点道。

闻言，钟听便慌慌张张地用另一只手去拉前面的手套箱，妄图抹除脑海中关于刚刚那点微弱触感的记忆。

纸巾在手套箱最底下，钟听瞥见大致的位置，探手进去摸。

突然，沈珈述想到了什么，立刻出声："等等！"

只是已经来不及了。

钟听先一步拿到了纸巾，连同旁边一串硬硬的物什。

她随手将那东西拿了出来。

意料之外，居然是一串水晶手链。

且造型款式一看就是女生戴的，可能还是年纪偏小的女孩子，稍微有点幼稚的那种。

钟听端详了几眼，眉头蹙起。

沈珈述车里怎么会有这种东西？

难道……

旁边的沈珈述已经微微变了脸色，表情像是想要将她手上的手链抢走，又不知道该怎么动手，只能任由钟听打量着。

"钟听，你听我……"

他话音未落，钟听脑中灵光一闪，突然想了起来。

这是她的手链！

是当年董西去泰国玩的时候，给她带回来的那一条！

她记得很清楚，那天白珠秀生病，自己匆匆忙忙赶去医院，等她再想起这回事的时候，手腕上的手链已经不见了。

她怕董西不高兴，后来还为此郑重地向董西道歉，请董西喝了特大杯的奶茶。

所以，手链怎么会在沈珈述这里？

钟听狐疑地看向他。

到这会儿，沈珈述紧紧抿住了唇，闭口不言，任凭车内的气氛沉默下去。

海城市内交通还算通畅。

按照钟听给的地址，两人顺利抵达钟听家所在的小区。

到底不是红墙弄堂那种地方，这个小区虽然老旧，但基础设施完善，里面也有停车位。

沈珈述把车停到了树荫下，熄了火，接着解开安全带，侧过身子，正对着钟听。

四目相对。

片刻过后，沈珈述难得率先移开目光，懊恼地揉了把头发，咬牙：“你都知道了？”

钟听一愣。

知道什么？

她不明所以。

沈珈述实在不想将当年丢脸的时刻说给别人听，哪怕那个人是钟听。

但如果他不说，钟听一定会左思右想，指不定思路歪到什么地方去。

这一点，他十分了解。

故而，沈珈述一字一顿地解释道：“这是我在医院走廊上捡到的，忘了扔，就一直留着了。”

……如果单纯这么说来，自己倒是无愧陈天皓调侃他的“情圣”之名。

沈珈述自嘲地想。

但是，只有他自己知道，捡到手链的那一刻，他站在病房门外听到钟听妈妈冷嘲热讽地奚落自己，有多叫人愤怒。

钟听不会说话，他不知道钟听有没有为他分辩。

沈珈述只记得自己当时有好一阵没有搭理钟听。

他不想让自己变得那么卑微，被别人踩到泥里还巴巴地上去讨好。

这不是飞扬跋扈的沈珈述会做的事。

偏偏后面紧接着一连串的事情发生，使得这次闹别扭变得无可转圜。

两人尚未把事情说清楚，就被迫走向了分道扬镳的道路上。

在香港的四年里，沈珈述很难说自己一次也没有后悔过，但这些话、这些与他不大相称的心理活动，为了他的面子，全部不能告诉钟听。

他只能轻描淡写地用“忘了扔”来掩盖那些百转千回的情愫。

幸好钟听并未深想，只是做了个“哦”的口型，点点头，比画手语：那现在还给我？

过两天她再约约董西，刚好还能把这个失而复得的手链拿给董西看。

这下，沈珈述终于伸出手，抢过了手链，重新塞回手套箱里。

“谁捡到就是谁的。”他说。

钟听一脸的不可理喻。

沈珈述目送钟听拖着行李箱走进楼道，直到她的身影彻底消失不见，他才长长地吐了口气。

回到车上，沈珈述将手链拿出来，捏在手上有一下没一下地打着转。

这怎么能还给她？

怎么能告诉她，这些年里，每当想到她的时候，他就会把手链拿出来玩一会儿呢？

10月3日。

钟听在家陪了白珠秀一整天。

进入大学之后，她虽然大部分时间都在学校，但每次回家还是会做饭做家务，厨艺基本没怎么丢下。

这次暑假没回家，钟听想着要好好弥补一下白珠秀，早上去菜场买了不少菜，精心做了一顿饭菜。

早先白珠秀换了个小号的桌面缝纫机，关上门用，基本听不到什么动静。

等她弄完拖鞋底，再走出房间，餐桌上已经放了五个盘子。

钟听正端着汤从厨房出来。

白珠秀接过汤锅，放到餐桌中央，随口问道："今天这么丰盛？是想要提前过生日吗？"

三天后就是钟听的生日，白珠秀想着她多半要出门和朋友见面，才有这么一问。

但闻言，钟听先愣了一下。

她还没和沈珈述说过生日这件事。

毕竟开口让男朋友陪自己过生日，这也太……叫人觉得不好意思了。

所以，六号具体怎么安排，至今还没个准数。

她不好答得太过绝对，只能咬了咬唇，朝白珠秀笑了笑。

白珠秀并未追根问底，坐到桌前，转而问起旁的事："对了，听听，你们学校那个社团还搞吗？我最近正好有时间。"

李欣欣的室友在动漫社，之前社团节，想定几套 Cosplay（角色扮演）的服装出舞台剧。李欣欣知道钟听的妈妈会做衣服，就去问了钟听。

白珠秀当然是爽快地把这件事揽了下来。

她打小心灵手巧，不仅能做衣服，简单的配饰也能做，虽然第一次接触动漫服饰，但弄出来的效果相当不错，广受动漫社同学的好评。

白珠秀算了算成本，发现这个比做玩偶、做鞋都赚钱，所以就又问了钟听。

钟听放下筷子，拿起手机打字。

——我们一般大四就退社了。他们今年社团节要怎么弄，我也不是很清楚。

白珠秀"哦"了一声，颔首："没事，不清楚就别问了。我最近在想要不要开个网店做这些，到时候你给我参谋参谋。"

钟听点头。

两人有一搭没一搭地吃完了这顿饭，又一起看了会儿电视，白珠秀就转头进去忙碌了。

钟听则是独自回房间整理东西。

母女俩的生活，就是如此日复一日、年复一年地简单度过，好像从来不曾受过伤害一样。

次日。

海城天气不错，秋意凉爽。

钟听起了个大早，给白珠秀准备好早餐便下了楼，偷偷摸摸钻进了沈珈述的车里。

他们俩约好今天一起去买东西，给沈珈述布置新家。

沈珈述在回消息，听到开门的动静，转头望了过来。

钟听把头发束成了丸子头，穿着简简单单的白色长袖单衣，袖子往上挽了两道，底下是方便行动的米色直筒休闲裤，搭配同色系板鞋，一派青春女大学生的样子。

她钻进车里时，丸子头碰到车顶，被压扁了，等她稳稳坐下后，又弹了回来。

很有弹性的感觉。

和她的脸颊一样，可以随意捏扁搓圆。

骤然间，沈珈述便不自觉笑了起来。

钟听压根摸不着头脑，满脸写着“发生什么了”，试图从沈珈述的笑意里找出些许端倪来。

沈珈述却没有给她解答。

他只是朝钟听伸出手：“早饭呢？不是说要给我带吗？”

钟听笑了笑，将装着煎饼的保鲜盒放到他手中，比画着：早上给妈妈做的，多做了几块，给你吧。

沈珈述“哼”了一声，一边开盒子，一边小声嘀咕：“居然还是顺带的……”

钟听连忙打手势解释：不是这个意思。

沈珈述故意不看她解释，直接用一次性筷子夹起煎饼咬了口，又“啧”了一声：“某位豆芽菜小姐的手艺倒是不错。”

这会儿，钟听总算听出了他是在开玩笑，眉眼渐渐舒展开，水润秀气的眼睛眨了眨，露出点眉开眼笑的意味来。

沈珈述慢条斯理地将一盒煎饼吃完，而后才心满意足地捏了捏钟听的手掌，发动汽车。

时间尚早，按照计划，两人打算先回家一起合计合计缺点什么，中午出去吃一顿再开始采购。

沈珈述选的房子相当符合他公子哥的身份，应该是学校周边最豪华的小区，楼体外墙很新，楼间距够大，绿化率高，物业和安保也相当专业。

一路走进去，四下极为安静，入目都是干净崭新的模样。

沈珈述随手将小区和楼栋的门禁卡塞到钟听包里：“下次自己进来。”

钟听忍不住笑，打手语同他开玩笑：以后我进去偷你东西。

沈珈述捏了捏她的脸颊，满不在乎的语气：“我的就是你的，随时来拿就行了。”

他话这么说，行动自然也不会落下。

钟听人还没走进去，就已经被沈珈述捏着手指录入指纹，以后她就可以自己开门进屋了。

他似乎是要全面贯彻“我的就是你的”这个想法，细节也得方方面面到位。

钟听笑得很不好意思，拽了拽沈珈述的衣摆，冲他摇摇头，示意他差不多行了。

她已经知道他的决心了。

沈珈述没动，还是将指纹录入好才慢吞吞地让开，让她先进去。

“不用换鞋，一会儿阿姨会来打扫的。”

闻言，钟听点点头，小心翼翼地踏入屋内。

沈珈述这套房子虽然没有他家的别墅大，但视野倒是一样开阔。

穿过玄关便是大横厅。

十月清早的阳光从窗外洒进来，照得厅内亮堂堂一片，显得干燥温暖。

客厅里还只有孤零零的几件家具，没半点装饰，唯独角落放着一只巨大的黑白金属熊，大约有半人高。

钟听被那只熊吸引了过去。

等沈珈述走到她身后，她才回过神来，做手势问道：这是什么？

沈珈述视线偏转，明白了她在问什么，笑着解释：“暴力熊，算是……装饰玩具吧。你喜欢吗？喜欢的话送给你。”

钟听摇摇头。

见状，沈珈述便没有再追问，领着她参观房间。

钟听偷偷上网搜了“暴力熊”这个名字，看到价格后停顿一瞬，然后默默锁上屏幕。

你喜欢这个熊吗？

看到她的手势，沈珈述漫不经心地“唔”了一声，随口回道：“还行吧，玩具而已。”

钟听吐了吐舌头。

果真是有钱人才能玩的东西，放在这么宽阔这么豪华的屋子里，也算相得益彰了。

只是自己与沈珈述的差距，就算是到此时此刻，依旧未曾拉近。

大概他们俩谁都不知道未来会变成怎么样。

钟听忍不住在心里叹息。

大约半个小时工夫，钟听在这个硕大的房间里转了几圈，成功列了张采购清单出来。

她打小做家务，自理能力远超同龄人，日常生活缺什么需要什么，堪称熟门熟路。

相比之下，沈珈述就是个不谙世事的小少爷，除了在旁边看着钟听转悠，能不碍手碍脚就是他的最大贡献。

很快，钟听手机屏幕上就列出了满满当当一串物品。

她蹙着眉，在脑中又过了一遍，确认没什么错漏后才打算和沈珈述说一声。

只是，她刚一转过身，整个人猝不及防地落进了一个温暖的怀抱中。

钟听僵住了。

进门时，沈珈述怕钟听觉得热，早已打开了中央空调。

虽然已是十月初的秋日，但到底是在海城这种沿海城市，空气湿度过高，稍微动两下就有可能冒汗。

冷气簌簌往外吹，此刻屋子里都是凉凉的。

唯独沈珈述的怀抱温温热热，仿佛充斥着阳光的气息，暖融融一片。

钟听怔了一下。

突然，她感觉到沈珈述的气息凑近了些，像是已经低下头，悄然靠到她耳边。

顿了顿，沈珈述才不紧不慢地开口："到底是哪里来的田螺姑娘……啧，不管是哪里来的，进了我家，就是我的人了。"

刹那间，钟听脸颊涨得通红，滚烫的温度几乎要烧破细腻的皮肉，挣扎着破土而出。

沈珈述再次被她逗乐，沉沉地闷笑了一声："怎么这么容易脸红啊？我们豆芽菜真好玩。"

钟听反应过来，手脚并用，想要从他怀中挣脱出去。

偏偏沈珈述非要和她对着干，紧紧搂着她，不让她跑："动什么？让我抱抱还不行吗？这么小气？"

他"啧"了一声，十分不满。

眨眼间，钟听计上心来。

她果然不再挣扎，只是踮起脚，仰头，飞快地在沈珈述的嘴角亲了一下。

沈珈述立马愣在原地。

这下，钟听顺利从他怀中挣脱。

她远远地站在几步之外，眼睛里有狡黠的笑意，飞快地打着手语：要出门了。

言下之意是让沈珈述别瞎胡闹了，买东西收拾房间才是正经事。

毕竟十一假期结束他就要搬进这里来，再拖拖拉拉下去，到时候生活不便的是他自己。

这回沈珈述倒是没再说什么，上下打量钟听几眼，闷不作声地转过身，换了鞋，带着她下楼。

时逢假期，大学城附近的商业区相当热闹。

钟听和沈珈述穿梭在人流里，步伐不急不缓，漫无目的地寻找着餐厅，姿态放松，看起来和普通的大学生情侣无甚差别。

本来他们也就是普通的大学生情侣，只是沈珈述长得出众了点而已。

但没有人会想到，他们俩是历经了漫长的分别，才重逢没多久。

没有人知道他们的过去。

没有人想得到其中的纠葛。

一时之间，钟听心底浮起一种奇妙而又隐秘的欣喜感来，好像正如她当年信誓旦旦地同沈珈述许下的诺言。

——我永远和你站在一边。

这句话，把两个人紧密地牵连在一起，好像划出一个新的国度，那里唯有他们俩，旁人皆插足不得。

突然，钟听往前半步，将自己的手塞到了沈珈述自然垂落的手掌心中，缓慢地流露出几分局促。

沈珈述动作明显一顿。

继而，他毫不犹豫地收拢了手指，密不透风地握住了她。

眨眼间，两人已经从并肩而行变成了十指相扣。

毫无疑问，是亲密无间的姿势。

这才像话嘛。

钟听在心里偷偷笑了一声，另一只手也跟着伸过去，十分自然地盖住了沈珈述的手背。

人声鼎沸的商场里，她在他手背上一笔一画地写：6 号是我的生日，能不能陪我一起过？

从十七岁那年开始，沈珈述就能读懂她写在手心的字。

昏暗逼仄的楼梯间，他的手心温暖，像是和她联系最紧密的少年人。

至今从未改变。

果然，沈珈述沉沉地笑了声，低下头，凑到钟听耳边温声作答：“钟听，对你，没有不能的事情。

“下次不用问能不能、好不好，知道了吗？”

钟听抬起眼，点点头。

两人相视一笑。

从中午到傍晚，大半天工夫，沈珈述的新家被一点一点填满。

原本开阔的空间，因为放上了生活用品和许多装饰，显得生动了许多，也变得温馨起来。

钟听遗传了白珠秀的天赋，打小动手能力强，缝衣服做玩偶都不在话下，因而她也有自己的一套审美。

不是如何搭配，而是譬如什么样的材质更和谐，再加一点点色彩搭配，

连沙发上的抱枕都挑选得相当仔细。

沈珈述只管付钱，一切由她。

看着钟听如小仓鼠一样挑挑拣拣囤东西的模样，他甚至冒出了一种冲动，想要买十套房子，让她一点点往家里搬东西。

只是，这是完全不切实际的念头。

沈珈述也舍不得钟听太辛苦，只能略有些惋惜地作罢。

下午两人不在的时候，阿姨已经过来里里外外打扫过了，其实没什么需要钟听动手的，只要归置归置两人买的东西就行。

大部分都是小件，稍大一些的都有沈珈述。

晚饭之前，房子里的东西全部收拾整齐。

沈珈述将给钟听准备的卧室指给她看，又漫不经心地解释道："以后你回来，时间晚的话，可以住这边。"

钟听脸颊泛红，不知所措地眨了眨眼睛，最终还是乖巧地点了点头。

沈珈述心满意足，捏了捏她的脸颊，又有一下没一下地轻扯着她的发梢："豆芽菜，每周末我都会去江城找你的。"

钟听点头，表示知道了。

只是沈珈述还是不想和钟听分开，哪怕只是周中那几天。

想了想，他又追问："你们学校就没有和海城什么学校的合作项目吗？"

闻言，钟听笑了起来，眼睛弯弯的，像月牙一样漂亮。

她反手抱了抱沈珈述，动作似是安抚。

沈珈述可没那么好骗，一把搂住她，有些邪气地一挑眉："今晚住这里？"

钟听吓了一跳，连忙要推他。

她昨天和白珠秀说的是今天晚饭前回家，现在回去都已经有些晚了，要是再夜不归宿，不知道会发生什么可怕的事情。

见她神色紧张，沈珈述没再逗她："……行了，马上送你回去。"

他松开手臂，从玄关柜上捞起车钥匙。

顿了顿，他又转过身伸出手，抓住了钟听的手臂。

骤然间，一个蜻蜓点水般的吻落到了钟听的嘴角。

这个吻比中午钟听故意吓沈珈述那个还要轻描淡写。

钟听却依旧愣了一下。

只是沈珈述可不是钟听，他的攻击性在下一刻展露无遗。

眨眼的工夫，亲吻落到了实处。

沈珈述将瘦弱的钟听按在墙边，抓住她两只手腕，圈在自己的掌控范围之内，叫她无处可逃。

趁着她愣神，他的唇开始辗转游移，继而轻而易举地撬开了她的唇瓣，在不甚宽阔的玄关旁，肆无忌惮地攻城略地起来。

他的吻技过人，好似有令人眩晕神迷的技巧，很快，钟听便彻底放弃挣扎，放任自己陷入其中。

转眼就是钟听生日这天。

一大早，她刚睁开眼，就收到了董西寄来的花。

包装纸里夹着纸片，纸片上是一行打印的花体字，写着“Happy Birthday”。

应该是花店里提前准备的贺卡，看起来没什么特别。

不过这种时候能收到董西的消息，完全算意外之喜。

看来这段时间，她的心情已经恢复许多。

钟听免不了高兴，忙拿着花拍了几张照片，又给董西发去了感谢的消息，这才开始准备收拾收拾出门。

白珠秀见她徘徊，步伐难得急促，便随口问了一句：“听听今天和谁一起出去啊？董西和相燃吗？”

闻言，钟听脚步一顿。

她回过头，犹犹豫豫地冲着白珠秀比画了几下。

白珠秀看不懂她的手语，瞬间失去耐心，随意摆摆手：“算了，你自己抓紧时间吧，做什么事都要留余地，别迟到。”

见白珠秀退回厨房，钟听松了口气，惴惴的心跳也逐渐平静下去。

她换了身白色长袖衬衣，下半身搭红格裙，脚踩一双漂亮但很难走路的黑色小皮鞋，又将头发梳好，两边拢起，在耳后别上发夹，露出清瘦但弧线流畅的脸颊，显得眼睛很亮，五官分明，满满青春秀丽的气质，再也不见高中那会儿的低调忧郁。

一切准备就绪。

迎着秋日暖阳，钟听飞奔下楼。

老小区没有电梯，她的脚尖一级一级台阶点下去，踩过从玻璃窗洒进来的阳光，连寻常的步伐都带上了悦动的音律节奏感，好像一位满怀期待的钢琴师翻开了珍贵的黑白乐谱，心生渴盼，恨不得干脆利落地一跃而下，径直跨过跳跃的阳光，直奔神秘乐章的序幕。

而乐谱的编写者，是早早等在楼下的沈珈述。

他没有坐在车里，而是懒懒散散地倚靠在车边，手里捧着很大一束花，眉目如画，有点玩世不恭浪荡子的架势。

那束花，比董西早上寄来的那束要夸张很多。

夸张到钟听居然是先看到了花，而后才看到高挑少年精致漂亮的脸。

她忍不住弯着眼笑起来，加快脚步小跑到他面前，稳稳站定，仰头同他对视，比画着问：等了很久吗？

沈珈述扯了扯嘴角，故意逗她：“是啊，等了好久。你打算怎么补偿？”

钟听怔了一下，眨了眨眼，总算反应过来。

她抿着唇笑，手上继续比画：你想要什么？

沈珈述还是笑吟吟的，没作声。

顿了顿，他才把那一大束花放到她怀里。

钟听本就瘦弱，个子在女生里算中等，但配上她单薄的骨架，好像纸片人风一吹就倒。现在还抱着这么一大束花，感觉外头的包装都能把她大半个身子挡住。

她下半张脸也淹没在花束里，只露出一双圆润乖巧的眼睛，眼神明澈，看起来精灵似的单纯。

沈珈述盯着看了会儿，微微屈身，没忍住，轻轻亲了一下她的眼睛。

钟听吓了一跳，瞪大双眼。

这可是在小区里！

在这么大庭广众的地方，怎么能做这种举动呢？

偏偏和她谨小慎微的低调不同，自打小时候起，沈珈述大少爷就压根不知道“低调”两个字怎么写，行为处事肆无忌惮，张扬无惧。

他哼笑一声，像是会读心术一样：“怕什么？亲下脸而已。啧，豆芽菜这么胆小的吗？看来以后我们只能在房间里亲嘴咯？”

闻言，钟听的脸颊一下就烧了起来。

幸好沈珈述并不想破坏生日这个重要日子的气氛，也没有让她恼羞成怒的意思，揉了揉她的头发，又夸奖了一句“今天很漂亮”，便转过身，仪态翩翩地替她拉开车门，慢悠悠地说道：“女朋友，请。”

钟听松了口气，忙不迭抱着花坐上车。

看来，她的心理素质还没有好到能跟上沈珈述的节奏。

还得再习惯习惯才行。

钟听是普通人家的女孩子，过生日也没有什么新花样。

因为在国庆假期里，过往每年她生日，但凡白珠秀手上有闲钱，就会做一桌好菜，再买上一只小蛋糕，母女俩一起庆祝。

高中毕业之后，这个项目就转为她中午和董西一起出门约顿饭，晚上再由白珠秀下厨。

现在，约饭对象换成沈珈述，似乎也没什么太大差别，只是多了点前序项目，算作放松。

在钟听的指引下，沈珈述开车把人带到市郊的迪士尼，陪她一起排队进场。

花就放在车子的后备厢里，没带在手边。

钟听心情相当好，脸上始终挂着笑，看到进园队伍长也没有失去耐心。

她对着沈珈述打手语：这里建好之后，我一次都没有来过。

沈珈述很认真地问：“为什么？”

海城的迪士尼开业至今，已经有三五年了，如果想玩，怎么也该来玩过了。

钟听继续打手语：上学，没时间，也没钱。

她说得坦荡。

或许是弥足信任对方，她才心甘情愿地抛却敏感的自尊心，与之分享自己的窘况。

因为钟听确信，沈珈述不会因此看不起她。

早在四年前，沈珈述就知道她家是个什么情况了。

那时候他们是可以分享“秘密”的朋友，现在身份转变，但确立过的关系不会改变。

果然，沈珈述表情不变，只是用力握住了她的手，强行与她十指相扣，笑道：“挺好，我也没来过，都是第一次，谁也不委屈谁。”

钟听有些惊讶。

不过，沈珈述说的倒是实话。

海城迪士尼开业那会儿，他人已经在香港了，中间没有回过海城，自然没有来过。

香港迪士尼他倒是去过很多次。

但也不是这四年里去的，而是小时候去薛斐斐家过暑假的时候去玩的。

从某方面来说，沈珈述和钟听一样，强行静止了自己的四年时光，好像只是为了重逢的那一刻。

他们就像是缺失了部件的八音盒，只有找到那块齿轮，重新卡进原来的位置，才能继续转动。

钟听在迪士尼度过了一个普通但足够快乐的生日。

现在互联网上有个说法，说长大之后做的很多事，都是潜意识里在弥补童年的缺失。

事实上，钟听从来没有埋怨过白珠秀，但她也无法否认，自己的童年，乃至少年时代，与其他同龄人相比，是相当艰辛不易的。

不仅仅因为口不能言的缺陷。

还有多方面的原因。

如今，她凭借自己的努力考上了江大，拿奖学金、保研、去实验室打工赚补贴、空闲时间兼职赚生活费，有了小金库，可以有闲钱到迪士尼过生日，不会因为过于捉襟见肘而羞怯退缩。

还有……沈珈述也回来了，并且如同做梦一样，成了她的男朋友。

一切都在往越来越好的方向发展。

这何尝不是在弥补缺憾呢?

钟听觉得，此时此刻自己已经没有什么不满足了。

她望向在前面给她买气球的那个高大修长的背影，瞳孔中泛着深深笑意。

突然，她迎着风朝前跑去。

沈珈述付完钱，勾着气球转过身。

只是，他人尚未站定，某人就挟着风，像扇着翅膀的小鸟一样坠到了他怀里。

他没有丝毫犹豫，立马张开双臂，牢牢接住这只小鸟。

“啧，豆芽菜，怎么突然投怀送抱了？难得看你这么主动。”

略带几分笑意的声音从脑袋上方传来，钟听脸红了，强行把头埋在沈珈述怀里，不肯让他看到自己的表情。

城堡下的桥上，两人紧紧相拥。

米奇气球的圆脑袋飘在半空，映衬着最幸福的背景画面，就像是童话故事的结局，不会再有眼泪与分别。

因为晚上还有烟花秀，两人的晚饭也是在迪士尼园区里解决的。

等到烟花秀结束，钟听意犹未尽地跟着沈珈述回到车上，收到了生日礼物。

车厢里光线昏暗，沈珈述不知道从哪里摸出一个礼盒，嘴角挂着一抹笑，把礼盒放到她腿上。

“打开看看？”

钟听点点头，低头看过去。

礼盒不过比巴掌略大一圈，放在大腿上，轻得好像没有重量一样。

她猜测了片刻才小心翼翼地去掀盖子。

“哒！”

盒盖发出轻轻一声响动。

钟听的目光落在了盒子里——

里面正躺着一只毛绒小狗。

她微微一怔，伸手将小狗拿起来，借着车内的阅读灯端详。

毛绒小狗比巴掌还小，内行一点的人稍一打量就能看出来做工不是特别精细。

但对钟听来说，这只小狗的样子有几分眼熟。

和当年沈珈述从她家阁楼顺走，后来又掉在红墙弄堂火场外的那只有五六分相似，也不知道沈珈述是从哪里找来的。

大约是看出了钟听的疑惑，沈珈述适时在旁边开口问道：“怎么样？我做的，是不是还挺有天赋？”

他话音落下，钟听却是结结实实地愣住了。

半晌，她才转过头，难以置信地看向沈珈述，张了张嘴，颇有点措手不及的意思。

这居然是沈珈述做的？

他怎么会做这种事？

沈珈述一扬眉，睨她：“怎么这个表情？是不是又开始崇拜哥了？”

钟听简直啼笑皆非。

沈珈述笑了一声，把小狗从她手中拿走：“之前你做的那个被我挂在书包上，不小心弄丢了，现在重新还你一个。”

说着，他长指在小狗背上轻轻一按，变魔术似的从它身体里摸出一条手链，又拉过钟听的手，将手链系到她手腕上。

手链是细细的金链，上头挂着红色五花四叶草，是时下非常流行的品牌设计，单花的价格就高得让普通大学生难以承受。

但钟听对这些大牌算不上了解，压根没法一眼看出手链的价值。

她只是好奇地拨弄了一下四叶草旁边的小铃铛。

“叮——”

金色铃铛发出清脆的声音。

虽然都是金色的，但这只铃铛看起来像是另外挂上去的。

沈珈述说：“别摘下来。知道吗？以后你一抬手，我就知道你想和我说话。”

钟听一愣。

“生日快乐，钟听。”

夜幕降临。

一个圆满的、令人胸口发烫的生日，就此告一段落。

沈珈述开车将钟听送回小区。

楼下，两人约好回学校那天再见后，便挥手作别。

沈珈述目送钟听进了楼道，身影消失不见，才转身准备上车。

只是，下一秒，他听到了清脆的“叮叮叮”声，立刻停下动作，扭过头去。

钟听又跑了出来。

沈珈述：“怎么了？什么东西忘了吗？”

钟听在他面前站定，抬起手，一点一点开始比画：那只小狗没有丢，我捡回去了，你赶来救我的那次，你丢在火场旁边了。

沈珈述想了想，低低“啊”了一声。

薛斐斐给他把那只书包拿了回来，估计是没注意到上面掉落的挂坠。

当时，沈珈述被那根房梁砸晕，醒来的时候人就已经在香港了，自然也没能回去找。

“抱歉，我没有保管好……”

钟听用力摇了摇头，那不过是她不太熟练的作品，与白珠秀做的比起来，只能称得上半成品，没有什么价值。

她继续比画着。

——没关系。

——那只是不重要的东西。

——你才是最重要的。

——我好喜欢你。

新的一岁的第一天，钟听选择直白地表达自己的心。

她真的好喜欢沈珈述啊。

是永远不会变的喜欢。

伴随着秋意渐浓，一眨眼，七天假期便悄然结束。

钟听坐沈珈述的车返回江大，开始潜心准备自己的毕业论文。

至于沈珈述，虽然十分依依不舍，但还是得独自回海城完成自己的课业任务。

他人生第一次受挫，来自父母。

第二次受挫，来自白珠秀的鄙夷。

历史不能重演。

毫无疑问，钟听也是不会允许的。

钟听向来努力，沈珈述必须得成为与她相配的人，才能令她不受诟病，不然他也不会费劲去复读一年。

幸好两地距离不远，沈珈述又是交换生，还比钟听低一届，相比之下就没那么忙，基本每周五下午都能准时准点开车奔赴江城，带着奶茶和零食悄无声息地摸去图书馆，陪好好学生钟听查资料写论文。

如果钟听没在图书馆的话，那肯定是在实验室弄数据。

钟听的行踪，用不着几周，沈珈述便了然于胸，熟门熟路。

此后每个周五，他都风雨无阻地去见钟听。

大学和高中不同，虽然没了高考的紧迫感，但像江大这种学校，只要不想摆烂，事情总归是不少的，更遑论钟听这种大四毕业生。

忙忙碌碌中，时间一晃而过，随着岁聿云暮，寒潮袭击沿海时，这个学期也即将来到尾声。

今年农历新年早，元旦小长假放完，用不了几天就要开始寒假。

学校里，像李欣欣这类没有读研计划的学生，基本都在外实习，单位离得远的，就不方便回学校，大多租房外宿。

宿舍楼里少了一大半人，加上冬日天寒，越发显得空荡冷清了。

钟听这学期没有考试，每天大多数时间都花在毕业论文上，然后就是去实验室给准师哥师姐们打下手。

因着只有晚上才回宿舍睡一觉，和室友都没有多少交流，她十分迟钝，并没有感觉到即将分道扬镳的凄凉感。

当然，最主要的原因还是沈珈述。

沈珈述一点都没有酷哥的自觉，恨不得二十四小时粘在和钟听的聊天记录里，占据钟听课余时间的所有注意力，让她无暇分心其他琐事。

理由嘛，也很正当，说是要先习惯起来。

他的交换时间有限，结束后还得回香港去，届时往返两地就没现在这么方便，大概只能两周回来一次。

所以，她现在要先提前习惯网恋的感觉。

钟听听了，只觉得哭笑不得。

以前怎么没发现沈珈述这么黏人呢?

可能是自己不敢对他过多关注吧?

她摇摇头，将这些老到掉渣的伤感旧事抛诸脑后，重新将注意力集中到手机屏幕上。

微信里，沈珈述正问她圣诞节的安排。

钟听愣了一下，想了会儿，正欲回复，忽然，顶部跳出来一个新消息弹窗。

来自之前兼职的店长。

店长：钟听，最近学校忙不忙？下周平安夜，有件事想麻烦你，不知道你能不能帮忙？

店长：商场做了一个活动，需要有人穿玩偶服在一楼帮忙宣传。原先找好的兼职学生下午不能来，你看方不方便过来代班四个小时？中午十二点开始。

店长：我知道有些麻烦，所以给三倍时薪，也算是帮我个忙，可以吗？

钟听飞快地将几条信息看完，微微拧了下眉。

今年平安夜不是周末，不过因为时逢年末，再加上最近实验进度喜人，教授善心大发，给实验室放了个小假，让师哥师姐们元旦之后再回来继续上班。

因而，这么算下来，钟听也没什么要紧事。

论文当然不差这一时半会儿。

沈珈述刚刚说要来和她一起过圣诞，不过这些都是可以调整的。

店长之前几年帮过她不少，不仅仅是破格招收了她这个不能说话的兼职生，工作里从来不曾为难过，排班上也会尽可能给她方便。

所以，这个面子怎么都要给。

思及此，钟听没有再迟疑，爽快地打字回复。

Listening：没问题。

两人飞快确定好了具体的时间安排。

大约十分钟后，沈珈述才收到这个“噩耗”。

S：[！！！.jpg]

难以置信的情绪几乎要穿透屏幕，从这几个感叹号中拔地而出。

钟听忍着笑意，试图安抚他。

Listening：就几个小时而已，你晚点过来，我们还能一起吃个晚饭。第二天的圣诞节也可以一起啊。

S：[！！！.jpg]

又是三个感叹号。

钟听挠了挠脸，思忖片刻，决定不再回复，先看看沈珈述究竟想干吗。

果然，一旦她不回应，下一条立马就变成了中文字。

S：我们高二那年的圣诞节，你还记得你在干什么吗？

钟听一愣。

高二?

她忍不住顺着沈珈述的话头开始回忆起来。

事实上，关于沈珈述的记忆，钟听至今都很清晰。

几乎没有费什么力气，她就成功拨动了记忆的时针，将过往翻开。

那年的平安夜，她陪董西给相燃送了一袋苹果。

相燃和董西……

唉！

钟听无声地叹了口气。

等她注意力回到手机上后，发现沈珈述果然已经翻起了旧账。

S：圣诞节之后的周一，你是和某学霸一起来上的学，路上还说说笑笑，看起来很熟悉的样子。你们住那么近，也不知道之前有没有“顺便”一起过圣诞。

钟听有点蒙。

说说笑笑？

嗯？

沈珈述还在继续控诉。

S：老子在家里给你录英语，你居然和别人一起出现！浑蛋豆芽菜，你是不是全部忘了？

钟听当然不可能会忘。

好几次午夜梦回时，她找出耳机，打开那个网盘，让沈珈述的声音在耳畔响起。

但这种慰藉毫无意义，只会叫人沉湎在过去中，越发难受。

四年里，她总是觉得不甘心。

这种心情难以抑制。

幸好，沈珈述也没有忘。

哪怕是这种细枝末节，他也和自己一样，依旧牢记于心。

钟听笑了一下，沉吟数秒，温温暾暾地打字回复。

Listening：你说相燃吧？我们只是路上碰到而已。

Listening：我不会和别人说说笑笑的，也不会和别人一起过圣诞节。

Listening：沈珈述，我只想和你一起。

诡异的是，她竟然三言两语就把沈珈述安抚好了。

平安夜当天。

钟听早上睁开眼，第一时间收到了沈珈述的信息，说他上完上午的课就开车过来。

她回了个“好”字，起床洗漱，到食堂简单吃了点，接着便骑着李欣欣放在她这里的自行车去往商场。

这个商场紧邻大学城，又是这种适合小情侣的节日，此时里里外外都热闹得不行。

钟听熟门熟路地找到店长，同店长打了个招呼，再下楼去换玩偶服。

她今天要穿的是一套棕色熊的玩偶服，熊的头套上有钢架，很重，衣服倒是没有，但鼓鼓囊囊的，穿着又闷又热。

加上商场开着暖气，慢吞吞地走上几步，后背就开始冒汗。

三倍工资到底是没有那么容易挣的。

但钟听向来不会抱怨，按照要求站在门口的圣诞树旁，好脾气地陪着顾客拍照，分发广告和小礼物。

时间就在忙碌中悄然流逝。

感觉四个小时似乎也没有那么漫长。

下午两点左右，人流量变得小了些，应该是因为午餐时间结束了。

但三三两两的学生依旧在往里进，没有停歇。

玩偶演职人员自然也不存在休息。

钟听的“熊爪”上拿着一把广告纸，看到有成年人走过来就塞一张，如果是遇到小朋友就在挎着的纸袋里拿一份小礼物。

因为她只能透过熊头上的洞看外面，视野范围实在不够大，加上听力不好，感官一同受到影响，反应也比平时迟钝许多。

直到被人小心翼翼地抱住，她才诧异地看过去。

入目处，一个高大的身影长臂展开，从侧边搂住了她，连同玩偶服一起，还熟稔避开了“熊头”的骨架，毫不费力的模样。

钟听不好转头，但只看到一点侧身，就已经猜出了来人。

她十分敬业地没有摘下头套，只是用“熊掌”笨拙地比比画画着。

你怎么过来了？

沈珈述语调微扬，笑意弥足清晰：“怎么，我不能过平安夜吗？哇，真是好霸道一熊啊。”

钟听笑了笑。

今日份调戏钟听任务完成，沈珈述用力抱了抱她，步子一转，接过她挂在手臂上的纸袋，主动承担了给小朋友发礼物的工作。

许是因为沈珈述个高且模样好，在人群中过于显眼，没一会儿，圣诞树旁驻足的人开始悄无声息地变多，且以年轻女生为主。

钟听穿着玩偶装，雌雄不辨，没人意识到沈珈述是来陪女朋友打工的，还以为他是商场从哪里请来的网红，作为揽客噱头。

观察片刻后，有好几个胆子大的女孩主动拿着手机上前，或是想要加他的联系方式，或是想和他合影。

不论什么要求，沈珈述尽数摆手拒绝，干干脆脆地丢下一句：“我是来给女朋友帮忙的。”

他这般说着，脸上笑意却不减。

他打小就是众星捧月般的天之骄子，是绝对的人群中心，对这种事早已

习以为常，尺度把握得很好，绝对不会让人下不来台。

钟听从头套里瞧着他游刃有余的模样，气鼓鼓地嘟了嘟脸。

幸好剩下的工作时间已经不是很长。

下一个兼职生过来接班了，她终于能摘掉头套，一边呼吸外面的新鲜空气，一边长长地舒了口气。

目光四下睃了一圈。

沈珈述不知道跑哪里去了，居然没有在附近。

钟听越发觉得气不顺，蹙了蹙眉，决意不管他，自己先走。

只是刚一转身，脸颊就突然被冰了一下。

她一愣。

沈珈述正举着冰冰凉凉的奶茶，故意用杯壁蹭她的脸，笑眯眯地问：“是不是在找我呢？”

钟听打了个手语：完全没有。

沈珈述倒也没有生气，不知道从哪里变出来湿纸巾，帮她抹了抹脸上的汗，又整了整散落的头发：“别嘟嘴了，快点换衣服，带你去玩。”

他简单一句话，钟听当即又高兴起来，用力点点头，转进员工休息室去换衣服了。

两人离开商场。

这个点还算是下午，还能看见阳光。

距离天黑大概还有两个小时。

沈珈述早就安排妥当，先开车送钟听回学校洗个澡换身衣服，又飞快地领着她往高铁站赶。

高铁票是早就定好的。

时间算得正好，抵达南城时，最后一抹余霞即将隐入天际。

两人出了高铁站，直接打车。

钟听问了好几次要去做什么，沈珈述一直神神秘秘，故作高深的模样。

直到这会儿，听到他向司机报出南城体育场的地址，钟听才反应过来，手上比画着。

要去看演唱会吗？

虽然南城和江城、海城都离得不远，但钟听没来过。

她只是前一阵刷社交媒体的时候扫了一眼，注意到林俊杰在南城有演唱会，时间刚好是平安夜当晚。

当年那个暑假有流星雨的晚上，沈珈述唱了一首林俊杰的歌，使得钟听在这些年里一直会不自觉地关注林俊杰。

她其实根本不追星，也不关注娱乐新闻，只是因为沈珈述而已。

此刻沈珈述就坐在她旁边，牵着她的手，点头，“嗯”了一声。

顿了顿，他像是想到什么事，又忍不住低笑。

钟听不解。

“没什么。”

沈珈述摇摇头，不肯说。

钟听忍不住瞪他。

这个问题，一直到演唱会中途才得以解答。

人声鼎沸的内场前排，趁着一首歌结束，沈珈述凑到钟听耳边，同她讲悄悄话：“我在想，老子小时候可真纯情啊，给女生唱歌，结果人家压根没听出来。”

他低低哼了个调子。

是那首《当你》。

钟听愣了一下，张了张嘴，眼睛也跟着错愕地瞪大了几分。

原来……那首歌，就是唱给她听的吗？

那个流星雨的夏天，他也是喜欢她的吗？

台上，林俊杰已经开始唱下一首歌。

> 这是第一次爱一个人爱得如此慷慨又自私，
> 你是我的关键词……

在钟听听力不算好的耳朵边，沈珈述的声音比伴奏更近，像是能直达灵魂深处。

“幸好，现在还不算晚。”

夏日不会终结。

命里注定，他们终究要相爱。

番外二
你的心跳是我的脉搏

希望世界和平。

按照原本的计划，沈珈述是打算本科毕业之后到江城继续读研深造，和钟听做不同专业的校友。

但在毕业前夕，沈珈述改变了主意。

因为他交流结束回到香港之后，依旧频繁往返内地，引起了薛斐斐的注意。

和钟听再续前缘的事情自然是瞒不住了。

薛斐斐已经再婚有老公有孩子，小儿子又适逢叛逆期，她原先是压根没时间关注沈珈述的，偏偏沈腾飞对这个“回头是岸”的儿子重新燃起了信心，难得打了个电话给薛斐斐，去关心了一下沈珈述的近况。

这么一来，薛斐斐便知道沈腾飞早就没有在海城了，自然起了疑心。

内地到底还有谁在，使得沈珈述有事没事就往那头跑呢？

海城是沈家的发家地，沈腾飞自己去国外拓展事业版图了，公司没有悉数挪走，因为手底下的人还能用。

薛斐斐随便找人盯了几天，就什么都瞒不住了。

当然，沈珈述也没有想瞒的意思。

薛斐斐问他，他毫不犹豫承认了，干脆利落到叫人无言以对。

薛斐斐气得噎了好一会儿，揉了揉太阳穴，长长地叹了口气，这才开口：“阿述，我不想干涉你恋爱，不过一直这样来回奔波，身体会累坏的。学校里没有更合适的女孩子吗？”

沈珈述似笑非笑地瞥了她一眼：“合适很重要吗？”

薛斐斐：“当然！你看我和你爸……”

沈珈述慢条斯理地截断她：“当年外公就是觉得你们合适才让你们结婚的不是吗？哦，对了，外公还说你和现在这个老公都被娇惯得太过，在一起不合适。”

谁承想，本以为合适的，最终分道扬镳、老死不相往来；可是在外人看来不合适的，磕磕绊绊、吵吵闹闹，婚姻居然坚持得更久些。

薛斐斐哑口无言。

既然这事被这样捅出来，而沈珈述的态度又十分坚定，那必然得坐下来好好聊聊。

薛斐斐的意见很明确，玩玩可以，要是打算长久，绝对不能接受钟听。

“谁知道身体缺陷会不会遗传啊。而且她家这个条件，怎么能高攀你？”

薛女士向来高高在上，优越感不掩饰分毫。

当然，面对这个问题，她拉不来沈腾飞做同盟。

前面十多年，沈腾飞本来都对沈珈述绝望了，谁能想到一场意外，在医院躺了几个月，沈珈述突然像变了个人一样，结束了漫长的叛逆期，开始奋发向上起来。

沈珈述这样的峰回路转，令沈腾飞觉得很有面子，在老友们谈论儿子时，也终于能抬得起头来了。

或许是因为之前太糟糕，现下的情况已经足够叫人心满意足，沈腾飞不想再干涉沈珈述太多，什么都随着他去折腾，免得他又开始放浪形骸、不务正业。

到底是唯一的儿子，实在没得选。

况且沈腾飞见过钟听，也知道她的情况，但毕竟自己就是草根出身，没薛斐斐那么在意门当户对。

更何况两人能不能走到最后还是问题呢，随他们去吧。

事实上，薛斐斐的强烈反对没给沈珈述造成多少困扰，只是因为这件事，他突然意识到自己依旧是受制于人的。

在金钱上。

钟听家条件不好，往后他应当要替她扛起压力。

她要做研究，他就该给她一个更好的条件，能让她毫无后顾之忧地念书深造，不必为学费和生活费困扰。

而对沈珈述来说，目前他的优渥生活悉数由沈腾飞提供。

现在还只是薛斐斐反对，如果沈腾飞也反对的话，只要停了他的卡，一时半会儿他可能就拿不出往返两地的费用来了。

沈珈述想要自己决定自己的人生，不愿听他人摆布。

出于这方面的考虑，他干脆放弃了去江城继续深造的计划，决定毕业直接参加工作。

不过因为沈珈述的专业和就业方向具有一定的特殊性，加上两地体系不同，他暂时没法回内地，要先留在香港工作，积累经验。

这就意味着沈珈述和钟听还是得保持相当一段时间的异地恋。

对此，钟听虽然脸上不显，心里到底还是有几分不好受。

她掰着手指头仔细算了算，除了高二那一年同班坐邻桌，两人重逢后几

乎没有长时间地在一起相处过。

这一年里，沈珈述对她很好，是好得没边的那种好。

她什么都知道。

自然也没有什么不满足的。

只是，钟听依旧难以抑制住内心的患得患失。

幸好她已经不是那个十几岁的小姑娘了。

时间让人长大，也叫人成熟。

钟听在心里默默调整了一下情绪，很快恢复平常心，打字追问。

Listening：工作已经确定好了吗？

沈珈述发了条语音过来。

“有几个 offer，还没确定去哪个，可能还要再考虑一下。豆芽菜，如果我混得不行，以后咱们可能就要吃糠咽菜了。”

钟听失笑。

Listening：我相信你。沈珈述，你想做什么，我都会支持你的。

时光飞逝。

三年时光一晃而过。

钟听每天在实验室做实验写报告，跟着教授做课题发期刊，因而顺顺利利地念到了博士。

原先教授想过把她推荐到国外去深造，但她的情况与普通学生不大一样，而且她自己没有那个想法，也没法抛下白珠秀一走了之，宁愿继续安安稳稳在教授手下做事。

老教授十分感动，看钟听做事一向勤勤恳恳，十分靠谱，特地给了她几个赞助高的课题，好让她多拿些补贴家用。

生物科学虽然不是热门专业，称不上前景大好，但跟着头部大佬混，有各种企业赞助的项目，当然是不会差钱的。

至今为止，在学业上，钟听每一步都走得非常扎实，因而上天也没有亏待她这份努力，使得她一路都还算顺遂。

相比之下，恋爱这门课，她就显得有点生疏了。

身边的人都知道钟听有男朋友，还是个曾经出现一次就上了江大表白墙的帅哥，但至今没有一个人见过。

沈珈述好像变成了一个在传说里的人物，组会过后的聚餐里，无论大家怎么问起，总会被钟听以“他工作很忙”应付过去。

几次过后，大家都以为她有难言之隐，便没有人再多问了。

寒假伊始，近期几个项目告一段落，实验室提前开始放假。

钟听赶在大春运开始前抢到了高铁票。

历经两个多小时，她才风尘仆仆地回到家。

窗外早已是暮色四合时分。

白珠秀听到开门声，连忙迎上来，接过钟听手中的行李箱，开始每回词都不换地念念叨叨：“路上顺利吗？人是不是很多？我说去接你吧，咱们这老房子又没有楼梯，拎着行李箱上来是不是累坏了？快去洗洗，饭马上就好……”

随着年纪越来越大，加上女儿在别人口中成了“有出息”的孩子，白珠秀的强势性格开始日渐消弭，不过啰唆爱唠叨的本性依旧不曾改变。

这几年，钟听一直在外求学，回家得少，不是日日相对，白珠秀能唠叨的机会就比上高中那会儿少得多了，难得见上面，自然是生怕哪里没有关照到。

钟听也没有嫌烦，只是好脾气地笑了笑。

顿了顿，她才比了个手势，示意自己先去洗澡换衣服。

白珠秀连忙摆摆手：“快去快去，热水器已经给你开好了。”

等钟听洗了澡，换上松快的家居服，再回到客厅时，餐桌上已经放了四菜一汤。

都是白珠秀的拿手菜。

天气冷，汤是一直煲在煤气灶上的，听到钟听忙完出门，白珠秀才端出来，现下还冒着腾腾热气。

稀薄白气映着头顶暖融融的灯光，看起来很是温馨。

“快来吃饭吧。”白珠秀喊道。

钟听微微颔首，脚步一顿，先去旁边拿了手机过来，检查消息。

私聊没有新信息。

高中班级的 QQ 群倒是热闹地刷出了几百条。

钟听坐到位置上，随手点开群聊。

最开始的消息来自老同学中的活跃分子陈天皓。

先是一个视频链接。

陈天皓：我们述哥再次走红互联网。

钟听怔了怔，随手点开那条视频。

视频来自某小视频平台，应该是营销号剪辑的，开头就是夸张的电子配音。

“看新闻的时候注意到一个超级帅的记者小哥，背后是枪林弹雨、黄沙漫天，前面是小哥的帅脸。这么勇敢又了不起的中国记者，让我看看还有谁没看过！”

然后，画面中，沈珈述的脸悄然显现。

虽然不如营销号说的那么夸张，但他后面确实是一片断壁残垣，他穿着防弹背心，手里拿着电视台的话筒，正用流畅的英语播报着战场局势。

沈珈述的英语说得很好，不急不缓，很有韵律感。

和在网盘里的那几个音频一样，好像就在耳边响起。

只是钟听猝不及防看到这样的环境，立马担心得蹙起了眉。

这几年，世界各地战乱频发，沈珈述在外做战地记者，常常需要第一时间深入战区报道情况。

或许是怕钟听担心，他总是报喜不报忧，从来不会描述当地有多危险，只说些趣事。

甚至连偶尔因为当地通信站被炸，断网失联，他都会轻描淡写地带过。

钟听也有种鸵鸟心理，不敢搜索任何实事新闻，生怕搜出什么来，自己会越发心惊胆战。

如此直观地看到沈珈述的工作场景，这还是第一次。

她心跳不由自主地加快，扫了几眼，立马关掉了那条已经60万赞的视频，切出沈珈述的聊天框。

Listening：你在工作吗？

那边有时差，但应该还没到休息时间，沈珈述秒回。

S：已经工作结束了。

钟听知道他现在很安全，松了口气。

她想了想才又继续打字。

Listening：什么时候能回来？

S：应该还要出差一两周，之后就回单位交班放假过年。

S：我们听听想我了吗？

S：今年正月，我去拜访一下阿姨可以吗？你也该给我个名分了吧？

钟听尚未给出回答，白珠秀从厨房走出来，见她低着头玩手机，训了一句："吃饭就吃饭，别一边吃一边玩手机，像什么样子！"

钟听只得匆匆忙忙回了个"再说"，而后便乖乖放下手机，拿起筷子。

事实上，她倒不是不想和沈珈述公开，只是高中那会儿发生了许多事，恐怕白珠秀难以接受。

到时候万一白珠秀当面给沈珈述难堪……

场面恐怕不好看。

钟听摇了摇头，不敢继续往下想。

还是再等等，等她读完博，沈珈述也顺利调回内地办事处再说。

母女俩久违地坐在一起吃了晚饭。

饭后，依旧是钟听收拾了桌子，再抢先去洗碗。

她动作一向干净麻利，不多久就关上了水龙头，将碗碟放入橱柜，再去外面找白珠秀。

最近白珠秀没接什么单子，业余也不必太忙，难得无所事事地坐在沙发上看电视。

这个点，正是新闻联播的时间。

钟听坐到她旁边，陪着一起看。

国内新闻之后就是国际新闻，有关于他国战争的报道。

冷不丁地，白珠秀突然出声问道：“你那个男朋友呢？最近在哪里？”

钟听愣了一下，有几分诧异。

白珠秀皮笑肉不笑地撇了下嘴角：“听听，你不会以为妈不知道吧？前两年每次你放假回家，停在楼下那车是谁的？沈珈述？是叫这个名字吧？我应该没记错，那张脸，我也没忘。”

瞬间，钟听大脑一片空白。

“当然，他妈妈的嘴脸我也还记得呢。你俩真是……啧，他是不是做外派记者去了？”

白珠秀挑破得太过干脆，令钟听毫无辩解的余地，她只好讪讪地扯了扯嘴角，拿起手机打字。

——是在做记者。妈，您是怎么知道的？

白珠秀：“新闻联播里见过他的报道。怎么，你没看过？”

钟听摇摇头。

她还是第一次听说这事儿。

白珠秀：“他这个工作实在不太安全啊。今年过年能回来吗？你让他到家里来，我问问他以后怎么打算的……还有他那个有钱的妈，啧……总之，你们别想这样混下去，有什么都得说说清楚。”

白珠秀一锤定音，让钟听没有任何拒绝的余地。

钟听只好把这事儿转达给了沈珈述。

沈珈述也十分干脆。

S：年初二怎么样？豆芽菜，你先问问阿姨方便不方便。

他看起来很急，好像急着被白珠秀下面子，完全不懂钟听的纠结。

钟听有点不想理他了。

夜深人静时分，因为这个突如其来见家长的事情，钟听成功失眠。

在床上翻了一会儿，她坐起身，打开手机，继续看陈天皓发的那条视频。

画面中，沈珈述的脸仿佛近在咫尺，触手可及。

而这条报道不过三分钟，很快就结束。

报道的最后，沈珈述顿了一下，面对摄像机，字正腔圆地用中文做收尾词：“希望世界和平。”

小时候，老师们总爱谈梦想。

这好像是每个人成长过程中绕不开的话题。

但那时候的钟听觉得，这个世界上没有愿望是真正能实现的，要不然她就不会一直过得那么辛苦。

所以，关于梦想，她从来回答不出什么具体的内容，只说希望世界和平。

这个答案往往会招来一片笑声。

这也是钟听写在高二调查问卷里的答案。

沈珈述偷看到了这个秘密。

番外三 –
夏天万万岁

你要像风，永远与夏天勾缠不休。

01
某日，钟听在沈珈述家里写论文，手机放在外面充电。
电话突兀地响起来。
沈珈述见她离得远，干脆帮她接了电话。
“喂？……外卖放在门口就好……没有备注吗？”
等挂断之后，他突然想起来，自己还不知道钟听手机的锁屏密码。
而沈珈述的手机密码，很早很早以前就已经告诉钟听了。
六个 0。
这样想来，好像有点不公平。
于是，沈珈述走进书房，试图打扰勤奋的某人。
“豆芽菜。”
钟听讶然地转过头，眼睛亮晶晶地看着他，似乎在问“什么事”。
沈珈述晃了晃手上的手机：“密码。”
钟听一愣。
她的锁屏密码是“0515”，这么多年从来没变过，一直是沈珈述的生日。
这要让她怎么说出口？
于是，钟听只能摆摆手，打手语：不能告诉你。
沈珈述眉头瞬间皱起，心里飘过一万个念头，最终化成一句话——
女朋友有秘密不告诉我怎么办？

02
高三那年，钟听家发生的那场火灾，几乎把她所有的东西都烧了个干净。
无论是写了很多秘密的随记本，还是沈珈述送给她的学业符。
连同她心底的希冀，也悉数被付之一炬。
上大学之后，钟听虽然学业繁忙，但也没有改掉随手记点东西的习惯。
随记本和她的速写本放在一起。

有一次，沈珈述给她整理书包的时候，意外看到了那个本子。

他饶有兴致地往前翻了好一会儿。

钟听不解，打手语问他：你在看什么？

沈珈述："我看看你前两年有没有偷偷想我。"

钟听气急败坏地把随记本抢过来，随便打开一页，重重写下两个字。

——做梦！

沈珈述这个讨厌鬼，害她难过那么久，她才不要想他呢。

除非做梦的时候控制不住。

03

钟听和沈珈述约会的时候，如果没电影看，就会去打台球。

不过不再是红墙弄堂那个烟雾缭绕的台球馆。

沈珈述领着钟听去了更好更正规的球馆。

这一次，他认真地教她。

"……豆芽菜，这么想想，我还是你的老师呢。你看，我以前又教你背单词，又教你打台球，还教你骑自行车。"沈珈述一一细数，"你是不是该叫我一声沈老师？"

钟听眨了眨眼睛，点头表示认可，手上比画着：老师。

她的手语打出来的那一瞬间，沈珈述耳尖突然烧了起来。

他轻咳一声，扭过头，不去看钟听，沉声说："还是哥哥吧，叫哥哥……比较好听。"

钟听无语，又用手语问：你为什么脸红？

沈珈述粗声粗气地回答："小孩子家家的，不用知道那么多。"

04

相燃出道之后，火得非常快。

他的脸正是现下流行的那款帅，虽然性格冷冰冰的，但因为实在长得漂亮，依旧引来大批粉丝追捧。

两年后，相燃的第一次粉丝见面会在海城召开。

据说场地爆满，一票难求。

董西和钟听都是在网上刷到的视频。

事实上，两人都收到了 VIP 门票，但极有默契地没有前往参加。

镜头下，相燃化着淡淡的妆，依旧肤白貌美，在昏暗灯光下，是种雌雄莫辨的漂亮。

他扶着麦克风，合着眼，低吟浅唱。

刹那间，董西泪流满面。

她喜欢了那么多年的少年，最终变成了闪耀的大明星。

相燃家的欠债应该还清了吧？

阿婆有钱看病了吧？

应该可以搬出红墙弄堂那样破旧的老屋，去安享晚年了吧？

真好。

他从来不喜欢她。

还好。

05

沈珈述的房间里挂了把吉他。

钟听偶尔心情不好，就给他打语音，让他给自己弹吉他。

她第一次听沈珈述弹吉他，还是高二暑假那次有流星雨的晚上。

都不知道下次要到什么时候才能见到那么大的流星雨了。

幸好，沈珈述的吉他倒是常常能听到。

电话里没有人说话，琴弦拨弄的声音却好像经久不息，陡然间将两人都带回了那个炎热的夏天。

夏天万万岁。

– 全文完 –

–后记

开始打这行字的时候，时间已经是 2025 年。

距离我上一次给实体书写后记，已经过去了好几年。

上一本好像还是《等月光》呢。

不过因为《怪夏天》对于我的 2024 年来说意义非凡，所以决定还是写一写。

连载《怪夏天》的时候，是 2024 年的夏天。

这篇文作为《过秋天》的姊妹篇，事实上我一直没有把握动笔。

但是某天夜里，一阵燥热的晚风吹过来，我好像突然就找到了感觉。

我想，我要写点夏天，写点晚风，写点青春，写点暗恋，写点爱恨交织，再写点颠沛流离。

一个长期被父亲家暴的耀眼少年，一个因为不会说话而自卑怯懦的敏感少女，互相救赎。

刚好。

《怪夏天》就此诞生。

这篇文不长，连载也就两个月的时间。

然而，在写下第一章之前，我完全没有想到，就这两个月里，我的世界会发生骤变。

我的外婆去世了。

我妈妈在医院给我打电话的时候，我正在写正文的最后一章。

接到电话之后，我立刻赶去了医院。

等再有时间完成最后一章结尾的时候，我的外婆永远离开了我，而我还要给沈珈述和钟听一个甜蜜的、完美的结局。

当时真的很难过。

我从小住在外婆家，后来外婆又搬到我家，等于说我和外婆一起生活了十八年，我的童年、少年时期全部有外婆的影子。她的离开，就好像一场梦一样，让我至今都没能醒来。

当时，我脑袋一热，打算不写了，世界变幻无常，干脆就停在这里，爱咋咋样吧。

还好还好，最后还是按照既定的想法，给了听听和述哥一个结局。

我这么难过，怎么舍得让他们也难过呢？

现在，这个深夜，改稿的时候，我再打开这本书，依旧感觉到自己被这个故事治愈了。

虽然2024年的夏天令我痛苦，但不要责怪夏天，夏天是最热烈的季节，会有新的故事发生。

会幸福的。

夏天万万岁。

木甜

/

夏日不会终结。

命里注定，他们终究要相爱。